Gesa Walkhoff

Kleinstadt-Hyänen

Für Bahni, Rienelt, Anike, Mareile und Sven.
Keine Ahnung, wie ich das ohne euch hätte schaffen können.

Gesa Walkhoff

Kleinstadt-Hyänen

Zickenalarm in Gifhorn

Impressum

Texte: © 2021 Copyright by Gesa Walkhoff
Umschlag: © 2021 Copyright by Sven Elvers,
KARMA Kommunikationsdesign
Lektorat: Rienelt Walkhoff, Anike Walkhoff,
Mareile Holze
Verlag: Gesa Walkhoff
Hillerser Str. 1
38542 Leiferde
texter@gesa-walkhoff.de
Druck: epubli – ein Service der Neopubli GmbH,
Berlin

Kapitel 1

Julia

„Hrrrgrrrrmpf!“

Julia presst ihre Zähne so fest aufeinander, dass ihre Kiefermuskulatur weiß hervortritt. Mit einem scharfen Laut zieht sie die Luft durch ihre Nase ein und stößt sie in einem heftigen Schwall durch den Mund wieder aus. Sie schließt ihre Augen und versucht, sich zu beruhigen. Als sie sie wieder öffnet, merkt sie, dass sie den Hörer noch immer mit eisernem Griff umklammert hält. Mit angewidertem Blick, als sei er zuvor in eine Jauchegrube gefallen, wirft sie ihn zurück auf die Gabel des Telefons, das auf ihrem Schreibtisch im Gifhorner Rathaus steht.

„Dieser jämmerliche Darmausgang wird mich kennenlernen! Den hänge ich an seinen Klöten am Glockenturm der Nicolai-Kirche auf. Das schwöre ich beim Leben meiner Mutter!“

Noch einmal schließt Julia die Augen und saugt Luft durch ihre Nasenlöcher ein. Sie stützt ihre Ellbogen auf der Schreibtischunterlage auf, faltet ihre Hände wie zu einem Gebet und lässt ihre Stirn auf ihre Fingerspitzen sinken. So verweilt sie reglos, wie in tiefe innere Einkehr versunken.

Plötzlich, als sei mit einem Mal alles Leben aus ihr gewichen, sackt sie in sich zusammen und lässt sich rücklinks gegen die Lehne ihres voluminösen Schreibtischsessels fallen. Ihr Blick ist starr geradeaus ins Leere gerichtet. Nachdem sie weitere Minuten, die ihr wie eine Ewigkeit erscheinen, reglos in dieser Position verharrt hat, hebt sich ihr Brustkorb und senkt sich wieder, wobei sie einen tiefen Seufzer ausstößt. Langsam, als sei jede ihrer Bewegungen mit einer immensen Kraftanstrengung verbunden, beugt sich Julia vor und langt nach ihrem privaten Mobiltelefon, das auf der echtledernen Schreibtischunterlage liegt. Sie tippt eine Nummer ein, hält das Gerät ans Ohr und wartet.

„Ahrens“, meldet sich eine schneidige Frauenstimme.

„Ich bin‘s, Mutter“, grüßt Julia kleinlaut zurück.

„Was ist passiert?“ fragt ihre Mutter alarmiert.

Julia seufzt erneut. Mit einem Mal fühlt sie sich entsetzlich müde und es fällt ihr unsagbar schwer, sich zu konzentrieren. So, als habe ihr jemand den Stecker gezogen. Das ist ein Zustand, den sie bislang nicht kannte, denn sie, die Bürgermeisterin der beschaulichen Kleinstadt am Südrand der Heide, findet für jedes Problem eine Lösung. Selbst, wenn sie einmal keine solche ad hoc parat hat, vermag sie doch stets, im Nullkommanichts eine Strategie aus dem Hut zu zaubern, wie sie eine aussichtlos erscheinende Angelegenheit doch noch zu ihren Gunsten herumdrehen kann. Geht nicht, gibt’s nicht in Julias Welt. Sie ist jederzeit auf alles vorbereitet und nichts und niemand kann sie aus dem Konzept bringen. Dafür bewundern sie die einen und fürchten sie die anderen. Doch dieses Mal ist es anders. Noch nie hat sich Julia so hilflos gefühlt. Das macht ihr Angst.

„Reiß dich zusammen, Kind, und raus mit der Sprache!“, herrscht Dorothea Ahrens ihre Tochter an. Unter ihrer offenkundigen Ungeduld ist ihre Besorgnis deutlich herauszuhören, denn auch sie kennt ihre Tochter so nicht.

Für einen Moment herrscht Stille in der Leitung. Dann platzt Julia heraus: „Ich bin aufgeflogen.“

Ihre Mutter seufzt mitleidig. „Vielleicht ist es gut, dass es endlich `raus ist.“

Empört fährt Julia aus ihrem Sessel in die Höhe. „Bist du wahnsinnig geworden?“, faucht sie.

„Nicht in diesem Ton!“, ermahnt Dorothea ihre Tochter.

Julia rollt die Augen. Niedergeschlagen lässt sie sich erneut gegen die Lehne ihres Schreibtischsessels fallen und fährt sich mit der freien Hand über das Gesicht. „Entschuldige bitte, Mutter, aber deine Bemerkung war wenig hilfreich.“

Dorothea seufzt erneut. So, wie eine Mutter es eben tut, wenn sie meint, genau zu wissen, was richtig für ihr Kind ist, das Kind das aber nicht einsehen will. „Sei froh, dass das Versteckspiel ein Ende hat! Ich habe diese ganze Scharade schon immer für reichlich albern gehalten. Wie lange hättest du das noch durchziehen wollen? Es war doch nur eine Frage der Zeit, bis alles herauskommt. Also kneif die

Arschbacken zusammen und steh dazu!“

„Pffff!“, zischt Julia durch ihre Vorderzähne hindurch. „Damit ist meine Karriere als Bürgermeisterin beendet. Das wird mir niemand verzeihen.“

„Möglich“, bestätigt ihre Mutter knapp, „aber ich habe dich trotzdem lieb.“

Wider Willen muss Julia schmunzeln. Doch lange hält ihre Erheiterung nicht an. „Meine berufliche und vermutlich sogar meine private Existenz hängen daran“, erklärt sie düster.

Durchs Telefon hört sie, wie ihre Mutter zustimmend seufzt. Julia schüttelt resigniert den Kopf. Einen Augenblick lang ist sie versucht, ihrer Erzeugerin recht zu geben. Wozu sich gegen etwas wehren, das sie sowieso nicht ändern kann?

Unwillkürlich wandern ihre Gedanken zurück zu dem Telefonat, das sie vor einigen Minuten geführt hat. Sie erinnert sich an die Stimme des Reporters vom örtlichen Käseblatt, die vor Bosheit und geheucheltem Verständnis nur so triefte, als er ihr auseinandersetzte, dass er es den Lesern der Zeitung schuldig sei, sie über die Wahrheit aufzuklären. Dabei dürfe er selbstverständlich keine Rücksicht auf etwaige persönliche Befindlichkeiten nehmen. Schließlich sei es die vornehmste Aufgabe der Presse, als Kontrollinstanz über das politische Geschehen zu wachen. Nicht umsonst würde man sie auch als „vierte Gewalt“ im Staat bezeichnen, und nur unter ganz, ganz, ganz besonderen Umständen sei überhaupt denkbar, dass er die Gifhorner Öffentlichkeit im Unklaren über die Vergehen der Bürgermeisterin lasse. Er könne so etwas eigentlich nur dann mit seinem Gewissen als rechtschaffener Bürger vereinbaren, wenn sie ihm verspräche, ihn bei seiner Kandidatur für den Stadtrat zu unterstützen – nur zum Vorteil der Stadt und ihrer Bürger selbstverständlich. Wenn mit ihm als Stadtratsmitglied Ehrlichkeit, Anstand und Transparenz in Gifhorn zu neuer Blüte gelangen würden, könnte er es im Gegenzug eventuell in Betracht ziehen, von einer Enthüllung ihres „Treibens", wie er es nannte, abzusehen und so weiter und so fort. Julia realisiert, wie sich ihr Herzschlag erneut beschleunigt, als sie an den unerträglich selbstgefälligen Vortrag des Anrufers denkt. „Von dieser Schabe in Menschengestalt werde ich mir meine Karriere nicht ruinieren lassen", knurrt sie.

„Von wem sprichst du eigentlich?", fragt ihre Mutter.

„Lars Kotzlowski", presst Julia zwischen zusammengebissenen Zähnen hervor.

„Koslowski? Der kleine Schmierfink vom Ise-Boten?" Julias Mutter stöhnt auf. „Ich wusste immer, dass aus dem nichts rechtes werden würde. Warum ausgerechnet *der* Reporter wurde, habe ich nie verstanden. Im Aufsatz schreiben war er völlig unbegabt, und ich finde, das merkt man seinen Artikeln heute noch an."

„Hast du *den* etwa auch unterrichtet?", fragt Julia entsetzt.

„Ich konnte mir meine Schüler nicht aussuchen, auch wenn ich das manches Mal bedauert habe“, kontert ihre Mutter trocken. „Ja, er war einer meiner Schutzbefohlenen in der Grundschule. Einer der wenigen, die ich nicht mochte, weil er damals schon heimtückisch war. Wobei man fast noch Verständnis für ihn haben musste, denn dass er so missraten war, ist sicherlich auch den schwierigen Verhältnissen zuzuschreiben, aus denen er kam. Sein Vater war Jurist und seine Mutter saß im niedersächsischen Landtag. Grässliche Leute! Mischten sich in alles ein, hatten von nichts eine Ahnung und …“

„Schon gut, Mutter“, unterbricht Julia sie. Momentan fehlen ihr die Nerven dafür, sich Anekdoten aus dem früheren Schulalltag ihrer Mutter anzuhören. „Ich habe leider gleich schon den nächsten Termin und muss jetzt Schluss machen.“

„Was wirst du tun?“, fragt Dorothea dennoch.

„Das weiß ich noch nicht“, antwortet Julia nachdenklich. „Vermutlich werde ich Kotzlowski erst mal nach allen Regeln der Kunst vermöbeln und dann weitersehen.“

„Eine ordentliche Tracht Prügel zur rechten Zeit hätte ihm in seiner Kindheit bestimmt nicht geschadet. Ich war immer dagegen, die Prügelstrafe komplett abzuschaffen – ganz besonders in der Schule. Man sieht ja, was dabei herauskommt! Allerdings befürchte ich, dass es deiner Karriere ebenfalls schaden würde, wenn du nachholst, was seine pflichtvergessenen Eltern versäumt haben“, gibt Dorothea zu bedenken. Sie überlegt einen Moment, dann ändert sich ihr Ton. Mit eindringlicher Stimme fügt sie hinzu: „Im Ernst, Julia, ich habe mir große Mühe gegeben, dich zu einem Menschen zu erziehen, der aufrecht durchs Leben geht. Findest du nicht, dass es an der Zeit ist, reinen Tisch zu machen?“

„Damit dieser Schreiberling sich an die Brust heften kann, die Bürgermeisterin Gifhorns geteert und gefedert aus dem Rathaus gejagt zu haben? Ich bitte dich!“, begehrt Julia auf.

„Teeren und Federn tat man vorwiegend im wilden Westen des vorletzten Jahrhunderts. In Deutschland ist das nie richtig in Mode gekommen“, korrigiert ihre Mutter sie. „‘Mit Schimpf und Schande aus dem Amt jagen‘ trifft es eher, und damit muss man als Lokalpolitiker heutzutage doch wohl klarkommen, oder?“

Julia rollt die Augen und schüttelt den Kopf über die kleinliche Berichtigung ihrer Formulierung durch ihre Gesprächspartnerin. „Dann lass es mich so ausdrücken: Ich habe nicht vor, meine berufliche Existenz aufs Spiel zu setzen. Ich habe zu hart dafür gekämpft und auf zu Vieles verzichtet, um jetzt einfach aufzugeben. Aber trotzdem danke fürs Zuhören!“

„Du weißt, dass ich immer für dich da bin, mein Kind. Ich habe jederzeit ein Essen und ein warmes Bettchen für dich.“

„Mutter!“, stöhnt Julia genervt auf.

„Schon gut!“, wehrt diese ab. „Ich weiß, ich weiß. Lieber

würdest du dich erschießen, als zurück nach Hause zu ziehen. Das hast du oft genug gesagt."

„Richtig", bestätigt Julia mit einem gequälten Lächeln. „Ich bin sicher, es ist besser für uns beide." Sie atmet tief durch. „Trotzdem danke fürs Angebot. Und jetzt muss ich los. Wir sehen uns."

„Mach's gut mein Kind. Und melde dich, wenn ich etwas für dich tun kann!"

„Ja, Mama", antwortet Julia artig. Dann beendet sie kopfschüttelnd das Gespräch.

***

Wenige Augenblicke später reißt Julia die Tür zu ihrem Vorzimmer auf und rauscht durch das Reich ihrer Sekretärin. Ingeborg Meinhardt ist eine Institution im Gifhorner Rathaus. Die Dame, deren Berufsbezeichnung hinter vorgehaltener Hand „Gewitterziege" lautet, sieht auch so aus, wie man sich eine solche vorstellt: Sie ist groß, dürr und trägt ihre mit grauen Strähnen durchwirkten Haare zu einem strengen Dutt zurückgebunden, wodurch sie ihre breite Stirn und ihr spitz zulaufendes Kinn betont. Seit Menschengedenken hütet Ingeborg Meinhardt die Pforte zum Büro des jeweiligen Bürgermeisters und dirigiert sämtliche seiner Angelegenheiten mit harter Hand. Julias zahlreiche Vorgänger wussten es zu schätzen, dass sie ihnen eine Menge Dinge vom Hals hielt, mit denen sie sich nicht beschäftigen wollten. Auch Julia genießt diesen Vorzug ihrer Sekretärin. Deshalb lässt auch sie ihr freie Hand zu entscheiden, wem sie wann und ob überhaupt Zutritt zu ihrem Büro gewährt. Obwohl sie zugeben muss, dass sie den Umgang Ingeborg Meinhardts mit den Mitarbeitern des Hauses manches Mal eine Spur zu autoritär und nicht mehr zeitgemäß findet. Andererseits hat sie als Bürgermeisterin alle Hände voll damit zu tun, die Geschicke der Stadt zu lenken. Und solange Ruhe im Rathaus herrscht – und das tut es! – sieht sie keinen Anlass, an den Verhältnissen etwas zu ändern.

„Ich habe noch einen privaten Termin und komme heute nicht mehr rein“, teilt Julia ihrer Sekretärin im Vorübergehen mit. An der Tür zum Flur dreht sie sich noch einmal um. „Schönen Feierabend!“, wünscht sie.

Statt einer Antwort sieht Ingeborg Meinhardt die Bürgermeisterin über den Rand ihrer schmalen Brille hinweg prüfend und eine Winzigkeit missbilligend an. Julia stutzt. Sie lässt ihren Blick aufmerksam an ihrer Garderobe hinabwandern. Der schmal geschnittene dunkelblaue Anzug sitzt einwandfrei, die Manschetten ihrer Bluse strahlen in makellosem Weiß und schauen genau anderthalb Zentimeter aus den Ärmeln ihres Blazers hervor. Auf ihren dunkelbraunen Pumps und ihrer Handtasche in der gleichen Farbe zeigt sich kein Stäubchen, ebenso wenig auf dem dunkelbraunen Wintermantel, den sie über dem Arm trägt. Irritiert hebt sie den Blick und sieht Ingeborg Meinhardt fragend an. Wortlos führt die ihre Hand zum Hals und nestelt an einem nicht vorhandenen Kragen. Julia versteht. Sie wirft einen Blick in den Spiegel, der neben der Garderobe im Vorzimmer hängt. Ein schmales, dezent geschminktes Gesicht, umrahmt von halblangen, braunen Haaren, die sie im Nacken zu einem Zopf zurückgebunden hat, schaut ihr entgegen. Unter ihrem Gesicht hat sich der linke Teil des Kragens ihrer weißen Bluse über das Revers des Blazers gelegt, während der andere ordentlich darunter liegt. Julia richtet den Kragen. Anschließend dreht sie den Kopf prüfend nach links und nach rechts, um den Sitz ihrer Frisur zu begutachten. Zufrieden mit dem Ergebnis wendet sie sich erneut Ingeborg Meinhardt zu. Die nickt zustimmend und sagt: „Ihnen auch einen schönen Feierabend.“ Dann heftet sie ihre Augen wieder auf den Bildschirm, der auf ihrem wohlsortierten Schreibtisch ruht.

Julia dreht sich endgültig um und schließt die Tür hinter sich. Mit energischen Schritten eilt sie den Flur entlang, vorbei an der Bildergalerie ihrer ausschließlich männlichen Vorgänger, der Tür zum kleinen Sitzungsraum und einer Dattelpalme im fragwürdigen Zustand, die ihre kärglichen sechseinhalb Wedel trotzig in die Höhe streckt. Während die Bürgermeisterin leichten Schrittes die Treppe ins Erdgeschoss hinunterspringt, schlüpft sie in ihren Mantel, grüßt kurz in Richtung der Pförtnerloge, während sie die Halle quert, stößt dann die gläserne Eingangstür auf und tritt ins Freie. Ein kalter Wind weht ihr entgegen. Julia stellt den Kragen ihres Mantels hoch, um sich dagegen zu schützen. Während sie den Marktplatz überquert, schaut sie empor zum schiefergedeckten Glockenturm der hellrosafarben gestrichenen Nicolai-Kirche. Ihre hellblauen Augen verengen sich zu schmalen Schlitzen, als sie sich vorstellt, wie sie ihren Intimfeind von der örtlichen Presse dort oben befestigen würde. Einen Moment später hat sie sich wieder im Griff. Es ist Teil ihrer Überlebensstrategie, jederzeit einen unverwüstlichen Eindruck zu hinterlassen. Wenn deine Gegner merken, dass sie dich aus der Reserve locken können, hast du schon verloren, ist ihre Überzeugung. Und verlieren tut sie nicht. Niemals! Sie sammelt höchstens Erfahrungen.

Mit aufgeräumter Miene eilt sie die Fußgängerzone hinunter.

Kapitel 2

Das Wiedersehen

Wenige Minuten später betritt Julia ein Lokal namens „Ziegenstall“. Suchend blickt sie sich nach der Restaurant-Chefin um. Nephele Papas, eine mollige Frau mit langen schwarzen Haaren und einem herzförmigen Gesicht, das von ihren großen ausdrucksstarken Augen dominiert wird, die sie mit dickem schwarzen Kajal zusätzlich betont, kommt hinter dem Tresen hervor und eilt strahlend auf sie zu. Wie immer ist die Wirtin ganz in schwarz gekleidet. Heute ermöglichen der tiefe Ausschnitt ihres knielangen Kleides und die fast durchsichtigen Ärmel aus schwarzer Spitze einen großzügigen Ausblick auf diverse romantische Tattoos in Form von Rosen, verschlungenen Ranken und Schmetterlingen. Eine feine goldene Kette mit einem Kreuz bildet den einzigen Lichtpunkt ihrer Garderobe.

„Julia! Wie schön dich zu sehen“, begrüßt Nephele ihren Gast und breitet erfreut die Arme aus. Während die beiden sich gegenseitig ein Küsschen links und eines rechts auf die Wange hauchen, meint die Wirtin: „Daniela ist schon da. Ich habe sie an einem Tisch weit weg vom Trubel, der hier vorne am Eingang herrscht, platziert. Dort sind wir hoffentlich ungestört.“

Julias Augen folgen Nepheles Kopfnicken. Im hintersten

Winkel des Lokals, direkt am Fenster zum Parkplatz hinaus, entdeckt sie die Frau, von der die Rede ist. Sie trägt ihre langen blonden Locken zusammengefasst zu einem unordentlichen Dutt und hat ihre üppigen Rundungen in ein robustes Leinenhemd in verwaschenem Rot und eine blaue Jeans gepresst. Dazu trägt sie derbe Schuhe, die Julias kritischer Einschätzung nach bestimmt schon mehrere Wochen lang nicht mehr geputzt worden sind. Obwohl die Frau ungeschminkt ist und augenscheinlich nicht viel Zeit darauf verwendet hat, sich für das Treffen herzurichten, wirkt sie fast sexy in ihrem legeren Outfit, das ihre weibliche Figur vorteilhaft betont. Ihre Attraktivität wird noch verstärkt durch die ebenmäßigen Gesichtszüge, die denen eines naiven Rauschgoldengels gleichen.

Während sich Julia und Nephele dem Tisch nähern, ist Daniela vollauf damit beschäftigt, etwas in ihr Smartphone einzutippen. Erst, als Julia und Nephele direkt vor ihr stehen, bemerkt sie sie und hebt ihren Blick vom Display. Ein strahlendes Lächeln erhellt ihr Gesicht.

„Julia! Meine Güte, was hast du dich verändert! Ich glaube, ich habe dich seit unserem Abi-Ball nicht mehr gesehen. Nur in der Zeitung, natürlich. Du hast ja richtig Karriere gemacht als Bürgermeisterin Gifhorns! Beeindruckend!“, sprudelt es aus ihr heraus. Sie springt auf und umarmt ihre alte Schulfreundin.

„Du dagegen hast dich scheinbar überhaupt nicht verändert“, erwidert Julia, als sie sich einander gegenüber an den

Tisch setzen. „Dein frischer Teint ist der einer Zwanzigjährigen. Wie machst du das nur?“

Daniela zuckt die Schultern. „Das hängt vermutlich mit der guten Landluft zusammen. Ich habe in einen landwirtschaftlichen Betrieb eingeheiratet und auf unserem Hof gibt es immer eine Menge zu tun.“

Julia mustert ihre Freundin genauer. „Kinder hast du anscheinend auch“, bemerkt sie mit anzüglichem Grinsen. Dabei starrt sie auf den deutlich sichtbaren Abdruck, den eine kleine Hand, die vorher anscheinend in ein Nougatglas gegriffen hat, auf Danielas Schulter hinterlassen hat.

Daniela folgt ihrem Blick und verrenkt sich dabei fast den Hals. „Mist!“, schimpft sie. „Ich möchte es *einmal* schaffen, zivilisiert aus dem Haus zu gehen. Seit ich Kühe und Kinder habe, ist mir das noch nicht gelungen.“ Ärgerlich starrt sie auf das Missgeschick.

„Das ist doch nicht schlimm“, tröstet Nephele. „Wir sind doch unter uns.“

Daniela kramt in ihrer Hose nach einem Taschentuch, spuckt einmal kurz darauf und bearbeitet die Hinterlassenschaft. Viel Erfolg ist ihr damit jedoch nicht beschieden. Im Gegenteil: Zu dem Fleck gesellen sich nun auch noch kleine weiße Papierfasern. Unzufrieden mit dem Ergebnis schüttelt sie den Kopf.

„Es fällt kaum noch auf“, lügt Julia und lächelt Daniela aufmunternd zu.

„Bestimmt nicht“, bestätigt Nephele und wirft Julia ein verschwörerisches Lächeln zu.

Daniela schaut die beiden misstrauisch an. „Ich glaube, ihr schwindelt mich an“, stellt sie mit ernstem Gesicht fest, woraufhin alle drei in schallendes Gelächter ausbrechen.

„Wer beschwindelt wen?“, fragt eine Stimme hinter ihnen. Die Köpfe der drei fahren zu der schlanken Frau mit den langen roten Haaren herum, die wie aus dem Nichts neben ihrem Tisch aufgetaucht ist. Unter ihrem cremefarbenen Wintermantel trägt sie eine enge, makellos weiße Jeans und darüber eine todschicke rehbraune Rüschenbluse, die sich elegant an ihren schlanken Körper schmiegt. Dazu hat sie modische dunkelbraune, spitz zulaufende Stiefeletten mit hohen Absätzen an den Füßen, die exakt den gleichen Farbton aufweisen wie ihre Coco-Chanel-Handtasche, die sie über dem Arm trägt. Eine lange silberne Kette mit einem riesigen tropfenförmigen Bernstein adelt ihr Outfit. Ihr fragender Blick wandert von einer der am Tisch sitzenden Frauen zur nächsten. Dann verharrt er bei Daniela, besser gesagt auf deren Schulter.

„Um Gottes willen, was ist das?“, ruft sie entsetzt. „Das sieht ja aus, als hätte sich jemand an dir den Hintern abgewischt!“ Angewidert verzieht die Rothaarige das Gesicht. Julia und Nephele werfen sich einen amüsierten Blick zu, während Danielas Gesicht von einer zarten Röte überzogen wird.

„Es ist nur ein bisschen Nutella. Ich habe halt Kinder“,

rechtfertigt sie sich.

Die Rothaarige schnauft und schüttelt abschätzig den Kopf. „Ich habe auch Kinder. Das ist noch lange kein Grund, sich so gehen zu lassen!“, versetzt sie herablassend.

„Wie schön, Miriam, dass auch du den Weg zu uns gefunden hast“, beeilt sich Julia einzuwerfen, bevor die Situation für die arme Daniela noch unangenehmer werden kann. Innerlich kann sie über Miriam nur den Kopf schütteln. Vermutlich muss man Arztgattin sein und darf keine größeren Probleme als einen abgebrochenen Fingernagel haben, um aus einem simplen Fleck eine so große Sache zu machen, denkt sie bei sich. Gleichzeitig fragt sie sich, ob es vielleicht keine so gute Idee war, Miriam ins Veranstaltungskomitee für die Ausrichtung der Abi-Jubiläumsfeier zu bitten. Julia kann sich noch gut daran erinnern, dass ihre Freundin schon zu Schulzeiten nicht durch übermäßigen Arbeitseinsatz, dafür umso mehr durch eine hohe Anspruchshaltung aufgefallen ist. Für die verwöhnte Tochter ehrgeiziger Eltern war stets nur das Beste gut genug gewesen. Miriam hatte niemals geruht, bis sie das, was ihr ihrer Meinung nach zustand, auch bekam. Auseinandersetzungen darum waren für Mitschüler wie für Lehrer oft sehr anstrengend gewesen. Darüber hinaus findet Julia es komplett überflüssig, die arme Daniela so anzugiften. Noch dazu, wo alle Anwesenden früher nicht nur auf das gleiche Gymnasium gegangen sind, sondern auch miteinander befreundet waren. Doch wie immer ist Julias Miene nichts von ihren

Gedanken anzusehen. Stattdessen deutet sie mit einem kurzen Nicken auf den freien Platz neben sich. „Vielleicht magst du dich trotzdem zu uns setzen, auch wenn unsere Garderobe nicht hundertprozentig deinen Ansprüchen genügt?“, fragt sie spöttisch.

„Natürlich.“ Miriam ringt sich ein Lächeln ab und rutscht zu ihr auf die Bank. Irritiert sieht Julia ihr dabei zu. Wenn sie nicht wüsste, dass es völlig undenkbar ist, weil es überhaupt nicht zu Miriam passt, dann hätte sie geschworen, dass deren Wangen eine leichte rosa Färbung angenommen haben. Doch Miriam Schamgefühl zu unterstellen, wäre nun wirklich zu weit hergeholt!

Einen Moment lang herrscht betretene Stille am Tisch. Schließlich bricht Nephele das Schweigen. „Du liebe Güte, wie unaufmerksam von mir! Ihr sitzt ja alle noch auf dem Trockenen! Was haltet ihr von einem Prosecco? Auf die alten Zeiten? Ich lade euch ein.“

Dieses Angebot verbessert die Stimmung im Nu. Alle stimmen begeistert zu und Nephele gibt die Bestellung an eine ihrer Angestellten weiter. Anschließend wendet sie sich wieder der Runde am Tisch zu. „Jetzt warten wir nur noch auf Thekla, stimmt‘s?“, fragt sie Julia, die Initiatorin des Treffens. „Ich wusste gar nicht, dass sie wieder im Lande ist. Das Letzte, was ich hörte, war, dass sie nach Hollywood gegangen ist?“

Julia nickt. „Ich war selbst erstaunt, als sie mir schrieb, dass sie wieder in Gifhorn sei. Ich habe nicht damit gerechnet, dass sie auf die Terminabfrage zur Jubiläumsfeier, die ich per Mail an alle verschickt habe, überhaupt antwortet. Was soll sie sich dafür interessieren, wenn sie auf der anderen Seite des Globus lebt?"

Daniela schaut überrascht. „Im Ernst? Thekla ist wieder hier? Unmöglich! Wer kommt denn freiwillig von Hollywood zurück nach Gifhorn?" Sie klingt ehrlich betroffen. Unbeabsichtigt erntet sie mit dieser Bemerkung einen Heiterkeitsausbruch der anderen Frauen.

„Ich bitte dich! Was sind denn das für Töne?", schimpft Julia gespielt empört. „Gifhorn ist *die* idyllische Mühlenstadt am südlichen Rand der Lüneburger Heide. Hierher kommen sogar Touristen!"

Nun wollen sich alle beinahe ausschütten vor Lachen. Die junge Bedienung, die in diesem Moment mit dem Prosecco in einem silberfarbenen Kühler und fünf Gläsern an den Tisch herantritt, lächelt unsicher in die Runde. Man kann ihr quasi von der Stirn ablesen, dass sie der Meinung ist, dass die Damen keinen Prosecco mehr benötigen, um in Stimmung zu kommen. Ihre Chefin nickt ihr beruhigend zu. „Klassentreffen", sagt sie mit vielsagendem Blick. Augenblicklich erhellt ein verständnisvolles Lächeln die Miene der jungen Frau. Sie stellt das Tablett auf dem Tisch ab und öffnet die Flasche. Anschließend entfernt sie sich, als Nephele ihr zu verstehen gibt, dass sie das Einschenken des Getränks selbst besorgen wird.

„Vielleicht sollten wir noch auf Thekla warten?", fragt die

Gastwirtin in die Runde.

„Nicht nötig“, ertönt es neben ihr. Überrascht dreht sich Nephele um und schaut direkt in die vergnügt strahlenden dunkelbraunen Augen einer schlanken, hochgewachsenen Frau. Deren ausdrucksstarkes Gesicht, das niemand so schnell vergisst, der es je gesehen hat, ziert ein breites Grinsen. Die langen Beine der Frau stecken in engen grauen zerrissenen Jeans, über denen sie ein weißes Tanktop und einen weiten grobmaschigen dunkelbraunen Wollpullover trägt. Ihr langes zerzaustes aschblondes Haar hat sie mit einem um ihren Kopf geschlungenen bunt gemusterten Tuch halbwegs gebändigt. „Tut mir leid, Mädels, dass ich zu spät bin. Die Gifhorner Rush Hour ist der Horror!“, schimpft sie und rollt die Augen genervt gen Himmel.

Für diese nicht ganz ernst gemeinte Bemerkung erntet sie großes Gelächter. Während Thekla sich auf die Bank neben Daniela schiebt, füllt Nephele den Prosecco in die Gläser und verteilt sie an ihre Gäste. „Auf unser Wiedersehen und eine erfolgreiche Planung unseres Abi-Jubiläums!“, ruft sie und erhebt ihr Glas. Die anderen folgen ihrem Beispiel.

„Wie schön, dass wir uns nach so langer Zeit endlich wiedersehen. Es fühlt sich fast so an, als wäre es gestern gewesen, als wir Abitur gemacht haben!“, meint Thekla.

„Mir geht es genauso“, stimmt Daniela ihr zu. „Wenn ich überlege, was wir fünf früher für einen Mist angestellt haben, dann kann ich gar nicht verstehen, wie wir uns so komplett aus den Augen verlieren konnten. Hatten wir uns nicht damals bei der Abi-Party am Waldsee ewige Freundschaft geschworen?“, fragt sie.

„Stimmt“, bestätigt Thekla schmunzelnd. „Möglicherweise hatte dieser höchst sentimentale Akt aber auch mit dem Joint zu tun, den wir bei dieser Gelegenheit haben kreisen lassen.“ Ein amüsiertes Raunen geht durch die Runde. Daraufhin korrigiert Nephele ihren Trinkspruch: „Auf die Freundschaft!“, ruft sie und prostet den anderen zu. „Auf die Freundschaft!“, echoen die vier übrigen im Chor.

Nachdem sie angestoßen und einen Schluck getrunken haben, tauschen sich die fünf beim Prosecco darüber aus, wie sie die vergangenen zwanzig Jahre seit ihrem Schulabschluss verbracht haben. Bis auf Nephele und Julia, die sich des Öfteren in der Stadt oder im Lokal über den Weg laufen, wo Julia ab und an zu Mittag isst, haben sich die fünf seither kaum oder gar nicht mehr gesehen.

Daniela berichtet, wie sie kurz nach dem Abitur ihre Jugendliebe Erik heiratete und wenig später ihre Ausbildung als Bürokauffrau abbrach, als sie schwanger wurde. Nephele erzählt von ihren erfolglosen Bemühungen, nach dem Abi an der Hochschule für Bildende Künste in Braunschweig aufgenommen zu werden, und wie sie sich, um Geld zu verdienen, mit Jobs im Service über Wasser gehalten hat. „Als ich dann mit Ilias schwanger wurde und sein Vater glücklicherweise das Weite suchte, musste ich mich allein durchschlagen. Da mir klar war, dass das als Bedienung schlecht funktionieren würde, habe ich meine Eltern angepumpt und einen hohen Kredit aufgenommen, um dieses Lokal kaufen zu können“, erklärt sie.

„Hat Ilias Vater dich nicht unterstützt?“, fragt Miriam erstaunt. „Du liebe Güte! Das wäre mir nicht passiert! So weit hätte der Kerl gar nicht rennen können, dass ich ihn nicht gefunden und ausgepresst hätte wie eine Zitrone!“

Thekla, Julia und Daniela lachen, obwohl oder gerade weil sie wissen, dass Miriam es todernst meint. Wenn es um ihren Vorteil geht – das wissen alle – schreckt sie vor nichts zurück.

Nephele schüttelt den Kopf und seufzt. „Bei Männern habe ich leider noch nie ein glückliches Händchen besessen. Bei dem schon gar nicht! Ich war heilfroh, als ich den Kerl los war. Ich hätte ihm sogar etwas dafür bezahlt, damit er aus meinem Leben verschwindet!“ Miriam sieht sie verständnislos an, doch Nephele scheint zu finden, dass sie das Thema erschöpfend behandelt hat. Bevor die andere nachhaken kann, hat sie den Spieß schon umgedreht. „Wo wir gerade dabei sind“, meint sie mit anzüglichem Lächeln, während sie ihren Blick an Miriams teurer Garderobe herabwandern lässt und schließlich bei der Coco-Chanel-Tasche landet, die diese neben sich auf der Sitzbank abgestellt hat. „Wie ist das eigentlich bei dir? Du hast ja bereits erwähnt, dass du Kinder hast. Allem Anschein nach zahlt sich das aus?“

Die anderen wenden sich nun ebenfalls mit gespannter Aufmerksamkeit Miriam zu. Bei jeder anderen hätten sie vielleicht Mitleid gehabt, wenn sie auf diese Weise bloßgestellt worden wäre. Doch bei Miriam, das wissen alle, ist übertriebenes Feingefühl überflüssig. Als wolle sie diese Einschätzung bestätigen, streicht sich die Angesprochene mit einer gezierten Geste eine rote Haarsträhne aus dem Gesicht und lächelt zufrieden. „Selbstverständlich tut es das. Mein Mann führt eine gutgehende Privatklinik für plastische und ästhetische Chirurgie. Wir können ganz gut davon leben."

Ein beeindrucktes Raunen erhebt sich am Tisch.

„Dann bist du dort vermutlich für die Buchhaltung zuständig?", rät Thekla.

Entsetzt blickt Miriam sie an. „Um Himmels willen, nein! Ich habe genug mit der Erziehung unserer Kinder zu tun. Die Zwillinge sollen schließlich in ordentlichen Verhältnissen aufwachsen. Außerdem kümmere ich mich natürlich um die Hunde, das Haus und den Garten."

Die anderen Frauen werfen sich belustigte Blicke zu. Miriam bemerkt es und kontert: „Wie ich schon sagte, wirft die Klinik genug ab. Es ist nicht nötig, dass ich arbeiten gehe. Aber selbstverständlich engagiere ich mich für wohltätige Zwecke."

Für diese Aussage erntet sie gespielt beeindruckte Blicke.

Julia will es genauer wissen. „Und was sind das für Wohltätigkeiten, mit denen du die Welt beglückst?"

„Ich bin im Kirchenvorstand unserer Gemeinde aktiv“, antwortet Miriam geziert. „Da gibt es immer etwas zu tun. Einen Wohltätigkeitsbazar zu organisieren, einen Spendenaufruf für Menschen in Not zu verschicken, ein Senioren-Kaffeetrinken zu veranstalten … na, ihr wisst schon. Was man halt so tut.“

Danielas Augen sind bei Miriams Ausführungen immer größer geworden. Ungläubig schüttelt sie den Kopf. Miriam bemerkt es und wirft ihr einen ungeduldigen Blick zu.

„Ist das alles?“, fragt Daniela verwundert. „Das kann dich doch unmöglich ausfüllen! Was machst du denn sonst noch so?“

Die anderen drei brechen in wieherndes Gelächter aus. Das ist Daniela gar nicht recht, denn sie hatte überhaupt nicht vor, sich über Miriam lustig zu machen. Bevor die zu einer scharfen Erwiderung ansetzen kann, greift Julia ein, um einen neuerlichen Angriff auf Daniela zu verhindern.

„Ich wette, ihr seid nun alle furchtbar neugierig darauf zu erfahren, was *ich* in den letzten zwanzig Jahren gemacht habe?“, fragt sie in die Runde.

„Und wie“, ruft Nephele, woraufhin alle lachen müssen. Schließlich haben sie bereits mitbekommen, dass sich die Wege der Bürgermeisterin und der Gastronomin, deren Arbeitsplätze nur einen Katzensprung voneinander entfernt liegen, des Öfteren kreuzen. Nichtsdestotrotz berichtet Julia von ihrem Studium in Berlin und wie sie anschließend eigentlich nur für die Zeit, bis sie einen Job findet, in die Kleinstadt zurückkehrte. Dann jedoch, erzählt sie, erhielt sie von einem nahen Autobauer ein Angebot, das sie nicht ablehnen konnte und fand schließlich eher zufällig den Weg in die Kommunalpolitik.

„Zufällig? Das war doch klar, dass du irgendwann auf die schiefe Bahn gerätst!“, widerspricht Thekla. „Du musstest dich doch schon in der Schule in alles einmischen. Warst du nicht Jahrgangssprecherin und später sogar Schulsprecherin?“

Nephele ergänzt: „Nicht nur das! Wir waren bereits auf der Grundschule in derselben Klasse. Schon damals hat sie sich zur Klassensprecherin wählen lassen.“

„Aber nur, um zu verhindern, dass der blöde Thomas das Amt bekam, der uns immer Juckpulver in den Kragen gesteckt hat“, verteidigt sich Julia.

Alle lachen. Anschließend fragt Daniela: „Und wie sieht es privat bei dir aus?“

Bevor Julia darauf antworten kann, mischt sich Miriam ein. „Das weiß doch jeder, dass Julia mit Björn Hemker, dem Kaufhaus-Inhaber verlobt ist. Liest man bei euch im Langenklint keine Zeitung?“, fragt sie bissig.

„Dauerverlobt“, fügt Nephele mit einem anzüglichen Blick in Julias Richtung hinzu, um von dem neuerlichen Giftpfeil Miriams auf die arme Daniela abzulenken. „Der Zustand dauert jetzt schon mindestens vier Jahre an. Findest du nicht, du solltest den armen Kerl endlich mal erlösen und heiraten?“, fragt sie Julia.

„Erlösen *und* heiraten? Wie soll das gehen?“, wirft Thekla spöttisch ein.

Julia bedenkt sie mit einem strafenden Blick und kontert: „Erzähl du uns lieber, wie es in Hollywood war und was dich zurück nach Gifhorn verschlagen hat. Ich glaube, das interessiert uns alle viel mehr“, wechselt sie geschmeidig das Thema, verschränkt die Arme vor der Brust und blickt Thekla erwartungsvoll an.

„Oh ja!“, ruft Daniela mit leuchtenden Augen. „Wie war‘s da drüben? Mit wem hast du gedreht? Stimmt es eigentlich, dass du ein Verhältnis mit diesem Game-of-Thrones-Star hattest? Wie hieß er noch gleich …“

Thekla unterbricht sie mit süffisantem Grinsen. „Keine Namen, bitte! Seine Frau fand die medialen Spekulationen über die Fehltritte ihres Ehegatten gar nicht lustig. Die bringt es fertig und verklagt dich wegen Verleumdung!“

Daniela lässt sich nicht entmutigen. „Dann erzähl‘ uns wenigstens etwas über die Dinge, über die du reden darfst! Zum Beispiel über die Filme, in denen du mitgespielt hast. Darüber weiß ich gar nichts. Ich habe dich noch in keinem Streifen gesehen!“

Die drei übrigen Frauen werfen sich pikierte Blicke zu. Daniela jedoch scheint das Fettnäpfchen gar nicht zu bemerken, in dem sie bereits knietief steht. Mit leuchtenden Augen und voller Vorfreude auf spannende Neuigkeiten aus der Welt der Stars und Sternchen sieht sie ihre alte Schulfreundin abwartend an.

Thekla reagiert gelassen. „Nun, besonders spektakulär waren meine Engagements bislang nicht. Mit international erfolgreichen Produktionen kann ich nicht dienen. Ein paar Nebenrollen in amerikanischen Fernsehserien, einige Bühnenengagements und auch eine Rolle in einer Broadway-Produktion – das war's dann schon mehr oder weniger", erklärt sie vage.

„Und mit *wem* hast du so gedreht?", hakt Daniela neugierig nach.

„Vermutlich mit niemanden, den du kennst", wirft Miriam bissig ein. „Mann, Daniela! Thekla hat es doch gerade gesagt! So großartig ist es für sie da drüben nicht gelaufen. Deshalb wird sie Filmgrößen wie George Clooney, Brad Pitt, Tom Hanks oder Tom Cruise wohl kaum persönlich kennengelernt haben."

Thekla bläst die Backen auf und wiegt den Kopf hin und her. „Ganz so würde ich das nicht formulieren. Hollywood ist ein Dorf und es gibt jede Menge Partys, in die man sich hineinmogeln kann." Sie grinst spitzbübisch, winkt jedoch schon im nächsten Moment ab. „Aber ich glaube tatsächlich, es gibt Spannenderes, als über solche Dinge zu reden. Und vor allem Wichtigeres! Sind wir nicht hier, um unser Abi-Jubiläum vorzubereiten?"

„Sehr richtig!", pflichtet Julia ihr bei. „Und ich finde, damit sollten wir jetzt auch beginnen, bevor euch der Prosecco zu sehr in den Kopf steigt."

Als sich am Tisch lautstarker Protest regt, hebt sie beschwichtigend die Hände. Dabei macht sie den Eindruck, als führe sie den Vorsitz bei einer turbulenten Ratssitzung und müsse für Ordnung sorgen, weil sich die Ratsmitglieder wegen irgendeiner Sache in die Haare geraten sind. Natürlich ist auch das wieder ein Anlass zur Erheiterung.

Anschließend fragt Thekla: „Ich habe da gleich mal eine Frage: Feiert man ein Jubiläum nicht eigentlich erst nach fünfundzwanzig Jahren? Warum begehen wir unseres schon nach zwanzig?"

Julia verzieht spöttisch das Gesicht. „Weil das damalige Abi-Feier-Veranstaltungskomitee davon überzeugt war, dass nach 25 Jahren schon zu viele von uns unter der Erde liegen würden. Deshalb hatten wir beschlossen, unser erstes Treffen bereits nach zwanzig Jahren abzuhalten. Meine Güte, wir haben geglaubt, mit vierzig müsse man wenigstens scheintot sein. Erinnert ihr euch an Herrn Hecht, unseren Geschichtslehrer? Der war zu unserer Zeit erst Ende dreißig und wir dachten, der würde kurz vor der Rente stehen. So griesgrämig und vertrocknet, wie der aussah!"

Dem können die anderen nur beipflichten.

„Ich bin jedenfalls jetzt schon mächtig gespannt darauf zu erfahren, was aus den Leuten geworden ist, und muss nicht fünf weitere Jahre warten", meint Daniela.

„Stimmt", ruft Nephele und ihre Augen beginnen zu leuchten. „Erinnert ihr euch noch an den ‚schönsten Mann zwischen Harz und Heide', wie wir ihn damals nannten?"

Lautes Gejohle beantwortet ihre Frage.

„Er war der Schwarm aller Mädchen unseres Jahrgangs", erinnert sich Daniela.

„Und aller anderen Jahrgänge auch!", ergänzt Thekla lachend. Sie wendet sich an Julia. „Was meinst du? Wird er bei unserer Jubiläumsfeier erscheinen?"

„Keine Ahnung", antwortet die Angesprochene und zuckt die Schultern. „Bislang habe ich nur Kontaktdaten recherchiert und allen eine Terminabfrage geschickt. Von ihm habe ich bislang nicht einmal eine E-Mail-Adresse, weiß aber wenigstens von seiner Mutter, wo er wohnt."

„Wie hieß der Typ eigentlich? Andi? Oder Andreas?", will Miriam wissen.

„André Tetzlaff", antwortet Nephele hingebungsvoll seufzend und richtet den Blick mit einem dramatischen Augenaufschlag gen Himmel. „Wisst ihr noch, wie er sich immer mit den Fingern durch die halblangen blonden Haare fuhr? Er sah damals aus wie Brad Pitt."

Ein zustimmendes Raunen geht durch die Runde.

„Warst du nicht mal mit ihm zusammen, Thekla?", fragt Julia.

Die Angesprochene nickt langsam, als würden die Erinnerungen an diese ferne Zeit erst nach und nach zu ihr zurückkehren. „Jahaaa“, sagt sie gedehnt, „aber ich habe ihn auch schnell wieder entsorgt“, erinnert sie sich dann. „Er sah zwar gut aus, war aber innerlich ziemlich hohl.“

„Ich habe auch mal mit ihm herumgeknutscht. Das war kurz vor dem Abi“, schwärmt Nephele mit verträumtem Blick. „Mann, war ich verknallt! Ich war überzeugt davon, dass wir irgendwann heiraten würden.“ Sie seufzt und zuckt die Schultern. „Doch daraus wurde nichts“, fügt sie betrübt hinzu.

Ein vielstimmiges, bedauerndes „Oooh“ erfüllt die Runde am Tisch.

„Und *warum* wurde nichts daraus?“, will Daniela wissen.

Nepheles Miene verfinstert sich. „Irgend so eine Schlampe hat sich auf dem Abiball an ihn `rangewanzt, einen Joint mit ihm geteilt und ihn dann auf dem Damenklo im Kulturzentrum durchgevögelt. So wurde es mir jedenfalls zugetragen.“

Julia gniggert in sich hinein. Nephele schaut sie empört an. „Du lachst darüber?“

Nun kann Julia nicht mehr an sich halten. Sie prustet lauthals los und schlägt sich auf die Schenkel. Als sie sich ein bisschen erholt hat, beteuert sie: „Es tut mir leid, Nephele, wirklich! Aber ich erinnere mich an die Szene. Und es war wirklich zu komisch!“ Wieder bricht sie in wieherndes Gelächter aus.

Thekla fällt mit ein. „Meine Güte, natürlich! Wie konnte ich das vergessen? Ich war ja auch dabei!“ Die beiden biegen sich über den Tisch vor Lachen. „‘Tschuldigung, Nephele, aber es war wirklich ein Bild für die Götter!“, erklärt Thekla, während sie mühsam versucht, sich zu beherrschen. Als ihr das gelingt, teilt sie ihre Erinnerungen mit den anderen. „Wir standen im Foyer vor dem Ballsaal. Eine Frau kam an uns vorbei – vermutlich eine der Mütter. Sie war leichenblass und ihre Lippen zitterten vor Empörung. Julia fragte besorgt, ob sie helfen könne. ‚Irgendwer vergisst sich auf der Damentoilette. Unmöglich sowas!‘, stammelte die Dame. Wir wussten gar nicht, was sie meint! Aber Julia und ich wurden neugierig und gingen aufs Mädchenklo. Dort hatte sich bereits eine Traube von Schülern, auch ein paar Jungs waren darunter, feixend vor einer der Kabinen versammelt, um dem, was da drinnen vor sich ging, zu lauschen. Ein besonders vorwitziger Bengel probierte die Klinke und tatsächlich: Die Tür sprang auf! Diejenigen, die da drinnen zugange waren, hatten es entweder nicht für nötig befunden oder im Eifer des Gefechts vergessen abzuschließen.“ Erneut wird sie von einer Lachsalve geschüttelt und kann nicht weitersprechen.

Das übernimmt Julia für sie. „André stand auf dem Klo und hielt sich am Wasserkasten unter der Decke fest. Vor ihm stand eine Frau und blies ihm mit Leidenschaft ein Ständchen. Wir haben gebrüllt vor Lachen!“

Das tun nun auch die anderen am Tisch. Sogar Nephele

wird davon angesteckt. Schließlich lacht sie selbst am lautesten von allen. „Weiß eigentlich jemand, wer diese kleine Schlampe war? Ich habe ihren Namen nie erfahren“, will sie wissen, während sie sich die Lachtränen aus den Augen wischt.

Daniela schüttelt bedauernd den Kopf. „Tut mir leid – ich war nicht dabei. Ich höre heute zum ersten Mal davon!“

Julia und Thekla schauen sich fragend an, Letztere zuckt die Schultern. „So weit reichen meine Erinnerungen nicht. Es muss wohl jemand aus unserer Penne gewesen sein. Irgendeine, bei der es niemanden überrascht hat, dass sie sich so ungeniert gibt. Andernfalls hätten wir vermutlich im Gedächtnis behalten, wer sich dort um Andrés Wohl bemühte.“

„Demnach kann es keine der Mütter gewesen sein, denn daran *hätten* wir uns erinnert!“, stimmt Julia zu. Sofort brüllen wieder alle vor Lachen.

Als sie sich von diesem neuerlichen Heiterkeitsausbruch erholt haben, meint Miriam: „Es ist so lange her. Eigentlich ist es doch auch gar nicht mehr wichtig.“

„Für mich schon!“, widerspricht Nephele halb im Ernst, halb im Scherz. „Schließlich haben André und ich deswegen nicht geheiratet. Niemals hätte ich mich an einen Kerl verschwendet, der mich betrügt!“, erklärt sie mit Nachdruck.

„Oooohh“, raunen die vier anderen gespielt betroffen im Chor.

„Miriam hat recht. Sei froh, dass dir diese Frau, wer immer sie auch war, die Augen über Andrés vielseitiges Interesse an der Damenwelt geöffnet hat, und …“ Thekla stockt. Entgeistert starrt sie die Arztgattin an. Die senkt den Blick, zieht ihre Chanel-Tasche auf ihren Schoß und beginnt darin herumzukramen. Die Augen der anderen sind auf Thekla gerichtet in der Erwartung, dass sie ihren Satz beenden wird, doch sie schweigt.

Auf einmal werden auch Julias Augen groß wie Untertassen. Erschrocken blickt sie erst zu Miriam, dann zu Thekla. Einen Moment später hat sie sich wieder im Griff. „Gibt's noch Prosecco?“, fragt sie beiläufig. Doch ihr Ablenkungsmanöver kommt zu spät.

Statt Julia zu antworten, fährt Nephele wie von der Tarantel gestochen zu Miriam herum: *„Du* warst das?“

Miriam kramt immer noch in ihrer Tasche. „Daran kann ich mich nun wirklich nicht erinnern“, antwortet sie ausweichend.

Nephele glaubt ihr kein Wort. „Aber natürlich!“, platzt sie heraus. „Wer hätte es sonst sein können? Du warst doch die Jahrgangsmatratze! Du hast mit jedem `rumgemacht, der nicht bei drei auf dem Baum war! Und jeder wusste das!“

Empört hebt Miriam den Kopf. „Ich muss doch sehr bitten!“

Nepheles Augen verengen sich zu Schlitzen. „Gib es wenigstens zu!“, zischt sie zwischen zusammengebissenen Zähnen hindurch.

Julia schreitet ein. „Mädels, das alles ist Jahrzehnte her. Ihr werdet euch doch jetzt nicht wegen so einer Sache in die Haare kriegen?“

„Und warum nicht?“, kontert Nephele aggressiv, ohne Miriam auch nur eine Sekunde lang aus den Augen zu lassen. „Wir waren damals schließlich befreundet! Jedenfalls habe ich das geglaubt.“

Miriam scheint indessen entschieden zu haben, dass Angriff die beste Verteidigung ist. Energisch klappt sie ihre Tasche zu und stellt sie beiseite. Hochmütig wirft sie den Kopf in den Nacken. „Du liebe Güte! Willst du *deswegen* jetzt tatsächlich einen solchen Aufstand machen?“, sagt sie von oben herab.

Nepheles Augen beginnen gefährlich zu funkeln. „Bis eben hätte ich darauf verzichten können, aber jetzt bin ich mir da nicht mehr so sicher“, knurrt sie.

„Mädels, beruhigt euch!“, ermahnt Julia sie erneut. „Nephele, du wirst in deinem eigenen Lokal doch keine Schlägerei anzetteln wollen?“

Die Wirtin denkt über diese Worte nach, ohne jedoch ihren Blick von Miriam zu wenden. Schließlich nickt sie mit dem Kopf in Richtung der Tür. „Raus!“, zischt sie Miriam an.

„Bist du verrückt geworden?“, empört die sich. „Julia hat vollkommen recht. Denk an den Ruf deines Lokals!“

„Das tue ich!“, faucht Nephele. „Deshalb dulde ich hier drinnen keine Schlägerei. Draußen schon. Also Abmarsch!

Oder muss ich nachhelfen?“ Blitzschnell schnellt sie von ihrem Platz in die Höhe, langt über den Tisch und packt Miriam an deren langen roten Haaren.

„Geht’s noch?“, empört die sich.

Ihr Protest prallt an Nephele ab. Immer noch hält sie Miriams Haar fest umklammert. Entgeistert verfolgen die drei anderen die Szene. Julia fängt sich als Erste wieder und redet beschwörend auf die Wirtin ein.

„Nephele, Liebes, hältst du das für klug? Willst du wirklich wegen dieser alten Geschichte den Ruf deines Restaurants ruinieren? Das ist sie doch nicht wert!“

„Ich muss doch sehr bitten!“, empört sich Miriam und funkelt Julia böse an.

Julia schnalzt ungeduldig mit der Zunge. „Ich meine die Geschichte“, korrigiert sie sich schnell.

„Ich denke nicht daran, sie einfach so davonkommen zu lassen!“, faucht Nephele, ohne den Griff um Miriams Haar zu lockern.

Julia zuckt die Schultern. „Na gut“, sagt sie und wendet sich Miriam zu. „Dann bleibt dir wohl nichts anderes übrig, als dich zu entschuldigen.“

„Ich wüsste nicht wofür!“, erwidert Miriam böse, woraufhin Nephele kräftig an ihren Haaren zieht.

„Au!“, kreischt Miriam auf.

Thekla lehnt sich entspannt zurück und verschränkt ihre

Arme vor der Brust. „Also, ich habe nichts gegen einen handfesten Skandal, wenn's gut fürs Geschäft ist. In L.A. hat es so manchem abgehalfterten Star geholfen, wieder ins Gespräch zu kommen. Ob das allerdings auch für eine Restaurant-Besitzerin und eine Gifhorner Arztgattin die richtige Marketingstrategie ist, wage ich zu bezweifeln." Sie lässt ihren Blick vielsagend durch den Gastraum des Lokals schweifen. Längst sind die Leute an den umliegenden Tischen auf die Szene aufmerksam geworden.

Nephele schüttelt den Kopf und schnauft verächtlich. „Das ist mir sowas von egal! Diesen Verrat werde ich nicht auf sich beruhen lassen!" Dann leuchten ihre Augen plötzlich auf und sie verzieht ihren Mund zu einem boshaften Lächeln. „Und wer weiß? Vielleicht finden die Leute das gar nicht verkehrt, wenn sie erfahren, dass es bei mir ab und zu ein bisschen Action zum Zugucken gibt."

„Nicht auf meine Kosten!", faucht Miriam.

„Und warum nicht?", kontert Nephele kämpferisch.

„Mädels, hört auf, euch zu streiten!", bittet Daniela. Sie scheint als Einzige wirklich besorgt über den Ausgang der Angelegenheit zu sein, doch niemand hört auf sie.

„Raus jetzt!", befiehlt Nephele, während sie versucht, Miriam an den Haaren aus der Sitzecke zu ziehen.

„Lass sofort los, sonst kriegst du es mit meinem Anwalt zu tun!", droht die andere.

„Pah!", schnaubt Nephele. „Entschuldige dich oder ich

kann für nichts garantieren!“

„Niemals!“, kreischt Miriam.

„Bitte, Miriam“, mischt sich Daniela mit flehender Stimme ein. „Nenn‘ mich harmoniesüchtig, wenn du willst. Aber ich kann so etwas nicht ertragen!“

„Du ahnst nicht, wie egal mir das im Moment ist!“, blafft Miriam sie an und versucht nun ihrerseits Nephele am Schopf zu packen. Allerdings ist das Unterfangen chancenlos, denn Nephele weicht ihr geschickt aus.

Auch Thekla versucht, die beiden Streithähne zur Vernunft zu bringen. „Mädels, es gucken schon alle her!“, raunt sie den beiden mit verschwörerischer Stimme zu.

Daraufhin blickt sich Julia im Lokal um. Sie richtet ihren Blick auf die Eingangstür und stutzt. „Wenn mich nicht alles täuscht, dann hat soeben die örtliche Presse den Ziegenstall betreten“, warnt sie.

Nephele lacht boshaft auf, lässt Miriam jedoch nicht aus den Augen. „Großartig! Ich darf gespannt sein, ob das mit den Skandalen in Gifhorn ähnlich gut funktioniert wie in Hollywood.“

„Ich aber nicht!“, zischt Miriam, während sie vergeblich versucht, Nepheles Finger aus ihrem Haar zu lösen.

Nephele zuckt die Schultern. „Das liegt ganz an dir“, antwortet sie ungerührt.

„Er guckt schon“, flüstert Julia eindringlich.

Nephele lässt sich davon nicht beeindrucken. Sie grinst Miriam nur boshaft an. Julia zuckt die Schultern. „Was wohl der Kirchenvorstand dazu sagt, wenn er morgen von dieser Szene in der Zeitung liest?“, überlegt sie laut.

Diese Bemerkung endlich erreicht Miriam. Ein letztes Mal versucht sie verzweifelt, ihr Haar Nepheles Zugriff zu entziehen, doch die denkt gar nicht daran, sie freizugeben. Schließlich gibt sich Miriam geschlagen. „Meinetwegen. Entschuldige bitte!“, knurrt sie genervt.

Nephele hebt überrascht die Augenbrauen. „Geht doch“, sagt sie anerkennend. Einen Moment später lässt sie Miriams Haar tatsächlich los und setzt sich – mit einem Mal wieder seelenruhig – auf ihren Platz, als sei nichts geschehen. Miriam braucht ein bisschen länger, bis sie realisiert hat, dass sie sich wieder frei bewegen kann. Während sie zurück auf die Bank neben Julia rutscht, fährt sie sich mit den Fingern durchs Haar, um es in Ordnung zu bringen.

„Puh, da bin ich aber wirklich froh, dass die Presse genau im richtigen Moment aufgetaucht ist“, sagt Daniela und wirkt ehrlich erleichtert. Neugierig schaut sie in Richtung des Eingangs, kann dort jedoch niemanden stehen sehen. Verwirrt runzelt sie die Stirn. „Wo ist denn der Journalist? Ich sehe keinen“, fragt sie Julia.

Die folgt ihrem Blick und sieht sich scheinbar suchend im Lokal um. Dann zuckt sie die Schultern. „Hm, vermutlich habe ich mich getäuscht“, meint sie leichthin.

Thekla grinst. Sie wirft Julia einen anerkennenden Blick

zu: „Respekt, meine Liebe. Andere haben schon für weit weniger überzeugende Vorstellungen einen Oscar erhalten!“

Kapitel 3

Daniela

Es ist schon fast 21 Uhr, als Daniela den uralten grünen Mercedes ihrer Schwiegereltern auf den Hof im Langenklint lenkt. Eigentlich hätte sie ihren freien Abend, an dem sie die Beaufsichtigung der Kinder und Eriks kranker Eltern ausnahmsweise einmal ihrem Ehemann überlassen hat, gerne noch ein bisschen ausgeweitet. Doch nachdem sie im Ziegenstall die furchtbar leckere Currywurst verspeist hatte, die unter Eingeweihten auch „Werksforelle“ genannt wird, weil sie aus der gleichen Produktion stammt wie das legendäre Kantinengericht des nahen Autobauers, gelang es ihr kaum noch, ihre Augen offen zu halten. Schließlich war sie bereits seit fünf Uhr auf den Beinen!

Ihr Tag hatte damit begonnen, dass sie die Kühe fütterte und den Stall säuberte. Anschließend hatte sie das Frühstück bereitet für ihren Mann Erik, ihre vier Kinder sowie ihre Schwiegereltern, die hinten auf dem Hof in einem eigenen Wohnhaus, dem sogenannten Altenteil leben. Daniela hatte dafür sorgen müssen, dass ihre drei Töchter Sarah, Vicky und Madeleine sowie ihr Sohn Malte den Weg aus dem Bett ins Badezimmer fanden, und zwar in der dafür festgelegten Reihenfolge, die sich nach dem jeweiligen

Stunden- beziehungsweise Busfahrplan richtet. Zwischendurch hatte sie ihren dementen Schwiegervater, der am Küchentisch saß und lautstark nach seinem Kaffee und einem Schinkenbrot verlangte, mit dem Gewünschten versorgt. Normalerweise kümmert sich ihre Schwiegermutter beim Frühstück um ihn, doch heute war Alfons ihr vermutlich entwischt, denn er war besonders früh dran und ohne seine Frau bei ihnen aufgetaucht. Kurz darauf hatte ihr Mann Erik mit verschlafenem Gesicht in der Küchentür gestanden und vorwurfsvoll nach seinem Lieblingshemd gefragt. Sie hatte ihm erklären müssen, dass sie es zwar gewaschen, aber noch nicht gebügelt hatte, woraufhin er beleidigt von dannen gezogen war, ohne sich im mindesten dafür zuständig zu fühlen, den Kaffee aufzuwischen, den sein Vater auf der Wachstuchdecke verschüttet hatte, als er die Tageszeitung umständlich aufgeschlagen hatte.

Auch nach dem Frühstück, als ihr Mann und die Kinder glücklich vom Hof gerollt beziehungsweise gegangen und ihre Schwiegereltern in ihr eigenes Haus zurückgekehrt waren, hatte es keine Verschnaufpause gegeben. Daniela hatte sich um die Buchhaltung des Betriebs gekümmert, Futtermittel bestellt, die Kühe gemolken und zwischendurch ihren Schwiegervater mehrfach davon abhalten müssen, sich auf den Trecker zu setzen und die Gülle aus dem Kuhstall, die sie am folgenden Tag zur nahegelegenen Biogasanlage bringen wollte, auf den Feldern zu entsorgen. Ihre Argument, dass sie das Land erstens schon vor vielen Jahren an Hinnerk Schmidt verpachtet hatten und zweitens das Ausbringen von Gülle heutzutage in den Wintermonaten verboten ist, hatte ihn überhaupt nicht interessiert. Die Diskussion über dieses Thema hatte sie im Laufe des Vormittages noch fünf weitere Male führen müssen. Dann war es auch schon Zeit fürs Mittagessen gewesen, das ihre Schwiegereltern aus alter Gewohnheit stets pünktlich um halb eins einnahmen, während ihre Töchter um eins, halb zwei und Viertel nach zwei aus der Schule kamen und dann einen riesigen Kohldampf hatten, der umgehend gestillt werden wollte. Malte, ihr Ältester, macht eine Lehre als Tischler und isst auswärts, sodass sie sich um seine Verpflegung glücklicherweise nicht mehr kümmern muss.

Nachmittags hatte Daniela nach der Hausaufgabenbetreuung der beiden Jüngsten und einigen Hilfestellungen für die vierzehnjährige Madeleine, die zu bequem gewesen war, selbst nachzudenken, noch einmal nach den Kühen sehen und eine Tränke reparieren müssen. Kurz, bevor sie sich um siebzehn Uhr auf den Weg in die Stadt gemacht hatte, hatte sie es sogar noch geschafft, ein paar von Eriks Hemden zu bügeln. Zwar fand sie, dass er das eigentlich auch selbst können musste, aber da er das nicht fand und sie eine Neuauflage ihrer morgendlichen Diskussion am folgenden Tag um sein nicht einsatzbereites Lieblingshemd fürchtete, hatte sie es um des lieben Friedens willen erledigt. Ihr Einknicken vor seiner Bequemlichkeit hatte sie vor sich selbst damit gerechtfertigt, dass er ihr versprochen hatte – wenn auch nur widerwillig – an diesem Abend auf die Kinder aufzupassen und ihnen das Abendbrot zu bereiten. Zu diesem Zweck wollte er sogar früher aus seiner Versicherungsagentur nach Hause kommen. Das hatte zwar nicht geklappt – jedenfalls war er zum verabredeten Zeitpunkt noch nicht daheim gewesen, um eine nahtlose Übergabe der Kinderbeaufsichtigung sicherzustellen – doch immerhin hatte Daniela ihre älteste Tochter Madeleine dafür gewinnen können, auf ihre fünf beziehungsweise sieben Jahre jüngeren Schwestern aufzupassen. Das war nur unter Protest der ältesten Tochter gelungen, denn Madeleine hatte ihre Freundin Emilia zu Besuch und nicht die mindeste Lust, ihre Zimmertür offen zu lassen, um wenigstens mit einem Ohr nach ihren jüngeren Geschwistern zu horchen, bis der Vater endlich den Weg nach Hause gefunden hätte. Daniela versuchte zunächst, sie mit dem Argument zu ködern, dass es sich schließlich nur noch um wenige Minuten handeln könne, bis der Vater endlich daheim wäre. Doch daran hatte ihre älteste Tochter genauso wenig geglaubt wie sie selbst. Erst, als Daniela Madeleine gestattet hatte, sich zum Ausgleich für ihren Einsatz eine ganze Folge von Germanys Next Topmodel – und zwar bis zum Schluss! – ansehen zu dürfen, hatte sie eingewilligt.

Erschöpft parkt Daniela nun das altersschwache Auto neben dem schicken dunkelblauen Leasing-Fahrzeug ihres Gatten. Wenigstens ist er mittlerweile zuhause eingetroffen, denkt sie bissig. Im nächsten Moment schalt sie sich ungnädig. Sie muss ja nicht gleich zickig werden, sagt sie sich, nur, weil ihr Mann nicht rechtzeitig aus der Versicherungsagentur nach Hause gekommen ist, um sie abzulösen.

Sicher hatte er noch ein Kundengespräch, das er nicht einfach so unterbrechen konnte, vermutet sie und ist sofort wieder friedlich gestimmt. Überhaupt gelingt es Daniela selten, mehr als ein paar Minuten lang böse auf Erik zu sein, wenn er sich wieder einmal aus seinen familiären Pflichten herausgewunden hat. Nachtragend zu sein liegt ihr nicht. Stattdessen freut sie sich jetzt lieber auf ihr gemütliches Sofa. Dort, so hofft sie, kann sie den Abend vor dem Fernseher neben ihrem Mann bei einer Flasche Bier ausklingen lassen, bis sie endgültig reif fürs Bett ist.

Mit Schwung knallt Daniela die Autotür zu, die bei einer weniger energischen Behandlung nicht mehr schließt. Im schwachen Schein der leuchtenden Wand aus Glasbausteinen, die in den Siebzigern so schwer in Mode waren, läuft sie auf die Haustür zu. Als sie sie öffnet, kommt ihr die neunjährige Vicky kreischend aus dem Obergeschoss entgegen. Auf Socken stürmt sie die Treppe herunter und wirft sich ihrer Mutter in die Arme.

„Nanu, junge Dame, du bist ja noch gar nicht im Bett“, stellt Daniela verwundert fest. „Ab ins Bad und Zähne putzen!“

„Och nö! Dann muss Sarah aber auch!“, protestiert der kleine blonde Wirbelwind, der optisch eine Miniaturausgabe ihrer Mutter ist.

Daniela zieht die Augenbrauen in die Höhe. „Wie? Sarah ist auch noch nicht im Bett?“, ruft sie erstaunt. Für die Siebenjährige wäre normalerweise schon vor einer Stunde

Schlafenszeit gewesen. „Da hat euer Vater wohl die Zeit vergessen“, schimpft Daniela, seufzt resigniert, packt ihre Tochter unter den Armen und zieht sie hoch auf ihre Hüfte, um sie nach oben ins Badezimmer zu tragen. „Wo ist er überhaupt?“, fragt sie. Dabei schaut sie in Richtung des Wohnzimmers, aus dessen angelehnter Tür der Fernseher zu hören ist, aus dem die Botschaft eines Werbespots für Enthaarungscreme plärrt.

„Der ist nochmal weggegangen“, schallt es aus der Küche. Kurz darauf steht Madeleine kauend mit einer frisch geöffneten Tüte Chips in der Hand im Flur.

Daniela runzelt die Stirn. „Wohin?“, fragt sie verwundert und mit einer Spur Besorgnis in der Stimme. Einen Moment lang befürchtet sie, dass etwas mit ihren Schwiegereltern nicht in Ordnung ist und Erik den dementen Alfons oder die krebskranke Inge ins Krankenhaus hatte fahren müssen. Aber dann hätte sein Auto ja nicht auf dem Hof gestanden, widerspricht sie sich im nächsten Moment selbst.

Madeleine zuckt die Schultern. „Matze Schröder kam vorbei und hat mit seinem neuen Trecker angegeben. Er hat Papa dazu überredet, mit in die Kneipe zu gehen und noch einen Absacker zu nehmen. Er würde einen ausgeben, hat er gesagt.“

Nun ist es dann doch vorbei mit Danielas gnädiger Stimmung, zu der sie sich vorhin im Auto noch durchgerungen hatte. Missbilligend zieht sie die Augenbrauen hoch. Das ist ja wohl die Höhe! Da überlässt sie es ihrem Mann *einmal*, auf die Kinder aufzupassen und notfalls zur Stelle zu sein, wenn seine kranken Eltern Hilfe brauchen – eine Aufgabe, die normalerweise sie selbst tagein tagaus klaglos erfüllt – und er schafft es nicht einmal heute, seinen Pflichten nachzukommen?

Madeleine realisiert, dass ihre Mutter nicht erfreut ist. „Mit *mir* musst du das nicht diskutieren!“, mault sie und hebt abwehrend die Hände. „Ich kann mir Besseres vorstellen, als ständig für euch den Babysitter zu spielen.“

Daniela seufzt und bemüht sich um ein Lächeln. „Lieb von dir, dass du eingesprungen bist, mein Schatz“, sagt sie und reißt sich zusammen. Ihre Tochter soll nicht denken, dass sie ihren Unmut an ihr auslassen will. „Ich bin wirklich froh, dass ich dich habe!“, fügt sie dankbar hinzu.

Madeleine nickt gnädig. „Das hat Papa auch gesagt“, sagt sie und versucht es beiläufig klingen zu lassen. Doch Daniela merkt ihr an, wie stolz ihre Tochter auf ihre Rolle als Stütze ihrer Eltern ist und dass sie sich dabei sehr erwachsen fühlt. Als wolle sie diesen Eindruck noch unterstreichen, zieht Madeleine die Stirn kraus und meint altklug: „Wir müssen ein bisschen darauf achtgeben, Papa nicht zu überfordern!“ Bei diesen Worten greift sie erneut in die Chipstüte.

Daniela, die gerade mit Vicky auf dem Arm die Treppe ins Obergeschoss erklimmen wollte, hält mitten in der Bewegung inne. Sie blickt Madeleine teils amüsiert, teils fragend an und wartet darauf, dass die ihre Bemerkung erläutert.

Ihre älteste Tochter schiebt sich erst einmal eine Hand voll gewürzter Kartoffelscheiben in den Mund. Erst dann spricht sie weiter. „Na ja, Papa arbeitet von früh bis spät. Dann kommt er nach Hause und muss sich auch noch um die Kleinen kümmern“, womit sie ihre Schwestern Sarah und Vicky meint. „Außerdem hat er die Sorge um seine Eltern an der Backe. Das ist ihm manchmal einfach alles zu viel!“, erläutert sie ihrer Mutter die Sachlage, die die scheinbar noch nicht begriffen hat.

Die Amüsiertheit verschwindet aus Danielas Gesicht. Zurück bleibt ein Ausdruck grenzenloser Verständnislosigkeit. „Wie kommst du denn auf so etwas?“, fragt sie ihre Tochter, als sie ihre Sprache wiedergefunden hat.

Madeleine schüttelt ob der Begriffsstutzigkeit ihrer Mutter den Kopf. „Denk doch mal nach!“, fordert sie ihre Erzeugerin auf und versprüht dabei eine Ladung winziger Chipskrümel in Danielas Richtung. „Würde *dich* das *nicht* belasten, wenn du so viel um die Ohren hättest wie Papa?“

Danielas Miene zeigt nun die komplette geistige Leere, die im Kopf eines Menschen herrscht, der die Welt nicht mehr versteht und gleichzeitig weiß, dass es komplett sinnlos ist, es überhaupt versuchen zu wollen.

Ungeduldig rollt Madeleine die Augen gen Himmel. „Papa hat es selbst gesagt! Bei all dem Stress, den er heute hatte, müsse er jetzt einfach mal an sich denken. Deshalb ist er dann mit Matze losgezogen, um noch ein Bier trinken zu gehen. Matze hat ihn auf dem neuen Trecker mitgenommen.“ Missbilligend schüttelt ihre Tochter den Kopf. „Redet ihr eigentlich nicht miteinander, wenn du nicht mal weißt, was Papa alles um die Ohren hat?“

Einen Moment lang ist Daniela unfähig, etwas zu sagen. Schließlich krächzt sie, weil ihr beim besten Willen nicht einfallen will, was Madeleine meinen könnte: „Von was für einem Stress, den dein Vater hatte, ist denn hier eigentlich die Rede?“

„Na, Opa ist doch wieder ausgebüxt! Er hat den Acker gedüngt, den Hinnerk Schmidt von uns gepachtet hat. Du kannst dir vorstellen, wie glücklich der Öko-Heini war, dass Opa ihm eine satte Ladung Gülle auf seinem Bio-Acker hinterlassen hat! Den halben Tank hatte er schon entleert, bevor Hinnerk es gemerkt hat und ihn stoppen konnte“, raunzt ihre Tochter sie an, als sei Daniela höchstpersönlich für die Tat verantwortlich.

„Ach, du Scheiße!“, rutscht es Daniela heraus.

„Mama!“, ruft Madeleine protestierend und erinnert ihre Mutter dadurch daran, dass man erstens dieses Wort nicht in den Mund nimmt und zweitens schon gar nicht im Beisein der jüngeren Geschwister.

„Scheiße!“, kreischt Vicky denn auch gleich vergnügt auf. „Mama hat Scheiße gesagt!“

„Wann war das?“, fragt Daniela, den Ausbruch ihrer kleinen Tochter ignorierend.

„Kurz nachdem Papa nach Hause kam“, antwortet Madeleine, die damit zugeben muss, dass ihre Mutter unter diesen Umständen nichts von den neuerlichen Eskapaden des dementen Großvaters wissen kann.

„Hat Inge denn nicht gemerkt, dass Opa stiften gegangen ist?“, fragt Daniela hilflos, obwohl sie weiß, wie überflüssig diese Frage ist. Die Gründe für das Unglück eruieren zu wollen, ändert an den Fakten jetzt auch nichts mehr.

„Das hat Papa sie auch gefragt. Er war ganz schön sauer. Mann, hat der geschimpft!“, erzählt Madeleine. Voller Empörung über die Nachlässigkeit ihrer Großmutter schüttelt sie den Kopf. Daniela wirft ihr einen fragenden Blick zu und schließlich lässt sich ihre Tochter dazu herab, auch die restliche Geschichte zu erzählen. „Oma hat wohl wieder geraucht und deshalb nichts mitbekommen. Jedenfalls habe ich das herausgehört, als Papa und sie miteinander zankten.“ Madeleine runzelt die Stirn. „Also, warum Rauchen ein Grund dafür sein soll, nicht mitzubekommen, dass Opa abhaut und Mist baut, verstehe ich nicht. Doch bei Papa hat Omas Ausrede scheint's gezogen und er war dann auch nicht mehr sauer.“

Daniela steigen Tränen in die Augen. Schnell versucht sie sie wegzublinzeln.

„Ist was?“, fragt Madeleine, die die Regung im Gesicht ihrer Mutter dennoch bemerkt hat.

Die schüttelt den Kopf. „Ich habe nur innerlich gegähnt“, lügt sie. Sie setzt eine betont zuversichtliche Miene auf und wendet sich Vicky zu, die ihren Kopf müde auf ihrer Schulter abgelegt hat. „Und wir beide gehen jetzt in die Heia."

Mit einem Ruck fährt der Kopf ihrer kleinen Tochter in die Höhe. „Sarah aber auch!", fordert sie beleidigt.

„Natürlich muss Sarah auch in die Heia", bestätigt Daniela. Sie wendet sich noch einmal Madeleine zu. „Ich bringe die Kleinen ins Bett und sehe danach nochmal bei Oma und Opa nach dem Rechten. Du machst nicht mehr so lange?"

„GNTM hat doch gerade erst angefangen!", protestiert Madeleine.

Daniela nickt gottergeben. Sie hat es ihrer Tochter versprochen, und nachdem sie sich an diesem Abend wirklich sehr um die Geschwisterbetreuung verdient gemacht hat, bringt sie es nicht übers Herz, sie vor dem großen Finale ins Bett zu schicken. Auch, wenn sie weiß, dass es dafür morgen umso länger dauern wird, ihre Große aus den Federn zu bekommen. Wieder einmal fragt sie sich, ob diese Fernsehmacher keine halbwüchsigen Töchter haben und ob sie es wirklich okay finden, wenn vierzehnjährige Teenager erst um kurz vor elf an einem ganz normalen Wochentag schlafen gehen. Doch auch die Auseinandersetzung mit dieser Frage wird sie nicht wirklich weiterbringen, ermahnt sie sich. Also schaut sie nur seufzend Madeleine hinterher, die sich eilig vor den Fernseher verzieht, weil die Werbepause vorbei ist und sie keine Sekunde von den Abenteuern der angehenden Models verpassen will. Dann muss Daniela wirklich ein Gähnen unterdrücken. Erschöpft dreht sie sich um und trägt ihre Tochter, die wie ihre Mutter kaum noch die Augen offenhalten kann, die Treppe hoch ins obere Geschoss.

***

Fünfundzwanzig Minuten später verlässt Daniela das Haus. Zuvor hatte sie noch ihre beiden kleineren Töchter ins Badezimmer gescheucht und dann ins Bett gebracht, um ihnen dort eine Gute-Nacht-Geschichte vorzulesen, bei der sie selbst fast eingeschlafen wäre. Anschließend hatte sie ihrer Tochter Madeleine das Versprechen abgenommen, gleich nach dem Finale von GNTM selbst ins Bett zu gehen. Nun tastet sie sich im Wintermantel und mit den praktischen grünen Crocs für Hof und Garten an den Füßen den dunklen, matschigen Feldweg entlang zum Haus der Schwiegereltern. Es liegt hinter dem Kuhstall auf einem kleinen Stück Land, das Inge und Alfons, nachdem sie die Verantwortung für die Landwirtschaft abgegeben hatten, in einen picobello gepflegten Garten mit ordentlich gestutzten Hecken und im Sommer üppig blühenden Beeten verwandelt haben. Der Garten ist ihre ganze Freude. Zu der Zeit, als sie selbst noch den Hof geführt hatten, hatte die Zeit für solche Dinge gefehlt.

Als Daniela den Kuhstall passiert, sieht sie Licht im Gewächshaus, das gleich neben dem Haupthaus steht. Wie sie erwartet hat, entdeckt Daniela ihre Schwiegermutter hinter einem riesigen Oleander, der hier überwintert. An einem alten Esstisch, auf dem Inge normalerweise ihre Blumen und Kräuter umtopft, hat sie sich eine kleine Sitzecke eingerichtet mit zwei Plastikstühlen und einem halbhohen Regal, in welchem sie neben einigen Utensilien zur Pflanzenpflege einen Wasserkocher, eine Teekanne und einige Becher untergebracht hat.

Im Schein einer alten Petroleumlampe auf dem Tisch erblickt Daniela das eingefallene Antlitz ihrer Schwiegermutter. Gerade zieht Inge an einer selbstgedrehten Zigarette, was ihr Gesicht noch hagerer wirken lässt als sonst. Daniela schluckt, und für einen Moment droht sie erneut die Traurigkeit zu übermannen. Sie beobachtet, wie die Zweiundsiebzigjährige, die es sich in eine dicke Decke gehüllt in einem der Plastikstühle bequem gemacht und ihre Beine auf dem anderen abgelegt hat, den Rauch genussvoll inhaliert, dann die Backen aufbläst und anschließend den Qualm in einem Schwall wieder ausstößt. Dabei wirkt die Frau recht zufrieden, ja, man könnte auch sagen heiter und guter Dinge.

Daniela reißt sich zusammen und ruft gespielt gut gelaunt: „Wusste ich es doch, dass ich dich hier finde!"

Die ältere Dame hebt den Kopf, schaut sie an und verzieht das Gesicht zu einem Grinsen. „Wenn ich meine Auszeit brauche, ist das hier der beste Platz der Welt", erläutert sie ihrer Schwiegertochter mit ihrer tiefen, rauen Stimme. Ächzend richtet sie sich auf und schiebt ihre Beine vom zweiten Plastikstuhl. Mit einer knappen Geste fordert sie

Daniela auf, darauf Platz zu nehmen. Die zieht den Stuhl an sich heran, fegt zwei eingetrocknete Lehmbrocken von der Sitzfläche, die Inges Schuhe dort hinterlassen haben, und lässt sich schwerfällig nieder.

„Hast du Schmerzen?“, fragt sie ihre Schwiegermutter und blickt ihr prüfend ins Gesicht.

Die Angesprochene lächelt und sieht mit grimmiger Entschlossenheit auf die unregelmäßig geformte, rot glimmende Papiertüte zwischen ihren knochigen Fingern. „Wenn‘s zu schlimm wird, entspannt mich das Zeug ganz gut.“ Erneut nimmt sie einen Zug und inhaliert tief in ihre Lungen hinein. „Um die Aussetzer meines Göttergatten mit Humor zu nehmen, hilft es ebenfalls“, fügt sie sarkastisch hinzu.

Daniela seufzt. Das bringt ihr ihrerseits einen prüfenden Blick der Schwiegermutter ein. Wortlos reicht Inge ihr die glimmende Papiertüte hinüber, die Daniela kommentarlos ergreift. Sie zieht daran fast ebenso genießerisch wie es Inge vor ihr getan hat. Anschließend entlässt sie den Rauch in einem langgezogenen Luftstoß wieder aus ihrer Lunge und reicht den letzten Rest der Tüte zurück an ihre Schwiegermutter.

„Ich weiß, dass ich bei der Erziehung meines Sohnes Fehler gemacht habe, und es tut mir leid“, bemerkt Inge aufs Geratewohl.

Daniela ringt sich ein schiefes Lächeln ab und schüttelt müde den Kopf. „Du hast nichts falsch gemacht. Erik ist halt ein Mann."

„Pah!" Inge lässt ein kurzes verächtliches Lachen hören. „Er ist wie sein Vater."

„Weil der auch ein Mann ist?", fragt Daniela spöttisch.

Inge presst die Lippen aufeinander, zieht die Mundwinkel herab und nickt zustimmend. Dann zieht sie ein letztes Mal an dem Glimmstängel und drückt den verbliebenen Stummel im Aschenbecher aus. „Ich bezweifle, dass das als Entschuldigung ausreicht, aber im Kern magst du recht haben", gibt sie zu. Sie hebt den Kopf und mustert ihre Schwiegertochter mit wissendem Blick. „Erik hat sich mal wieder verpisst, stimmt's?"

Daniela nickt. Automatisch beginnt sie, ihren Mann zu verteidigen. „Für ihn ist es auch nicht immer leicht", setzt sie an und stutzt. Ist das nicht genau die gleiche Argumentation, die ihre Tochter vorhin gebraucht hat und der sie nicht wirklich etwas abgewinnen konnte? Und jetzt sagt sie es selbst? Sie schüttelt den Kopf. Eigentlich weiß sie doch ganz genau, dass es in dieser Situation kaum jemanden gibt, der es leichter hat als ihr Mann. Sein dementer Vater wird von seiner Mutter betreut, die unheilbar an Krebs erkrankt ist. Um beide wiederum kümmert sich seine Frau, die auch die Kinder und die Landwirtschaft versorgt. Tagsüber ist Erik fein raus, sobald er im schicken Anzug das Haus verlässt und in sein von einer Reinigungskraft gepflegtes Filialbüro fährt. Abends und am Wochenende setzt er sich auf den Trecker, wenn er Abwechslung vom Bürojob braucht, und schmeißt bestenfalls den Grill an, um „für die Familie zu kochen“, wie er es nennt. Dabei lässt er die Salate von seiner Frau schnibbeln, die nebenbei noch den Tisch deckt und Brötchen im Ofen aufbackt.

„Vermutlich bin ich selbst schuld, weil ich ihm immer alles abnehme“, sagt Daniela selbstkritisch. „Außerdem bin ich froh, dass er das Geld nach Hause bringt. Von der Landwirtschaft allein könnten wir nicht leben.“

Inge nickt. „Da hast du natürlich recht“, gibt sie zu. „Trotzdem solltest du ein bisschen auf dich aufpassen. Lass dir nicht zu viel gefallen! Er wird es dir nicht danken.“

Daniela lächelt müde. „Ich weiß“, sagt sie. Doch dann ändert sich ihr Blick und in ihre eben noch müden Augen tritt ein warmer Glanz.

Inge bemerkt es wohl. „Du liebst ihn“, stellt sie fest, und es klingt fast ein wenig mitleidig.

Daniela nickt schuldbewusst.

Inge seufzt. „Ich habe Alfons auch geliebt.“

Überrascht wendet Daniela den Kopf. „Habe geliebt?“, fragt sie zweifelnd.

Inge zieht die Augenbrauen hoch und denkt nach. „Nein, vermutlich hast du recht. Ich liebe ihn immer noch. Sonst würde ich das Ganze“, sie nickt in Richtung des Wohnhauses, „gar nicht aushalten.“ Nach einer Pause fährt sie fort. „Aber es ist nicht mehr dasselbe“, murmelt sie.

„Weil *er* nicht mehr derselbe ist?“, will Daniela wissen. Sie betrachtet ihre Schwiegermutter, die reglos in ihrem weißen Plastikstuhl sitzt, voller Mitgefühl, während die über ihre Frage nachzudenken scheint.

Inge schüttelt schließlich den Kopf. „Nein, das war schon früher so. Vor seiner Krankheit“, gibt sie zu.

Erstaunt zieht Daniela die Augenbrauen empor. Inge bemerkt ihren fragenden Blick. Ein grimmig-süffisantes Lächeln malt sich auf ihrem Gesicht. „Er ist fremdgegangen“, klärt sie ihre Schwiegertochter auf.

Vor Schreck verschluckt sich Daniela und muss husten. Als sie sich wieder gefangen hat, fragt sie: „Bist du dir sicher?“

Inge grinst und es wirkt erneut beinahe mitleidig, als sie antwortet: „Ja, das bin ich wohl. Ich habe die beiden erwischt, als es gerade ordentlich zur Sache ging.“ Sie schüttelt den Kopf. „Da gab es nichts mehr abzustreiten“, murmelt sie. Ihr Blick wirkt plötzlich abwesend, als würde sie die betreffende Szene noch einmal vor ihrem geistigen Auge an sich vorüberziehen lassen.

Daniela schweigt betroffen. „Du bist bei ihm geblieben“, stellt sie nach einer Weile fest. Ihre Frage, die bei dieser Feststellung mitschwingt, ist deutlich herauszuhören: Warum hast du ihn nicht verlassen?

Inge versteht, was Daniela wissen will. „Wir waren schon nicht mehr ganz jung, als ich dahinter kam“, antwortet sie. Dann denkt sie nach und ergänzt: „Beziehungsweise, als ich die Augen nicht mehr davor verschließen konnte, dass er mich hintergeht, weil ich die beiden im Kuhstall erwischt habe."

Daniela ist schockiert. „Wer war sie?", will sie wissen.

Ihre Schwiegermutter schüttelt abwehrend den Kopf. „Ist nicht so wichtig", erklärt sie. „Sie war nicht die Erste und nicht die Einzige."

Danielas Kinnlade sinkt herab. Sie kann nicht glauben, was sie da hört. Beinahe zwanzig Jahre ist sie schon mit Erik zusammen und seit jener Zeit geht sie auch im Haus seiner Eltern ein und aus. Doch in all der Zeit ist ihr niemals aufgefallen, dass etwas in dieser Richtung in der Ehe von Alfons und Inge nicht stimmen könnte. Erik selbst hat nie etwas darüber erzählt.

„Weiß euer Sohn davon?", fragt sie atemlos.

Inge bricht in schallendes Gelächter aus. Daniela schaut sie verständnislos an, bis ihre Schwiegermutter sich wieder im Griff hat und nur noch vor sich hingniggert. „Klar weiß er davon", antwortet sie und schließt mit einem „Hihihi".

Schockiert lehnt sich Daniela in ihrem Stuhl zurück und lässt das Gehörte auf sich wirken. Sie weiß längst, dass sie in solchen Dingen recht naiv ist und es immer als Letzte mitbekommt, wenn irgendwo in ihrem Bekanntenkreis die Karten in Beziehungsangelegenheiten neu gemischt werden. Aber dass sie nicht einmal etwas davon merkt, wenn so etwas in ihrer eigenen Familie geschieht, ist neu für sie. Und erschreckend!

Während sie noch dabei ist, diese Erkenntnis zu verdauen, fährt Inge fort: „Deshalb sag‘ ich ja: Lass dir nicht so viel gefallen! Er wird es dir nicht danken.“ Plötzlich scheint ein Gedanke durch ihren Kopf zu wandern, der sie erheitert. Sie grinst spitzbübisch und lehnt sich vertraulich zu ihrer Schwiegertochter hinüber. „Wenn dir mal alles zu viel wird, kann ich dir nur raten, dir auch ein Verhältnis zuzulegen“, raunt sie.

Belustigt schaut Daniela sie an. „Du hast geraucht“, entgegnet sie gespielt missbilligend.

Inge lacht. „Das auch“, gibt sie zu. „Aber im Ernst: Warum sollen sich Frauen jeden Spaß verkneifen? Ihre Männer tun es doch auch nicht. Und manchmal ist ein kleiner Seitensprung vielleicht das Vernünftigste, was man tun kann, anstatt gleich die ganze Ehe zu zerstören. Du weißt genauso gut wie ich, dass da viel mehr dran hängt als nur Sex und Liebe.“ Inge seufzt.

Daniela wirft ihr einen mitfühlenden Blick zu. Gleichzeitig weiß sie, dass das, was ihre Schwiegermutter andeutet, für sie selbst keine Option wäre. Mit einem Mann zusammenzuleben, der sie hintergeht? Unmöglich. Ihn selbst zu betrügen? Völlig undenkbar!

„Es tut mir leid“, sagt Daniela zu Inge, ohne auf deren Rat einzugehen. Gleichzeitig spürt sie, wie erleichtert sie darüber ist, dass es hier um das Schicksal ihrer Schwiegermutter geht und nicht um ihr eigenes.

Kapitel 4

Miriam

Miriam schließt das niedrige Gartentor hinter sich, während ihre beiden Hunde, ein kurzhaariger Chihuahua und ein kaum größerer Kleinspitz, dessen rassespezifisches langes Fell seltsam unregelmäßig geschoren ist, um ihre Beine herum Fangen spielen und sich gegenseitig ankläffen.

„Zeus! Apollo! Wollt ihr euch wohl benehmen!“, herrscht Miriam die beiden an. Mit einem kräftigen Ruck, der den Hunden beinahe den Boden unter den Füßen entzieht, strafft sie die Leinen und bringt ihre Kläffer damit zum Schweigen. Kurzzeitig.

„Brav, meine Schatzis“, säuselt sie sanft, was der Chihuahua sogleich zum Anlass nimmt, mit dem Kläffen fortzufahren. Miriam beugt sich ganz tief zu ihm hinunter, bis ihre Nasenspitze fast die seine erreicht, und bedenkt ihn mit einem finsteren Blick. Sofort verstummt das Tier. Anschließend richtet sich Miriam wieder auf, schüttelt ihr glänzendes rotes Haar, setzt ein selbstzufriedenes Lächeln auf und stolziert in ihrem langen roten, eng taillierten Wollmantel mit dem schwarzen Kunstpelzkragen im Vintage-Style und auf ihren pechschwarzen Wildlederstiefeln mit Pfennigabsätzen die ruhige Wohnstraße des idyllisch gelegenen Gifhorner Stadtteils Winkel entlang.

Auf der gegenüberliegenden Straßenseite stutzt ein Ehepaar, beide in den Siebzigern, eine hohe Buchenhecke, die ihr Grundstück zur Straße hin vor neugierigen Blicken schützt. Der Mann, ein ehemaliger Betriebsratsvorsitzender mit zerzaustem grauen, schütteren Haar, bekleidet mit einer zerschlissenen alten Barbour-Jacke, einem dicken grauen Schal und einer ausgeleierten Cordhose, lässt unwillkürlich die elektrische Heckenschere in seiner Hand sinken und starrt Miriam mit offenem Mund hinterher. Seine Frau, eine ehemalige Lehrerin, die mit einer dicken dunkelblauen Weste und einer beigefarbenen Stoffhose bekleidet ist, harkt den Heckenschnitt zusammen. Als sie bemerkt, wie die laufende Schere dem Bein ihres Mannes gefährlich nahe kommt, macht sie ihn zischend darauf aufmerksam. Dann folgt ihr Blick dem ihres Gatten. Miriam grüßt die beiden mit einem vornehm verkniffenen Lächeln. Die Frau beantwortet Miriams Gruß mit einem kurzen Nicken. Ein scheeler Seitenblick auf ihren Mann zeigt ihr, dass er sich immer noch nicht wieder vollständig in der Gewalt hat. Sie schüttelt den Kopf und seufzt missbilligend, sagt jedoch nichts. Auf einmal fängt sich ihr Gatte wieder. Er klappt seinen Unterkiefer hoch und grüßt Miriam ebenfalls, als die sich schon längst abgewendet hat, um ihren Weg fortzusetzen. Ihre beiden Köter, die erneut aneinandergeraten sind und sich gegenseitig angiften, schleift sie hinter sich her.

„Wann erschießt sie die Biester endlich?“, murmelt die Frau, während sie sich bückt, um die zusammengerechten

Zweige aufzuheben und in den PopUp-Gartensack zu stopfen.

Ihr Mann kann seinen Blick noch immer nicht von Miriam lösen. Er sieht ihr nach, während sie mit federleichtem Schritt und wiegendem Gang die Straße hinabschwebt. „Als ich letzte Woche die Schrotflinte aus dem Schrank geholt habe, weil die Biester wieder einmal kein Ende fanden mit ihrer Kläfferei, hast du mich genau davon abgehalten“, erwidert er vorwurfsvoll.

Seine Frau sieht auf und stellt fest, dass ihr Gatte immer noch der schönen Nachbarin hinterherstarrt. Mit rollenden Augen fährt sie fort, abgeschnittene Zweige in den Korb zu stopfen. „Du weißt, wie die Leute heutzutage sind. Vermutlich hätte sie die Polizei gerufen und dich angezeigt. Diese Scherereien sind die Viecher nicht wert. Außerdem hätten mir die Kinder leidgetan.“

Endlich gelingt es ihrem Mann, seinen Blick von Miriam zu lösen und sich seiner Frau zuzuwenden. Erstaunt blickt er sie an. „Wieso das?“, fragt er.

Seine Gattin richtet sich stöhnend auf und massiert sich das Kreuz. „Die Zwillinge hängen an den Biestern. Gott allein weiß, warum. Vielleicht, weil sie auf diese Weise wenigstens ein bisschen Nestwärme zu spüren bekommen, wenn sie mit den Drecksviechern herumtoben und kuscheln können. Auf so eine Idee würden ihre Eltern ja nicht kommen.“

Ihr Gatte schnaubt verächtlich. „Pah! Das wüsste ich aber, wenn den beiden Gören etwas an den Kötern läge! Das

Mädchen hat letztens versucht, die nackige Teppichratte im Vogelhäuschen einzusperren und der Junge hat dem Spitz Harz ins Fell geschmiert, um ihn anzuzünden. Der Vater ist im letzten Moment dazwischen gegangen."

Die Frau nickt vielsagend mit dem Kopf. „Da siehst du es! Die Kinder betteln um Aufmerksamkeit. Was erwartest du, wenn sie in einem Elternhaus aufwachsen, wo sich niemand wirklich für sie interessiert?"

„Um Aufmerksamkeit betteln?", ruft ihr Mann entgeistert.

Seine Gattin zischt ihn an und bedeutet ihm mit Blick auf die benachbarten Häuser, dass er seine Lautstärke reduzieren möge.

„Um Aufmerksamkeit betteln?", wiederholt ihr Mann, nun in einem durchdringenden Flüsterton. „Die Gören sind der beste Grund dafür, Abtreibungen bis mindestens zum zwölften Lebensjahr zu erlauben. Verzogen bis zum Gehtnichtmehr und grausam gegenüber allem und jedem, der schwächer ist als sie selbst. Eine furchtbare Brut!"

„Wen wundert's?" entgegnet seine Frau. „Die Kinder können doch nichts dafür, dass die Eltern ihnen jeden Luxus in die kleinen Ärsche stopfen, um zu kompensieren, dass sie sich die Bälger eigentlich nur zu Repräsentationszwecken zugelegt haben. Hauptsache, die Schulnoten stimmen und sie können die Gören der staunenden Öffentlichkeit geschniegelt und gebügelt in Edel-Klamotten präsentieren. Jeder soll glauben, alles sei bestens im Hause der perfekten Familie Witt", schimpft sie. Empört schüttelt sie den Kopf.

„Ich bleibe dabei: Es sind arme Kinder!“

Ihr Mann brummt: „Trotzdem sollte man sie erschießen.“ Er blickt auf die elektrische Heckenschere in seiner Hand. Plötzlich scheint er sich daran zu erinnern, wozu er eigentlich mit seiner Frau zusammen auf dem Gehweg steht. Er schaltet das Gerät wieder ein und setzt seine Arbeit an der Hecke fort.

Währenddessen hat Miriam mit ihren Hunden im Schlepptau bereits eine weitere Straße des beschaulichen Viertels hinter sich gelassen. Sie spaziert vorbei an Architektenhäusern auf großzügig geschnittenen Grundstücken mit hohen Bäumen in gepflegten Gärten. In der Einfahrt eines hellgelb verputzten Hauses, das im Stil einer italienischen Villa erbaut wurde, steht eine Frau neben einem makellos sauberen schneeweißen SUV der neuesten Generation aus Ingolstadt und unterhält sich mit einer Bekannten, die auf ihrem Spaziergang bei ihr vorbeigekommen ist. Als sich Miriam den beiden nähert, unterbrechen sie ihre Unterhaltung. Mit undurchdringlicher Miene schauen sie ihr und ihren Hunden entgegen, die sich gegenseitig anknurren und nach einander schnappen. Dabei kommen sie Miriams spitzen Absätzen immer wieder gefährlich nahe, was die jedoch ignoriert.

„Hallo Beate, hallo Ewa“, grüßt sie höflich lächelnd.

„Hallo Miriam“, antworten die beiden im Chor.

Die Blicke von Beate und Ewa folgen Miriam, während sie

an ihnen vorbeistolziert. Kaum treffen sie auf ihren Rücken, wispert Ewa: „Hast du gehört? Unsere fromme Arztgattin soll ein Verhältnis haben."

Beate lässt einen abschätzigen Grunzlaut hören. „Das kann ich mir kaum vorstellen! Die lässt doch keine Gelegenheit aus, aller Welt aufs Brötchen zu schmieren, was für eine gute Christin sie ist und wie sehr sie sich in ihrer Kirchengemeinde engagiert. Ihr guter Ruf bedeutet ihr alles!"

Ewa schüttelt den Kopf. „Na, ich weiß nicht. Wo Rauch ist …"

Der restliche Satz geht im Geklapper von Miriams Absätzen unter. Sie selbst hat wohl gehört, was die beiden über sie sprachen, doch es stört sie nicht. Im Gegenteil. Ein überlegenes Lächeln malt sich auf ihren Lippen. Miriam weiß selbstverständlich um ihre Wirkung auf Männer. Das war schon immer so und daran hat sich bis zum heutigen Tag nichts geändert. Ihre Figur ist trotz ihrer neununddreißig Jahre genauso makellos wie ihre Haut, ihr Haar und ihre Kleidung. Alles an ihr wirkt perfekt. Sie versteht es, ihre Reize durch figurbetonte Outfits zur Schau zu stellen, doch sie tut es mit Stil und stets in untadeliger Form. Sie weiß, was sich gehört, und sie kleidet sich immer so, dass sie jederzeit, ohne Aufsehen zu erregen, ein Gotteshaus betreten könnte: Reizvoll und ihrer Figur schmeichelnd, aber ganz bestimmt nicht billig. Das ist unter ihrer Würde.

Es ist der Neid der Besitzlosen, sagt sie sich im Stillen als

Antwort auf den Klatsch, der hinter ihrem Rücken ausgetauscht wurde. Selbstbewusst reckt sie ihren Kopf, der auf einem langen, wohlgeformten Hals ruht, noch ein Stückchen weiter aus dem schwarzen Kunstpelzkragen heraus. Außerdem haben die beiden Damen durchaus recht mit dem, was sie sagen, überlegt sie. Mein tadelloser Ruf ist mein Kapital. Niemals würde ich ihn aufs Spiel setzen!

Miriam weiß, dass ihr Mann das auch nicht tolerieren würde. Philipp Witt, Schönheitschirurg mit eigener Privatklinik, entstammt einer erzkonservativen, alteingesessenen Gifhorner Familie. „Sein" bedeutet in seinen Kreisen nichts, „Schein" dafür alles. Das wusste Miriam vom ersten Moment ihrer Bekanntschaft an und das hat sie fasziniert. Sie war ehrgeizig und wollte den gesellschaftlichen Aufstieg. Allerdings wäre ihr nie in den Sinn gekommen, selbst hart dafür zu arbeiten oder sich in einem Unternehmen hochzubuckeln. Es wäre ihr auch zu ungewiss gewesen, sich auf eine Ausbildung oder ein Studium, den eigenen Fleiß und die nötige Portion Glück zu verlassen. Sie suchte sich lieber ein picobello hergerichtetes Nest und setzte sich hinein. Mit ihrem Aussehen, ihrer Intelligenz, ihren Umgangsformen und weil sie jederzeit wusste, was von ihr erwartet wurde, eroberte sie sich ihren Platz an Philipps Seite und damit in der besseren Gifhorner Gesellschaft. Mit der Geburt ihrer Kinder sicherte sie sich ihre Position endgültig. Darüber hinaus ist sie ihrem Mann eine in fast allen Lebenslagen untadelige Ehefrau, die die Fassade des perfekten Familienglücks aufrecht und ihm alle lästigen Privatangelegenheiten vom Hals hält. Das weiß er zu schätzen und dafür zeigt er sich erkenntlich, indem er ihr alle Freiheiten lässt, die sie begehrt, und alle Wünsche erfüllt, die er sich leisten kann.

Das Lächeln auf Miriams Gesicht wird eine Spur kälter. Unwillkürlich zieht sie den Kragen aus schwarzem Kunstpelz dichter an ihren Hals heran. Es ist wirklich ganz schön kalt geworden, denkt sie bei sich. Vielleicht hätte ich mir doch etwas Wärmeres anziehen sollen! Das nächste Mal nehme ich den Daunenmantel, wenn ich bei diesen Temperaturen vor die Tür gehe, überlegt sie.

Doch glücklicherweise hat sie es jetzt nicht mehr weit. Sie wirft einen schnellen Blick über ihre Schulter, überquert die Straße und biegt kurz darauf links ab. Dann hat sie ihr Ziel erreicht. Es liegt hinter einem dunkel gestrichenen Jägerzaun, der die Verlängerung einer Hecke aus riesigen Koniferen bildet. Miriam folgt der mit Betonplatten ausgelegten Einfahrt, deren Ende das breite graue Tor einer Doppelgarage bildet. Die Garage selbst geht nahtlos über in ein klobiges weiß verputztes Haus mit schwarzer Tür, schwarzen Fensterahmen und ebensolchen Fensterläden. Der tadellos kurz gehaltene Rasen, auf dem kein Blatt und nicht einmal eine Nadel von einer der umstehenden Kiefern zu liegen scheint, sowie die ordentlich eingefassten, gerade geschnittenen Beete an der Hauswand entlang vermitteln einen fantasielosen Eindruck, den die Besitzer augenscheinlich durch einen übergroßen Ordnungssinn bis hin zur Pedanterie wettzumachen suchen. Wobei in diesem Haus seit einiger Zeit kein Paar mehr wohnt, sondern nur noch ein alleinstehender älterer Herr von achtundsechzig Jahren. Es ist der Kirchenvorstand von Miriams Gemeinde. Seit dem Tod seiner Frau führt er ein zurückgezogenes Leben und scheint einzig und allein für die Belange der Kirche und die seines Gartens zu leben. Jeder in der Gemeinde weiß, dass Miriam es als ihre christliche Pflicht erachtet, ab und zu nach dem Rechten zu sehen. Sie selbst weiß, dass ihre Besuche ihm guttun, auch wenn er es nicht direkt sagt. Aber er zeigt es ihr – auf seine Weise – und er hat sie noch nie enttäuscht.

Für einen Moment flackert in Miriams Augen eine Gefühlsregung auf, die nicht ganz zu der kühlen, untadeligen Arztgattin zu passen scheint. Schnell hat sie sich wieder im Griff. Während sie den schmalen Weg auf den sorgfältig gekärcherten Betonplatten entlangstolziert, die von der Einfahrt bis zur Haustür führen, herrscht sie ihre zankenden Hunde an, gefälligst still zu sein, und tatsächlich gehorchen sie. Dann betätigt Miriam die Klingel. Im Inneren des Hauses hört sie Schritte und einen Moment später wird die Tür von einem großen, schlanken Mann mit grauen Schläfen und hellblauen Augen geöffnet. Für sein Alter hat er sich gut gehalten und er ist unbestreitbar attraktiv. Gleichzeitig hat sein Auftreten etwas Autoritäres und Abweisendes, das die Menschen normalerweise davon abhält, ihm näher zu kommen. Alle, bis auf Miriam.

Als der Mann sie erkennt, nimmt sein Blick einen wissenden Ausdruck an. „Was kann ich für dich tun?“, fragt er. Sein kühler, strenger Blick scheint sie zu durchbohren.

„Ich möchte beichten“, antwortet Miriam und senkt beschämt den Kopf. „Doch vorher werde ich sündigen.“ Sie knöpft ihren Mantel auf und öffnet ihn. Darunter ist sie splitterfasernackt.

Kapitel 5

Nephele

Nephele schließt die Tür zu ihrer Vierzimmer-Eigentumswohnung auf und schiebt die schweren Einkaufstaschen in den Flur. Normalerweise ist das Geräusch, das der Schlüssel in der Wohnungstür verursacht, das Signal für ihren sechzehnjährigen Sohn, aus seinem Zimmer herauszustürmen und ihr dabei zu helfen, die Einkäufe in der Küche zu verräumen. Doch heute rührt sich nichts in der Wohnung. Dabei weiß Nephele, dass Ilias da ist, denn sie hat vom Parkplatz hinter dem Mehrfamilienhaus aus gesehen, dass Licht in seinem Zimmer brennt. Sie wirft die Tür hinter sich ins Schloss, lässt ihren Schlüsselbund in die Schale auf der Kommode unter dem goldgerahmten Spiegel fallen, zieht ihre Schuhe aus und schlüpft aus ihrem Mantel, den sie an der Garderobe aufhängt.

„Ilias?"

Sie lauscht, doch aus der Wohnung ist immer noch kein Laut zu hören. Vermutlich hat er wieder die Stöpsel seiner Kopfhörer in den Ohren, denkt Nephele, und eigentlich ist sie froh darüber. Nichts wünscht sie sich nach dem Trubel, der fast immer in ihrem Lokal herrscht, mehr als Ruhe. Weil sie außerdem schon diverse Diskussionen mit ihrem pubertierenden Nachwuchs darüber führen musste, in welcher Lautstärke Musikhören auch für Mitbewohner und Nachbarn erträglich ist, findet sie, dass es eindeutig das kleinere Übel ist, die Einkäufe ohne seine Hilfe einzusortieren. Darüber hinaus läuft ihr regelmäßig ein kalter Schauer über den Rücken, wenn sie die oftmals menschenverachtenden Textzeilen der Songs mit anhören muss, die Ilias Idole des Gangsta-Rap verbreiten und sie würde ihrem Sohn am liebsten verbieten, so ein Zeug zu hören. Da sie jedoch selbst einmal jung war und weiß, dass ein Verbot die Sache für ihn nur interessanter machen würde, lässt sie es bleiben und ist froh, wenn sie nichts davon hören beziehungsweise wissen muss. Nephele hofft, dass sich der Musikgeschmack ihres Sohnes ganz von selbst ändert, wenn er aus dem Gröbsten raus ist. Denn eigentlich weiß sie, dass er das Herz auf dem rechten Fleck hat. Davon ist sie überzeugt und darauf ist sie sehr stolz, denn sie weiß, dass das nicht selbstverständlich ist. Es hätte auch anders kommen können, schießt es ihr durch den Kopf. Sie schaudert.

Nephele geht ans Ende des Flures und klopft an die Tür mit dem Schild „Ich Chef, du nix.“. Sie horcht, doch sie kann keine Reaktion dahinter vernehmen. Sie klopft noch einmal an das Holz – dieses Mal energischer – doch noch immer rührt sich nichts. Nephele drückt die Klinke hinunter und öffnet die Tür einen Spalt breit. Ob ihr Sohn schläft?

Zuerst entdeckt sie nur seine bestrumpften Füße auf dem Bett. Nephele schiebt ihren Kopf durch den Türspalt und sieht nun ihren ganzen Sohn. Er sitzt vollständig angekleidet auf seinem Bett, den Rücken gegen die Wand gelehnt. Wider Erwarten hat er keine Stöpsel im Ohr. Seine Augen sind geöffnet und starren ins Leere. Er scheint in seinen Gedanken so weit weg zu sein, dass er seine Mutter nicht bemerkt.

„Ilias?", fragt Nephele irritiert. Besorgt reißt sie die Tür weit auf und tritt ins Zimmer. In diesem Moment wendet Ilias ruckartig den Kopf und schaut sie böse an. Wie angewurzelt bleibt Nephele stehen. So hat ihr Sohn sie noch nie angesehen. „Was ist los?", fragt sie erschrocken. In ihrem Inneren fühlt sie eine kalte Hand nach ihrem Herzen greifen. Plötzlich hat sie Angst. Irgendetwas ist mit Ilias geschehen und das kann nichts Gutes sein.

Nepheles Verhältnis zu ihrem Sohn war immer gut, sie würde es sogar als eng bezeichnen. Sie weiß, dass das bei einer alleinerziehenden Mutter und ihrem Sohn nichts Ungewöhnliches ist. Natürlich haben sie auch mal Meinungsverschiedenheiten und streiten sich, allerdings geschieht das äußerst selten. Und selbst in jenen Momenten spürt sie zu jedem Zeitpunkt eine enge Verbundenheit zwischen Ilias und sich, das unbedingte Vertrauen zu- und die Fürsorge füreinander. Daran kann auch der Gangsta-Rap nichts ändern. Mit einem Mal jedoch ist Nephele sich dessen nicht mehr sicher. Ein Schauer jagt ihren Rücken hinunter. Unwillkürlich fragt sie sich, inwieweit nicht nur körperliche, sondern auch psychische Dispositionen vererbbar sind und ihr wird beinahe schlecht vor Angst. Reiß dich zusammen, ermahnt sie sich. Du bist seine Mutter, also benimm dich auch so! Sie strafft die Schultern und bemüht sich, ihrer Stimme eine entspannte Färbung zu geben. So, als könne es sich bei dem, was augenscheinlich zwischen ihnen steht, nicht um mehr handeln als ein Lieblings-Kleidungsstück, das versehentlich in die Kochwäsche geraten und deshalb im wahrsten Sinne des Wortes nicht mehr tragbar ist. „Ich höre?“

Etwas raschelt in Ilias‘ Hand. Erstaunt blickt Nephele auf das gefaltete karierte DIN A4-Blatt, das er ihr wortlos entgegenstreckt. Was soll das, fragt sie sich verwundert. Was soll auf einem ganz normalen Zettel von einem Abreißblock schon Großartiges stehen, das das Verhalten ihres Sohnes erklären könnte?

Jetzt schon etwas gefasster, macht Nephele einen Schritt auf ihren Sohn zu. Mit einer energischen Handbewegung greift sie nach dem Blatt Papier und faltet es auseinander. Sie sieht die eng beschriebenen Zeilen und einen Moment später erkennt sie auch die Handschrift. Ihr wird schwindelig. Rasch geht sie ein paar Schritte zur Seite und lässt sich auf Ilias‘ Schreibtischhocker plumpsen. Dort verharrt sie, das Blatt Papier in der Hand, doch sie schaut nicht darauf. Stattdessen starrt sie vor sich auf den Boden, wo sich ein tiefer Abgrund auftut. Nephele schließt die Augen und hofft, dass dieser Moment vorübergehen möge und danach alles wieder ist wie vorher. Gleichzeitig weiß sie, dass das nicht funktionieren wird. Es kostet sie alle Kraft, die sie aufzubringen in der Lage ist, ihren Blick auf das Papier, dieses vermaledeite Blatt Papier, diesen gewöhnlichen karierten Zettel zu richten und zu lesen, was darauf steht.

„Mein lieber Sohn“ – so beginnt der Brief. Nephele muss einen Würgereiz unterdrücken. Sie bringt es nicht über sich, weiterzulesen. Sie lässt den Zettel sinken und schließt die Augen. Fast siebzehn Jahre lang hat sie diesen Teil ihrer Geschichte aus ihrem Leben verbannt. Hat sich eingeredet, dass sie ihn hinter sich lassen kann. Sie müsse nur vergessen und so tun, als sei es niemals geschehen – dann würde es schon gehen, hat sie sich immer wieder gesagt.

Die Stimme ihres Sohnes reißt sie aus ihrer Schockstarre. „Es stimmt also. Er ist gar nicht tot“, stellt er tonlos fest.

Nephele nimmt all ihren Mut zusammen und blickt ihrem Sohn ins Gesicht. Einen Moment lang scheinen beide darüber erschrocken zu sein, wie betroffen der jeweils andere aussieht. Nephele sieht, dass aus Ilias‘ Gesicht alles Kindliche verschwunden ist. Seine Wangen wirken hohl und sein Blick abgeklärt, als hätte er mit einem Mal den naiven Kinderglauben verloren, dass die Erwachsenen letztendlich doch wissen, was richtig ist, und man ihnen im Zweifelsfall vertrauen kann. Ilias dagegen hat seine Mutter, die er nur voller Tatendrang und Selbstbewusstsein kennt, noch nie so schwach und verletzlich erlebt. Aschfahl ist ihr Gesicht geworden und in ihren Augen meint er einen Moment lang Furcht zu erkennen. Kurz darauf ist der Ausdruck wieder verschwunden.

Mühsam reißt sich Nephele zusammen. Mit krächzender

Stimme antwortet sie: „Nein, er ist nicht tot“, gibt sie zu. Ich wollte, er wäre es, ergänzt sie im Stillen.

„Warum hast du das immer behauptet?“, fragt Ilias gepresst. „Warum hast du mir nicht die Wahrheit gesagt?“

Nephele sieht, wie ihrem Sohn Tränen in die Augen steigen. Ilias dagegen scheint es nicht einmal zu bemerken. Obwohl er schon seit Jahren nicht mehr geweint hat – jedenfalls nicht vor ihr – und immer den coolen Jungen hat heraushängen lassen, schert er sich jetzt nicht darum, seine Gefühle zu zeigen. Er scheint zutiefst verstört zu sein. Sie kann ihn verstehen und das Bewusstsein ihrer Schuld verursacht ihr einen riesigen Druck im Magen. Sie hat ihrem Sohn den Vater vorenthalten. Auch, wenn sie gute Gründe dafür hatte, das zu tun, weiß sie doch, dass es unverzeihlich ist. Jedenfalls in Ilias‘ Augen. Trotzdem versucht sie, sich zu erklären. „Ich wollte dich beschützen.“

Ilias‘ Reaktion überrascht sie nicht. Wut blitzt in seinen Augen auf. Hilflose Wut über so ziemlich den schlimmsten Verrat, den man an seinem Kind begehen kann. „Davor, dass mein Vater im Knast sitzt? Na und?“, faucht er seine Mutter an. „Ist er deshalb kein Mensch? Kein Vater?“, fragt er wütend und verletzt.

Nein, das ist er nicht, antwortet Nephele ihm im Stillen. Im nächsten Moment fragt sie sich, woher sie das Recht nimmt, sich da so sicher zu sein. Vielleicht hat Karl sich geändert? Vielleicht hat er irgendwo tief in seinem Inneren eine Seite entdeckt, die es ihm ermöglicht, ein fürsorglicher

Vater zu sein? Doch ihre Zweifel währen nur kurz. Schon im nächsten Moment realisiert Nephele, wie sich alles in ihr dagegen sträubt, diesen Gedanken auch nur für möglich zu halten. Niemals, denkt sie bei sich, niemals kann ein Mensch wie Karl wahre Gefühle für einen anderen Menschen empfinden. Das ist völlig undenkbar. Aber wie soll ich das meinem Sohn vermitteln? Wenn ich ihm erklären müsste, was für ein Mensch sein leiblicher Vater tatsächlich ist – wäre das nicht unvorstellbar grausam? Würde Ilias mir überhaupt glauben? „Er ist nicht umsonst im Gefängnis", antwortet Nephele ruhig.

Ilias zieht die Augenbrauen in die Höhe und schaut seine Mutter mit wissender Miene an. „Das weiß ich. Er hat es mir geschrieben", entgegnet er mit fester Stimme. Er zögert einen winzigen Moment, dann fügt er mit fast ebenso fester Stimme hinzu: „Er hat jemanden umgebracht."

Unwillkürlich lacht Nephele auf. Im nächsten Moment realisiert sie, dass Ilias ihre Reaktion nicht würde einordnen können. Schnell täuscht sie einen Hustenanfall vor. „So kann man das auch sagen", entgegnet sie anschließend mit belegter Stimme.

Ilias schaut sie abwartend an, doch mehr ist sie nicht bereit zu sagen. Deshalb ergreift ihr Sohn nun wieder das Wort. „Jeder kann mal einen Fehler machen", erklärt er ihr von oben herab. Dabei bemüht er sich den Anschein zu wecken, als sei er in der Lage, erwachsen und abgeklärt mit dieser Information umzugehen. Nephele weiß, nein, sie hofft, dass das nur vorgetäuscht ist und diese Reaktion seiner berechtigten Wut auf sie entspringt. Auf einmal muss sie tatsächlich husten. „Hat er das etwa geschrieben?“, fragt sie in ungewollt sarkastischem Ton.

„Nein“, gibt Ilias zu. „Aber er hat geschrieben, dass er seine Tat bereut. Und dass er bereut, mir kein besserer Vater gewesen zu sein.“

Nephele möchte sich jetzt wirklich gerne übergeben. Ihr Sohn jedoch durchbohrt sie derart mit seinem prüfenden Blick, dass sie nicht wagt, zu zeigen, was sie wirklich denkt und fühlt. Sie ahnt, dass das in dieser Situation fatal wäre. Zurzeit hat sie nicht den Hauch einer Chance, Ilias klarzumachen, was sein Vater für ein Mensch ist. Der Zeitpunkt für eine derartige Offenbarung wäre denkbar schlecht gewählt. Darüber hinaus kann sich Nephele immer noch nicht davon überzeugen, dass Ilias wirklich wissen sollte, von was für einem Monster er abstammt. Wenn ich diese Büchse öffne, denkt sie bei sich, werde ich die Übel, die ihr entweichen, niemals mehr eingefangen können. Was ist, wenn Ilias mit der Wahrheit nicht umgehen kann? Die Folgen wären unabsehbar!

Nephele weiß, dass sie jetzt nur *eine* Sache tun kann, nämlich Ruhe bewahren und auf Zeit spielen. Vielleicht kann ich das Unheil später noch irgendwie abwenden und die Frage danach, wer der Erzeuger meines Sohnes ist, dorthin verbannen, wo sie hingehört, nämlich in das Nirwana jener Informationen, für die sich niemand interessiert, überlegt sie. Faktisch gesehen spielt es doch ohnehin keine Rolle.

Wir sind immer alleine klargekommen, denkt sie. Dass Karl in den Knast wanderte, und zwar für lange Zeit, war das Beste, was uns passieren konnte.

Nephele versucht, ihren inneren Aufruhr unter Kontrolle zu bringen, sodass sie nach außen hin ihre gewohnte Selbstsicherheit zeigen kann. „Ich hielt es damals für das Beste, ihn aus unserem Leben herauszuhalten, Ilias. Als du geboren wurdest, saß Karl bereits im Knast. Ich hatte keinerlei Kontakt zu ihm und den wollte ich auch nicht haben. Darüber hinaus hätte es für mich überhaupt keinen Sinn gemacht, dich damit zu belasten, dass dein Vater ein Schwerstkrimineller ist."

Völlig unerwartet spürt Nephele, wie in ihr auf einmal lang unterdrückte Gefühle aufsteigen, als sie zum ersten Mal über das spricht, was sie siebzehn Jahre lang allein mit sich herumtragen musste. Wie nah ihr die Vergangenheit plötzlich ist! Sie hatte geglaubt, dass sie mit der Zeit Abstand zu diesem dunkelsten Kapitel ihrer Vergangenheit gefunden hat. Dabei war sie immer gegenwärtig, wird ihr bewusst. Karls Schatten hat uns all die Jahre begleitet. Plötzlich steigt Panik in ihr hoch. Raus! Bloß raus aus diesem Zimmer, sagt ihr der Verstand. Bevor alles aus mir herausbricht und ich mich um Kopf und Kragen rede. Ich muss nachdenken. Ich muss einen Plan schmieden, wie ich meinen Sohn beschützen kann. Ich darf nicht zulassen, dass uns die Vergangenheit einholt und ins Verderben zieht!

Nephele spürt ihre Beine kaum, als sie langsam aufsteht. Sie hofft, dass sie es schaffen wird, ohne zu schwanken das

Zimmer zu verlassen. Sie lächelt Ilias zu und geht zur Tür.

Ihr Sohn ruft hinter ihr her: „Ich bin alt genug, das selbst zu entscheiden!“

Nephele weiß, dass das nicht stimmt. Aber auch das sollte sie jetzt tunlichst nicht sagen. Mühsam beherrscht dreht sie sich zu ihrem Sohn um. „Natürlich bist du das, mein Schatz.“ Erneut wendet sie sich zur Tür und will das Zimmer endgültig verlassen. Doch sie kommt nicht weit. Die Worte ihres Sohnes treffen sie wie ein Dolch in den Rücken.

„Er kommt demnächst aus dem Gefängnis und will mich kennenlernen“, verkündet Ilias mit fester Stimme.

Nephele erstarrt. Einen Augenblick später stürzt sie wortlos hinaus.

Kapitel 6

Thekla

Thekla drückt den Hebel der Mischbatterie über der Badewanne nach unten. Anschließend lässt sie ihre Hand durch dicke Schaumwolken hindurch ins Wasser gleiten. Zufrieden mit der Temperatur zieht sie ihre Hand wieder heraus und schüttelt Wasser und Schaum ab. Sie schlüpft aus ihrer Jeans, dem übergroßen Hoodie und der schwarzen Spitzenunterwäsche. Dann fasst sie ihre langen aschblonden Haare mit einem schwarzen Haargummi zu einem unordentlichen Dutt zusammen und steigt in die Wanne. Langsam taucht sie in das warme Wasser ein, um sich nach und nach an die Temperatur zu gewöhnen. Als sie ganz vom Wasser bedeckt ist und sich behaglich zurückgelehnt hat, greift sie nach der Fernbedienung des Fernsehgeräts, das im Nachbarzimmer an der Wand angebracht ist. Seit sie entdeckt hat, dass sie prima von der Wanne ihres Hotelzimmers aus fernsehen kann, wenn sie die Tür zwischen Bad und Schlaf-Wohnbereich offenlässt und die Halterung an der Wand bis zum Anschlag nach rechts dreht, gönnt sie sich dieses Vergnügen fast jeden Abend. Heute gewährt sie sich sogar noch einen weiteren Luxus. Dafür hat sie sich aus einem Supermarkt in der Stadt eine Flasche Prosecco und eine Schachtel Pralinen mitgebracht. Den Prosecco hatte sie bereits geöffnet, während sie das Wasser in die Badewanne eingelassen hat, und ihn zusammen mit einem Sektglas aus der Minibar und der Pralinenschachtel auf dem Beckenrand abgestellt.

Beim Zappen durch die Kanäle lässt Thekla Spielfilme, Soaps, Talkshows und Dokus links liegen. Das alles interessiert sie heute nicht. Nur bei einer Sendung über Eichhörnchen kann sie nicht widerstehen und schaut einen kurzen Moment lang zu, wie eines der possierlichen Tierchen in unglaublicher Geschwindigkeit um einen dicken Eichenstamm herum nach oben in die Krone saust, dicht gefolgt von einem zweiten Eichhörnchen. Fasziniert verfolgt sie, wie die Gesetze der Schwerkraft für die beiden wendigen Akrobaten keinerlei Bedeutung zu haben scheinen, während sie von einem Baumstamm zum nächsten springen, kopfüber unter waagerecht stehenden Ästen entlanghuschen und dabei so fix sind, dass es schwer fällt, ihrer Verfolgungsjagd mit den Augen zu folgen. Schließlich gelingt es Thekla dann doch, sich loszureißen und weiter zu zappen. Schließlich hat sie den Kanal gefunden, den sie sucht. Die mit einem hochgeschlossenen grünen Blazer bekleidete Nachrichtensprecherin erläutert den Zuschauern gerade auf Englisch, dass der Sicherheitsrat der Vereinten Nationen sich wie immer nicht zu einer gemeinsamen Resolution in einem der zahlreichen Nahost-Konflikte durchringen konnte. Dazu flimmern im Hintergrund Zusammenschnitte von Videomaterial über aktuelle Kampfhandlungen in dem schon seit Jahren vom Bürgerkrieg gebeutelten Land über den Bluescreen. Es folgt eine Live-Schaltung zu einem Korrespondenten vor Ort, der seine Einschätzung zur Lage in einem Land wiedergibt, das hoffnungslos zum Spielball verschiedenster nationaler sowie internationaler Interessen geworden ist und das vermutlich niemals eine Chance haben wird, sich den machtpolitischen Spielchen einiger frustrierter, von ihrer vermeintlichen Wichtigkeit berauschter Psychopathen zu entziehen. Anschließend legt die Sprecherin das Blatt Papier zur Seite, von dem sie die Meldung abgelesen hat, und das Bild im Hintergrund ändert sich. Während die Moderatorin nun von der Verleihung einer hohen Auszeichnung an einen Wissenschaftler berichtet, langt Thekla nach der Proseccoflasche und gießt sich vorsichtig, damit das kohlensäurehaltige Getränk nicht über den Rand hinausschießt, ein Glas ein. Sie prostet dem glücklichen Geehrten zu und nimmt einen Schluck.

Ihre Nervosität steigt. Val hatte ihr vorhin, als sie in der Stadt war, um sich neue Jogging-Schuhe zu kaufen, gesmst, dass ihr „very special friend“, wie sie es nannte, aufgeflogen ist. Die Nachricht hatte Thekla elektrisiert. Zwar hatte sie fest damit gerechnet, dass das passieren würde, aber sicher sein, dass der Plan aufgeht, zu dessen Gelingen sie nicht unwesentlich beigetragen hat, konnte sie nicht. Einen Moment lang hatte sie nicht gewusst, wie sie mit Vals Nachricht umgehen soll. Einerseits fühlte sie sich erleichtert, weil die Sache endlich entschieden war. Kurz darauf drängte sich ihr die bange Frage danach auf, was das für sie bedeuten wird. Schließlich setzte sich jedoch ein Gefühl des Triumphs durch. Sie wollte den Kerl am Boden sehen. Im Dreck. Dort, wo er ihrer Meinung und der ihrer Mitstreiter nach auch hingehört. Er hat es sowas von verdient!

Ohne zu wissen, ob die Nachricht von der Festnahme dieses Mannes wirklich ein Anlass zum Feiern ist oder ob der Preis für ihren Erfolg zu hoch für sie sein wird, hatte Thekla sich spontan dafür entschieden, das Ereignis zu feiern. Wenn nicht jetzt, wann dann, hatte sie sich gefragt und war aus dem kleinen Sportgeschäft in der Fußgängerzone direkt in den nächsten Supermarkt geeilt, um Prosecco und Pralinen zu kaufen. Nun starrt sie gespannt auf den Bildschirm und erwartet jeden Moment, dass die Sprecherin die Nachricht verliest, die sie erhofft und gleichzeitig fürchtet.

Es ist ein beruhigender Gedanke für Thekla, dass sie sich mittlerweile weit weg vom Schauplatz des Geschehens auf der anderen Seite des Erdballs befindet. Nervös macht sie allerdings das Gefühl des Abgeschnittenseins vom Informationsfluss, dass sie trotz der medialen Globalisierung und der Tatsache, dass eine SMS, eine E-Mail oder ein Post im Internet heutzutage genauso schnell bei ihr ist, als wäre sie selbst vor Ort, befällt. Niemand weiß und niemand darf wissen, wie sie zu erreichen ist. Außer ihre Vertrauten Val, Jerry und Angelo natürlich. Doch auch sie müssen extrem vorsichtig sein und die Kommunikation untereinander auf das Nötigste beschränken. Möglicherweise sind die Vorsichtsmaßnahmen übertrieben. Doch so etwas weiß man immer erst hinterher, und zwar dann, wenn man doch zu unvorsichtig war und die fatalen Konsequenzen zu spüren bekommt, schießt es Thekla durch den Kopf. Gleichzeitig wüsste sie wirklich nicht, wie irgendjemand auf die Idee kommen sollte, dass ausgerechnet sie etwas mit der Aufdeckung der kriminellen Machenschaften dieses Verbrechers zu tun hat. Fakt bleibt jedoch, dass sie in der Sache mit drinhängt und nichts unmöglich ist.

Einem plötzlich auftretenden Impuls folgend legt Thekla den Kopf in den Nacken und stürzt den Inhalt des Glases herunter. Anschließend schüttelt sie sich. Und jetzt beruhigst du dich mal wieder, ermahnt sie sich selbst. Sie atmet tief durch, stellt das Glas auf dem Beckenrand ab und taucht in der Badewanne komplett unter. Nach ungefähr zehn Sekunden taucht sie wieder auf, schnappt nach Luft und reibt sich das Wasser aus dem Gesicht. Schon besser, denkt sie. Dann sieht sie sich nach der Flasche auf dem Beckenrand um. Hm, ein weiteres Gläschen zur Entspannung kann nicht schaden, findet sie. Sie schenkt sich noch einmal ein, stellt die Flasche zurück, lehnt sich behaglich zurück und trinkt nun in Ruhe und genüsslich ihren Prosecco. Wer weiß, ob die Presse überhaupt schon Wind von der Sache bekommen hat, überlegt sie währenddessen. Vielleicht gelingt es seinen Anwälten, dafür zu sorgen, die Angelegenheit vor der Öffentlichkeit geheim zu halten – jedenfalls vorläufig. Und überhaupt ist es doch völliger Blödsinn, auf die Nachrichten im Fernsehen zu warten, wenn man die Informationen viel gezielter im Internet abrufen kann!

Just in diesem Moment ändert sich das Bild hinter der Nachrichtensprecherin erneut. Ein Mann mit halblangen zurückgekämmten Haaren, bekleidet mit einem weißen Hemd und einem dunkelblauen Anzug, wird in Handschellen von zwei Polizisten in ein Gerichtsgebäude geführt. Wie elektrisiert setzt sich Thekla in der Wanne auf. Die

Sprecherin berichtet von Steuerhinterziehung und Korruption, die dem namhaften Geschäftsmann zur Last gelegt werden, und davon, dass er ein engagierter Unterstützer des amerikanischen Präsidenten ist. Sie spricht davon, dass schon seit längerem sogar öffentlich darüber spekuliert wurde, ob ein großer Teil seines Vermögens auf kriminellen Machenschaften beruhe, man ihm jedoch nie etwas nachweisen konnte. Dann wird ein Film eingespielt, in dem ein älterer Herr, ebenfalls mit sorgfältig über den Hinterkopf gekämmten schütteren dunklen Haaren vor die Kamera tritt. Schweißperlen stehen ihm auf der Stirn, und als sich eine davon löst und an seiner Schläfe hinabrollt, hinterlässt sie eine dunkle Spur auf der sonnengebräunten Gesichtshaut. Bei dem Herrn handelt es sich um den Anwalt des verhafteten Geschäftsmannes. Er erklärt den umstehenden Pressevertretern, die ihm eine Vielzahl von Mikrophonen vor die Nase halten, dass sein Mandant selbstverständlich unschuldig sei und er das beweisen würde. Es handele sich bei den Anschuldigungen um bösartige Verleumdungen eines angesehenen amerikanischen Bürgers und Patrioten und man werde gegen diejenigen, die sie verbreiteten, mit aller Härte und Konsequenz vorgehen.

Thekla schüttelt verächtlich den Kopf. Das übliche Gefasel, denkt sie. Aber was soll der Typ auch sonst sagen? Jeder weiß, dass sein Mandant ein Schwein ist und jede Menge Dreck am Stecken hat. Obwohl – da er auch ein Buddy des Präsidenten ist, kommt er mit seinen Unschuldsbeteuerungen vielleicht sogar durch, schießt es ihr durch den Kopf. Ein kalter Schauer läuft ihr den Nacken hinunter.

Thekla lehnt sich erneut zurück und lässt sich am Wannenrand hinabgleiten, bis ihre Schultern vollständig vom wohlig warmen Wasser bedeckt sind. So oder so ist es gut, dass ich jetzt in Deutschland bin, weit entfernt von der Schusslinie, denkt sie bei sich. In diesem Nest vermutet mich bestimmt niemand.

In diesem Moment dringt ein metallisches Scharren an ihr Ohr. Es kommt von ihrer Zimmertür. Thekla erstarrt. Jede Faser ihres Körpers verspannt sich bis hin zu ihren Haarspitzen. Unwillkürlich hält sie die Luft an und lauscht. Da! Da ist es wieder! Zweifellos macht sich jemand an der Tür ihres Hotelzimmers zu schaffen.

Vorsichtig stellt Thekla das Sektglas auf dem Beckenrand ab. Sie greift nach der Fernbedienung und schaltet den Fernseher aus. Durch die plötzlich eintretende Stille ist das Geräusch noch deutlicher zu hören. Geschmeidig und nahezu lautlos taucht sie aus dem Wasser auf und schnappt sich ein Badelaken vom Halter an der Wand. Sie schlingt es sich um die Brust und verharrt erneut. Wieder vernimmt sie das metallische Scharren, das sich so anhört, als versuche jemand ihre Tür mit einer Hotelschlüsselkarte zu öffnen, wobei er oder sie sich allerdings nicht allzu geschickt anzustellen scheint. Dann hört sie eine Männerstimme lallen: „Was issn das hier für'n Schaaeiiß!"

Augenblicklich entspannt sich Thekla. Der Betrunkene hört sich nicht wirklich gefährlich an. Obwohl das auch Tarnung sein kann … Soll sie dem Mann zurufen, dass er sich in der Zimmertür geirrt hat? Oder bringt sie sich damit erst recht in Gefahr, wenn er weiß, dass sie da ist? Unschlüssig bleibt sie in der Wanne stehen und lauscht. Endlich verstummt das Geräusch – der Mann scheint aufgegeben zu haben. Thekla hört ein schleifendes Geräusch, als ob sich jemand schwerfällig vom Türrahmen abstößt, gefolgt von dumpfen Schritten, die vor der benachbarten Zimmertür Halt machen, wo das Spiel mit der Schlüsselkarte von Neuem beginnt.

„Puh!“ Erleichtert atmet Thekla aus. Sie bemerkt, wie sie am ganzen Körper zittert. Bevor ihr die Beine wegsacken können, lässt sie sich vorsichtig auf den Rand der Badewanne sinken. Um Himmels willen! Worauf hat sie sich da nur eingelassen?

Kapitel 7

Vorbereitungen

„Es ist fünf nach zehn. Wir fangen an!“, bestimmt Julia nach einem Blick auf ihre Armbanduhr.

„Du bist aber streng!“ Daniela schaut sie über den Rand ihrer Speisekarte hinweg verwundert an. „Sicher wird sie gleich auftauchen.“

Nephele schüttelt den Kopf. „Ich sehe das genauso wie Julia. Wir haben schließlich alle unsere Zeit nicht gestohlen!“, stellt sie resolut fest.

Daniela wendet den Kopf und sieht die Wirtin erschrocken an. Die realisiert, dass sie vielleicht ein wenig barsch geklungen hat. Mit um Verständnis heischender Stimme fügt sie hinzu: „Zurzeit fehlt es mir hinten und vorne an Personal. Eigentlich kann ich es mir überhaupt nicht leisten, zu Stoßzeiten wie jetzt gerade hier herumzusitzen.“ Sie dreht sich um und winkt einem ihrer Angestellten zu, damit er ihre Bestellungen aufnehmen kann.

Thekla grinst spitzbübisch. „Nun gib es schon zu! Du bist immer noch sauer auf sie, weil sie deinem Schwarm auf dem Abiball einen gebl….“

„Sprich es nicht aus!“, fällt Nephele ihr streng ins Wort. Sie schüttelt den Kopf, als könne sie damit die Bilder vertreiben, die sich darin aufzubauen drohen. In gemäßigtem Ton fährt sie fort: „Da gibt es nichts zuzugeben. Ich stehe dazu, dass ich der Meinung bin, dass man solche Dinge unter Freundinnen nicht tut. Und außerdem“, mit einer großartigen Geste wirft sie ihre langen schwarzen Haare hinter ihre Schultern zurück, „kann ich mir gut vorstellen, dass Madame die Lust an unserem Projekt sowieso längst vergangen ist. Schließlich handelt es sich hier um ein Arbeitstreffen, und mit dem Arbeiten hatte sie es ja noch nie besonders.“

Julia und Thekla werfen sich über den Tisch hinweg amüsierte Blicke zu.

„Sie ist eben nicht daran gewöhnt“, erklärt Daniela mit verständnisvoller Miene. „Wenn man immer nur zuhause herumsitzt und nie richtig gefordert wird, dann wird man mit den Jahren vielleicht so.“

Die drei anderen lachen. „Du bist wirklich zu gut für diese Welt, Daniela“, meint Julia. „Miriam galt doch schon in der Schule als arbeitsscheu. Allerdings hatte ich gehofft, sie hätte sich geändert. Sonst hätte ich sie gar nicht erst ins Vorbereitungs-Komitee berufen.“

Der junge Angestellte ist an den Tisch herangekommen und nimmt die Frühstücksbestellungen der vier Frauen auf.

„Für mich bitte das Fitness-Frühstück mit Lachs“, trägt Julia ihm auf.

„Und ich hätte gerne das Bauernfrühstück“, fährt Daniela

fort.

Thekla runzelt irritiert die Stirn. Sie schaut noch einmal in die Karte und ihre Augen werden groß wie Wagenräder. „Das Bauernfrühstück? Ist das dein Ernst?“, fragt sie entgeistert.

Daniela wirft ihr einen erstaunten Blick zu. „Ja, warum?“

„Bratkartoffeln mit zwei Spiegeleiern und Gewürzgurke“, liest Thekla vor, hebt den Kopf und sieht Daniela fragend an.

Die nickt zustimmend. „Stimmt. So steht es in der Beschreibung“, bestätigt sie und nimmt verwirrt zur Kenntnis, dass die drei anderen anfangen zu lachen.

„Gäste mit einem gesunden Appetit sind mir die liebsten“, ruft Nephele begeistert. „Eine ausgezeichnete Wahl!“

Langsam fällt bei Daniela der Groschen, warum ihre Bestellung für Erheiterung sorgt. Sie rechtfertigt sich. „Ich bin seit fünf Uhr auf den Beinen! Genau genommen ist das hier mein Mittagessen“, erklärt sie.

Thekla zieht bewundernd die Augenbrauen in die Höhe und sagt: „Ich nehme alles zurück.“ Anschließend gibt sie selbst ihre Bestellung auf. „Für mich erst mal nur einen Milchkaffee“, bittet sie. Auch sie erntet erstaunte Blicke. „Sorry, Mädels, aber das ist einfach noch nicht meine Zeit. Dieses Frühstück findet für mich fast noch vor dem Aufstehen statt.“

Nephele beendet den Reigen. „Und für mich bitte das süße

Frühstück“, bestellt sie. Dann nickt sie dem jungen Mann zu, der sich daraufhin in Richtung der Theke trollt. Anschließend schaut sie Julia mit erwartungsvoller Miene an. „Da nun das Organisatorische geklärt ist, gebe ich das Wort an unsere geschätzte Ex-Jahrgangssprecherin und Vorsitzende des Abi-Jubiläumsfeier-Komitees weiter!“, verkündet sie großartig.

Alle Augen richten sich auf Julia. Die holt eine dünne Mappe aus ihrer Tasche hervor und legt sie vor sich auf den Tisch. Dann kramt sie erneut in der Tasche und zieht ein schmales rotes Etui heraus. Die anderen drei sehen ihr gespannt dabei zu, wie sie es öffnet, die darin liegende Brille herausfischt und sich auf die Nase setzt. Anschließend öffnet sie die Mappe und schiebt einen Kugelschreiber aus der darin angebrachten Halterung heraus.

„Machst du es immer so spannend?“, fragt Thekla trocken.

Julia sieht sie über den Rand ihrer Brille hinweg strafend an, sagt jedoch nichts weiter. Thekla verzieht gespielt beschämt das Gesicht.

„Mann, du wirkst ja richtig autoritär“, platzt Daniela heraus. „Lernt man das als Bürgermeisterin?“

Julia dreht sich zu Daniela um, zieht eine Augenbraue hoch und wirft ihr einen missbilligenden Blick zu. „Nö“, entgegnet sie knapp. „Das habe ich von meiner Mutter. Sie war Grundschullehrerin“, erklärt sie. „Und wenn ihr jetzt alle brav seid und ordentlich mitarbeitet, lese ich euch nachher auch noch eine Geschichte vor“, verkündet sie mit einem aufgesetzt strahlendem Lächeln.

Die drei anderen jaulen auf vor Vergnügen. Julia wirft einen strafenden Blick in die Runde und das Gelächter reduziert sich auf ein unterdrücktes Gniggern. Nachdem sie noch einmal missbilligend den Kopf geschüttelt hat, blickt sie auf den obersten Zettel in ihrer Kladde und beginnt ihren Vortrag mit einer Bilanz der bisherigen Rückmeldungen. „In unserem Jahrgang haben neunundsechzig Leute Abitur gemacht. Bis auf zwei Ausnahmen habe ich mittlerweile von allen die E-Mail-Adresse erhalten. Pia Kreindler konnte ich immer noch nicht ausfindig machen und Mark Meier soll zur Fremdenlegion gegangen sein. Seitdem hat niemand mehr etwas von ihm gehört. Seine Mutter spricht nicht gerne darüber."

Nephele zieht erstaunt die Brauen hoch. „Wie hast du es dann herausgefunden, wenn er doch verschwunden ist und seine Mutter nicht darüber reden will?"

„Ich sagte es bereits: Meine Mutter war Grundschullehrerin", erinnert Julia und ergänzt kopfschüttelnd. „Sie weiß alles. Über ihre ehemaligen Schüler sowieso."

Die drei anderen nicken beeindruckt und Julia fährt fort, über die bislang eingegangenen Anmeldungen zur Feier zu informieren. „Bis jetzt haben zweiundfünfzig Leute zugesagt, die Ende Mai dabei sein wollen. Vielleicht werden es noch ein paar mehr, denn von einigen habe ich bislang noch gar keine Rückmeldung erhalten." Sie wendet sich an

Nephele. „Steht dein Angebot noch, das Lokal ausnahmsweise für eine geschlossene Veranstaltung zur Verfügung zu stellen?“

Die Wirtin nickt. „Aber klar doch! Buffet und Getränke gibt’s zum Einkaufspreis.“

„Großartig!“, lobt Julia und setzt einen Haken hinter den Punkt „Essen & Trinken“.

„Oh bitte, lies doch mal vor, wer alles zugesagt hat“, ruft Daniela. Thekla und Nephele stimmen ihrem Vorschlag begeistert zu. Neugierig beugen sich alle drei über den Tisch und schauen Julia erwartungsfroh an. Die protestiert: „Aber das ist doch jetzt überhaupt nicht wichtig!“, doch sie wird überstimmt. „Also gut“, gibt sie nach und verliest die Namen der Angemeldeten. Als sie bei André Tetzlaff, dem Jahrgangs-Schönling angelangt ist, seufzen die drei anderen im Chor auf.

„Oh bitte, geht das schon wieder los?“, schimpft Julia.

Die drei lachen. In diesem Moment blickt Thekla zufällig hinüber zum Eingang und raunt den anderen zu: „Wenn man vom Teufel spricht, taucht manchmal auch seine Großmutter auf!“ Mit einem Kopfnicken macht sie auf ihre Entdeckung aufmerksam. Die anderen folgen ihrem Blick und sehen eine Frau, die augenscheinlich alle Hände voll damit zu tun hat, ihre Hunde durch die Tür ins Lokal zu bugsieren, ohne über den einen oder den anderen zu stolpern. Ungerührt ob ihrer Bemühungen jagen sich die Tiere gegenseitig um ihre Beine herum. Dabei kläffen sie sich erst gegenseitig und dann die Bedienung an, die auf die drei Gestalten zueilt, um das Chaos zu ordnen. Innerhalb kürzester Zeit hat jeder im vollbesetzten Lokal etwas von der tumultartigen Szene mitbekommen, die sich am Eingang abspielt. Daniela schaut erschrocken, Julia schüttelt missbilligend den Kopf, Thekla unterdrückt ein Lachen und Nephele rollt genervt mit den Augen. Seufzend erhebt sie sich und läuft zielstrebig auf den Eingang zu.

„Ich weiß überhaupt nicht, was Sie meinen!“, hört sie die Frau der Bedienung empört mitteilen. „Die beiden tun keiner Fliege etwas zuleide. Sie sind ganz brav. Nicht wahr, meine beiden Schatzis?“, säuselt sie in Richtung der Miniaturhunde, die aufgeregt erst in die eine und dann in die andere Richtung laufen, dabei wild an der Leine zerren und die Gäste an den umliegenden Tischen wütend ankläffen.

Nephele zwingt sich zu einem Lächeln. „Miriam!“, ruft sie mit schlecht gespielter Freude. „Was hast du uns denn da für zwei reizende kleine Gäste mitgebracht?“

„Nicht wahr? Sind sie nicht entzückend?“, entgegnet Miriam. „Sie sind nur ein bisschen aufgeregt, weil die Umgebung noch ungewohnt für sie ist. Das legt sich gleich.“

Nephele wirft einen misstrauischen Blick auf die Hunde, die sich nun vor ihr aufgebaut haben und sie mit unverminderter Lautstärke angiften.

„Zeus! Apollo! Es reicht jetzt!“, versucht Miriam die beiden zur Ordnung zu rufen.

„Vielleicht ist es besser, wenn sich deine Hunde draußen akklimatisieren, meinst du nicht?“, fragt Nephele mit angespanntem Lächeln.

Miriam wirft ihr einen empörten Blick zu. „Wie? Du wirfst meine zwei kleinen Lieblinge hinaus?“

Nephele atmet tief ein und wieder aus. „Ja!“, bestätigt sie dann. „Genauer gesagt, haben sie nicht mehr als fünf Sekunden Zeit, um das Lokal zu verlassen, bevor ich Souflaki aus ihnen mache.“ Ihr Lächeln wird eine Spur breiter.

Miriam bleibt vor Empörung der Mund offen stehen. Dann poltert sie los: „Das ist ja wohl der Gipfel der Unverfrorenheit! Tierquäler! Kein Wunder, dass die zwei Mäuse so durcheinander sind. Sie merken genau, wenn sie nicht erwünscht sind.“ Sie beugt sich zu dem Chihuahua und dem Zwergspitz hinunter und säuselt: „Was sind das nur für herzlose Menschen, die kein Verständnis für zwei ängstliche kleine Hunde wie euch zwei haben. Das ist wirklich pfui!“ Sie richtet sich wieder auf und funkelt Nephele wütend an, doch die bleibt hart. Als Miriam immer noch keine Anstalten macht, ihre kläffenden Randalierer hinauszubefördern, ruft die Wirtin in Richtung der Küche: „Anthony, ich brauche zwei Spieße!“

Miriam schnappt nach Luft und stemmt die Arme in die Seiten. „Das ist ja wohl die Höhe! Das nimmst du sofort zurück!“, fordert sie empört.

Obwohl Nephele immer noch lächelt, zeigt sich nun in ihren Augen ein gefährliches Funkeln. Sie lässt Miriam nicht eine Sekunde lang aus den Augen, während sie erneut ruft: „Anthony? Ein bisschen Beeilung, wenn ich bitten darf!“

„Komme sofort, Chefin“, hört man es aus der Küche rufen.

Viele der Gäste, die zunächst empört oder verärgert wegen der Störung waren, feixen sich nun eins. Miriam muss einsehen, dass sie verloren hat. Wutschnaubend macht sie auf dem Absatz kehrt und zieht ihre widerstrebenden Hunde hinter sich aus dem Lokal.

„Du kannst sie draußen anbinden. Unwahrscheinlich, dass die einer klaut“, ruft Nephele ihr hinterher. Mit einem zufriedenen Lächeln dreht sie sich um und kehrt an den Tisch zu ihren Freundinnen zurück. Kurze Zeit später folgt Miriam.

„Also, ich finde es wirklich unglaublich, dass ich meine Hunde nicht mit ins Lokal nehmen darf. So etwas Unmenschliches!“, schimpft sie. Wütend reißt sie sich ihren roten Wintermantel vom Leib, wirft ihn nachlässig über die Lehne ihres Stuhls, zieht diesen mit einem Ruck zurück und setzt sich ans Kopfende des Tisches. „Ich vermute, dass dein hartherziges Verhalten damit zusammenhängt, dass du mir immer noch nicht verziehen hast, dass André mich nun einmal attraktiver fand als dich!“ Sie wirft den Kopf zurück und schüttelt Ihr langes rotes Haar hinter ihre Schultern.

Julia, Daniela und Thekla halten die Luft an. Wie gebannt starren sie auf Nephele.

„Mädels, beruhigt euch bitte. Man kann über alles reden!“,

versucht Julia die beiden zu beschwichtigen, doch Nephele beachtet sie gar nicht.

Stattdessen wendet sie sich seelenruhig Miriam zu und sagt: „Meine Liebe, jeder geschlechtsreife Bengel an unserer Schule wusste, dass du für ihn zu haben bist. Wer also einen Samenstau hatte, wandte sich vertrauensvoll an dich und konnte sicher sein, dass du ihm zu Diensten sein wirst. Das Ganze hatte also mehr mit leichter Verfügbarkeit als mit Attraktivität zu tun. Aber bitte, wenn es dir damit besser geht, dass du dich für unwiderstehlich hältst …“ Nephele hebt die Hände zum Himmel und lässt den Rest des Satzes offen im Raum stehen.

Miriam läuft knallrot an. Schäumend vor Wut will sie etwas erwidern, doch Nephele schneidet ihr mit einer wegwerfenden Handbewegung das Wort ab. „Schwamm drüber. Ich gestehe, dass ich seit jeher einen grässlichen Männergeschmack habe und verspreche dir hiermit, dass du jeden meiner abgelegten Liebhaber haben darfst so oft und so lange du willst. Ausnahmslos.“ Sie klappert mit den Augenlidern und schenkt Miriam ein strahlendes Lächeln, das von einem Ohr zum anderen reicht.

„Also, das ist doch …“, beginnt Miriam sich zu empören, doch dieses Mal ist Thekla schneller.

„… ein ziemlich großzügiges Angebot“, ergänzt sie den Satz. Alle außer Miriam lachen darüber. Notgedrungen muss auch sie gute Miene zum bösen Spiel machen und zwingt sich zu einem schiefen Grinsen.

Julia wirft Thekla einen dankbaren Blick zu. Anschließend beeilt sie sich, die Aufmerksamkeit der Runde erneut auf den eigentlichen Grund ihres Treffens zu lenken. Sie rückt die Brille auf ihrer Nase zurecht, beugt sich über ihre Mappe und fährt fort, die Namen derjenigen ehemaligen Schulkameraden aufzuzählen, die ihre Teilnahme an der Feier bereits zugesagt haben. Plötzlich zeigt sich ein süffisantes Grinsen auf ihrem Gesicht. „Katja Göbel …“, liest sie vor und schüttelt seufzend den Kopf. „Madame Göbel besteht dringend darauf, eine Extra-Wurst gebraten zu bekommen, aber ich weiß noch nicht, ob ich dazu bereit bin.“ Sie seufzt.

„Das ist übrigens eine prima Idee!“, ruft Nephele begeistert, was ihr die erstaunten Blicke der anderen einbringt. „Ich baue vor dem Lokal einen Grill auf. Sowas kommt immer gut an!“ Ihr Vorschlag sorgt für allgemeine Erheiterung. Auch Miriam scheint sich jetzt wieder gefangen zu haben und lacht mit.

Anschließend kommt Thekla auf Julias Bemerkung zurück und fragt: „Was wünscht sich Madame Katja denn von dir?“

„Sie will ihren Grafen mitbringen“, antwortet Julia, während sie ihre Lesebrille von der Nase nimmt und mit dem Putztuch aus ihrem Etui reinigt.

„Ihren … was?“, fragt Daniela.

„Du hast schon richtig verstanden“, antwortet Julia. „Obwohl ich ausdrücklich geschrieben hatte, dass die Feier ohne Partner stattfindet, weil der Austausch von Erinnerungen an die gemeinsame Schulzeit in seiner ganzen Albernheit und Belanglosigkeit für Unbeteiligte vermutlich kaum zu ertragen wäre, hat sie einfach verfügt, dass sie den Grafen von Schluck“, Julia schiebt ihre Brille wieder auf die Nase und liest in ihrer Mappe nach, „er heißt übrigens wirklich so“, bestätigt sie ihre Aussage, „also, dass sie ihn mitbringt.“

„Einen Grafen“, wiederholt Daniela ehrfürchtig.

Miriam rollt genervt die Augen. „Meine Güte, Daniela! Adelige sind auch nur Menschen. Sie kacken und furzen genau wie andere Leute auch.“

Die vier übrigen Frauen sehen sich entgeistert an. „Miriam!“, ruft Thekla streng. „Geziemt sich dieses Vokabular für eine Arztgattin und Kirchenvorständin?“

Die Zurechtgewiesene zuckt die Schultern. „Ist doch wahr“, antwortet sie schnippisch. „Wen interessiert es heute noch, ob jemand blauen Blutes ist? Vermutlich ist er aufgrund jahrhundertelanger Inzucht impotent und außerdem komplett verarmt, sonst würde er sich doch nicht mit dieser Schnepfe einlassen.“

Die vier anderen werfen sich vielsagende Blicke zu. Sie kennen Miriam gut genug um zu wissen, dass es diese ordentlich wurmen muss, wenn jemand versucht, ihr den Rang abzulaufen. Dass sie selbst sehr auf ihren Status als Arztgattin und angeheiratetes Mitglied einer angesehenen Gifhorner Familie besteht und es nicht schätzt, wenn ihr andere auf diesem Feld das Wasser abgraben, haben sie bereits mehrfach feststellen können.

Julia nimmt erneut ihre Lesebrille ab und schmunzelt. „Nun, wenn ich mich recht an den Charakter unserer geschätzten Frau Göbel erinnere, dann vermute ich tatsächlich, dass sie mit ihrer Eroberung angeben will. Meinetwegen soll sie das tun. Aber ist das fair gegenüber den anderen, die ihre Partner zuhause lassen müssen?“

„Natürlich nicht!“, beantwortet Miriam ihre Frage sofort.

„Also, ich habe nichts dagegen“, kontert Nephele und lehnt sich mit zufriedenem Lächeln und verschränkten Armen auf ihrem Stuhl zurück.

Thekla wirft Nephele wegen dieser neuerlichen Provokation Miriams einen gespielt missbilligenden Blick zu. Doch dann zuckt sie die Schultern und stimmt ihr im Ergebnis zu. „Ganz ehrlich? Wenn sie sich nicht an die Spielregeln halten will, dann ist das *ihre* Sache. Deswegen mit einer profilneurotischen Tussi herumstreiten, das willst du dir vermutlich nicht antun, oder Julia?“

„Auch wieder wahr“, meint diese seufzend. „Ich habe ihr bereits gemailt, dass wir uns vor zwanzig Jahren gegen Partner bei der Jubiläumsfeier entschieden haben und fertig. Wenn sie das Blaublut trotzdem mitschleppen will, werde ich ihn nicht hinauswerfen. Wie seht ihr das?“, fragt sie in die Runde. Alle bis auf Miriam nicken. „Sorry, Miriam, du bist überstimmt“, fasst Julia das Ergebnis ihrer Abstimmung mit einem bedauernden Lächeln zusammen.

Miriam rollt genervt die Augen gen Himmel, verschränkt ihre Arme vor der Brust und schnalzt mit der Zunge. „Meinetwegen soll diese Selbstdarstellerin ihren großen Auftritt haben. Vermutlich hat sie nicht mehr vorzuweisen, als mit ihrem Zukünftigen anzugeben. Pfff! Wie erbärmlich!“, stellt sie verächtlich fest.

Thekla und Julia tauschen beredete Blicke aus, Nephele streicht konzentriert den Rock ihres schwarzen Spitzenkleides glatt und Daniela runzelt die Stirn. Sie scheint etwas sagen zu wollen, was Julia im letzten Moment zu verhindern weiß. „Ich lese noch schnell die restlichen Zusagen vor, damit wir diesen Punkt abhaken können, okay? Schließlich haben wir heute noch anderes zu tun.“ Ohne eine Antwort der anderen abzuwarten, senkt sie den Blick auf ihre Aufzeichnungen und fährt mit dem Verlesen der Namen fort. Kurze Zeit später wird sie von Thekla unterbrochen.

„Wer soll *das* denn sein? Bernd Weber? Nie gehört!“

Julia schaut erst Thekla an, dann sieht sie erneut auf ihre Aufzeichnungen. „Doch, da steht Bernd Weber. Er muss in unserem Jahrgang gewesen sein“, bestätigt sie.

Thekla schüttelt nachdenklich den Kopf. „Bernd Weber …“, sinniert sie. „Der Name sagt mir gar nichts. Erinnert sich eine von euch an ihn?“

Sie schaut fragend in die Runde, doch Julia zuckt nur die Schultern, Nephele zieht nachdenklich die Stirn kraus, Daniela studiert die Decke des Lokals, als könne sie die Antwort auf die Frage dort finden, und Miriam schüttelt den Kopf. Plötzlich hält sie mitten in der Bewegung inne.

„Moment mal … Bernd Weber? War das nicht dieser schwammige kleine Streber, der immer so einen stieren Blick gekriegt hat, wenn ein Mädchen im Minirock zur Schule kam?“

„Glubschauge!“, ruft Nephele triumphierend. „Ha! Na klar, jetzt erinnere ich mich! Puh, war der unangenehm.“

„Der hat immer die Schüler verpetzt, die hinter der Turnhalle geraucht haben“, erinnert sich Daniela.

Thekla stößt einen spitzen Schrei aus. „Aber klar doch! Jetzt, wo du es sagst, weiß ich es auch wieder. Der Typ hat sich mal an mich rangewanzt und gemeint, wenn er einen Kuss von mir kriegt, wird er mich nicht verpfeifen, wenn ich wieder mal ein Rauchopfer hinter der Turnhalle bringe.“

Die fünf Frauen am Tisch schütteln sich kollektiv.

„Und? Hast du?“, fragt Miriam und verzieht angewidert das Gesicht.

„Bist du bescheuert?“, empört sich Thekla. „Eher wäre ich zur Aufsicht gegangen, um mich selbst zu verpetzen.“

Alle müssen darüber lachen, doch dann bekommt Daniela plötzlich ein schlechtes Gewissen. „Pfui! Wir sind ganz schön gemein!“

Julia bemüht sich, ihr Lachen wieder einzufangen, räuspert sich und setzt ein seriöses Gesicht auf. „Da hast du selbstverständlich recht", gibt sie zu.

Nephele bekommt ebenfalls ein schlechtes Gewissen. „Außerdem ist das so lange her. Vermutlich ist er heute ein ganz anderer Mensch", gibt sie zu bedenken.

Unwillkürlich muss Julia an das unangenehme Telefonat mit Lars Koslowski, dem verhassten Lokalreporter zurückdenken. Zweifelnd verzieht sie das Gesicht und schüttelt den Kopf. „Davon wird kaum auszugehen sein. Man mag von meiner Mutter halten, was man will, aber als Pädagogin genießt sie in Gifhorn einen beinahe legendären Ruf. Sie ist fest davon überzeugt, dass ein Mensch seinen Charakter nicht mehr grundsätzlich verändert, sobald er das Schulalter erreicht hat. Dennoch", sie strafft die Schultern und setzt eine oberlehrerinnenhafte Miene auf, „sollten wir dem armen Kerl eine Chance geben. Vermutlich hatte er keine leichte Kindheit", fügt sie in Erinnerung an das Telefonat hinzu, welches sie mit ihrer Mutter über ihre Geißel vom Ise-Boten geführt hat.

In diesem Moment tritt der junge Mann, der ihre Frühstücksbestellungen aufgenommen hatte, mit dem ersten Schwung gefüllter Teller an den Tisch heran und verteilt die Leckereien.

„Das Bauernfrühstück?", fragt er in die Runde.

Daniela meldet sich. „Das bekomme ich!" Ihre Augen beginnen zu leuchten, als der junge Mann den großen Teller vor ihr auf dem Tisch abstellt, der unter dem üppigen Berg Bratkartoffeln, der von zwei Spiegeleiern gekrönt wird, kaum noch zu sehen ist.

Auf Miriams Gesicht zeigt sich das blanke Entsetzen. „Du willst *das* alles essen?“, fragt sie entgeistert.

Daniela verteidigt sich. „Ich bin seit fünf Uhr auf den Beinen und habe Hunger!“, wiederholt sie die Erklärung, die sie vorhin bereits den drei anderen Frauen gab.

Miriam lässt ihren Blick demonstrativ soweit an Daniela hinabwandern, wie die Tischplatte es zulässt. „Dann ist es ja kein Wunder, dass du auseinandergegangen bist wie ein Hefekloß“, meint sie geringschätzig.

Daniela wird rot. Thekla, Julia und Nephele sind sprachlos. Die Schauspielerin fängt sich als Erste wieder. „Sag einmal, hat dir jemand ins Gehirn geschissen, Schätzchen?“, fragt sie Miriam mit dem liebenswürdigsten Lächeln, das ihr zur Verfügung steht.

Miriam wird nun ebenfalls rot, jedoch sie kontert aggressiv: „Du liebe Güte, was bist du empfindlich! Das ist doch offensichtlich, dass Daniela diverse Kilo zu viel auf den Hüften hat! Außerdem ist sowas“, sie nickt vielsagend in Richtung der Bratkartoffeln, „alles andere als gesund. Ich sag nur Acrylamid! Das kann sich bei starkem Erhitzen bilden und es erhöht das Krebsrisiko immens. Von dem verwendeten Bratfett ganz zu schweigen! Adipositas, Diabetes, Herzinfarkt, Exitus. So kann‘s gehen“, erklärt sie düster.

Nephele schließt die Augen und atmet tief durch. „Hat das gerade die Frau gesagt, die von den Gesundheitsrisiken hemmungsloser Promiskuität noch nie etwas gehört hat?", murmelt sie halblaut vor sich hin, aber so, dass jede am Tisch es hören kann. Deutlich lauter fügt sie hinzu: „Lass dir den Appetit nicht verderben, Daniela, es wäre schade um die Kartoffeln. Anthony ist ein Meister der zerstückelten und gebratenen Knolle! Er tut auch nur selten Acrylamid dran, also genieße sie!"

Daniela schaut auf ihre Kartoffeln und lächelt unsicher. Tatsächlich scheint ihr der Appetit vergangen zu sein. Julia kann das Elend nicht mit ansehen. Sie zückt ihre Gabel und spießt damit eines der goldgelben Kartoffelstückchen auf. „Wenn du sie nicht willst – ich finde, sie sehen fantastisch aus!", meint sie achselzuckend.

Das ist das Stichwort, um Danielas Lebensgeister zurückzuholen. Sie funkelt die andere empört an, stößt mit ihrer Gabel blitzschnell auf Julias Gabel zu und schiebt die Kartoffel zurück auf ihren Teller. Damit sorgt sie für allgemeine Erheiterung. Mitten in das Gelächter hinein sind auf einmal die ersten Takte einer bekannten Filmmusik zu hören. Gleichzeitig beginnt Theklas Smartphone auf dem Tisch zu vibrieren. Da sie selbst jedoch am lautesten lacht, bemerkt sie es nicht. Die neben ihr sitzende Daniela stupst sie in die Seite.

„Dein Smartphone", sagt sie und nickt in Richtung des erleuchteten Displays. Einen Augenblick später ruft sie: „Das ist ja witzig! Der Anrufer heißt ‚Jerry' und sieht aus wie

Jerry Wise in ‚Desperate‘, wo er diesen Obdachlosen spielt. Unfassbar, wie die es geschafft haben, dieses Sahneschnittchen so herzurichten, dass man ihm die Rolle problemlos abgenommen hat. Ist die Musik nicht auch aus dem Film?“

Thekla folgt ihrem Blick. Auf einmal wirkt ihre Miene angespannt. „Tut mir leid, deinen Kinderglauben zerstören zu müssen, liebe Daniela, aber das *ist* Jerry Wise“, antwortet sie. Darüber müssen wieder alle lachen. „Allerdings ist das Foto nicht aus dem Film. Privat läuft er auch gerne ein wenig abgerissen herum mit ungewaschenen Haaren und ausgebeulten Klamotten“, ergänzt sie mit abwesendem Blick. „Tut mir leid, Mädels, aber ich muss mal eben telefonieren“, sagt sie und steht auf, um nach draußen zu gehen.

„Bei Jerry Wise müsste ich das auch“, stimmt Nephele ihr zu und grinst über ihren Scherz. Nur Julia fällt auf, dass sich Theklas Verhalten verändert hat. Unauffällig beobachtet sie ihre Freundin durchs Fenster, als sie kurz darauf auf dem Parkplatz hinter dem Lokal auftaucht und nervös auf und ab geht, während sie ihr Mobiltelefon ans Ohr hält.

Im selben Moment, als Thekla den Anrufer auf ihrem Display identifizierte, war ihr klargewesen, dass das nur eines bedeuten konnte, nämlich Ärger. Sie weiß nur zu gut, dass Jerry nicht der Typ ist, der gerne telefoniert. Sie kennt ihn als jemanden, der seiner Umwelt gegenüber stets höflich und zuvorkommend auftritt, in Wahrheit jedoch sehr schüchtern ist. Sie weiß, dass er am liebsten für sich ist und

Kontaktpflege für absolut überflüssig hält, selbst bei Menschen, die er als gute Freunde bezeichnen würde. Wenn Jerry sich einmal von sich aus meldet, dann bestenfalls zum Geburtstag und ansonsten nur, wenn es einen wichtigen Anlass gibt. Selbst dann mailt er lieber, als das Telefon zur Hand zu nehmen.

Sobald Thekla auf dem Parkplatz angekommen ist und sich vergewissert hat, dass niemand in der Nähe ihr Gespräch belauschen könnte, tippt sie auf die oberste Nummer in der Anrufliste, denn der Anrufer hatte längst schon wieder aufgelegt.

„Hi. Tut mir leid, ich musste mir erst einen Platz suchen, um ungestört telefonieren zu können“, sagt sie auf Englisch.

„Kein Problem“, antwortet ihr Gesprächspartner. Für einen Moment herrscht Stille im Äther. Nach einer Weile beginnt Jerry erneut zu sprechen: „Man erkundigt sich nach dir.“

Thekla läuft ein kalter Schauer den Rücken hinunter. „Wer?“, fragt sie.

„Wer weiß das schon so genau?“, erwidert Jerry und hört sich dabei beinahe philosophisch an. Weiter sagt er nichts.

Thekla wartet, ob sich an diesem Zustand noch etwas ändert, doch das tut es nicht. Ihr platzt der Kragen. „Meine Güte, Jerry! Deine Tiefenentspannung in allen Ehren, aber etwas mehr wirst du doch wohl wissen über den- oder diejenigen, die nach mir suchen, oder?“

Jerry lässt sich Zeit mit seiner Antwort. „Ich habe sie im Studio gesehen. Zwielichtige Gestalten. Mit mir haben sie auch gesprochen. Der Wortführer behauptet, Anwalt zu sein. Er trägt einen italienischen Namen, ist mindestens siebzig und tönt sich die Haare dunkelbraun. Wenn er ins Schwitzen gerät, hinterlässt die Farbe dunkle Spuren auf seinem weißen Hemdkragen." Er seufzt, und es hört sich beinahe mitleidig an. „Ich sag's mal so: Eine Sonnenbrille sollte der Typ lieber nicht aufsetzen, weil er dann vollends das Klischee eines Mafioso verkörpern würde und damit komplett unglaubwürdig wäre. So wie der läuft heutzutage keiner aus der Familie mehr herum, der auf sich hält! Ich habe wirklich überlegt, ob er uns verarschen will."

„Schön, dass dich das amüsiert", knurrt Thekla gereizt.

Jerry ist klug genug, nicht darauf einzugehen. „Wir mussten damit rechnen, dass so etwas passiert. Es war von Anfang an klar, dass du verschwinden musst, wenn die Sache erledigt ist. Jedenfalls vorerst."

Thekla seufzt. „Du hast ja recht. Trotzdem hatte ich gehofft, dass es seinen Komplizen nicht gelingt, zwei und zwei zusammenzuzählen und dahinterzukommen, wer eigentlich hinter der ‚supertoughen' Geschäftsfrau steckt, die mit ihrem Sonnenscheinchen angebandelt hat."

„Das haben wir alle gehofft, Sweetheart", versucht Jerry sie zu trösten. Wieder entsteht eine Pause. „Hör zu, du machst es genauso, wie wir es besprochen haben. Es hat sich nichts an unserem Plan geändert. Sieh zu, dass du in der Deckung bleibst. Kein Kontakt zu niemandem hier drüben, außer zu Val, Angelo und mir. Natürlich ausschließlich über unsere Prepaid-Handys. Halte dich aus den sozialen Netzwerken raus und nimm um Himmels willen keine Jobs an! Jedenfalls nicht als Schauspielerin. Das Geld, das du bekommen hast, müsste ja eine Zeit lang reichen."

„Geld ist das geringste Problem", gibt Thekla zu. Sie stutzt. „Hab *ich* das gesagt?", fragt sie irritiert. Daraufhin müssen beide lachen, denn Jerry weiß nur zu gut, dass Thekla normalerweise – wie so viele ihrer Kollegen – den Traum vom Schauspieler-Dasein mit einem Leben am Rande des Existenzminimums bezahlt. „Ich glaube, mein größtes Problem ist zurzeit, dass ich einfach zu viel Zeit habe um nachzudenken. Ich muss mich irgendwie ablenken."

„Das wäre bestimmt gut", vermutet Jerry. „Aber sei vorsichtig! Es sollte nichts sein, wodurch du riskierst, in lustigen kleinen Filmchen oder auf Fotos in sozialen Netzwerken aufzutauchen", mahnt er.

„Jerry, ich bin nicht blöd!", schimpft Thekla.

„Natürlich nicht", beschwichtigt er sie. „Aber wir wissen beide, dass du einen Hang zum Feiern hast, und da kann so etwas schnell passieren. Schließlich hast du mindestens dein halbes Leben hier in Hollywood auf Partys verbracht. Auf die meisten davon hast du dich sogar selbst eingeladen", erklärt ihr Jerry in oberlehrerhaftem Ton.

„Das stimmt doch gar nicht!", protestiert Thekla. „Ich

musste als Servicekraft arbeiten, um meinen Lebensunterhalt zu finanzieren. Und auf einem anständigen Hollywood-Event wird jede Menge Service gebraucht!“

Jerry gniggert in sich hinein. „Nur, dass du nach spätestens einer Stunde nicht mehr gearbeitet, sondern mitgefeiert hast. Ich weiß noch genau, wie du in deiner dünnen weißen Bluse durch Emma Perrys Pool geschwommen bist. Angeblich, um die Cocktailgläser der Badegäste einzusammeln. In Wahrheit aber deswegen, weil du auf diese Weise einem Pornofilm-Produzenten deine perfekt gebaute Oberweite unter die Nase reiben konntest. Andernfalls hättest du sicher wenigstens einen BH getragen.“

„Ich muss eben um meine Engagements kämpfen. Da darf man nicht zimperlich sein“, gibt Thekla zu. „Allerdings bin ich niemals mit einem von diesen Typen ins Bett gegangen“, ergänzt sie schnell und fragt sich im nächsten Moment, warum sie das tut. Sie ist Jerry schließlich keine Rechenschaft über ihren Lebenswandel schuldig. Nach einer Pause fügt sie hinzu: „Na ja, jedenfalls nicht aus beruflichen Gründen.“

Ein Seufzen ist am anderen Ende der Leitung zu hören. „Sicher mit ein Grund, warum es mit der Karriere weniger gut geklappt hat als bei vielen anderen. Ich bedauere das sehr. Ich hätte gerne öfter mit dir zusammengearbeitet.“

„Danke, Jerry“, sagt Thekla leise.

„Ist ernst gemeint“, antwortet er. „Hollywood ist kein ‚Kindergeburtstag‘, wie du immer sagst.“

Verlegenheit macht sich zwischen ihnen breit. Nach einer Weile ist es Thekla, die sie beendet. „Ich muss Schluss machen. Ich bin mit Freundinnen verabredet."

„Pass auf dich auf!", ermahnt Jerry sie zum Abschluss des Gesprächs.

Als Thekla an den Tisch zurückkehrt, fragt Miriam spöttisch: „Und? Will Jerry ein Date?"

Alle lachen. Außer Julia, die ihre Freundin scharf beobachtet. Sie ist die Einzige, der auffällt, dass Thekla angespannt wirkt und sie ist sich sicher, dass es mit dem Anruf zu tun haben muss, den sie eben entgegengenommen hat. Sie spürt aber auch, dass ihre Freundin ihre Nervosität zu verbergen versucht und in diesem Moment bestimmt nicht über den Anlass des Telefonats reden will. Julia nimmt sich vor, sie bei einer anderen Gelegenheit darauf anzusprechen.

Thekla, die weiß, dass man ihr nicht glauben wird, egal, was sie sagt, zuckt nur die Schultern und meint: „Wir kennen uns zu gut, als dass die Gefahr bestünde, privat miteinander ins Bett zu gehen."

Ein gespielt beeindrucktes Raunen geht durch die Runde. Nephele fragt: „Was meinst du mit ‚privat'?"

Thekla grinst. Mittlerweile hat sie sich wieder im Griff und wirkt so cool wie eh und je. „Ich meine außerhalb des Film-Sets. Wir haben schon mal eine heiße Liebesszene zusammen gedreht, und das war verdammt schwer, weil wir ständig lachen mussten."

Das tun nun auch ihre Zuhörerinnen, bis auf Daniela, die Thekla mit offenem Mund anstarrt. „Im Ernst? Du hast mit Jerry Wise gedreht? Eine Liebesszene?"

Bevor Thekla darauf etwas erwidern kann, mischt sich Miriam ein. Sie verdreht genervt die Augen und pflaumt die andere an: „Mann, Daniela! Wir machen doch nur Spaß!"

Daniela schaut unsicher von Miriam zu Thekla, doch Letztere zuckt nur die Schultern und grinst.

Als eine Stunde später alle Tagesordnungspunkte zur Planung der Jubiläumsfeier diskutiert und abgearbeitet sind, nimmt Thekla Nephele während des allgemeinen Aufbruchs zur Seite. „Du hast vorhin erzählt, dass du auf der Suche nach Personal bist. Wenn du magst – ich könnte sofort bei dir anfangen."

Erstaunt blickt Nephele sie an. „Ist das dein Ernst?"

„Ich habe Erfahrungen im Service", erwidert Thekla. Dabei muss sie an Jerrys Bemerkung aus dem Telefonat denken und sich ein Grinsen verkneifen.

Nephele sieht Thekla unschlüssig an. „Grundsätzlich nehme ich dein Angebot natürlich gerne an. Aber bist du sicher, dass du das wirklich willst? Wenn du in Deutschland bleiben willst, warum bemühst du dich dann nicht um ein

Engagement? Schließlich kommst du direkt aus Hollywood! Da muss doch `was gehen?“

„Ich glaube kaum, dass es so einfach ist, nur, weil ich drüben ein paar kleine Rollen hatte“, sagt Thekla ausweichend.

Nephele will ihrer Freundin Mut machen. „Du kannst es immerhin versuchen!“

Doch daran hat Thekla unter den gegebenen Umständen wenig Interesse. Sie schüttelt den Kopf. „Ich denke, es ist gerade nicht der richtige Zeitpunkt dafür“, erklärt sie vage, da sie ihre Freundin nicht anlügen will. Als die sie skeptisch anschaut, fügt Thekla schnell hinzu: „Ich glaube, ich kann gerade eine Auszeit als Schauspielerin ganz gut gebrauchen. Erst mal möchte ich wieder richtig in Deutschland ankommen und dann sehe ich weiter.“

Kapitel 8

Unter Druck

„Wenn jemand dieses Kleid tragen kann, dann du“, säuselt Deborah, die Inhaberin der kleinen, aber feinen Boutique in der Nähe des Jungfernstiegs an der Binnenalster.

Vor der riesigen Spiegelwand vollführt Miriam eine halbe Drehung nach rechts und dann eine nach links, wobei sie ihren Blick kritisch an ihrer Silhouette hinunterwandern lässt. Das figurbetonte, hochgeschlossene Kleid mit den auffälligen Längsstreifen steht ihr wirklich ganz ausgezeichnet. Die warmen Farben schmeicheln ihrem Teint, der Schnitt betont ihre Kurven und gleichzeitig ihre gertenschlanke Taille. Sie muss zugeben, dass sie umwerfend aussieht. Vielleicht ein wenig zu umwerfend für ein Mitglied des Kirchenvorstands ihrer Gemeinde, sagt sie sich innerlich. Nichtsdestotrotz zeigt sich ein zufriedenes Lächeln auf ihren Lippen. Dann ändert sich ihre Miene und sie seufzt sorgenvoll.

„Günstig ist es nicht gerade“, bemerkt sie.

„Es ist aus der aktuellen Kollektion!“, entgegnet Deborah gespielt entrüstet. „Aber ich will dich nicht drängen. Du musst selbst wissen, ob du dir diesen Luxus leisten kannst oder nicht.“

Miriam weiß um die kleinen schmutzigen Tricks, die die Inhaber von Edelboutiquen bei ihrer gut betuchten Kundschaft anwenden: Schmeicheleien, spitze Bemerkungen, die an die ‚Ehre' der wohlsituierten Kundschaft appellieren, dass Geld gefälligst keine Rolle zu spielen hat, und dazu ein leckerer Prosecco, der die Stimmung hebt und die Kaufhemmungen senkt. Miriam lässt sich davon nicht beeindrucken. Dennoch weiß sie, was sie will. Warum sonst hätte sie eine Karriere als Arztgattin anstreben und ihren Gatten immer wieder von neuen schönheitschirurgischen Trends überzeugen sollen, die er in sein Leistungsportfolio aufnehmen kann? Wozu die Mühen, wenn sie sich nicht ab und zu etwas gönnt?

Sie wirft noch einmal einen gespielt kritischen Blick in den Spiegel, als sei sie nicht ganz überzeugt vom Sitz des sündhaft teuren Kleidungsstückes. Doch schließlich seufzt sie gottergeben und meint: „Also gut, ich nehme es." Sie wirft ihr langes rotes Haar hinter ihre Schultern und dreht dem Spiegel den Rücken zu, um sich zu vergewissern, dass auch ihr Hintern großartig zur Geltung kommt. In dieser Pose wirft sie der Ladenbesitzerin einen Beifall heischenden Blick zu, den die mit einem zufriedenen Kopfnicken beantwortet. Nur mühsam gelingt es Miriam, sich von ihrem eigenen Abbild loszureißen. Doch dann wendet sie sich endgültig ab und tritt den Weg zurück zur Umkleidekabine an, dicht gefolgt von Deborah. Während sich Miriam auszieht und dann in ihren Gucci-Anzug mit dem bronzefarbenen Jacquardmuster und in die beigefarbenen Wildlederstiefeletten schlüpft, nimmt die Edelboutique-Besitzerin das

Kleid entgegen und läuft damit zur Kasse. Dort schlägt sie das gute Stück sorgfältig in Seidenpapier ein und legt es beinahe andächtig in die aufwändige hellrosafarbene Tragetasche mit der schwarzen Aufschrift. Als Miriam an den Verkaufstresen herantritt, schiebt Deborah die hochwertige Tasche mit dem noch viel hochwertigeren Inhalt zu ihr hinüber. Mit einem geschäftigen Gesichtsausdruck gibt sie den vor dem Komma vierstelligen Betrag in das Kassenterminal ein.

Miriam fischt ihre Brieftasche aus ihrem Louis-Vuitton-Täschchen, zückt ihre Kreditkarte und reicht sie über den Verkaufstresen. Deborah hält die Karte vor das Kassenterminal. Einen Moment später runzelt sie die Stirn, drückt ein paar Knöpfe auf dem Terminal und versucht erneut, den Betrag von der Karte abzubuchen. Scheinbar funktioniert es immer noch nicht, denn nun schiebt sie die Karte sogar in den Schlitz des Lesegerätes. Auch das scheint nicht zum gewünschten Ergebnis zu führen. Mit einem bedauernden Schulterzucken gibt sie Miriam die Karte zurück. „Die Karte funktioniert nicht“, erklärt sie knapp.

„Wie, die Karte funktioniert nicht?“, echot Miriam ungeduldig.

„Nun, vielleicht ist sie kaputt. So etwas soll vorkommen“, antwortet Deborah lächelnd. „Sicher hast du noch eine zweite Karte dabei?“

Mittlerweile hat eine weitere Kundin das Geschäft betreten. Deborah begrüßt sie mit einem höflichen Nicken, dann wendet sie sich erneut Miriam zu.

„Bedauere“, antwortet jene pikiert. „Normalerweise kann ich mich darauf verlassen, dass die Kassensysteme dort, wo ich einkaufen gehe, funktionieren.“ Miriam ringt sich zu einem Lächeln durch und entblößt dabei zwei Reihen perfekt gepflegter Zähne.

Deborah antwortet ebenfalls mit einem Lächeln. „Oh, am Terminal liegt es ganz bestimmt nicht. Es liegt an der Karte.“

Miriam schüttelt den Kopf. „Ausgeschlossen! Die Karte funktioniert immer und überall. Warum sollte sie es ausgerechnet hier nicht tun?“, fragt sie unwillig.

Die Kundin, die bis eben noch ihre ganze Aufmerksamkeit der Frühjahrskollektion von Prada schenkte, wirft einen neugierigen Blick in ihre Richtung. Miriam bemerkt es aus den Augenwinkeln. Nun wird ihr die Situation langsam unangenehm. Wütend funkelt sie die Ladeninhaberin an, die ihr dieses Ungemach zumutet. Doch die lässt sich von Miriams Reaktion nicht verunsichern. Mit einem Gesichtsausdruck, den ein sensibles Gemüt als süffisant bezeichnen würde, erwidert Deborah: „Möglicherweise ist das Kreditkarten-Limit erreicht?“

„Pah!“ Miriam lacht verächtlich auf. „Was für ein Unsinn! Vielleicht solltest du es einfach nochmal versuchen?“, entgegnet sie in einem Tonfall, der deutlich macht, dass es sich hierbei um keine Frage, sondern um eine Aufforderung handelt.

„Ich habe es bereits dreimal versucht“, gibt Deborah mit sanfter Stimme zurück.

Miriam begreift, dass sie so nicht weiterkommt. „Also gut“, erwidert sie im nachsichtigen Ton und zwingt sich erneut zu einem Lächeln. „Dann stell‘ mir doch bitte eine Rechnung aus. Ich überweise den Betrag von zuhause aus.“ Sie greift nach der Tragetasche auf dem Tresen, doch Deborah ist schneller. Wie der Blitz schnappt sie sie Miriam vor der Nase weg und hält sie triumphierend mit beiden Händen fest an ihren Körper gepresst.

„Es tut mir leid, aber das ist unmöglich. Wir können unsere Ware selbstverständlich nur gegen Bezahlung abgeben.“ Deborah hebt bedauernd die Schultern.

Miriam starrt sie entgeistert an. „Wie? Ich darf das Kleid nicht mit nach Hause nehmen?“

Die Kundin hinter ihr interessiert sich schon längst nicht mehr für Prada und auch für keine andere der edlen Modemarken. Mit abschätzigem Blick, als sei Miriam ein unappetitliches Insekt mit sechs Beinen, mustert sie sie von oben bis unten.

„Tut mir leid“, antwortet Deborah entschieden. Ihr Lächeln hat mittlerweile den Gefrierpunkt unterschritten.

Miriam öffnet den Mund, um ihrer Empörung lauthals Luft zu machen. Im letzten Moment jedoch besinnt sie sich. Das fehlte noch, dass diese Deborah sie am Ende aus der Boutique hinauswerfen würde! Mit einem wütenden Schnaufen macht sie auf dem Absatz kehrt und stürmt aus dem Geschäft.

Als Miriam zwei Stunden später zuhause eintrifft und ihren SUV neben dem BMW Kombi ihres Gatten in der Garage einparkt, ist ihre Wut kaum abgekühlt. Energisch knallt sie die Autotür zu und läuft auf den von ihrer osteuropäischen Gartenhilfe frisch gekärcherten Gehwegplatten durch den mit dunkelgrauem Schotter aufgeschütteten Vorgarten, vorbei an perfekt gestutzten Buchsbaumkugeln und winterlich farblosen Gartengräsern. Kaum, dass sie das Haus betreten hat, ruft sie nach ihrem Mann.

„Philipp?“

Aufgebracht schleudert Miriam ihre Handtasche auf einen mit rotem Velours bezogenen Chippendale Sessel, der neben der Garderobe ein meist unbeachtetes Dasein fristet. Mit langen Schritten durchmisst sie den großzügigen, mit glänzenden weißen Fliesen ausgelegten Eingangsbereich und läuft zwei langgezogene Treppenstufen hinunter in den offenen Wohn-Ess-Bereich. Dort sitzt ihr Mann mit voluminösen Kopfhörern auf den Ohren in seinem bequemen schwarzen Schwingsessel vor den bodentiefen Fenstern. Noch ahnt er nichts vom Kommen seiner Frau. Stattdessen ist sein Blick nach draußen auf den von Rhododendren gesäumten Garten gerichtet, hinter dem sich der Wald mit hohen Kiefern und einigen Birken anschließt. Während sich Miriam ihm von hinten nähert, schüttelt sie innerlich den

Kopf. Alt und dick ist er geworden, denkt sie bei sich, während sich ihr kritischer Blick an der beginnenden Glatze auf Philipps Hinterkopf festsaugt. Er müsste dringend einmal wieder zum Friseur, um sich seine viel zu lang gewordenen schütteren Haare kürzen zu lassen, stellt sie fest. Missmutig beäugt sie die ausgeleierte hellgraue Jogginghose, die ihr Mann zu einem uralten schmuddeligen dunkelblauen Pullover mit V-Ausschnitt trägt, unter dem ein nicht mehr ganz weißes T-Shirt zum Vorschein kommt. An den Füßen missfallen ihr seine ausgelatschten dunkelbraunen Hausschuhe genauso wie die obligatorischen weißen Tennissocken. Sie schaudert.

Miriam weiß, dass ihr Mann es hasst, wenn er bei seinem geliebten Ritual gestört wird, nach einem langen Arbeitstag in der Klinik beim Hören klassischer Musik „wieder aufzuladen“, wie er es nennt. Doch auf diese Befindlichkeiten kann sie jetzt keine Rücksicht nehmen. Das gelingt ihr auch sonst nur selten – jedenfalls nicht, wenn sie ein Anliegen hat, das – wie fast alle ihre Anliegen – sofort gelöst werden will.

„Philipp!“, ruft Miriam noch einmal, jetzt allerdings noch lauter und energischer als beim ersten Mal. Da sie mittlerweile fast hinter ihm steht, hört ihr Mann ihr Rufen. Erschrocken zuckt er zusammen. Während sich Miriam mit in die Seiten gestemmten Armen vor ihm aufbaut, tastet er nach seinen Kopfhörern. Müde zieht er sie sich von den Ohren. Er sieht aus, als hätte er geschlafen.

„Schatz“, grüßt Philipp mit schleppender Stimme und unterdrückt ein Gähnen. Mit geröteten Augen blickt er zu seiner Gattin empor. „Ist etwas passiert?“

Miriam zieht deutlich hörbar Luft durch die Nase ein. Dann setzt sie ein angestrengtes Lächeln auf: „Kannst du mir einmal erklären, was mit unserer Kreditkarte los ist?“, fragt sie mühsam beherrscht.

„Was soll damit los sein?“, entgegnet Philipp mäßig interessiert. Es gelingt ihm nicht mehr, sein Gähnen zu unterdrücken. Herzhaft reißt er den Mund auf und bedeckt ihn nur unzureichend mit seiner flachen Hand.

Philipps offenkundige Entspanntheit reizt Miriam nur noch mehr. „Nun, sie funktioniert nicht“, versetzt sie in liebenswürdigem Ton, doch in ihren Augen funkelt es angriffslustig.

„Wie? Sie funktioniert nicht?“, fragt Philipp lahm.

Miriam weiß, dass es vielleicht nicht ganz fair ist, aber sie könnte ihrem Mann den Hals umdrehen. Was muss ich tun, damit endlich ein bisschen Leben in diesen Kerl kommt, denkt sie wütend. Er liegt hier herum wie ein Schluck Wasser in der Kurve, hält es nicht einmal für nötig, sich etwas Ordentliches anzuziehen, wenn er nach Hause kommt, und scheint sich darüber hinaus nicht die Bohne dafür zu interessieren, wie es mir geht. Was denkt er sich eigentlich? Dass er der Einzige ist, der einen harten Tag hatte?

Sie weiß, dass es keinen Sinn hat, laut zu werden. Also lässt sie es, auch wenn‘s schwer fällt. Noch einmal zieht sie deutlich hörbar Luft durch die Nase ein. Dann setzt sie ihrem Gatten in gestelzten Worten auseinander, was ihr in der Hamburger Edelboutique, die sie aufsuchte, weil sie für den kommenden Frühling praktisch nichts anzuziehen hat, widerfahren ist und wie unerhört peinlich die Situation für sie war. „*Du* bist doch für unsere Finanzen zuständig. Ich kann mich schließlich nicht um alles alleine kümmern. Deshalb hätte ich jetzt gerne eine Erklärung von dir, warum unsere Kreditkarte in Hamburg gestreikt hat!“, schließt Miriam ihre Ausführungen. Sie verschränkt ihre Arme vor der Brust und fixiert ihren Mann in der Erwartung, dass er etwas Erhellendes zu dieser Angelegenheit sagen wird. Doch Philipp sagt erst einmal nichts. Stattdessen schaut er seine Gattin nur an und wirkt dabei noch erschöpfter als zuvor. Das macht Miriam rasend. Sie schiebt ihr Kinn nach vorne und ihre Mundwinkel zucken, als wolle sie gleich explodieren.

Endlich bequemt sich Philipp, den Mund aufzumachen. „Meine Liebe“, beginnt er und lehnt sich dabei behaglich in seinem Sessel zurück, „vielleicht ist es dir entgangen, dass unsere Ausgaben in der letzten Zeit dramatische Ausmaße angenommen haben. Genauer gesagt übersteigen sie unsere Einnahmen bei weitem. Es war höchste Zeit, etwas dagegen zu unternehmen. Also habe ich den Verfügungsrahmen der Kreditkarte bei unserer Bank nach unten korrigiert.“

Miriams Augen weiten sich. „Du hast *was*?“, fragt sie entgeistert. „Und warum erfahre ich davon nichts?“, setzt sie erbost hinterher.

„Du erfährst es doch jetzt“, entgegnet Philip gelassen.

Miriam schüttelt verständnislos den Kopf. „Und was heißt das jetzt?“, fragt sie ihren Mann ungeduldig.

Der zuckt die Schultern. „Dass wir uns ein bisschen einschränken müssen“, erklärt er ruhig.

„Ein bisschen einschränken?“, echot Miriam, als hätte Philipp etwas absolut Widersinniges von sich gegeben. „Heißt das etwa, wir sind pleite?“

Ihr Gegenüber atmet tief ein und lässt sich Zeit mit seiner Antwort. „Das heißt es natürlich nicht“, erklärt er schließlich. „Es bedeutet nur, dass wir das Geld nicht mehr ganz so sinnlos zum Fenster hinauswerfen können wie bisher.“

Empört saugt Miriam Luft durch ihre Nase ein. „Das ist ja wohl die Höhe!“, faucht sie. „Willst du damit etwa sagen, dass *ich* unser Geld zum Fenster hinauswerfe? Ausgerechnet ich? Ich spare, wo ich kann! Allerdings müssen wir auch ab und zu etwas essen …“

„Aber nicht jeden Tag Feinkost“, unterbricht er sie.

Miriam schnauft. „Soll ich jetzt etwa Dosenravioli von Aldi auf den Tisch bringen?“

Philipp schürzt die Lippen. „Ab und zu etwas anderes als Roastbeef, Filet oder frische Meeresfrüchte zum Abendbrot wäre auch okay“, kontert er genervt. Allerdings weiß er, dass er so bei seiner Frau nicht weiterkommt. Er besinnt sich und schlägt einen verständnisvollen Ton an. In diesem versucht er, seiner Frau die Lage aus seiner Sicht zu erläutern. „Die neuen Smartphones für die Zwillinge hätten vielleicht nicht unbedingt sein müssen. Schließlich haben sie erst letztes Jahr welche bekommen. Die teure Geige, die du für Annalena gekauft hast, liegt nur herum und Philipp Junior brauchte nicht gleich ein eigenes Board, nur weil er sich aus irgendeinem Grund in den Kopf gesetzt hat, auf dem Tankumsee surfen lernen zu wollen. Bis zum Sommer hat er das längst vergessen. Wir wissen doch beide, wie schnell unsere Kinder das Interesse an ihren Hobbys wieder verlieren."

„*Meine* Kinder sollen *alle* Möglichkeiten erhalten, die sie brauchen, um sich auszuprobieren und ihre Talente zu erkunden. Ich werde doch jetzt nicht bei ihrer Ausbildung herumgeizen!"

„Trotzdem muss es nicht immer gleich ein eigenes Klavier sein …", beginnt Philipp.

„Das war doch nur so ein digitales von Yamaha!", fällt ihm Miriam ins Wort.

Philipp seufzt und hebt die Hände. „Meinetwegen", gibt er nach. „Wenn du unbedingt meinst, dass unsere Kinder all das brauchen, dann soll es eben so sein."

„Das ist ja wohl selbstverständlich!", erwidert Miriam mit moralischer Entrüstung in der Stimme. In dem Bewusstsein, wieder einmal einen Sieg über ihren Mann errungen zu haben, wirft sie ihre langen roten Haare zurück und will auf dem Absatz kehrt machen um hinauszurauschen, doch Philipp hält sie zurück.

„Dann wirst *du* dich eben einschränken müssen“, sagt er ruhig.

Miriam hält mitten in der Bewegung inne und dreht sich langsam zu ihrem Mann herum. Ihre Augen sind groß vor Empörung. „Ich?“, ruft sie entrüstet. „Ich soll mich einschränken? Wann denke *ich* denn schon mal an *mich* und gebe Geld *für mich* aus?“

„Beispielsweise beim Shoppen in Hamburger Edelboutiquen“, erinnert Philipp sie. „Wenn du ein Kleid brauchst, dann tut es doch vielleicht auch mal eines aus einem ganz normalen Geschäft in Gifhorn oder Braunschweig.“

Seine Gattin wirft ihm einen Blick zu, als sei er nicht ganz dicht. Ihre Augen wandern vielsagend an ihm hinunter und wieder herauf. „Als würdest du dich damit auskennen, wo man etwas Vernünftiges zum Anziehen herbekommt!“, versetzt sie im verächtlichen Ton. „Du erwartest doch jetzt bitte nicht, dass ich von nun an auch nur noch in ausgebeulten Jogginganzügen herumlaufe, so wie du? Sollen wir jetzt den Flodders Konkurrenz machen?“

Philipp schaut ebenfalls an sich herunter, doch er scheint nichts Kritikwürdiges an seinem Aufzug feststellen zu können. „Wie dem auch sei, wir können uns unseren Lebensstandard so, wie er ist, nicht mehr erlauben“, erklärt er beharrlich. „Wir müssen sparen. An welcher Stelle wir das tun, ist erst einmal zweitrangig. Nur *dass* wir es tun, ist leider alternativlos.“ Wie um seine Aussage zu bekräftigen zieht er die Augenbrauen in die Höhe und schaut Miriam oberlehrerhaft an. Dann setzt er seine Kopfhörer wieder auf, kuschelt sich noch tiefer in seinen Sessel und schließt die Augen.

Wie versteinert bleibt Miriam mit verschränkten Armen vor ihm stehen. Nachdem ihre Diskussion augenscheinlich beendet ist, dringt nun langsam zu ihr durch, was ihr Mann gesagt hat. Sie müssen sich einschränken. Nicht einmal mehr für das Nötigste wird genügend Geld da sein. Das ist eine Katastrophe!

Und er liegt einfach nur da und erwartet, dass *ich* eine Lösung für dieses Problem finde und zusehe, wie ich unseren Haushalt unter diesen Umständen weiterführe, denkt sie erbost. Wütend schüttelt sie den Kopf, dreht sich um und schaut hinaus in den immer noch winterlichen Garten. In Gedanken geht sie die größeren Ausgaben der letzten Wochen und Monate durch. Doch wie sie es auch dreht und wendet, ihr fällt beim besten Willen nichts ein, worauf sie meint, zukünftig verzichten zu können. Es muss eine andere Lösung geben, überlegt Miriam. Wenn mein Gatte nicht in der Lage ist, ausreichend finanzielle Mittel heranzuschaffen, um seine Familie zu ernähren, dann muss ich mir wohl selbst etwas einfallen lassen!

Sie denkt darüber nach, dass Arbeiten gehen für sie natürlich nicht in Frage kommt. Wie sollte das gehen? Einst hat sie Bankkauffrau gelernt und ein paar Semester BWL studiert, doch das ist Ewigkeiten her und zählt heute nicht mehr. Einen gutbezahlten Job würde sie also sowieso nicht finden. Aber was könnte sie sonst noch tun, um an Geld zu kommen? Es muss doch irgendeine Möglichkeit geben …

Plötzlich taucht ein Gedanke in ihrem Kopf auf. Erst ist es nur eine vage Idee, doch die nimmt nach und nach Gestalt an. Vielleicht, überlegt Miriam, vielleicht ist das die Lösung!

***

Schon den ganzen Vormittag lang ist Nephele speiübel. Sie schalt sich im Stillen hysterisch und versucht, sich äußerlich nichts anmerken zu lassen. Doch die Angst ist nun einmal da und sie lässt sich auch nicht so einfach wegatmen.

Zuerst wollte sich Nephele nicht eingestehen, wie sehr sie sich vor dem Zusammentreffen fürchtet. Alles, was sie so viele Jahre lang weit von sich weggeschoben hatte, steigt jetzt wieder in ihr hoch. Die Erinnerungen quälen sie und die Erkenntnis, wie sehr ihr das, was sie längst bewältigt glaubte, immer noch zusetzt, zieht ihr den Boden unter den Füßen weg. Sie fühlt sich wieder ausgeliefert und hilflos wie damals, als junge, viel zu naive Frau. Gleichzeitig tut sie alles, damit ihr Sohn nichts von ihren Gefühlen mitbekommt. Der Gedanke ist ihr unerträglich, ihn in diese Geschichte mit hineinzuziehen, doch die Entscheidung darüber liegt nicht mehr in ihrer Macht.

Damals, kurz nach Ilias‘ Geburt, hatte sie beim Standesamt „Vater unbekannt“ angegeben. Als ihr Sohn im Alter von drei Jahren fragte, warum er denn keinen Papa hätte wie die anderen Kinder im Kindergarten, hatte sie ihm erzählt, dass die Beziehung zu seinem leiblichen Vater nur eine Affäre gewesen und er bereits gestorben sei. Das schien ihr die beste Lösung zu sein, auch deshalb, weil Karl sich einen Dreck dafür interessiert hatte, dass sie ein Kind von ihm erwartet hatte. Im Gegenteil. Nephele schaudert, als sie daran denkt.

Doch nun scheint sich etwas geändert zu haben. Urplötzlich versucht Karl, Kontakt zu seinem Sohn aufzubauen. Was will er von Ilias? Warum meldet er sich jetzt bei ihm? Das hat er doch die ganzen Jahre über, die er im Gefängnis war, nicht getan! Wieder und wieder fragt sich Nephele, was das zu bedeuten hat. Das eine Mal versucht sie sich einzureden, dass ihr Ex in den siebzehn Knast-Jahren vielleicht wirklich ein anderer Mensch geworden ist und sich nun an der Hoffnung festklammert, wenigstens eine gute Sache in seinem Leben zustande gekriegt zu haben. Bei realistischer Betrachtung wiederum scheint ihr das nicht sehr wahrscheinlich zu sein. Und wenn sie versucht sich auszumalen, dass gleich, in wenigen Minuten, ein völlig verwandelter Karl Kaufmann vor ihr und ihrem Sohn stehen soll, schimpft sie sich selbst bekloppt, das auch nur für möglich zu halten.

„Mama?“

Die Stimme ihres Sohnes reißt Nephele aus ihren Gedanken. Mit weit aufgerissenen Augen fährt sie zu ihm herum.

Ihr Sohn erschrickt ebenfalls, als er sie so sieht. „Keep cool! Ich bin’s nur“, pflaumt er sie an, bemüht, den Überlegenen zu spielen. „Was ist denn mit dir passiert?“

Nephele reißt sich zusammen und zwingt sich zu einem Lächeln, das ziemlich schief gerät. „Nichts, mein Schatz. Ich … ich war nur in Gedanken.“

Zweifelnd lässt Ilias seinen Blick über den Küchentisch wandern, der lieblos mit drei Tassen samt Untertassen, kleinen Löffeln, einer Zuckerdose und einer Tüte H-Milch gedeckt ist. „Findest du nicht, dass wir wenigstens eine Packung Kekse aufmachen sollten, wenn‘s schon kein Kuchen sein darf?“, fragt er vorwurfsvoll.

„Auf gar keinen Fall!“, bestimmt Nephele energisch, die sich mittlerweile wieder im Griff hat. „Es gibt Kaffee und meinetwegen auch ein Glas Wasser. Und nach einer Stunde ist die Besuchszeit beendet!“

„Besuchszeit! Das hört sich ja an wie im Knast!“, schimpft Ilias.

„Umso besser. Dann muss Kill… ich meine Karl sich nicht umgewöhnen.“ Nephele könnte sich ohrfeigen. Fast wäre ihr der Spitzname von Ilias‘ Vater herausgerutscht, der in seinen Kreisen früher „Killer-Kalle“ gerufen wurde. Das hatte sie jedoch erst im Nachhinein erfahren, als die Polizei ihn verhaftet hatte. Während der kurzen Zeit, die sie mit ihm zusammen war, hatte sie zuerst nicht gewusst, mit wem sie es wirklich zu tun hatte. Das hatte er geschickt vor ihr verborgen. Obwohl sie zugeben muss, dass er damals, als sie ihn kennenlernte, schon etwas Verwegenes an sich gehabt hatte. Das hatte sie interessant gefunden. Mit seinem Charme, von dem er eine Menge besaß und den er großzügig verteilte, wenn es ihm nutzte, hatte er sie nach Strich und Faden eingewickelt. Als sie nach und nach immer mehr darüber erfuhr, in was für krummen Geschäften Kalle drinsteckte, wollte sie es erst nicht glauben. Als Reaktion darauf verharmloste sie seine Taten, suchte nach Entschuldigungen dafür oder sah schlicht und feige weg. Dann, als sie die Wahrheit nicht mehr länger verleugnen konnte, wäre es fast zu spät gewesen.

„Wenn's dir so sehr gegen den Strich geht, ihn hierzuhaben, hätte ich mich auch woanders mit ihm treffen können", mault Ilias.

Wie von der Tarantel gestochen, fährt Nephele zu ihrem Sohn herum. „Kommt überhaupt nicht in Frage! Du hast keine Ahnung, mit wem du es zu tun hast. Ich werde die ganze Zeit bei eurem Treffen dabei sein und damit hat es sich!"

Ilias reagiert empört. „Ich bin doch kein Baby mehr! Ich treffe mich, mit wem ich will, ob es dir passt oder nicht. Das kannst du überhaupt nicht verhindern!"

Mühsam reißt sich Nephele zusammen. Sie könnte ihrem

Sohn jetzt etwas darüber erzählen, dass sie seine Erziehungsberechtigte ist und er noch nicht volljährig, aber sie weiß, dass das die Sache nur noch schlimmer machen würde. Ihr Sohn hat ihren Dickschädel geerbt. Und genau so, wie sie sich in seinem Alter niemals von ihren Eltern hätte vorschreiben lassen, mit wem sie verkehrt, würde ihr Sohn das selbst von ihr auch nicht akzeptieren. Sie kann nur hoffen, dass die Realität der Begegnung mit seinem Vater Ilias davon überzeugt, dass er in den vergangenen sechzehn Jahren seit seiner Geburt nichts verpasst hat, als er ohne ihn aufwuchs. Dann würde er das Interesse an ihm hoffentlich schnell verlieren. Bis dahin blieb ihr jedoch nichts anderes übrig, als gute Miene zum bösen Spiel zu machen und die Nerven zu behalten.

„Sei froh, dass du die Gelegenheit hast, deinen Erzeuger unverbindlich kennenlernen zu dürfen. Falls du nämlich feststellen solltest, dass du ihn vielleicht doch nicht unbedingt in deinem Leben haben willst, ist die Sache nach einer Stunde vorbei und erledigt."

„*Wenn* ich ihn nicht in meinem Leben haben will", erwidert Ilias kämpferisch.

Es klingelt an der Tür. Nephele zuckt zusammen. Bevor ihr Sohn die Initiative ergreifen und an ihr vorbei zur Wohnungstür eilen kann, hat sie sich wieder gefangen und stürmt aus der Küche. Nicht deshalb, weil sie es kaum erwarten kann, ihren Ex wiederzusehen, sondern in einem letzten verzweifelten Versuch, ihren Sohn vor dem Mann zu beschützen, den sie als die größte Gefahr in Ilias' Leben ansieht. Auf dem Weg zu Tür wirft Nephele einen Blick in den Spiegel. Sie bemerkt die Blässe ihres Gesichts und die dunklen Augenringe. Glücklicherweise wird es Kalle nicht auffallen, wie angegriffen ich aussehe, weil er mich schließlich vor Ewigkeiten das letzte Mal sah, schießt es ihr durch den Kopf. Der Gedanke beruhigt sie etwas, denn sie hat das sichere Gefühl, dass es ihre Position ihrem Ex gegenüber drastisch verschlechtern könnte, wenn er ihre Angst und Nervosität bemerkte. Kurz darauf reißt sie die Tür auf und bemerkt mit Erstaunen, dass aus ihrer Angst Wut geworden ist.

Vor ihr im Flur steht ein riesiger Kerl mit breiten Schultern und einem stattlichen Bauchansatz, der unter einem weißen Hemd und einer offenen schwarzen Lederjacke zum Vorschein kommt. Nephele muss den Kopf heben, um dem Hünen ins Gesicht sehen zu können. Ich hatte ganz vergessen, wie groß er ist, denkt sie bei sich.

„Meine schöne Nofretete“, sagt der Mann in sanftem Ton. Beim Klang seiner rauen, heiseren Stimme stellen sich Nephele unverzüglich die Nackenhaare auf. Diese Stimme hat sie fürchten gelernt.

„Nephele“, korrigiert sie ihren Besuch ruhig. Nofretete – so hatte er sie einst genannt, weil er mit dem griechischen Namen Nephele nichts anfangen konnte. Damals, als junge Frau, war sie hin und weg gewesen, weil er ihr mit dem Namen der schönen ägyptischen Königin schmeichelte. Heute möchte sie derartigen Vertraulichkeiten von Anfang an einen Riegel vorschieben. „Hallo Karl“, fügt sie hinzu.

Einen Moment lang stehen sich die beiden wortlos gegenüber. Karl mit einem verbindlichen Lächeln auf den Lippen, Nephele ohne ein solches. Dennoch kann sie nicht verhindern, dass sein Blick sie fesselt. Es liegt etwas Verführerisches darin, beinahe etwas Verheißungsvolles, das sie einst unwiderstehlich fand. Sie hatte ihm damals geglaubt, dass er sie, Nephele, für etwas ganz Besonderes hielt. Dass sie die einzige Frau war, die sein Herz erreichen und deshalb auch alles von ihm haben konnte, wenn sie es nur klug genug anstellte. Dass sie eine geheime Macht über ihn besaß und ihn zu einem besseren Menschen machen konnte. Die Realität hatte sie eines Besseren belehrt und diese Erkenntnis hätte sie beinahe mit dem Leben bezahlt.

Entsetzt über sich selbst stellt Nephele fest, dass sie einen Moment lang drauf und dran war, ihrem Irrglauben von damals erneut zu erliegen. Karl scheint es ebenfalls zu bemerken. Sein Lächeln wird eine Spur intensiver. Nephele reißt sich von seinem Gesicht los. Ihr Blick wandert an Karl hinab und landet bei dem Blumenstrauß, den er in seiner rechten Hand hält. In diesem Moment schießt die Hand nach vorne. Unwillkürlich zuckt Nephele zurück.

„Blumen für die Dame“, sagt Karl, während er ihr den mit einer Papiermanschette umwickelten Strauß überreicht. Entgeistert starrt Nephele ihn an. Er hat sich mitnichten geändert, denkt sie, es sind genau die gleichen Spielchen wie früher. Geändert hat sich nur, dass ich das heute begreife.

Einen Moment lang ist sie unschlüssig, ob sie die Blumen in Empfang nehmen soll, doch wenn sie es nicht täte, könnte ihr das als Affront ausgelegt werden. Was Karl in diesem Zusammenhang von ihr denkt, ist ihr schnurz. Nur ihrem Sohn möchte sie keinerlei Munition dafür in die Hand geben, ihr Verhalten zu kritisieren und sich auf die Seite seines Erzeugers zu schlagen. Vorsichtig, als sei der Strauß eine mit Stacheldraht umwickelte und entsicherte Handgranate, nimmt Nephele die Blumen – ein wenig ambitioniertes Gebinde aus gelben Rosen, orangefarbenen Gerbera und lilafarbenen Statice – entgegen. Dann tritt sie wortlos einen Schritt zur Seite und bedeutet Karl mit einem Nicken, eintreten zu dürfen. Sie lässt ihn keine Sekunde lang aus den Augen, während er an ihr vorbei in den Flur geht und im nächsten Moment Ilias gegenübersteht, der im Rahmen der Küchentür stehen geblieben ist. Eine Woge des Mitgefühls überschwemmt Nephele, als sie in das Gesicht ihres Sohnes schaut. Obwohl er sich stets bemüht, cool zu wirken, wie vermutlich alle Jungen seines Alters, sieht sie ihm dennoch an, wie sehr ihn das Treffen mit seinem Erzeuger innerlich aufwühlt. Mein armes Kind, denkt sie bei sich, ich hätte dir diese Erfahrung so gerne erspart.

„Hi“, presst Ilias schließlich heraus. Er wirkt etwas blass um die Nase.

„Mein Sohn“, erwidert Karl.

Nephele verschluckt sich und bekommt einen Hustenanfall. Das ist ja nicht auszuhalten, denkt sie bei sich. Ich sollte dem Ganzen fix ein Ende bereiten, bevor die Situation vollends zu einer Soap der untersten Kategorie mutiert. „Der Kaffee steht in der Küche“, sagt sie mit belegter

Stimme, als sie wieder Luft bekommt, und schiebt sich an den beiden Männern vorbei durch den Türrahmen. Geschäftig wirbelt sie in der Küche umher und klappert laut mit den Schranktüren, bis sie endlich eine Vase für die Blumen gefunden hat. Sie füllt sie zwei Finger breit mit Wasser und stellt die Blumen hinein, ohne zuvor die Manschette zu lösen. Die fliegen in einer Stunde sowieso wieder raus, denkt sie bissig.

„Gießt du bitte schon mal den Kaffee ein?“, ruft sie ihrem Sohn über die Schulter zu, der immer noch wie angewurzelt im Türrahmen steht. Ein Anblick, den Nephele kaum ertragen kann. Ich lasse es nicht zu, dass er dich verletzt, ich lasse es nicht zu, denkt sie wieder und wieder. Gleichzeitig weiß sie, dass es nicht in ihrer Macht liegt an dem, was kommen wird, etwas zu ändern. Sie kann nur hoffen, dass ihr Sohn bereits stark und klug genug ist, um auf sich selbst aufpassen zu können.

Endlich löst sich Ilias aus seiner Erstarrung. „Na klar“, antwortet er, sehr darum bemüht, gelassen zu klingen.

Die drei setzen sich an den Küchentisch. Ilias füllt die Tassen, dann setzt er sich seinem Vater gegenüber. Nephele nimmt am Kopfende Platz. Zwischen Ilias und Karl entspinnt sich ein Gespräch, innerhalb dessen sie sich vorsichtig abzutasten scheinen. Karl stellt Ilias die üblichen Fragen danach, wie es in der Schule läuft, was er in seiner Freizeit macht und ob er eine Freundin habe, was Nepheles Sohn entrüstet von sich weist. Karl vermag das Eis zu brechen, als er sich mit Ilias darauf verständigt, dass es mit Frauen eben immer ein wenig schwierig sei. Dabei grinsen die beiden um die Wette. Das bringt ihnen einen bitterbösen Blick Nepheles ein und sie wechseln das Thema. Nun dreht Ilias den Spieß um und will von Karl wissen, wie es im Gefängnis war. Nephele hält die Luft an. Ihr war klar, dass ihr Sohn danach fragen würde, aber es ist ihr ganz und gar nicht recht, dass er auf diese Weise noch mehr mit einem Thema in Berührung kommt, von dem sie hoffte, dass es in seinem Leben niemals eine Rolle spielen würde.

Karl setzt ein ernstes Gesicht auf, senkt den Blick und schaut auf seine Hände, die er vor sich auf dem Tisch ineinander verschränkt hat. „Es war eine harte Zeit im Bau“, beginnt er mit seiner heiseren Stimme zu erzählen. Gleich darauf gerät er ins Stocken. Doch dann fügt er hinzu: „Viel schlimmer ist allerdings, was ich dadurch verpasst habe. Zum Beispiel, meinen Sohn kennenzulernen.“ Betroffen presst er die Lippen aufeinander. Ilias sieht ihn mitfühlend an. Nephele zieht skeptisch eine Augenbraue in die Höhe und räuspert sich. Karl wirft ihr einen Blick zu. Schnell beeilt er sich hinzuzufügen: „Ich habe es verdient, im Knast gewesen zu sein. Ich bin nicht stolz auf das, was ich getan habe. Aber ich habe dafür bezahlt!“

Nepheles Augenbraue wandert noch ein Stückchen höher. Zu gerne würde sie etwas dazu sagen, aber sie weiß, dass es unklug wäre. Doch dann sieht sie, wie ihr Sohn verständnisvoll nickt. Nun kann sie nicht mehr an sich halten. „Ich weiß nicht, ob dein Opfer dir da zustimmen würde. Immerhin bist du jetzt wieder frei, die Leiche von damals ist aber immer noch tot“, sagt sie mit schneidend kalter Stimme.

Karl sieht sie erstaunt an. Für einen Moment taucht ein gefährliches Funkeln in seinen Augen auf, das Nephele aus früheren Zeiten kennt. Karl mag es nicht, wenn man ihm widerspricht. Schon gar nicht, wenn eine Frau es tut, schießt es ihr durch den Kopf. Doch ihr Gegenüber hat sich schnell wieder im Griff. Er sieht erneut auf seine Hände. „Ich weiß. Was ich getan habe, ist durch nichts wieder gutzumachen. Aber Gott hat mir vergeben.“

Nephele fällt die Kinnlade herunter. „Bitte was?“, haucht sie.

Karl hebt langsam den Kopf und sieht sie durchdringend an. Fast erscheint es Nephele, als würde so etwas wie Triumph in seinen Augen aufblitzen. „Du hast ganz richtig gehört. Im Gefängnis habe ich den Weg zu Gott gefunden“, erklärt Karl mit ruhiger Stimme. Dann wendet er sich wieder Ilias zu, der ihn wie gebannt anstarrt und jedes seiner Worte in sich aufzusaugen scheint. „Anders hätte ich die Zeit kaum überstanden“, fügt Karl hinzu und schaut erneut betroffen auf seine Hände. Nephele bleibt die Spucke weg. Unwillkürlich fasst sie nach dem Kreuz, das sie an der Kette um ihren Hals trägt.

„*Wie* hast du den Weg gefunden?“, fragt Ilias, der von den Ausführungen seines Gegenübers mächtig beeindruckt zu sein scheint.

Bereitwillig erzählt Karl, dass er im Gefängnis zunächst voller Wut und Hass gegenüber jedermann gewesen sei.

Doch nach und nach sei ihm zu Bewusstsein gekommen, was für eine schlimme, nicht wieder gutzumachende Tat er begangen habe und dass er nicht nur das Leben eines anderen Menschen, sondern auch sein eigenes zerstört habe. „Es wurde für mich fast unerträglich, mit meiner Schuld zu leben. Glücklicherweise bekamen wir regelmäßig Besuch von Menschen, die im christlichen Glauben handeln und uns psychologische Beratung und seelsorgerlichen Beistand anboten. Sie haben uns nicht aufgegeben, sondern uns – auch mir – eine Chance gegeben, dass ich mich mit den Folgen meiner Tat auseinandersetzen und Vergebung finden konnte.“

Nach seiner Rede liegt betroffenes Schweigen über der Kaffeetafel. Nephele kann nicht umhin zu vermuten, dass Karl diese Wirkung beabsichtigt hat. Die Geschichte, die er erzählte, kommt ihrer Meinung nach verdächtig geschmeidig daher. Als hätte er das genau so in einem Groschenroman gelesen, schießt es ihr durch den Kopf. Sie erinnert sich daran, dass Karl schon früher ein Meister darin gewesen ist, andere Menschen mit schönen Worten und wohldosierten Emotionen zu manipulieren und in Sicherheit zu wiegen. Kam man ihm bei einem krummen Ding auf die Schliche, so gelang es ihm geschickt, aus den Handlungsoptionen Abstreiten und Leugnen, Zerknirschung zeigen und den Spieß umzudrehen jeweils die erfolgversprechendste auszuwählen, um an sein Ziel zu gelangen. Doch wehe dem anderen, wenn Karl eine Defensivstrategie gar nicht nötig hatte! Sobald ihm sein Gegenüber wehrlos ausgeliefert war, zeigte er niemals Mitleid, Reue oder Verständnis. Nie! Dann erst erkannten die Leute sein wahres, brutales, gnadenloses Gesicht und die absolute Skrupellosigkeit, mit der er jeden vernichtete, den er nicht mehr brauchte.

Nepheles Miene versteinert, doch auf Ilias scheinen Karls Worte Eindruck zu machen. Fasziniert und voller Anteilnahme schaut er zu dem Mann hinüber, der seine Hände wie zum Gebet verschränkt hält. Und obwohl Karl, wie schon so oft in dieser halben Stunde seines Besuchs, ausschließlich seine Hände zu betrachten scheint, wird Nephele das Gefühl nicht los, dass er aus den Augenwinkeln heraus seine Umgebung scannt und jede Regung – ihre genauso wie die von Ilias – genau wahrnimmt.

Plötzlich ergreift Karl erneut das Wort. „Gott hat mir vergeben. Und auch, wenn die Menschen das vielleicht nicht können, so hoffe ich doch, mir irgendwann selbst vergeben zu können.“ Sein Blick wandert zu Nephele, der das Blut ins Gesicht schießt. Seine Lider beginnen zu flattern, was Nephele so deutet, dass er sehr wohl bemerkt hat, dass sein Seitenhieb auf sie saß. „Ich kann verstehen, wenn es manchen Menschen schwer fällt zu glauben, dass jemand wie ich, der schlimme Verbrechen begangen hat, umkehren, bereuen und ein anderer werden kann“, deklamiert er salbungsvoll. „Alles, was ich will und worum ich bitte“, hier schaut er zu Ilias hinüber, „ist eine Chance zu zeigen, wer ich heute bin.“

Nephele saugt deutlich hörbar Luft durch ihre Nase ein.

Abrupt wendet sich Karl erneut zu ihr um und scheint sie mit seinen dunkelbraunen Augen durchbohren zu wollen. „Es ist nur eine Bitte. Niemand ist dazu verpflichtet, sie mir zu gewähren", sagt er mir sanfter Stimme. Er lächelt, doch sein Lächeln hat etwas Lauerndes, findet Nephele.

Karl schaut wieder Ilias an. „Das Schlimmste an der Zeit im Gefängnis war für mich, keine Gelegenheit zu haben, meinen Sohn kennenzulernen." Obwohl Karl Nephele, während er diesen Satz sagt, nicht eines Blickes würdigt, ist sie überzeugt davon, dass er sie damit vor den Augen ihres Sohnes diffamieren will. Ihr bereits rotes Gesicht wird noch röter. Sie ist kurz davor zu explodieren. Um sich davon abzuhalten, bohrt sie sich ihre langen, gepflegten Fingernägel in ihre Handballen. Er ahnt, dass ich Ilias nicht die Wahrheit gesagt habe, wird ihr siedend heiß bewusst. Er weiß, dass ich alles dafür tun würde, um das Böse von ihm fernzuhalten. Bei Gott, was ist dieser Mann infam!

Ungeachtet ihrer grenzenlosen Wut, die Nephele ins Gesicht geschrieben steht, fährt Karl fort. „Ich würde das gerne nachholen." Er sieht Ilias nun direkt in die Augen. Dabei gelingt es ihm, eine Verletzlichkeit in seinen Blick zu legen, die Nephele bis dato unbekannt war. Sie schließt die Augen, beißt die Zähne aufeinander und versucht sich zu sammeln. Jetzt muss sie eingreifen. Sofort! Sie holt tief Luft und sagt: „Darüber werden wir ganz in Ruhe reden. Du setzt den Jungen unter Druck …"

Ruckartig wendet Ilias den Kopf und fällt ihr ins Wort. „Ist schon gut, Mama." Er blickt wieder zu Karl hinüber. „Wir können uns gern mal wieder treffen. Vielleicht irgendwo außerhalb“, setzt er unsicher hinzu.

Auf Karls Gesicht macht sich ein strahlendes Lächeln breit. „Großartig!“ Er streckt seine riesige Hand aus und platziert sie auf der seines Sohnes, die unter der Pranke klein und zerbrechlich wirkt. „Ich denke mir etwas aus, was uns beiden Spaß macht, und melde mich dann. Okay?“

Ilias nickt. Seine Mutter schließt entsetzt die Augen.

***

„Denkst du, sie weiß was sie tut?“

Kai Schuberth, ein junger Mann, der erst vor wenigen Monaten aus der Stadt in sein neugebautes Haus auf dem Land gezogen und der seit wenigen Wochen auch Mitglied der Freiwilligen Feuerwehr Müden-Dieckhorst ist, tritt an den Ortsbrandmeister Mirko Bauerfeind heran. Gemeinsam mit Dutzenden von anderen Feuerwehrmännern und -frauen sowie einer Anzahl Schaulustiger aus dem Dorf stehen sie am Jägerzaun und beobachten aus sicherer Entfernung das Geschehen auf dem Grundstück des Ehepaares Batke. Dort, weit hinten im gepflegten Garten um das schmucke Einfamilienhaus herum, steht ein schwarz-weiß gescheckter Jungbulle inmitten eines mit Stauden, Gräsern und sorgfältig zurechtgestutzten Ziergehölzen angelegten Beetes und knabbert hingebungsvoll an den Halmen des weißen

Pampasgrases. Eine Frau im dunkelblauen Feuerwehrschutzanzug mit blondgelocktem Haar schleicht sich von der Seite an ihn heran. In der einen Hand hält sie einen prall gefüllten Jutebeutel, in der anderen ein zu einem Lasso geknotetes Seil.

Mirko greift in seine Brusttasche, zieht eine Packung Zigaretten heraus und zündet sich eine an. Er wirft dem neben ihm stehenden Mann einen beruhigenden Blick zu, als wolle er sagen: Du bist noch nicht lange dabei und kannst es deshalb nicht wissen, aber mach dir keine Sorgen! Dann inhaliert er genüsslich den ersten Zug seiner Zigarette. Währenddessen lässt er das, was im Garten des Ehepaares Batke vor sich geht, nicht eine Sekunde lang aus den Augen. Fasziniert beobachten die beiden, wie sich die Frau dem Tier Schritt für Schritt nähert, langsam und jede überflüssige Bewegung vermeidend. An einem Ahornbaum, der einige Meter vom Bullen entfernt aus dem Boden ragt, bleibt sie stehen. Sie streift sich das Lasso quer über den Oberkörper, hängt sich die Jutetasche über die Schulter und beginnt, den Baum emporzuklettern. In ungefähr dreieinhalb Metern Höhe setzt sie sich rittlings auf einen Ast und redet leise auf das Tier ein. Hinterm Zaun, wo die zahlreichen Zuschauer versammelt sind, ist nicht zu verstehen, was sie sagt, nur die Bewegung ihrer Lippen ist zu sehen. Nach einer Weile öffnet sie den Jutebeutel und schüttet den Inhalt aus, sodass unter ihr auf dem Gras ein kleiner hellbrauner Haufen entsteht. Dabei redet sie weiter auf den Jungbullen ein, als wolle sie seine Aufmerksamkeit auf ihr Tun lenken. Anschließend zieht sie das aufgerollte Lasso über ihren Kopf und knotet ein Ende unter ihrem Sitzplatz am Stamm fest. Dann ergreift sie die Schlinge und wartet.

Tatsächlich scheint das Interesse des Jungbullen geweckt zu sein. Langsam dreht er seinen massigen Körper im Beet herum in Richtung des Ahorns. Dabei schabt er mit seinen Hufen unsanft ein paar ihm lästige verblühte Pflanzen beiseite und rammt mit seiner Flanke ein zartes Zierbäumchen. Fast sieht es so aus, als würde das Bäumchen, das von der Körperfülle des Tieres mühelos zur Seite gedrückt wird, im nächsten Moment abknicken. Doris Batke, die ihren Garten liebevoll pflegt, jault entsetzt auf. Ein vielstimmiges „Pschscht“ bringt sie zum Schweigen.

Glücklicherweise hat sich der Jungbulle von dem Lärm nicht irritieren lassen. Er bewegt sich nun langsam auf den Ahorn zu, in dessen Krone die Feuerwehrfrau sitzt. Während die meisten Zuschauer vor Spannung die Luft anhalten, rührt sie sich nicht einen Millimeter, sondern hockt wie erstarrt auf ihrem Ast.

Auf halber Strecke bleibt der Bulle stehen und sieht sich um. Die Spannung unter den Zuschauern steigt. „Nun mach schon, Gulasch!“, ist ein durchdringendes Flüstern aus der Menge zu vernehmen. Sofort wird der vorwitzige Kommentator von den Umstehenden mit einem erneuten „Pschscht“ zum Schweigen gebracht. Doch das Tier interessiert sich glücklicherweise immer noch nicht für das, was hinter dem Gartenzaun vor sich geht. Umso mehr ist seine Aufmerksamkeit von dem hellen Häufchen unter dem Ahorn gefesselt.

„Was ist das für'n Zeug?", fragt Kai den Ortsbrandmeister im Flüsterton.

„Maissilage", antwortet Mirko. Dann besinnt er sich darauf, dass er mit einem Zugezogenen aus der Stadt spricht und fügt hinzu: „Rinder lieben Maissilage."

Kai nickt verständig. Gleich darauf wird er gemeinsam mit der am Jägerzaun versammelten Menschenmenge Zeuge, wie der Bulle die letzten Schritte bis zur Silage zurücklegt. Das Tier senkt den Kopf und beginnt, vorsichtig an dem Häufchen zu schnuppern.

Nun kommt Leben in die Frau, die über ihm im Geäst des Ahorns sitzt. Mit kaum wahrnehmbaren Bewegungen beugt sie sich vor und lässt das Lasso Zentimeter für Zentimeter durch ihre Finger nach unten gleiten, bis es fast über dem Kopf des Bullen schwebt. Sie verharrt einen Moment, und dann geht alles ganz schnell. Das Lasso schwingt zur Seite, gleichzeitig lässt die Frau einen weiteren halben Meter Seil durch ihre Hände gleiten. Dann schwingt sie die Schlinge zurück und platziert sie gekonnt um den Hals des Bullen. Die Menge japst unwillkürlich auf, als sie das Seil mit einem Ruck straffzieht.

Erschrocken macht der Bulle einen Satz zur Seite. Dabei muss er jedoch feststellen, dass er nicht weit kommt. Er versucht, nach der anderen Seite auszubrechen. Blitzschnell zieht die Frau ihre eben noch baumelnden Beine nach oben auf den Ast, um zu verhindern, dass ihre Füße dem Seil, an dem der Bulle wütend herumreißt, in die

Quere kommen. Sie muss sich gut festhalten, denn der Baum, um dessen Stamm sie das andere Ende des Lassos geschlungen hat, wird durch die heftigen Zugbewegungen des Bullen hin- und hergeschüttelt. Währenddessen redet die Frau beschwörend auf den Bullen ein. Langsam beruhigt sich das Tier, als es feststellen muss, dass jegliche Ausbruchsversuche zwecklos sind. Nach einer Weile beginnt es erneut, sich für den Silage-Haufen zu interessieren. Erst schnuppert es daran, dann frisst es.

Nun klettern zwei Feuerwehrleute und der Landwirt, dem der Jungbulle gehört, über den Zaun. Vorsichtig bewegen sie sich auf das Tier zu. Als sie nah genug herangekommen sind, platziert der Landwirt eine Führungsstange am Nasenring des Bullen und schlingt ein Halfter um seinen Hals. Die Frau im Ahorn löst das Seil, das sie am Stamm befestigt hatte, und wirft das Ende einem der Feuerwehrleute zu. Dann klettert sie mit geschmeidigen Bewegungen vom Baum, springt vom untersten Ast und landet schließlich mit beiden Beinen auf der Erde. Während sich die drei Feuerwehrleute und der Landwirt gemeinsam mit dem Rind auf das Gartentor zubewegen, öffnet ein Helfer den Anhänger, der schon auf der Straße bereit steht, um den Jungbullen zurück auf seine Weide zu bringen, von der er ausgebüxt war. Applaus brandet auf, als das Tier glücklich verladen ist und keine Gefahr mehr besteht, dass er aufgrund des Lärms nervös werden und sein Umfeld in ein Schlachtfeld verwandeln könnte.

„Tolle Frau“, murmelt Kai bewundernd, während er wie

alle anderen begeistert in die Hände klatscht. „Macht sie so etwas öfter?“

Mirko drückt den übrig gebliebenen Stummel seiner Zigarette am Bordstein aus und schiebt ihn in die Zellophanhülle seiner Zigarettenpackung. „Wenn du damit meinst, ob sie unsere Allzwecklösung für komplizierte Fälle ist“, er nickt, „das kann man so sagen.“

Kai verzieht beeindruckt das Gesicht. „Wieso kann sie das?“, will er wissen. „Hat sie eine spezielle Ausbildung? Oder war sie mal beim Zirkus?“

Der Ortsbrandmeister schüttelt den Kopf. „Nicht, dass ich wüsste.“ Er zuckt die Schultern. „Sie ist halt Daniela.“

Als der Landwirt den Bullen auf dem Hänger abtransportiert und sich die Menge der Schaulustigen zerstreut, gibt der Ortsbrandmeister auch seinen eigenen Leuten das Signal zum Aufbruch. „Abrücken zur Wache!“ Er schaut auf die Uhr. „Unser Übungstag hat sich mit diesem Einsatz fast schon erledigt. Der Bulle hat einen prima Zeitpunkt für seinen Spaziergang durchs Dorf gewählt.“

Ein stattlicher junger Feuerwehrmann mit weißblondem Haar und roten Wangen ruft: „Ihr denkt dran? Babypinkeln! In der Wache stehen ein paar Kisten Bier, Bockwürstchen und Brötchen bereit. Die Geburt meiner Tochter muss anständig begossen werden!“

Von allen Seiten ertönt begeisterte Zustimmung, auch von Daniela. Sie holt ihr Smartphone aus dem Einsatzwagen und wählt ihre eigene Festnetznummer, um zuhause Bescheid zu geben, dass es bei ihr vermutlich später wird.

„Malte Niebuhr", meldet sich ihr achtzehnjähriger Sohn.

„Du bist noch zuhause?" fragt Daniela verwundert. Es ist später Samstagnachmittag. Um diese Zeit ist ihr Sohn fast immer schon unterwegs, um sich mit seinen Kumpels zum Computerspielen zu treffen oder zum Besäufnis oder zu beidem. Am Wochenende außer zum Schlafen zuhause zu sein, kommt bei ihm eigentlich nicht mehr vor.

„Wir ziehen heute erst abends los", entgegnet Malte.

Daniela runzelt die Stirn. Das ist ungewöhnlich, denkt sie bei sich. Doch deswegen ruft sie ja nicht an. Also fragt sie: „Kannst du Papa ans Telefon holen?"

Eine Pause entsteht, in der Daniela bereits davon ausgeht, dass sich ihr Sohn auf den Weg gemacht hat, seinen Erzeuger zu suchen. Doch dann hört sie Malte plötzlich sagen: „Das geht gerade nicht."

„Und wieso geht das nicht?", fragt sie irritiert.

Malte schnauft. „Mann, das ist halt gerade schlecht", sagt er ausweichend.

Daniela nimmt ihr Smartphone vom Ohr und schaut es verständnislos an, als müsse das Gerät schuld daran sein, dass es ihr verwirrende Botschaften übermittelt. Ob ihr Sohn schon mal vorgeglüht hat, bevor er später seine Freunde trifft? Das fände sie eigentlich nicht so toll, wenn er zuhause, womöglich noch im Beisein seiner kleineren Geschwister, zu viel tränke. Doch jetzt am Telefon eine Diskussion mit Malte über seinen Alkoholkonsum zu führen oder gar ihm die Leviten zu lesen, würde zu nichts führen. Sie atmet tief ein, führt das Smartphone wieder an ihr Ohr, lächelt gezwungen und spricht nun ganz langsam und deutlich um sicherzugehen, dass ihr Sohn am anderen Ende der Leitung sie auch richtig versteht.

„Mein lieber Malte, nochmal ganz langsam und von vorn. Was ist los? Warum kann dein Vater nicht ans Telefon kommen?“ Stille in der Leitung. Daniela stutzt. Auf einmal wird sie nervös. „Ist etwas passiert?“, fragt sie alarmiert. Sie spürt, wie sich ihre Nackenhaare aufstellen und sämtliche Muskeln in ihrem Körper anspannen. Unwillkürlich hält sie die Luft an.

Malte schnauft ungeduldig. „Wie kommst du denn darauf? Nichts ist passiert!“, wehrt er unwirsch ab.

Erleichtert atmet Daniela aus. „Und weshalb kann dein Vater dann nicht ans Telefon kommen?“ Mittlerweile ist sie ein wenig ungehalten.

„Weil er nicht da ist. Deshalb.“, platzt Malte heraus. „Er musste nochmal weg.“

Daniela schüttelt verständnislos den Kopf. Warum sagt Malte das nicht gleich, fragt sie erst sich selbst und dann ihren Sohn. „Warum sagst du das nicht gleich? Wohin ist er denn gegangen?“

„Keine Ahnung“, erwidert Malte unwirsch.

Seine Mutter verzieht ratlos das Gesicht. Hat ihr Mann vorhin, als sie zur Übung aufgebrochen ist, etwas davon gesagt, dass er nochmal irgendwohin müsse? Da nicht nur zwei kleine Kinder im Hause sind, sondern auch Eriks Eltern immer gebrechlicher werden, ist es für die beiden selbstverständlich geworden, ihre Termine sorgfältig abzustimmen. Zwar kommt es durchaus vor, dass sie die Kleinen tagsüber auch mal in der Obhut der Oma, der großen Schwester oder Maltes lassen – wenn der ausnahmsweise einmal zuhause ist. Doch heute war eigentlich vorgesehen, dass sich Erik um Sarah und Vicky kümmert.

„Und er hat nicht gesagt, was er vorhat?", bohrt Daniela nach.

„Nein."

Danielas Miene verdüstert sich. Dass sie sich nicht immer hundertprozentig auf Erik verlassen kann – daran hat sie sich gewöhnt. In ihren Augen benimmt er sich oft noch wie ein großer Junge, der nicht über die Konsequenzen seines Handelns nachdenkt. Außerdem ist sie selbst ja auch fast durchgehend zur Stelle, um sich zu kümmern: um die Kinder, um seine Eltern, um den Hof und den Haushalt. Dennoch beschleicht sie allmählich das Gefühl, dass sie immer weniger davon erfährt, was ihr Mann eigentlich treibt, wenn er nicht zuhause ist. Das war doch früher nicht so, oder? Ich werde wohl mal mit ihm reden müssen, denkt Daniela bei sich.

„Und wer kümmert sich jetzt um die Kleinen?", will sie

wissen.

„Auf die passe *ich* auf“, antwortet ihr Sohn.

„Du? Es ist Samstag!“ Daniela versteht die Welt nicht mehr. Ihr Sohn hat noch nie freiwillig Babysitter-Dienste übernommen, und am Wochenende wäre sie nicht einmal auf die Idee gekommen, ihn darum zu bitten. Es wäre ihr viel zu ungewiss gewesen, ob sie sich darauf verlassen könnte, dass er auch wirklich auf seine Geschwister achtgibt, anstatt sich heimlich zu verpissen. Lieber wendet sie sich in Notfällen, wo weder sie noch Erik zuhause sind, an ihre Tochter Madeleine, die sich gegen eine kleine Gefälligkeit meistens dazu bereit erklärt, ein Auge auf Sarah und Vicky zu haben.

„Madeleine ist bei Lena zum Geburtstag eingeladen“, erklärt Malte.

„Und du gibst auch wirklich auf Sarah und Vicky acht?“ Daniela kann es kaum glauben.

„Warum nicht? Es sind schließlich auch Menschen.“

Daniela zieht die Augenbrauen in die Höhe. Diese Einsicht ihres Sohnes findet sie zwar gut und richtig, doch erklärt das ihrer Erfahrung nach nicht hinreichend, warum er sich freiwillig um sie kümmert. Langsam kommt ihr die Sache spanisch vor, auch wenn sie keine Ahnung davon hat, wieso.

„Wie viel hat dir dein Vater bezahlt?“, fragt sie misstrauisch.

Malte druckst herum.

„Antworte!“

„Fünfzig Euro“, antwortet ihr Sohn kleinlaut.

„Wie bitte?“ Daniela schreit fast. Fünfzig Euro sind für sie, die jeden Euro zweimal umdrehen muss, um den Haushalt zu bestreiten, eine Menge Geld und auf jeden Fall mehr, als sie jemals für Babysitter-Dienste auszugeben bereit wäre.

Ihre Feuerwehrkollegen, die darauf warten, dass sie ihr Telefonat beendet, in den Einsatzwagen steigt und mit ihnen zur Wache zurückfährt, blicken erstaunt zu ihr herüber. Daniela bemerkt es und drosselt ihre Lautstärke. „Wie bitte?“, wiederholt sie nun in eindringlichem Flüsterton. „Fünfzig Euro? Ist dein Vater wahnsinnig geworden? Warum bezahlt er dir fünfzig Euro, nur, weil er eben nochmal weg muss?“

Malte scheint die Fragerei seiner Mutter langsam lästig zu finden. Kurzzeitig verliert er die Nerven. „Keine Ahnung!“, motzt er sie an. Dann, weil ihm wohl klar ist, dass seine Mutter sich diesen Ton nicht bieten lassen wird, setzt er entschuldigend hinzu: „Vielleicht, weil er nicht wollte, dass du davon erfährst.“ Schon im nächsten Moment scheint Malte klarzuwerden, dass er diese Einschätzung wohl besser für sich behalten hätte. Er versucht, die Situation zu retten. „Papa meinte, er wäre wieder da, bevor du zurück bist. Ich solle dir nichts sagen, damit du dich nicht aufregst.“

Daniela reibt sich das Gesicht und schüttelt den Kopf. Jetzt zahlt Erik sogar schon Schweigegeld an die Kinder? Das wird ja immer besser, denkt sie bei sich. Und was heißt hier eigentlich, dass ich mich nicht aufrege? Wann habe ich Erik denn schon jemals einen Einlauf verpasst, weil er sich nicht an unsere Absprachen gehalten, irgendetwas versäumt oder vermasselt hat? Ich bin doch das Verständnis höchst selbst! Sie seufzt. Ich glaube, ich werde wirklich mal mit ihm reden müssen, denkt Daniela bei sich.

***

„… verleihe ich im Namen des Rates Hermann Hasenfuß die Ehrenplakette der Stadt Gifhorn. Wir würdigen damit sein unermüdliches ehrenamtliches Engagement und seine unschätzbaren Verdienste um unsere Gemeinschaft: als langjähriges Ratsmitglied und Vertreter in einer Vielzahl von Ausschüssen, als Ehrenvorsitzender des Oldtimer-Clubs, des Kaninchenzüchtervereins und des Anglervereins, als Vorsitzender des Vereins zur Förderung der Brauchtumspflege, des Heimatvereins und des Männergesangsvereins, als stellvertretender Vorsitzender des Fußballclubs, des Schützen- und des Karnevalvereins – um nur einige zu nennen. Würde ich alle Vereinsmitgliedschaften aufzählen, kämen wir heute alle erst sehr spät ins Bett.“ Die Zuhörer lachen höflich, einige klatschen sogar. „Sein enormer persönlicher Einsatz macht Hermann Hasenfuß zum Vorbild für uns alle. Die Stadt und ihre Bürgerinnen und Bürger haben ihm viel zu verdanken.“

Mit diesen Worten öffnet Julia das mit rotem Samt ausgeschlagene Kästchen, das vor ihr auf dem Rednerpult liegt. Sie hält es in die Höhe, damit jeder im Saal die silberne Plakette mit dem Wappentier, dem Gifhorner Löwen, der auf einem Horn zu tanzen scheint, sehen kann. Dann wendet sie sich huldvoll lächelnd dem sichtlich gerührten älteren Herrn zu, der unter dem Beifall der bei solchen Anlässen anwesenden Gifhorner Prominenz die Bühne betritt, die im Rittersaal des Gifhorner Schlosses aufgebaut wurde. Nachdem Julia die Plakette feierlich an Hermann Hasenfuß ausgehändigt hat, reicht sie ihm die Hand zur Gratulation und dreht sich dabei, genau wie der Geehrte selbst, den immer noch applaudierenden geladenen Gästen zu. Ihre Sekretärin Ingeborg Meinhardt winkt zwei Vertretern der örtlichen Presse, die mit ihren Kameras herbeieilen und Fotos von dem denkwürdigen Ereignis schießen.

Damit ist der anstrengende Teil der Veranstaltung mit seinen Reden und der Überreichung zahlreicher Ehrenplaketten an diverse Gifhorner Bürgerinnen und Bürger, die sich um das Gemeinwohl verdient gemacht haben, beendet. Auf ein Zeichen von Ingeborg Meinhardt beginnt das jugendliche Streichquartett der Kreismusikschule mit dem leidlich gelungenen Vortrag zweier Geigen, einer Bratsche und eines Kontrabasses zur Untermalung des geselligen Teils der Veranstaltung. Servicekräfte verteilen Sekt mit und ohne Orangensaft und reichen auf silbernen Vorlegeplatten kleine Häppchen herum. Die Gäste nutzen die Gelegenheit zum Plaudern, während sie mehr oder weniger geschickt mit etwas zu Essen in der einen und einem Getränk in der anderen Hand jonglieren.

Durch die Menge hindurch bahnt sich Dorothea Ahrens einen Weg zu ihrer Tochter. „Da hast du es dem alten Wichtigtuer aber mächtig gegeben“, raunt sie ihr zu. „Ein ‘Vorbild für uns alle‘! Wo hast du *das* denn her? Ein ‚Hans-Dampf-in-allen-Gassen-der-nichts-richtig-macht-dafür-aber-ständig-in-der-Zeitung-steht‘ hätte es wohl eher getroffen!“

Julia schüttelt missbilligend den Kopf. „Meine Güte, Mutter, was bist du garstig! Das Ehrenamt stirbt aus! Da muss man die wenigen, die sich engagieren, angemessen würdigen, damit sie den Spaß an der Sache nicht verlieren.“

„Aussterben – da magst du wohl recht haben. Immerhin ist der olle Hermann fast neunzig! Wenn der mal geht, werden schlagartig fünfzig Prozent der Vorstandsposten in den Gifhorner Vereinen vakant und es kommen endlich mal ein paar jüngere Leute ans Ruder!“, wettert Dorothea.

„Pscht, nicht so laut!“, mahnt Julia. „Außerdem, wie ich bereits sagte, *wollen* sich immer weniger junge Leute in den Vereinen engagieren.“

Dorothea schüttelt verächtlich den Kopf. „Das würde ich auch nicht wollen, wenn die Alten an ihren Posten kleben und jegliche Neuerungen blockieren. Alles soll immer schön so weiterlaufen, wie es immer schon war, bis der Verein irgendwann an Altersschwäche stirbt. Genau wie die Leute selbst“, ätzt sie.

„Mutter, ich sag‘s nur ungern, aber du bist selbst nicht mehr ganz neu“, gibt Julia zu bedenken. „Im Übrigen halte ich überhaupt nichts von dem allgemein grassierenden Wahn, bei dem es immer nur darum geht, die Jugend zu hofieren, weil es angeblich nichts Wichtigeres gibt. Jugend an sich ist kein Verdienst und nutzt sich mit den Jahren ab.“

„Da gebe ich dir ausnahmsweise recht“, erwidert Dorothea großzügig. „Und ich habe auch überhaupt nichts dagegen, wenn sich Rentner ehrenamtlich betätigen. Im Gegenteil. So bleiben sie fit und geben den Jungen etwas zurück, die ihre Rente zahlen und sie später mal pflegen werden. Außerdem ist eine solide Lebenserfahrung durch nichts zu ersetzen. Mich nerven nur solche Leute, die Ämter anhäufen um des Anhäufens Willen und es dem Nachwuchs mit ihrer Klüngelei schwer machen, Fuß zu fassen und eigene Ideen umzusetzen. Und unbestreitbar ist der olle Hermann einer von dieser Sorte.“ Dorothea senkt ihre Stimme zu einem verschwörerischen Flüstern. „Und die meisten anderen, die sich hier herumtreiben und durchfuttern, ebenfalls.“

„Mutter!“, ruft ihre Tochter empört. „Im Übrigen – darf ich dich daran erinnern, dass du selbst zu den geladenen Gästen und sogar zu den mit einer Ehrenplakette Ausgezeichneten gehörst?“

Ihre Mutter zuckt die Schultern. „Bei mir ist das etwas anderes, mein Kind. Schließlich wurde ich *nur* wegen meiner langjährigen Ratsmitgliedschaft, meinem Engagement im Tierschutzverein und beim Aufbau der Leselernhilfe ausgezeichnet. Die Anzahl meiner Ämter ist überschaubar und gestattet es mir, tatsächlich etwas zu bewirken, anstatt mit dem omnipräsenten Plattsitzen meines Hinterns größtmögliche Wichtigkeit zu erheischen. Außerdem liegt es mir fern, andere durch die Erlangung von Vorstandswürden zu dominieren und ihnen meinen Willen aufzuzwingen, quasi durch die Macht meines Amtes."

Julia grinst süffisant. „Stimmt, Mutter. *Du* brauchst kein Amt dazu."

Ihre Mutter nickt zufrieden. Ob aus Zustimmung oder weil sie die Spitze in der Aussage ihrer Tochter nicht wahrgenommen hat, bleibt ungewiss.

„Und jetzt entschuldige mich bitte, liebe Mutter, aber ich muss zurück ins Rathaus. Eine dringende Bauangelegenheit."

Dorothea nickt. „Ist gut, mein Kind. Geh noch ein bisschen regieren. Ich werde derweil einen Sekt für dich mittrinken."

Mit diesen Worten dreht sich ihre Mutter um und verschwindet in der Menge. Kopfschüttelnd sieht Julia ihr nach. Dann wendet sie sich in die andere Richtung und schlängelt sich durch die dicht an dicht stehenden Grüppchen von Gästen, einmal hierhin und einmal dorthin grüßend, auf den Ausgang zu. Kurz bevor sie den erreicht hat, löst sich eine Gestalt aus der Menge. Eine unangenehm hohe männliche Stimme dringt an ihr Ohr.

„Nanu, Frau Bürgermeisterin – schon wieder auf dem Sprung? Wollen Sie gar nicht mitfeiern?"

Bevor Julia sich vergegenwärtigen kann, woher sie die

Stimme kennt, haben ihre Augen den Besitzer derselben, der sich ihr prompt in den Weg gestellt hat, bereits identifiziert. „Herr Koslowski“, stellt sie fest und lächelt ihr Gegenüber für den Bruchteil einer Sekunde an. Richtig, den gibt es ja auch noch, denkt sie bei sich. Es hätte mir klar sein müssen, dass Kotzloswski nicht weit sein kann, nachdem sein Kollege vom Ise-Boten vorhin das Foto von Herrn Hasenfuß und mir geschossen hat. „Was hat *Sie* denn hierher getrieben? Die Arbeit oder das Buffet?“, will sie von ihm wissen.

Lars Koslowski geht nicht auf ihre spitze Bemerkung ein. „Sehen Sie es mir bitte nach, Frau Bürgermeisterin, aber Sekt und ein bisschen durchgeweichtes Fingerfood interessieren mich wenig.“

Julia will sich an Lars Koslowski vorbeischieben, da der Höflichkeitsplausch für sie beendet ist. Ihr Gegenüber jedoch hält sie zurück, indem er ihr erneut den Weg abschneidet. „*Mein* Interesse gilt eher dem Aufspüren dessen, was die hohe Politik unbedingt geheim halten will. Aufklären und die Öffentlichkeit informieren sind mein Geschäft. Fakten sammeln, Betrügereien auf den Grund gehen, die Wahrheit ans Licht bringen …“

„Na, da haben Sie ja bestimmt gut zu tun“, fällt Julia ihm ins Wort. „Apropos gut zu tun – das habe ich ebenfalls, und zwar jetzt. Mein Schreibtisch ruft. Wenn Sie mich also bitte entschuldigen würden …“

„Wie Sie wollen!“ Lars Koslowski hebt die Hände, als

wolle er ausdrücken, dass er unter diesen Umständen machtlos sei, wenn es darum ginge, sie vor einem großen Fehler zu bewahren. Er schraubt seine unangenehm hohe Stimme noch etwas höher und wird mit jedem seiner Worte lauter: „Dann wird jetzt eben alle Welt erfahren, dass die Frau Bürgermeisterin …“

„Pschscht!“, zischt Julia wütend. Einige der Umstehenden haben sich bereits nach den beiden umgedreht. Neugierig beobachten sie das ungleiche Paar, das allem Anschein nach eine kleine Meinungsverschiedenheit austrägt: Die wie immer tadellos gekleidete Frau Bürgermeisterin, die heute ein hellgraues Kostüm mit schwarzer Hemdbluse trägt, veredelt um dezenten Silberschmuck am Hals und an den Ohren, und den etwas jüngeren Mann mit Bauchansatz, ungewaschenen roten Haaren und Dreitagebart, der schwarz geränderten Brille mit den kreisrunden Gläsern, den ausgeleierten Jeans und dem grünen Cordsakko über dem gepunkteten Hemd. „Was fällt Ihnen ein, hier so einen Aufstand anzuzetteln!“, herrscht sie ihn mit gedämpfter Stimme an.

Lars Koslowski lässt sich nicht einschüchtern. Ein überlegenes Grinsen breitet sich auf seinem Gesicht aus. „Wenn es Ihnen lieber ist, die Wahrheit über Sie, Ihre Täuschungsmanöver und den Betrug an einem unbescholtenen Mitglied der Gifhorner Gesellschaft morgen auf dem Titelblatt des Ise-Boten zu lesen – und mit Ihnen über 40.000 weitere Gifhorner, wenn ich darauf hinweisen darf – dann machen Sie nur so weiter“, droht er mit gesenkter Stimme.

Julia schüttelt unwillig den Kopf und stemmt die Arme in die Seiten. „Die Nummer, die Sie hier abziehen, ist wirklich erbärmlich, *Herr Koslowski*! Was wollen Sie damit eigentlich erreichen?“

Ihr Gegenüber seufzt scheinbar genervt auf. „Das wissen Sie doch genau, Frau Ahrens. Wollen Sie mir weismachen, Sie hätten es schon wieder vergessen? Ich möchte dieser Stadt dienen und ein Gegengewicht zum lasterhaften Sumpf bilden, der sich in unserem schönen Gifhorn viel zu lange unbehindert ausbreiten konnte. Doch dazu brauche ich Ihre Unterstützung bei der Kommunalwahl im nächsten Jahr! Deshalb sorgen Sie mit Ihrem politischen Einfluss dafür, dass die Partei mich aufstellt, und zwar auf einem der vorderen Listenplätze. Im Gegenzug bewahre *ich* Ihr kleines unschönes Geheimnis. Das ist alles.“

Julia schüttelt verständnislos den Kopf. „Ihr Vorschlag ist absurd! Ich habe meinen Platz im Vorstand der Partei geräumt, als ich Bürgermeisterin wurde und bin jetzt nur noch ein einfaches Mitglied. Außerdem bestimmen alle Parteimitglieder gemeinsam die Reihenfolge auf der Liste durch eine Wahl. Ich habe also auf die Listenplätze genauso viel Einfluss wie jedes andere Mitglied auch. Das müssten Sie doch wissen, Herr Koslowski!“

Ihr Gesprächspartner zeigt ein schiefes Lächeln. „Ich bin sicher, es wird Ihnen etwas einfallen, wie Sie hinter den Kulissen die nötigen Strippen ziehen können. Außerdem ist bis zur Zusammenstellung der Liste noch viel Zeit. Zeit, in der Sie mich auf unseren Versammlungen immer wieder ins rechte Licht rücken und für mich werben können. Das dürfte Ihnen angesichts meiner vielfältigen Qualitäten doch nicht schwer fallen, oder?"

Julia lacht verächtlich auf und wirft Lars Koslowski einen Blick zu, als würde sie an seiner geistigen Zurechnungsfähigkeit zweifeln.

Das Grinsen auf dem Gesicht des Reporters erstarrt und sein Blick wird kalt. Zwischen zusammengebissenen Zähnen hindurch zischt er: „Wissen Sie, mir ist egal, wie Sie es anstellen. Das ist nicht mein, sondern Ihr Problem!" Sein Blick wird weicher. „Genau wie die Schlagzeile übrigens, die ich bereits in großen Lettern vor mir sehe: Skandal im Gifhorner Rathaus! Julia Ahrens, die bislang unbescholtene Bürgermeisterin mit reinweißer Weste …"

„Schon gut, schon gut, Herr Koslowski, mehr möchte ich über Ihren Schmuddeljournalismus gar nicht wissen!", fällt Julia ihm ins Wort.

Lars Koslowski schnalzt geringschätzig mit der Zunge. „Wenn das so ist, bleibt Ihnen wohl kaum etwas anderes übrig, als noch mal gründlich über meinen Vorschlag nachzudenken. Andernfalls werden Sie sich wohl oder übel damit auseinandersetzen *müssen*!" Er lächelt süffisant.

Damit ist die Unterredung für ihn beendet. Unvermittelt macht Lars Koslowski auf dem Absatz kehrt und taucht in die Menge ein. Empört starrt Julia ihm hinterher. Da dreht sich der Journalist noch einmal um. „Lange kann ich mein Angebot nicht mehr aufrecht halten. Schönen Tag noch", sagt er und verschwindet endgültig aus ihrem Blickfeld.

Fassungslos bleibt Julia zurück und versucht, das Zusammentreffen zu verdauen. Erst, als ein junger Mann mit einem Tablett voller Sektgläser an ihr vorbeimarschiert, vermag sie es, sich aus ihrer Erstarrung zu lösen. Reflexartig schnappt sie sich eines der Gläser und kippt es in einem Zug herunter. Irritiert blickt der junge Mann sie an, als sie das Glas anschließend mit einem Knall wieder auf dem Tablett abstellt, doch Julia bemerkt es nicht einmal. Wie in Trance verlässt sie den Rittersaal.

Kapitel 9

Spielchen

Thekla lehnt sich behaglich auf der Sprudelliege im sogenannten Attraktionsbecken der „Allerwelle“ zurück und schließt die Augen. Es ist früher Vormittag und außerdem mitten in der Woche. Das verschafft ihr den Luxus, das Gifhorner Hallenbad beinahe für sich allein zu haben. So kann sie das Entspannungsprogramm, das sie sich nach ihren fünfzig Bahnen im Sportschwimmerbecken verdient hat und auf das sie sich schon die ganze Zeit über gefreut hat, ungestört genießen. Durch ihre vorherige Fitnesseinheit fühlt sie sich angenehm ermattet. Das sprudelnde Wasser umschmeichelt ihren sportlich schlanken Körper und entspannt wohltuend wie eine leichte Massage die vorher besonders geforderten Muskelpartien. Fast hätte sie angefangen zu schnurren!

Herrlich, denkt Thekla, ein Ausflug ins Schwimmbad ist doch immer noch das beste Mittel gegen Stress. Das hat sie auch dringend nötig! Die Sorgen um ihre Zukunft und ihre Ängste, denen sie zwar nicht viel Raum zugestehen will, die aber dennoch als Vorsicht getarnt ihr ständiger Begleiter geworden sind, machen sie mürbe. Alltägliche Kleinigkeiten, denen sie früher nie Beachtung geschenkt hätte, wecken nun ihr Misstrauen: Ein ihr unbekannter Mann in der

Hotel-Lobby, der sie über den Rand seiner Zeitung hinweg zu mustern scheint, jemand, der sie beim Einkaufen im Supermarkt anrempelt, ein Auto, das besonders langsam an ihr vorüberfährt – ständig ist sie auf der Hut. Erst jetzt im Schwimmbad, wo sie sich endlich einmal Entspannung verordnet hat, fühlt sie, wie sehr sie in der letzten Zeit unter Druck gestanden haben muss.

Nach einer Weile registriert Thekla beiläufig, dass sie nicht mehr allein in diesem Teil des Beckens ist. Jemand hat sich ganz in ihrer Nähe auf einer der Sprudelliegen niedergelassen. Sie muss über sich selber schmunzeln, als ihr bewusst wird, *wie* sehr sie zur Ruhe gekommen ist, dass sie nicht einmal mehr die Augen öffnet, um zu schauen, wer sich da genähert hat. Schließlich könnte es ja ein bis an die Zähne bewaffneter finsterer Kerl mit stechendem Blick sein, der nur auf einen unbeobachteten Moment wartet, um sie durch einen gezielten Dolchstoß im Bruchteil einer Sekunde ins Jenseits …

Plötzlich spürt Thekla, wie sich etwas in ihren Oberarm bohrt. Sie kreischt erschrocken auf und fährt in die Höhe. Mit weit aufgerissenen Augen starrt sie den Mann an, der neben ihr im Wasser liegt und der ihr offenkundiges Erschrecken mit einem breiten Grinsen beantwortet.

„Meine Güte, bist du schreckhaft! Wenn ich das gewusst hätte, hätte ich mich vorsichtiger genähert“, sagt der Typ vorwurfsvoll.

Thekla kann nicht aufhören, ihn anzustarren. Jetzt allerdings nicht mehr ängstlich, sondern entgeistert. Was will der Spinner von ihr? Äußerlich hat sie sich schnell wieder im Griff, auch wenn sie ihren Herzschlag immer noch bis zum Hals hinauf spürt. „Kann es sein, dass sie mich mit jemandem verwechseln?“, erwidert sie kalt. Ungnädig misst sie ihr Gegenüber vom Kopf bis zu der schmalen Hühnerbrust, die aus dem Wasser ragt. Sie hofft, dass der Mensch seinen Irrtum jetzt bitte schnell erkennen und sich verziehen möge. Leider tut der Mann das nicht. Sein Grinsen wird sogar eine Spur anzüglich.

„Das enttäuscht mich aber, dass du mich nicht erkennst. Habe ich mich etwa so sehr verändert?“

Widerwillig betrachtet Thekla den Mann genauer. Sie nimmt einen runden Kopf mit leicht hervortretenden Augen wahr, der auf einem viel zu dünnen Hals ruht. Sein kurzes nasses mittelbraunes Haar ist mit einzelnen grauen Haaren durchsetzt. Seine Haut wirkt ungesund bleich und schlaff wie die eines aufgetauten Hühnchens. Von seiner Figur kann sie nicht viel erkennen, da der Mann bis zum Oberkörper im Wasser liegt, aber er scheint normal gebaut zu sein – nicht besonders dünn, aber auch nicht dick. Irgendwie undefinierbar. Während Thekla den Kerl anstarrt, als handele es sich bei ihm um ein lästiges Insekt, wirkt ihr Gegenüber durch Theklas offenkundigen Mangel an Begeisterung über seine ungebetene Gesellschaft nicht im Mindesten irritiert. Im Gegenteil: Je länger er sie im Ungewissen sieht, desto zufriedener scheint er mit sich selbst zu sein und umso breiter wird auch sein Grinsen. Er wird Thekla mit jeder Sekunde unsympathischer.

„Tut mir leid, es handelt sich hier ganz sicher um ein Missverständnis“, stellt Thekla nach wenigen Sekunden ungeduldig fest. Mittlerweile ist sie überzeugt davon, dass es sich hier um einen recht plumpen Versuch handelt, sie anzumachen, und ihre Laune droht gefährlich zu kippen. Sie schaut den Mann von oben herab an. „Wenn Sie mich jetzt bitte entschuldigen würden!“

„Thekla von Heisenberg, immer noch derselbe spröde Charme“, fällt er ihr ins Wort. Dabei schüttelt er gespielt missbilligend den Kopf.

Thekla kann nicht verhindern, dass sie rot wird, allerdings nicht vor Verlegenheit, sondern vor Wut. Was bildet sich dieser aufdringliche Kerl eigentlich ein, denkt sie bei sich. Mag ja sein, dass er meinen Namen kennt, aber ich kenne seinen nicht. Sie will gerade zu einer gepfefferten Abfuhr ansetzen, da kommt er ihr zuvor und erklärt: „Wir sind zusammen zur Schule gegangen.“ Er verzieht das Gesicht zu einer selbstironischen Grimasse. „Vielleicht erkennst du mich nicht, weil ich früher sehr viel – na, ich will mal sagen – umfangreicher war. Du dagegen“, er lässt seinen Blick ungeniert über ihren im Wasser liegenden Körper gleiten, „scheinst dich überhaupt nicht verändert zu haben.“ Er sieht ihr wieder ins Gesicht. „Bernd. Bernd Weber“, stellt er sich vor. „Klingelt es jetzt?“

Immer noch irritiert schaut Thekla ihn an. Bernd Weber –

der Name ist ihr doch letztens in irgendeinem Zusammenhang begegnet. Wenn sie sich nur erinnern könnte, wo … Ach ja, stimmt! Das muss beim Vorbereitungs-Treffen für die Jubiläumsfeier gewesen sein. Vermutlich stand er auf der Teilnehmerliste, die Julia vorgelesen hatte …

Innerlich zuckt Thekla zusammen. „Ach, du …“, beginnt sie, kann sich jedoch im letzten Moment bremsen. ‚Scheiße‘ hatte sie sagen wollen. Bernd Weber, der schwammige Widerling, der ihr früher nachgestiegen und ihr damit unheimlich auf den Wecker gefallen ist. Ausgerechnet diesem Typen muss sie in der Allerwelle begegnen? Hier, wo vormittags außer ein paar Rentnern, die im Sportschwimmerbecken ihre Bahnen ziehen, oder einer Schulklasse, die gerade Schwimmunterricht erhält, normalerweise niemand da ist?

Thekla zwingt sich zu einem Lächeln, das allerdings verhalten ausfällt. Bernd Weber ist ihr heute nicht sympathischer als früher und sie ist weit davon entfernt, sich über das Wiedersehen zu freuen. Dennoch weiß sie, was sich gehört. Die Blöße, ihn einfach vor den Kopf zu stoßen, will sie sich nicht geben. Auch wenn‘s schwer fällt. „So sieht man sich wieder“, sagt sie und lächelt angestrengt.

Anschließend wird es still auf der Sprudelliege. Bernd sieht Thekla erwartungsvoll an. Vermutlich meint er, dass ich ihn jetzt danach fragen müsste, was er seit dem Abitur getrieben hat, ob er Familie, Kinder oder einen Sittich hat oder irgendetwas anderes, worüber man sich bei solchen Gelegenheiten austauscht, überlegt sie. Allerdings hat sie nicht vor, ihr zufälliges Zusammentreffen in die Länge zu ziehen. Sie wäre einfach nur froh, wenn sie möglichst bald wieder ihre Ruhe haben könnte. Leider sieht es im Moment nicht danach aus. Ihr Gegenüber macht keinerlei Anstalten, das Feld zu räumen. Thekla lächelt knapp, macht es sich wieder auf ihrer Sprudelliege bequem und schließt die Augen. Diesen Wink mit dem Zaunpfahl müsste er doch wohl verstehen, oder?

Einen Moment lang bleibt alles still und Thekla hofft das Beste.

„Und? Was hast du so gemacht in den letzten Jahren?“, hört sie auf einmal eine Stimme neben ihrem Ohr.

Thekla seufzt innerlich. Na gut, denkt sie, wenn es sich partout nicht vermeiden lässt, dann werde ich eben fünf Minuten lang Smalltalk mit ihm halten. Wenn er bis dahin immer noch nicht begriffen hat, dass er über ist, muss ich mich eben selbst verdünnisieren. Mist – bis eben war es richtig schön hier! „Ich bin lange Zeit in den Staaten gewesen. L.A.“, teilt sie ihm mit, ohne dafür extra die Augen zu öffnen.

„Echt jetzt?“ Bernd hört sich wirklich überrascht an. „Ich war auch fünf Jahre lang drüben, als Expat. Bis letztes Jahr. Dann hat mein Arbeitgeber mich zurückgeholt, weil sie meine Kompetenzen hier dringender brauchten als dort.“ Seine Stimme verrät, dass er meint, sie damit beeindrucken zu können. Als Thekla jedoch nichts erwidert, ergänzt Bernd: „Für die Karriere ist ein Auslandsaufenthalt das

Nonplusultra. Und ich muss sagen – bei mir hat es sich gelohnt“, gibt er an.

Innerlich schüttelt Thekla den Kopf. Dieser Vollpfosten hat bis heute nicht begriffen, wie man Frauen beeindruckt – und wie auf gar keinen Fall. Der war auf der Schule schon ein langweiliger Aufschneider und hat nichts dazugelernt. Eigentlich traurig sowas, aber nicht mein Problem. Sie beschließt, Bernds Anwesenheit zu ignorieren. Einfach ist das allerdings nicht, weil er sich durch ihren ausbleibenden Enthusiasmus nicht davon abhalten lässt, ihr weiterhin eine Unterhaltung aufzunötigen.

„Und du? Bist du mit deinem Mann rübergegangen?“ Der Ton, in dem er diese Frage stellt, ist eindeutig anzüglich und ebenso eindeutig eine Unverschämtheit. Als könne es für eine Frau nur diese eine Erklärung für einen Auslandsaufenthalt geben, dass sie ihrem Mann folgt!

Thekla seufzt. Sie hat sich ehrlich bemüht, ihn nicht zu hassen. Leider muss sie feststellen, dass er ihr keine Wahl lässt. Umso besser, denkt sie bei sich. Einen Typen, der vor jeder Frau Angst hat, die anderes im Sinn hat als Kinder, Kirche und Küche, wird sie umso schneller in die Flucht schlagen können. Und dann habe ich endlich mein gemütliches Plätzchen wieder für mich alleine, denkt sie zufrieden. „Mein Aufenthalt in den Staaten hatte nur insofern mit einem Mann zu tun, als dass ich dem Ruf eines Agenten nach Hollywood gefolgt bin. Die Rolle war verlockend, da konnte ich nicht nein sagen“, sagt sie und schmunzelt amüsiert. Unnötig zu erwähnen, dass es sich dabei nur um eine sehr kleine Rolle gehandelt hat und meine Karriere anschließend mehr im Servicebereich als anderswo stattfand, fügt sie im Stillen hinzu. Aber das hat ihn nicht zu interessieren. Hauptsache, er schleicht sich jetzt, denn langsam fällt er mir wirklich auf die Nerven!

Sie hört ihren Gesprächspartner eine leisen Pfiff ausstoßen von der Art, die sie vermuten lässt, dass gleich ein weiterer überheblicher Kommentar folgen wird. Sie soll Recht behalten. „Dann bist du jetzt also ein richtiger Filmstar und auf du und du mit international bekannten Hollywood-Größen. Respekt!“, sagt er gönnerhaft.

Thekla bleibt äußerlich gelassen. „Letzteres kann man im Großen und Ganzen so stehen lassen. Hollywood ist diesbezüglich ein Dorf“, stellt sie lapidar fest. Doch da ihr nun so langsam die Geduld mit ihrem Gesprächspartner abhandenkommt und sie findet, dass die fünf Minuten Smalltalk, die sie ihm zuzugestehen bereit war, lange vorüber sein müssen, fügt sie hinzu: „Genau das ist übrigens auch der Grund, warum ich für einige Monate nach good old Gifhorn zurückgekommen bin: Ich musste einfach mal raus aus dem Kaff, wo man an jeder Ecke auf irgendjemanden trifft, der einem ein Gespräch übers Filmgeschäft aufdrängt. Davon muss ich mich dringend erholen. Das verstehst du doch sicher, oder?“

Sie öffnet die Augen und schaut den verdutzten Bernd durchdringend an. Das Lächeln spart sie sich an dieser Stelle. Endlich begreift Bernd, dass er überflüssig ist und trollt sich.

***

Miriam stellt den Staubsauger ab und horcht. Einen Moment lang bleibt alles still. Dann ertönt die Klingel an der Haustür erneut. Sie schaut auf die Wanduhr über dem Sideboard, die aus vierzehn schwarzen Stäben besteht: zwölf kurzen, die in einem Kreis angeordnet direkt an der Wand angebracht sind, sowie einem längeren und einem nicht ganz so langen in der Mitte. Eine perfekte Kombination aus zeitlos klassischem Design und moderner Umsetzung – so, wie Miriam es am liebsten hat.

Die Uhr zeigt halb elf. Miriam streicht sich eine Strähne aus dem Gesicht, die sich aus dem geblümten Tuch, mit dem sie ihr langes rotes Haar zurückgebunden hat, gelöst hat. Auf ihren hochhackigen knallroten Pumps stolziert sie zur Haustür. Kurz, bevor sie dort ankommt, wirft sie einen Blick in den großen Flurspiegel, der mit einem auffälligen silbernen, wellenförmig gestalteten Rahmen eingefasst ist. Sie stellt fest, dass ihr Aussehen keinerlei Anlass zur Kritik gibt, obwohl sie sich in dieser Kleidung natürlich niemals auf die Straße wagen würde. Nicht einmal, um den Müll hinauszutragen. Aber hier in ihrem Zuhause sieht sie ja niemand – oder zumindest fast niemand. Da kann sie es wagen, in einem schnöden hellblauen Haushaltskittel herumzulaufen, wie ihn früher biedere Hausfrauen bei der Hausarbeit trugen.

Natürlich beschäftigt Miriam eine Putzfrau, die ihren Bungalow zweimal in der Woche auf Hochglanz poliert. Manchmal allerdings lässt es sich nicht vermeiden, dass sie selbst höchstpersönlich zu Staubsauger und Feudel greift, um für Reinlichkeit und Ordnung zu sorgen. Und wenn sie das tut, dann sind die altmodische Kittelschürze und das Tuch um den Kopf unerlässliche Accessoires. Wobei der Kittel nicht einfach irgendein Kittel ist, sondern ein perfekt auf ihre Figur zugeschnittenes Kleidungsstück. Ein unförmiges Zweimannzelt würde sie selbstverständlich niemals tragen – nicht einmal zum Putzen.

Miriam setzt den geschäftigen Blick einer vielbeschäftigten Hausfrau auf und öffnet die Tür. Dort sieht sie sich einem Handwerker im Blaumann gegenüber, der seine Schirmmütze tief in die Stirn gezogen hat. In der rechten Hand hält er einen Werkzeugkasten. Ein Anflug von Misstrauen zeigt sich in Miriams Gesicht, doch sie lässt sich nicht verunsichern. Stattdessen richtet sie sich auf und wirft die Schultern zurück.

„Sie wünschen?“, fragt sie von oben herab, während sie versucht, einen Blick auf das Gesicht des Mannes zu werfen, das unter seiner Schirmmütze fast verborgen ist. Doch der Mann weicht ihrem Blick aus und hält den seinen weiterhin gesenkt.

„Ich komme von den Stadtwerken. Die Eichfrist für Ihren Stromzähler ist abgelaufen“, nuschelt der Mann.

Miriam zieht die Augenbrauen hoch. „So? Davon wusste

ich ja gar nichts. Wird so etwas nicht angekündigt?“, fragt sie spitz.

Der Mann wirkt nervös. Er tritt von einem Bein aufs andere. „Für … für gewöhnlich schon. Vermutlich hat die Verwaltung …“ Er scheint einen Frosch im Hals zu haben und räuspert sich. „… hat die Verwaltung vergessen es mitzuteilen.“

Miriam wirft ihm einen prüfenden Blick zu. „Sie haben doch sicher einen Ausweis?“, fragt sie misstrauisch.

Hastig stellt der Mann den Werkzeugkasten auf den Boden und tastet die Taschen seines Overalls ab. In der Seitentasche am rechten Hosenbein scheint er fündig zu werden. Er zieht eine Plastikkarte mit einem Foto darauf heraus und hält es ihr vor die Nase. Doch so, wie der Mann vor ihr steht, mit der Schirmmütze, die sein halbes Gesicht verdeckt, kann Miriam unmöglich feststellen, ob er derjenige ist, der auch auf dem Foto zu sehen ist. Sie legt den Kopf schief und versucht, Augenkontakt herzustellen, doch ihr Gegenüber hält seinen Blick stur gesenkt. Dabei scheinen sich seine Augen an ihrer Brust festgeheftet zu haben. Reflexartig greift Miriam nach dem Kragen ihres Kittels und zieht ihn zusammen.

„Wenn Sie mir dann bitte den Stromzähler zeigen würden?“, drängt der Mann.

Unschlüssig bleibt Miriam in der Tür stehen und lässt ihren Blick prüfend an ihm hinab- und wieder heraufwandern.

„Ich weiß nicht … mein Mann ist nicht zuhause. Er kümmert sich normalerweise um diese Dinge“, erklärt sie abwehrend.

„Ach so.“ Der Mann scheint nachzudenken und schweigt. Unwirsch sieht Miriam ihm dabei zu. Schließlich wendet sie ihren Blick ab und schaut prüfend rechts und links die Straße hinunter. Ob ihre Nachbarn etwas von dem mitbekommen, was sich da gerade an ihrer Haustür abspielt? Doch weit und breit ist keine Menschenseele zu sehen. Schließlich fixiert sie wieder den vor ihr stehenden Mann und streicht unsicher ihren Kittel glatt. „Und jetzt?“, fragt sie mit einer Spur Ungeduld in der Stimme.

„Ähm, ja, also das wird teuer, wenn ich nochmal wiederkommen muss. Die Anfahrt müssten Sie dann selbst bezahlen.“

„Oh!“ Miriam denkt nach. Noch einmal mustert sie den Mann von oben bis unten. Eigentlich sieht er nicht wirklich gefährlich aus, findet sie. Eher wie ein zu groß geratener Junge, der Hemmungen hat, einer attraktiven Frau ins Gesicht zu sehen. Dabei ist er selbst nicht unattraktiv, stellt sie fest. Er ist ein Stück größer als sie, gut gebaut mit breiten Schultern und schlanken Hüften. Nur von seinem Gesicht kann sie in diesem Augenblick nicht viel erkennen. Sie seufzt. „Na gut, dann kommen Sie schon herein.“

Miriam wartet, bis der Mann an ihr vorbei in den Flur getreten ist und schließt die Tür hinter ihm. Unschlüssig sieht sich der Mann im Eingangsbereich des Hauses um. Miriam betrachtet ihn dabei mit hochgezogenen Brauen und in die Seiten gestemmten Armen und wartet. Langsam dreht sich der Mann zu ihr um. Nun hält er seinen Blick nicht mehr gesenkt. Mit unverhohlenem Interesse lässt er ihn an ihr herauf und wieder hinunterwandern. Miriam wird heiß und kalt. Sie versucht, ihre Nervosität zu überspielen.

„Wollten Sie nicht den Stromzähler sehen?“, fragt sie schnippisch. Mit hochmütigem Gesicht und aufrechtem Gang stolziert sie dicht an dem Mann vorbei auf eine unscheinbare weiße Tür neben der Garderobe zu. Auf halbem Weg dorthin bleibt sie plötzlich stehen, wendet den Kopf und wirft dem Mann einen fragenden Blick über die Schulter zu. „Wollen Sie mir nicht folgen?“

„Ha… haben Sie auch Ge…Geld im Haus?“, stottert der junge Mann.

„Geld?“ Miriam runzelt verständnislos die Stirn.

„Ja, Geld. Der Stromzähler in…n…teressiert mich nicht. Ich will Geld!“

Plötzlich tritt Furcht in Miriams Blick. Wie in Zeitlupe dreht sie sich vollständig zu dem Mann um, als wolle sie um jeden Preis eine hektische Bewegung vermeiden, die ihr Gegenüber zu einer unbedachten Handlung verleiten könnte. Sie schluckt trocken. „Ich glaube, es ist besser, wenn ich jetzt die Polizei rufe“, sagt sie ruhig.

„Nei…nein! Ich will Geld! Los! Machen Sie sch…schon!“

Auf einmal wirkt Miriam ängstlich. „Ich glaube nicht, dass

ich Geld im Hause habe“, sagt sie und lächelt unsicher.

„Ich w…will aber Geld!“, stottert der Mann und macht einen Schritt auf sie zu. Reflexartig tritt Miriam einen Schritt zurück. Noch einmal lässt der Mann seinen Blick an ihr herauf- und wieder hinabwandern. Ein begehrlicher Ausdruck tritt in sein Gesicht.

Miriam wirkt nun noch unsicherer. „Tun Sie mir nichts! Bitte!“, flüstert sie mit zittriger Stimme und schaut den Mann mit weit aufgerissenen Augen an. Da der nichts darauf erwidert, fügt sie hinzu: „Wirklich, ich habe kein Geld.“ Wie, um ihm das zu beweisen, tastet sie mit ihren Händen die Taschen an ihrem Kittel vorne an der Brust und seitlich an der Hüfte ab. Der Mann folgt jeder ihrer Bewegungen. Dabei wird sein Blick immer gieriger und sein Mund trocken. Er leckt sich über die Lippen, und als er wieder zu sprechen beginnt, hat er einen Frosch im Hals. „Ich glaube …“ Er muss sich räuspern. „Ich glaube Ihnen n…nicht. B…bestimmt haben Sie das Geld unter Ihrem K…Kittel versteckt.“

„Aber nicht doch“, widerspricht Miriam und lächelt furchtsam. Wie hypnotisiert starrt sie den Mann an, als könne sie ihn damit in Schach halten. Doch das gelingt ihr nicht. Drohend geht er einen Schritt auf sie zu.

„Warten Sie!“, ruft Miriam mit Panik in der Stimme. „Ich werde es Ihnen beweisen!“ Hektisch knöpft sie ihren Kittel auf. Dabei tritt sie ängstlich einen Schritt zurück und dann noch einen. Als der letzte Knopf gelöst ist, reißt sie das

Kleidungsstück weit auf und steht in roter Spitzenunterwäsche vor dem Mann. Der verschlingt sie beinahe mit seinen Augen. „Was haben Sie jetzt vor?“, fragt Miriam ängstlich.

Der Mann überlegt. „Küchentisch?“, fragt er.

„Oh bitte, nicht schon wieder“, erwidert Miriam genervt. „Das gab beim letzten Mal böse blaue Flecke. Ich wusste kaum, wie ich das meinem Mann erklären soll.“

Ihr Gegenüber überlegt erneut. „Okay, dann häng dich über die Lehne vom Sofa. Das ist bequemer.“

Miriam ist einverstanden und nickt. Dabei liegt ein neckisches Funkeln in ihrem Blick. Doch nur einen Moment lang. Dann setzt sie erneut ihre ängstliche Miene auf. „Sie tun mir doch wirklich nichts, oder?“, fragt sie mit unsicherer Stimme, während sie sich langsam rückwärts in Richtung des Wohnbereichs bewegt, wo die Sitzgruppe aus schwarzem Büffelleder steht. Statt einer Antwort stellt der Mann seinen Werkzeugkasten ab. Er öffnet ihn und zieht einen länglichen lilafarbenen Gegenstand heraus, den er liebevoll streichelt.

Miriams Augen weiten sich. „Oh“, murmelt sie überrascht.

***

Nephele gibt das in kleine Würfel geschnittene Gemüse, bestehend aus Aubergine, Paprika und Zucchini, in die schwere eiserne Pfanne, in der Hackfleisch, Zwiebeln und Knoblauch bereits vor sich hin schmurgeln. Darüber verteilt sie eine ordentliche Portion Salz und würzt die Mischung außerdem mit getrocknetem Oregano sowie Thymian, Koriander und Kreuzkümmel. Sogleich steigt ihr ein würziger Duft in die Nase, der ihr das Wasser im Mund zusammenlaufen lässt. Sie dreht die Herdplatte auf mittlere Hitze herunter und wendet sich den gekochten Kartoffeln vom Vortag zu. Sie pellt sie, schneidet sie in Scheiben und schichtet sie dachziegelartig in einer großen Auflaufform übereinander. Während sie das tut, meint sie, durch den Lärm der Dunstabzugshaube hindurch die Wohnungstür zu hören. Sie hält einen Moment inne und lauscht. Das muss Ilias sein, denkt sie bei sich, und erwartet, dass er im nächsten Moment in der Küchentür steht, um zu fragen, wann es endlich etwas zu essen gibt.

Sie schmunzelt. Den gesunden Appetit hat ihr Sohn von ihr. Allerdings schlägt sich diese Leidenschaft bei ihm glücklicherweise nicht sofort auf den Hüften nieder wie bei ihr selbst. Nephele seufzt. So schlank wie Ilias war sie nie. Sie musste ihren Appetit eigentlich immer zügeln, um nicht auseinanderzugehen wie ein Hefekloß, während ihr Sohn bedenkenlos alles in sich hineinschaufeln kann, was er will und trotzdem kein Gramm Fett zu viel am Körper hat. Ganz wie sein Onkel Manolis, überlegt Nephele zufrieden, während sie die letzte Kartoffelscheibe in der Form platziert und sich wieder der würzigen Hackfleisch-Gemüse-Mischung auf dem Herd zuwendet. Sie rührt in der Pfanne herum und schaut zur Tür, doch von Ilias ist nichts zu sehen.

Nephele runzelt die Stirn. Ob sie sich getäuscht hat? Vielleicht war es gar nicht die Wohnungstür, die sie zu hören meinte? Sie wirft einen Blick auf die Uhr über der Essecke. Es ist fast halb sieben. Um diese Zeit kommt Ilias nach dem Fußballtraining normalerweise nach Hause. Irritiert dreht Nephele die Herdplatte auf die kleinste Stufe, spült ihre Hände unter dem Wasserhahn ab, trocknet sie flüchtig an ihrer Schürze und geht hinaus in den Flur. Dort ist niemand zu sehen. Allerdings hängt Ilias‘ Jacke am Haken der Garderobe und seine Schuhe stehen wie gewohnt kreuz und quer darunter – eine Angewohnheit, die sie ihm bislang nicht auszutreiben vermochte. Doch heute interessiert sich Nephele wenig für unordentlich abgestelltes Schuhwerk. Es passt so gar nicht zu ihrem Sohn, dass er nicht wenigstens Hallo sagt, wenn er heimkommt und sie zuhause ist. Das versucht sie so oft wie möglich zwischen sechs und acht Uhr abends hinzubekommen, um mit ihrem Kind gemeinsam zu Abend zu essen, bevor sie dann wieder ins Restaurant fährt. Bis auf wenige Ausnahmen gelingt ihr das auch.

„Ilias?“, ruft Nephele in Richtung seiner geschlossenen Zimmertür. Sie horcht, erhält jedoch keine Antwort. Erneut ruft sie: „Ilias!“ Als immer noch keine Erwiderung ihres Sohnes zu hören ist, läuft sie energischen Schrittes über den Flur, klopft kurz an die Tür und reißt sie auf. „Ilias!“, ruft Nephele noch einmal vorwurfsvoll und bohrt ihren Blick in den Rücken ihres Sohnes, der an seinem Schreibtisch sitzt und seinen Laptop hochfährt.

„Kannst du nicht anklopfen?“, mault er sie über seine Schulter hinweg an.

„Ich *habe* geklopft!“, entgegnet Nephele.

„Und ich habe nicht ‚herein‘ gesagt“, weist Ilias sie zurecht.

Nephele schüttelt verständnislos den Kopf. „Was ist los?“, fragt sie irritiert. „Hast du eine schlechte Arbeit zurückbekommen?“

Ilias explodiert sofort. Er fährt auf seinem Schreibtischhocker herum und blafft seine Mutter an: „Ist das alles, was dich interessiert?“

Nephele fällt die Kinnlade herunter. Es dauert einen Moment, bis sie sich von ihrer Überraschung erholt hat. „Diesen Ton verbitte ich mir!“, herrscht sie ihn an. „Nochmal, was ist passiert?“, will sie wissen und stemmt zur Bekräftigung ihres Anliegens ihre Hände in die Seiten.

Ilias schnauft genervt auf und dreht ihr wieder den Rücken zu. „Nichts. Ich will einfach nur meine Ruhe haben, okay?“

Obwohl er seinen Ton nun besser im Griff hat, wirkt er noch genauso abweisend wie zuvor. Nephele spürt, dass sie im Moment nicht an ihn herankommen wird. Sie schluckt ihren Ärger und die Sorgen, die sie sich um ihn macht, herunter und beschließt, den Rückzug anzutreten, bevor die Situation eskaliert. Sie ist schockiert. Was ist nur in ihren

Sohn gefahren? Den Ton kennt sie nicht an ihm und auch nicht diese abweisende Art. Plötzlich hat sie das Gefühl, dass er sich ihr entzieht. Nicht auf eine Weise, die bei Teenagern völlig normal und auch gesund ist, wenn sie sich von ihren Eltern abgrenzen und ihre kleinen Geheimnisse vor ihnen haben, sondern anders. So, als ob er eine Mauer um sich herum baut, durch die es kein Durchkommen gibt. Das verwirrt und ängstigt Nephele. Sie beschließt, ihrem Sohn das nicht zu zeigen.

„In einer halben Stunde gibt's Essen", sagt sie bemüht gelassen. Sie wartet einen Moment, ob doch noch eine Reaktion von Seiten ihres Sohnes erfolgt. Irgendetwas, das ihn zugänglicher erscheinen lässt. Ein Wort, eine Geste, eine minimale Drehung auf seinem Hocker in ihre Richtung, verbunden mit einem Luftholen, das ankündigt, das er ihr nun doch sein Herz ausschütten und mitteilen will, was ihn bedrückt. Doch nichts dergleichen geschieht.

Betroffen dreht sich Nephele um und verlässt das Zimmer. Nachdem sie die Tür hinter sich geschlossen hat, bleibt sie einen Moment lang im Flur stehen, um sich Zeit zu nehmen, die Situation zu verdauen. Dann geht sie langsam in die Küche zurück. Dort dreht sie die Temperatur der Herdplatte wieder hoch und rührt gedankenverloren in der Pfanne herum. In ihrem Kopf geht sie eine Möglichkeit nach der anderen durch, die als Ursache für Ilias' Unmut eine Rolle spielen könnte. Hat er vielleicht doch eine schlechte Arbeit zurückbekommen und will es nur nicht zugeben? Sie verwirft den Gedanken. Verhauene Klausuren kommen bei Ilias hin und wieder vor, waren jedoch noch nie der Grund für ein Drama. Ob er Liebeskummer hat? Allerdings hat er in den letzten Wochen nie von einem Mädchen erzählt, das ihn interessiert hätte. Gut, das muss nichts heißen, so etwas muss man seiner Mutter nicht unbedingt auf die Nase binden. Andererseits geht Nephele davon aus, dass sie es trotzdem gemerkt hätte, wenn ihr Sohn sich verliebt hätte. Sie überlegt weiter, was es sein könnte. Ob er gemobbt wird? Das könnte erklären, warum er in der letzten Zeit stiller ist als sonst. Bis jetzt hat sie dieser Wortkargheit keine große Bedeutung beigemessen. Manchmal ist man eben besser drauf, manchmal schlechter. Doch Launenhaftigkeit allein scheint ihr nun als Erklärung für sein Verhalten nicht mehr auszureichen.

Nephele bekommt ein schlechtes Gewissen. Warum ist sie nur nicht früher auf den Gedanken gekommen, Ilias‘ Zurückhaltung zu hinterfragen? Sie überlegt, wann das angefangen hat. Wann ist ihr zum ersten Mal aufgefallen, dass Ilias ruhiger ist als sonst? Unwillkürlich muss sie daran denken, wie sehr Ilias das Auftauchen seines Erzeugers aufgewühlt hat, und ihre Miene verfinstert sich. Dieser Mann bringt wirklich nichts als Unglück, denkt sie wütend. Ich muss dafür sorgen, dass er schnellstens wieder aus unserem Leben verschwindet, und zwar endgültig! Energisch schiebt sie das Fleisch und das Gemüse in der Pfanne von einer Seite zur anderen. Auf einmal erstarrt sie. Aber natürlich! Warum ist sie nicht gleich darauf gekommen? Die Veränderung in Ilias‘ Verhalten hat angefangen, als Karl sie besucht hat! Zu diesem Zeitpunkt hat Ilias auch damit begonnen, sich zurückzuziehen. Anfangs hat sie das sogar nachvollziehen können. Ilias war sauer auf sie, weil er meinte, dass sie ungerecht ihm und vor allem seinem Vater gegenüber wäre. Er kennt ihn ja nicht, denkt sie bitter. Und dann … dann war es irgendwie dabei geblieben. Er hatte geschmollt und sie hatte darauf gewartet, dass sich das von selbst wieder legt. Das einzige, wovor sie sich gefürchtet hatte, war, dass Kalle sich erneut melden könnte, um seinen Sohn zu treffen, doch das war glücklicherweise nicht passiert.

Und wenn doch?

Mit einem Mal richten sich Nepheles Nackenhaare auf. Um Himmels willen, mein Kind!, schießt es ihr durch den Kopf. Starr vor Angst steht sie am Herd. Sie kommt erst wieder zu sich, als die Gemüse-Mett-Mischung eine Spur zu intensiv zu duften beginnt. Schnell nimmt sie die Pfanne von der Platte und schaltet den Herd aus. Sie muss es jetzt wissen! Hat Ilias seinen Erzeuger heimlich getroffen? Ist das der Grund für sein Anderssein? Weil etwas … passiert ist?

Nephele wischt sich ihre Hände an der Schürze ab und stürmt aus der Küche. Sie weiß nicht, was sie ihrem Sohn sagen will und vermutlich wird es komplett das Falsche sein, aber sie muss der Sache auf den Grund gehen, und zwar jetzt! Als sie an der Garderobe vorbeikommt und aus den Augenwinkeln Ilias‘ Jacke dort hängen sieht, bleibt sie wie angewurzelt stehen. Sie starrt die beigefarbene Army-

Jacke im Vintage-Style an, die er im vergangenen Herbst von seinem Onkel Manolis zum Geburtstag geschenkt bekommen hat. Es ist normalerweise nicht ihre Art, ihrem Kind hinterherzuschnüffeln und seine Jacken und Taschen zu durchwühlen. Einen Moment lang ringt sie mit ihrem Gewissen, doch dann macht sie sich klar, dass sie einer Gefahr wie jener, die von einem Kriminellen wie Karl drohen kann, mit Anstand und guten Manieren nicht beikommen wird. Wenn sie ihr Kind wirksam vor diesem Verbrecher schützen will, wird sie sich ein zu sensibles Gewissen nicht leisten können!

Ein schneller Blick hinüber zu Ilias' Zimmertür, dann fixiert Nephele die Jacke erneut und nähert sich ihr auf leisen Sohlen. Vorsichtig und möglichst geräuschlos lässt sie ihre Hand erst in die eine, dann in die andere Außentasche gleiten. Sie findet ein gebrauchtes Taschentuch und Ilias' Haustürschlüssel. In der Innentasche auf Brusthöhe ist eine Eintrittskarte fürs Kino. Nephele überlegt, mit wem er wohl dort war, denn Ilias hatte ihr nichts davon erzählt. Während sie die Karte in der Hand hält und sich diese Frage stellt, kommt sie sich plötzlich albern vor. Was glaubt sie wohl in den Jackentaschen ihres Sohnes zu finden, fragt sie sich. Drogen? Waffen? Ein dickes Bündel Geldscheine? Doch weil sie schon einmal dabei ist, beschließt Nephele, gründlich zu sein und nimmt sich nun die äußere Brusttasche vor. In dieser wird sie fündig. Sie zieht ein zerknittertes Stück Papier heraus, das von einem handelsüblichen karierten Block stammt. Sie faltet es auf und erstarrt. Es ist das gleiche Papier und die gleiche Schrift, die sie vor kurzem schon einmal bei Ilias gesehen hat.

Nephele wird schwindelig. Sie schließt die Augen und plötzlich ist alles wieder da, als wäre es gestern gewesen. Sie ist wieder dreiundzwanzig und arbeitet als Kellnerin in einer Braunschweiger Kneipe in der Nähe des verrufenen Vergnügungsviertels Bruchstraße. Obwohl sie damals schon nicht mehr ganz jung war, hatte sich Nephele eine gewisse gutgläubige Naivität bewahrt, wie sie Menschen, die in behüteten Verhältnissen aufwachsen, oft sehr lange zu eigen ist. Zwar wusste sie, dass unter den Gästen der Kneipe viele waren, denen nachgesagt wurde, zwielichtige Geschäfte zu betreiben, doch das machte ihr keine Angst. Sie fand es eher irgendwie interessant. Ihre Unbedarftheit bestand weniger darin, kriminelle Handlungen in ihrem Umfeld nicht für möglich zu halten, als darin, dass sie meinte, das Milieu könne ihr nichts anhaben. Sie fühlte sich aufgrund ihrer Jugend und ihrer festen moralischen Grundsätze, die ihr ihre Eltern mitgegeben hatten, unverwundbar. Sie wusste, was richtig und was falsch ist und war felsenfest davon überzeugt, dass sie sich niemals in irgendetwas hineinziehen lassen würde, das nicht in Ordnung gewesen wäre. Doch dann hatte Karl Kaufmann die Bildfläche betreten. Er war zwar nicht schön gewesen, aber dafür groß und stark und mit einem rauen Charme ausgestattet, dem viele Frauen erlagen. Bad girls love bad boys, good girls love them, too – dieser Spruch bewahrheitete sich bei ihm zu einhundert Prozent. Darüber hinaus genoss Karl auch bei den Männern in der Szene großes Ansehen. Woher dieses Ansehen rührte, warum niemand wagte, ihn blöd von der Seite anzuquatschen und woher das Geld kam für den Champagner, den er gerne bestellte, oder für den schicken Porsche, den er vor dem Lokal parkte, wusste Nephele nicht und es interessierte sie auch nicht.

Irgendwann begann Karl, ihr den Hof zu machen. Erst flirtete er ganz zwanglos mit ihr. Doch dann schien es ihn zu reizen, dass Nephele bei aller Zuvorkommenheit, zu der sie sich als Kellnerin den Gästen gegenüber verpflichtet fühlte, unnahbar blieb, wenn der Flirt ins Private abzugleiten drohte. Nephele war stets unverbindlich freundlich und behandelte ihn nicht anders als jeden anderen Gast in der Kneipe auch. Das weckte wohl seinen Ehrgeiz, wie sie sich viel später eingestand, und er begann, sich richtig viel Mühe dabei zu geben, sie zu umwerben. Er brachte nie wieder andere Frauen mit ins Lokal oder schenkte seinen weiblichen Bewunderinnen in Nepheles Gegenwart besondere Aufmerksamkeit. Die war von nun an ausschließlich für sie reserviert. Er erkundigte sich danach, wie es ihr ging, er bemerkte, wenn etwas an ihr anders war – sei es ihre Frisur, ein besonderes Kleidungsstück oder einfach ihre Laune – und schließlich klemmte er ihr manches Mal eine Rose zusammen mit einer kurzen Nachricht an ihr Fahrrad, die sie fand, wenn sie nach ihrer Schicht in ihre kleine Einzimmerwohnung zurückfahren wollte.

Es dauerte nicht lange und sie verliebte sich in Karl. Zwar wäre sie niemals auf die Idee gekommen, ihn ihren Eltern oder ihrem Bruder Manolis vorzustellen, da ihr bewusst war, dass ihre Familie für ihre Wahl wenig Verständnis aufbringen würde. Als perfekter Schwiegersohn eignete sich Karl mitnichten! Dennoch war sie war davon überzeugt, dass er „schon irgendwie in Ordnung" wäre. Wenn er kriminelle Dinge anstellte, dann war es sicher nichts Schlimmes und schon gar nichts Brutales, glaubte sie. Bei einem Mann, der sie so auf Händen trug, wie Karl es anfangs tat, hätte sie sich das einfach nicht vorstellen können. Und so verlief zunächst alles bestens. Die beiden gingen zusammen aus, sie schliefen miteinander und nach und nach lernte Nephele Karls Welt kennen, die ihr wild, bunt und aufregend erschien. In dieser Welt war er unbestreitbar der König und sie fühlte sich an seiner Seite wie eine Königin.

Ein paar Wochen lang ging alles gut. Dann ließ Karl seine Maske Stück für Stück sinken. Nephele bekam mit, dass Drogen, Prostitution, Autodiebstahl und wer weiß was noch alles eine Rolle in seinem Leben spielten. Natürlich war sie davon nicht begeistert und redete ihm ins Gewissen. Doch wenn sie davon anfing, dann lachte er das eine Mal über ihre Bedenken oder er rühmte sie ein anderes Mal für ihre moralischen Grundsätze. Dadurch änderte sich zwar nichts an seinem Verhalten, jedoch ließ es sie glauben, dass es ihr irgendwann gelingen könnte, ihn von seinen „falschen Freunden" loszueisen und von einem Lebenswandel zu überzeugen, der mit dem Gesetz in Einklang zu bringen war. Schließlich liebte sie ihn und war ihm schon längst weit mehr verfallen, als sie es je für möglich gehalten hatte.

Heute kann Nephele nicht mehr nachvollziehen, wie sie so

naiv sein und allen Ernstes hatte annehmen können, einen Kriminellen bekehren zu können. Das Gegenteil geschah. Je mehr sie von seinen krummen Geschäften mitbekam und wie brutal und skrupellos er seine Interessen durchsetzte, umso mehr fand sie Entschuldigungen für sein Handeln. Sie redete sich ein, dass es so schlimm schon nicht wäre und die Opfer selbst genug auf dem Kerbholz hätten – es träfe also keine Unschuldigen. Bis zu dem Tag, als Karl eine Andeutung fallen ließ, dass Nephele doch noch ganz andere Einnahmequellen offen ständen, anstatt weiter als Kellnerin zu arbeiten. In der Kneipe verdiente sie ja nur einen Hungerlohn und das müsse doch nicht sein, meinte er. Die Sharon, die sie doch auch kenne, die käme bei Männern richtig gut an. Die würden sogar dafür bezahlen, mit ihr ausgehen zu dürfen. Und für ein bisschen mehr Kohle wäre sie besonders nett zu ihnen. Damit ließe sich gutes Geld verdienen und eigentlich sei doch auch gar nichts dabei …

An dieser Stelle überschritt Karl eine Grenze und rüttelte Nephele damit endlich wach. Sie hatte nicht vor, als Escort-Girl oder als Prostituierte zu arbeiten – auch nicht für ihn. Langsam schwante ihr, dass ihr vermeintlich verwunschener Traumprinz vielleicht doch keiner war und sie die Notbremse ziehen musste. Aber dann stellte sie fest, dass sie schwanger war und beging einen Fehler. Sie dachte, wenn es irgendeine Chance gäbe, Karl vielleicht doch noch zu einem anständigen und gesetzestreuen Leben zu bekehren, dann sei es die Tatsache, dass sie ein Kind von ihm erwartete. Sie glaubte allen Ernstes, er würde bei der Aussicht auf Nachwuchs vielleicht seine väterliche Seite entdecken und sich plötzlich nichts Schöneres mehr vorstellen können, als mit ihr und dem Kind eine Familie zu gründen und das kriminelle Milieu hinter sich zu lassen. Was für ein Irrsinn!

Mit Grauen denkt Nephele an jenen Tag zurück, als sie Karl von ihrer Schwangerschaft erzählen wollte. Sie erinnert sich daran, wie sie mit klopfendem Herzen im Treppenhaus vor seiner Wohnung gestanden und geklingelt hatte. Sie waren nicht verabredet gewesen und er, nur mit einem himmelblauen Handtuch um die Hüften bekleidet, reagierte nicht erfreut darüber, dass sie unangemeldet vor seiner Tür stand. Dennoch ließ er sie eintreten. Seine Reaktion auf ihr Erscheinen war ihr wie eine kalte Dusche vorgekommen, doch sie war so voller Freude und Zuversicht gewesen – vermutlich die Hormone, die sie schlagartig und komplett verblöden ließen – dass sie ihr protestierendes Bauchgefühl ignorierte und ihm ins Wohnzimmer folgte. Dort standen sie zwischen dem schicken weißen Ledersofa und dem riesigen Flachbildfernseher an der Wand, einem der ersten zu jener Zeit. Er fragte sie, was los sei, und sie musste sich ein Lachen verkneifen, weil sie so aufgeregt war. Sie glaubte, dass das, was nun folgen würde, ein ganz besonderer Moment für sie beide wäre, der alles ändern könnte. Und damit hatte sie recht. Als sie ihm schließlich eröffnete, dass er Vater würde, starrte er sie entgeistert an. Dann fragte er eiskalt, ob sie noch nie etwas von Verhütung gehört habe. Bevor sie etwas darauf erwidern konnte, holte er aus und boxte ihr in den Bauch. Ihr blieb die Luft weg. Gleich darauf folgte ein Schlag ins Gesicht, der sie bis zum Sofa schleuderte. Sie erinnert sich daran, wie sie entgeistert auf die dunkelroten Blutspritzer gestarrt hatte, die auf dem neuen, strahlend weißen Leder perlten. Karl bemerkte es auch. Er schrie etwas von einer blöden Nutte, die sie sei und „sieh, was du angerichtet hast!". Dann drosch er weiter auf sie ein. Ganz dunkel entsinnt sich Nephele daran, wie plötzlich noch jemand im Wohnzimmer gestanden hatte – die schöne blonde Sharon. Sie trug nur einen Slip und redete auf Karl ein, er solle doch um Himmels willen aufhören. „Du schlägst sie noch tot!", hatte sie gewarnt. „Das hat die dumme Fotze auch verdient!", hatte Karl gebrüllt. Dennoch ließ er endlich von ihr ab. In verächtlichem Ton befahl er Sharon: „Schaff sie weg!"

Nephele weiß nicht mehr, wie sie von Karls Wohnung in die Notaufnahme des Krankenhauses gekommen war. Sie weiß nur noch, dass Sharon ihr eindringlich davon abgeraten hatte, Karl anzuzeigen. „Er wird dich umbringen", hatte sie immer wieder gesagt, und damit hatte sie sehr wahrscheinlich recht gehabt.

Wie durch ein Wunder hatte das Kind in ihrem Leib überlebt. Nachdem Nephele einige Tage lang darüber nachgedacht hatte, was es bedeuten würde, als alleinstehende Frau ein Baby von einem Monster zu erwarten, fühlte sie, dass sie das Ungeborene nicht abtreiben konnte. Natürlich hatte sie mächtig Angst vor den Konsequenzen. Sie konnte sich nicht vorstellen, wie sie es schaffen sollte, allein ein Kind großzuziehen. Vor allem – und das war das Schlimmste –

befürchtete sie, dass es so werden könnte wie sein Erzeuger. Nur eins wusste sie sicher: Sie selbst wollte nicht sein wie er. Karl hatte auf brutalste Weise versucht, das Ungeborene zu töten. Es war ihr einfach unmöglich gewesen, sein Werk zu vollenden und sich auf diese Weise mit ihm gemein zu machen.

Langsam taucht Nephele wieder aus ihrer Vergangenheit auf. Sie öffnet die Augen. Das Stück Papier hält sie immer noch in ihrer Hand. Sie schaut darauf und liest die in Karls ungelenker Handschrift notierte Adresse eines Mirek Krawczyk, der im Süden der Stadt wohnt. Der Name und die Straße sagen ihr nichts. Was kann das bedeuten? Wenn es sich bei der Handschrift nicht um die ihres Ex und damit den größten Fehler ihres Lebens handeln würde, würde sie sich vermutlich nicht viel dabei denken. Doch alleine die Tatsache, dass Ilias und sein Erzeuger sich augenscheinlich hinter ihrem Rücken treffen und Karl ihren Sohn mit anderen Personen zusammenbringt, lässt die Alarmglocken in Nepheles Kopf schrill erklingen. Am liebsten würde sie schreien, ihre ganze Angst und Wut hinausbrüllen, doch das würde ihr auch nicht weiterhelfen. Irgendwie gelingt es ihr sich zu beherrschen. Sie geht zu Ilias‘ Zimmertür und klopft. Dieses Mal ertönt sogar ein „Herein“.

Als Nephele die Tür öffnet und den schmalen Rücken ihres Sohnes über den Schreibtisch gebeugt sieht, stehen ihr auf einmal Tränen in den Augen. Er ist das Wertvollste und Liebste, was ich habe, denkt sie bei sich. Ich werde nicht zulassen, dass Karl ihn ins Verderben zieht! Mühsam blinzelt sie die Tränen weg, richtet sich zu ihrer vollen Größe auf und fragt mit ruhiger Stimme: „Was wollte Karl von dir?“

Ilias fährt auf seinem Hocker herum. „Woher weißt du …?“ Dann sieht er den Papierfetzen in der Hand seiner Mutter und denkt sich seinen Teil. „Du spionierst mir hinterher“, stellt er kühl fest.

„Danach habe ich nicht gefragt“, antwortet Nephele ruhig. „Ich möchte wissen, was Karl von dir will.“

Ilias zuckt die Schultern. Ein bockiger Ausdruck tritt in sein Gesicht. „Das geht dich nichts an.“

Ruhig, Nephele, ruhig, ermahnt sie sich innerlich. „Du bist erst sechzehn“, widerspricht sie, verzichtet aber darauf, ihrem Sohn zu erläutern, dass sie aus diesem Grund immer noch für ihn verantwortlich ist. „Also nochmal: Was wollte er von dir?“ In ihren Augen funkelt es gefährlich. Ich habe nur dann eine Chance, wenn Ilias glaubt, sich mit mir anzulegen wäre ein größeres Risiko als mit seinem Erzeuger, denkt sie bei sich.

„Also gut!“ Ilias stöhnt genervt auf. „Karl wollte, dass ich etwas für ihn abhole. Zufrieden?“

Nephele erstarrt. Also doch, denkt sie. Karl versucht, seinen eigenen Sohn in seine krummen Geschäfte mit hineinzuziehen! Sie versucht, sich nicht anmerken zu lassen, wie sehr sie diese Erkenntnis besorgt, als sie mit ruhiger Stimme weiterfragt: „Und was solltest du abholen?“

Ilias weicht ihrem prüfenden Blick aus. „Keine Ahnung. Irgendein Päckchen“, antwortet er ausweichend.

In Nephele steigt eine unbändige Wut hoch. Hätte Karl in diesem Moment vor ihr gestanden, wäre sie auf ihn losgegangen. Auch, wenn sie weiß, dass sie selbstverständlich den Kürzeren gezogen und er sie womöglich sogar getötet hätte. „Und warum kann er das nicht selbst abholen?“, fragt sie mit betont sanfter Stimme.

Doch als Ilias seinen Blick hebt und in Nepheles Augen sieht, begreift er, dass sie in diesem Moment alles andere als sanft ist. Er kennt seine Mutter gut genug, um diesen Blick einordnen zu können. Deshalb scheint er es für ratsam zu halten, sich zusammenzunehmen und seinen Ton der Situation anzupassen. Erneut weicht er Nepheles Blick aus. „Karl meinte, dass er gegen Bewährungsauflagen verstoßen würde, wenn er mit Mirek in Kontakt tritt. Deshalb bat er mich, das Päckchen abzuholen.“

Nephele wird heiß und kalt. „Dir ist also klar, dass du einem Ex-Knacki dabei hilfst, gegen Auflagen zu verstoßen?“, fragt sie, äußerlich immer noch ruhig. Ihre Wortwahl lässt ihr Missfallen jedoch deutlich zutage treten.

Das realisiert auch Ilias. Allerdings findet er ihre Reaktion ungerecht. „Karl hat gleich gesagt, dass du dich nur wieder aufregen würdest, wenn du davon erfährst und dass ich dir nichts sagen soll! Nicht mal, dass wir uns treffen!“, faucht er seine Mutter an. „Mann, es ist doch nichts dabei, wenn ich für meinen Vater ein Paket abhole! Was regst du dich auf?“ Nun weicht er dem Blick seiner Mutter nicht mehr aus und sie erkennt darin seinen Zorn, seinen Schmerz und auch einen Funken Angst. Er weiß genau, dass das, was Karl von ihm verlangt, nicht in Ordnung ist, denkt sie bei sich. Diese Erkenntnis hilft ihr, nicht auszuflippen, obwohl sie kurz davor ist. Vielleicht ist es ein Fehler, was sie gleich tun wird, überlegt sie, aber etwas Besseres fällt ihr momentan nicht ein.

„Ich möchte, dass du deinen …“ Sie beißt sich auf die Lippen. Das Wort „Vater“ wird sie niemals in Verbindung mit Ilias‘ Erzeuger gebrauchen. „… Karl erstmal nicht wiedersiehst. Ich werde nicht zulassen, dass er dich in seine Machenschaften mit hineinzieht.“

Ilias explodiert. „Von was für ‚Machenschaften‘ redest du? Reg dich ab! Ich habe nur ein Paket abgeholt!“

Nun lässt Nephele alle Zurückhaltung fahren. „Du hast *keine* Ahnung, auf was du dich einlässt! Was glaubst du, wer du bist? Du bist ein sechzehnjähriger Teenager, der nullkommagarnichts davon weiß, was in solchen kriminellen Kreisen abgeht. Und du glaubst, du hast das im Griff?“, brüllt sie.

Ihre Worte zeigen Wirkung. Unsicherheit blitzt in Ilias‘ Augen auf. Doch dieser Zustand währt nur kurz. „*Du* hast mir meinen Vater vorenthalten. Ich lasse mir den Umgang mit ihm nicht verbieten!“, stößt er wütend hervor.

Nephele schaut ihn streng an. Zornig starrt Ilias zurück. Ein paar Augenblicke lang verharren sie reglos in dieser Konfrontation. Nephele löst sich als Erste aus der Erstarrung. „*Das* ist der Grund, *warum* ich dir nichts von ihm erzählt habe: Um Dich vor ihm und allem, was mit ihm zusammenhängt zu beschützen.“

„Ich bin kein Baby mehr!“, braust Ilias auf. Er richtet sich auf seinem Hocker auf und schiebt sein Kinn nach vorne: „Wenn ich meinen Vater sehen will, dann werde ich das auch tun!“, erklärt er mit Nachdruck.

Unwillkürlich strafft auch Nephele die Schultern und spannt ihre Wangenmuskulatur an. „Wenn ihr beide, Karl und du, euch noch einmal hinter meinem Rücken trefft, dann gehe ich zur Polizei!“, verspricht sie ihm. Dabei weiß Nephele, wie wenig sie in der Hand hat, um Karl wirklich Schwierigkeiten zu bereiten. Allerdings hofft sie, dass Ilias das nicht weiß. Dann macht sie auf dem Absatz kehrt und verlässt sein Zimmer.

***

Daniela schwenkt die Schachtel mit dem Salz einmal im Kreis über dem großen Kochtopf herum. Das Wasser kocht einen Moment lang kräftig hoch. Dann öffnet sie eine Packung Gabelnudeln, schüttet sie ins sprudelnde Wasser, rührt einmal kräftig um und dreht die Temperatur herunter. Anschließend setzt sie den Deckel wieder auf den Topf. Sie wirft einen Blick über die Schulter zu ihren Töchtern Sarah und Vicky, die am Küchentisch sitzen und mehr oder weniger konzentriert ihre Hausaufgaben erledigen. Während die ältere Vicky vor ihren Rechenaufgaben sitzt, hingebungsvoll auf ihrem Stift herumkaut und dabei gedankenverloren aus dem Fenster starrt, ist Sarah voller Eifer dabei, in Schönschrift Wörter in ihr Schreibheft zu malen.

„Ich gehe in die Waschküche und setze eine Maschine Kochwäsche an. Falls das Nudelwasser überkocht, schreit ihr. Okay?“

Die beiden nicken beiläufig, sodass Daniela nicht wirklich davon ausgehen kann, dass sie sie auch verstanden haben. Sie seufzt leise auf, doch dann sagt sie sich, dass sie ja gleich wieder da ist und außerdem in Hörweite bleibt. Also eilt sie aus der Küche hinaus in den Flur und von dort in einen Raum, der für grobe hauswirtschaftliche Tätigkeiten vorgesehen ist. Hier ist die riesige Tiefkühltruhe untergebracht, in der sie die Fleischrationen von ihren Hausschlachtungen und Eriks Mitbringsel von der Jagd einfriert, hier steht eine ausrangierte Spüle, wo sie sich nach der Garten- oder Stallarbeit die Hände wäscht, hier sind Gummistiefel, Handschuhe und Arbeitsoveralls in ein völlig überfülltes klappriges Regal gestopft und hier steht auch der große Wäschekorb der Familie neben einer Waschmaschine und dem Trockner.

Daniela öffnet das Bullauge der Maschine und beginnt damit, sie mit Kochwäsche aus dem Wäschekorb zu füllen. Die Buntwäsche, die ihr bei dieser Gelegenheit in die Hände fällt, lässt sie in einen grünen Behälter aus Plastik fallen, um sie anschließend in einem zweiten Waschgang zu waschen. Als sie eine von Eriks hellblau-karierten Boxershorts in die Trommel wirft, stutzt sie auf einmal und schaut dem Wäschestück irritiert hinterher. Sie holt es wieder aus der Maschine heraus, geht damit ein paar Schritte bis zum Fenster und hält es gegen das Licht. Kein Zweifel. Auf dem dezent gemusterten Stoff zeigen sich verschmierte orangerote Flecke. Daniela runzelt die Stirn. Sie denkt darüber nach, was das für Flecke sein könnten, doch es fällt ihr nichts dazu ein. Sie zuckt die Schultern und will die Unterhose schon zurück in die Trommel legen, doch dann hält sie mitten in der Bewegung inne. Erneut besieht sie sich die Verunreinigung auf dem hellblau-karierten Stoff.

„Sieht aus wie Lippenstift", murmelt Daniela vor sich hin. Aber wieso Lippenstift? Wie soll wohl Lippenstift an Eriks Unterhose kommen? Plötzlich kommt ihr ein Gedanke, über den sie laut lachen muss. „Sei nicht albern!", tadelt sie sich und knüllt die Unterhose zusammen, um sie nun endgültig in die Maschine zu legen. Dann erstarrt sie. Langsam lässt sie ihre Hand mit der Unterhose sinken, während ihre Gedanken rasen. Das Gespräch mit ihrer Schwiegermutter kommt ihr in den Sinn. Der Abend vor einigen Wochen im Gewächshaus, als Inge ihr riet, sich ein Verhältnis zuzulegen, weil die Männer das ihrer Meinung nach auch so machten. „Er wird es dir nicht danken." Diese Worte ihrer Schwiegermutter echoen ihr mit einem Mal im Kopf herum. Dazu gesellen sich ihre eigenen Eindrücke, die sie in den letzten Wochen und Monaten gesammelt hat und die ihr zu denken gegeben haben: Eriks vermehrte Abwesenheiten, die Tatsache, dass sie immer seltener wusste, wo er sich herumtrieb und was er eigentlich machte, wenn er nicht daheim war. Nicht, dass Daniela sich jemals übermäßig dafür interessiert hätte. Sie hat den ganzen Tag über genug zu tun, sodass sie im Normalfall gar nicht darauf kommt darüber nachzudenken, womit sich ihr Mann im Einzelnen die Zeit vertreibt. Sie geht davon aus, dass er die meiste Zeit arbeitet, manchmal auch Freunde trifft oder auf die Jagd geht. Wenn es zu ihrer beider Tagesablauf etwas zu sagen gibt, dann tauschen sie sich darüber aus und fertig. Doch auf einmal erscheint ihr dieses Arrangement nicht mehr selbstverständlich. Was, wenn Erik wirklich Geheimnisse vor ihr hat?

Plötzlich fällt Daniela das Telefonat mit ihrem Sohn wieder ein, dass sie vor einiger Zeit nach dem Feuerwehreinsatz wegen des ausgebüxten Jungbullen führte. Malte hatte erst nicht damit herausrücken wollen, dass Erik nicht wie vereinbart zuhause war, um auf Sarah und Vicky aufzupassen. Schließlich jedoch musste er zugegeben, dass sein Vater ihm sogar Geld dafür gegeben hatte, damit sein Sohn statt seiner zuhause blieb, auf die Mädchen aufpasste und ihr nichts davon erzählte. Wenn sie nicht angerufen hätte um zu sagen, dass es bei ihr später werden würde, hätte sie vermutlich nie etwas davon erfahren.

Daniela schüttelt den Kopf. Zu abwegig erscheinen ihr ihre Gedanken beziehungsweise der naheliegende Schluss, dass Erik ihr etwas verheimlicht. Trotz seiner gelegentlichen

Unzuverlässigkeit und mangelnden Reife, was ihr ab und zu gehörig auf den Puffer geht, würde sie ihre Hand dafür ins Feuer legen, dass er ein Familienmensch ist und weder ausreichend Gelegenheit noch das Interesse an einem nebenehelichen Verhältnis hätte.

Die Stimme ihrer Tochter reißt sie aus ihren Gedanken, als von Ferne der Ruf zu ihr dringt: „Mama! Die Nudeln kochen!" Daniela wirft die Unterhose in die Trommel und eilt zurück in die Küche.

Kapitel 10

Entdeckungen

Julia wirft den schicken schwarzen Weekender in den Kofferraum ihres schneeweißen Peugeot Cabrios. Anschließend gleitet sie elegant auf den Fahrersitz aus schwarzem Leder, zieht die Tür hinter sich zu und startet den Wagen. Ein- bis zweimal im Monat versucht sie, sich aus ihren gesellschaftlichen Verpflichtungen als Bürgermeisterin loszueisen und ein ganzes Wochenende außerhalb Gifhorns zu verbringen. An einem Ort, wo niemand sie kennt und sie ganz sie selbst sein kann. Diese freien Tage sind ihr heilig!

Julia stellt den Schalthebel auf „D“, rollt vom Hof ihres Gamsener Grundstücks mit dem modernen, kubusartigen Haus darauf, und braust die Straße hinunter. Kurz nachdem sie in Richtung Braunschweig auf die Bundesstraße 4 abgebogen ist, schaltet sie den CD-Player ein. „Bohemian Rhapsody“ schallt durch den Innenraum ihres Wagens. Stumm, um den vollen Hörgenuss auszukosten, singt sie die ersten von Freddie Mercury a capella gesungenen Textzeilen mit. Die Songs ihrer Lieblings-Band sind normalerweise ein Garant dafür, dass sie die Gedanken an ihre Arbeit hinter sich lassen und sich auf das vor ihr liegende Wochenende freuen kann. Doch heute will ihr das nicht so recht gelingen. Als sie zehn Minuten später vor der Ampelkreuzung in Meine steht, gibt sie auf und schaltet die Musik aus. Ihre Gedanken wandern zurück zu ihrem letzten Zusammentreffen mit Lars Koslowski.

Woher hat dieser Schmierfink nur seine Informationen über mich, fragt sie sich einmal mehr. Außer ihrer Mutter weiß in ganz Gifhorn niemand etwas davon. Vielleicht ahnt ihr Verlobter Björn etwas, doch letztendlich profitiert auch er von der Situation so, wie sie ist, und hat kein Interesse daran, dass die Wahrheit ans Licht kommt. Wer also kann etwas wissen und geplaudert haben?

Kurz vor Braunschweig biegt Julia auf die A2. Glücklicherweise steht sie nicht gleich schon zu Beginn ihrer Reise im Stau, obwohl es Freitagnachmittag ist und die Straßen extrem voll sind. Julia muss sich sehr konzentrieren, um sich mit ihrem Wagen in den dichten Verkehr einfädeln zu können. Wenig später beschließt sie, ihre Geschwindigkeit dem Vordermann auf der mittleren Spur anzupassen, da ständige Überholmanöver sie bei dieser Verkehrslage nicht weiter bringen und sie auch keine Lust dazu hat, sich unnötig zu stressen. Dann nimmt sie ihren gedanklichen Faden wieder auf.

Koslowski muss mich gesehen haben, überlegt sie, das ist die einzig mögliche Erklärung, obwohl die Wahrscheinlichkeit für so einen unglücklichen Zufall gegen Null geht. Oder habe ich mich auf irgendeine andere Weise verraten? Sie denkt darüber nach, aber ihr will zu dieser Hypothese nichts Schlüssiges einfallen. Schließlich fasst sie den Entschluss, dass sie versuchen wird herauszufinden, wie viel der Lokal-Reporter weiß und was für Beweise er für seine Behauptungen hat. Möglicherweise kann er das, was immer er sich auch zusammenreimt, nicht belegen, überlegt sie. Und wenn es so wäre, dann würde sie ihn mit Freude auflaufen lassen! „Wenn ich mit dieser Kakerlake in Menschengestalt fertig bin, wird er in Gifhorn keinen Fuß mehr auf die Erde bekommen. Und das bedauert niemand weniger als ich!“, knurrt sie zwischen zusammengebissenen Zähnen hindurch.

Drei Stunden später ist Julia am Ziel ihrer Reise angekommen. Trotz dichten Verkehrs hat sie nicht viel von ihrer kostbaren freien Zeit verloren. Auch jetzt hat sie Glück, als sie in einer charmanten, von Bäumen gesäumten Straße mit vielen kleinen Geschäften im Erdgeschoss alter Mietshäuser sogar einen Parkplatz findet, nicht weit von dem Ziel ihrer Reise entfernt. Zufrieden stellt sie fest, dass ihr das Einparken in die enge Lücke gleich beim ersten Mal gelingt, obwohl sie als Gifhorner Landei normalerweise nur wenig Gelegenheit hat, sich mit derartigen Herausforderungen auseinanderzusetzen. Sie steigt aus, fischt ihren schwarzen Weekender aus dem Kofferraum ihres Cabriolets, verschließt den Wagen, wirft sich die Tasche über die Schulter und läuft ein paar Meter zurück auf ein gelbes Eckhaus zu. Auf dem Weg dorthin beschwört sie sich, die ärgerlichen Gedanken an ihre Erz-Geißel hinter sich zu lassen – wenigstens für dieses Wochenende – um die vor ihr liegende kostbare Zeit genießen zu können. Sie klingelt an der Haustür und wartet darauf, dass der Summer ertönt, um sie hereinzulassen.

Plötzlich stutzt sie. Langsam dreht sie sich zum Klingelbrett herum und lässt ihre Augen über die Schilder wandern, die ihr Blick eben nur flüchtig gestreift hat. Dann stellen sich ihre Nackenhaare auf. Da hat sie eben doch richtig gesehen! Das war keine Täuschung gewesen!

Julia ist so fasziniert von dem Namen auf dem Klingelschild, dass sie alles um sich herum vergisst und sogar das Summen des Türöffners überhört. Erst die Stimme aus der Gegensprechanlage vermag sie aus ihren Gedanken zu reißen und ins Hier und Jetzt zurückzuholen. „Hallo? Julia? Bist du's?"

Julia reißt sich zusammen und ihren Blick von der Klingel los. „Sorry, ich habe gepennt", erklärt sie. Als der Summer gleich darauf nochmals ertönt, drückt sie die Tür auf und steigt nachdenklich die Treppe empor. Auf einmal wird ihr alles klar.

***

„Justus, wie schön dich zu sehen!" Nephele begrüßt ihren Stammgast mit einem gehauchten Küsschen auf die rechte und einem auf die linke Wange. „Du warst lange nicht mehr hier“, sagt sie gespielt vorwurfsvoll, während sie ihn zu einem kleinen Tisch in der Nähe des Tresens führt. Dort sitzt Justus besonders gerne, wie sie weiß, wenn er alleine bei ihr zu Mittag isst.

„Ich musste in letzter Zeit ein bisschen auf meine Linie achten und habe das Mittagessen meistens ausfallen lassen. Bei dir schmeckt es mir einfach zu gut“, erwidert der schmächtige blonde Mann mit der riesigen schwarzen Brille und legt seine gepflegten zierlichen Hände vielsagend auf seinen nicht vorhandenen Bauch.

„Du schwindelst mich an“, entgegnet Nephele, während sie ihren Blick an der gertenschlanken Statur ihres Gegenübers hinabwandern lässt. Verständnislos schüttelt sie den Kopf. „An dir ist nun wirklich kein Gramm zu viel.“ Sie schenkt ihm ein bewunderndes Lächeln und nimmt ihm den langen anthrazitfarbenen Wollmantel ab. „Brauchst du eine Karte oder weißt du schon, was du essen willst?“

„Vermutlich werde ich nicht widerstehen können, Liebchen, und die Mittags-Empfehlung nehmen: Butternudeln mit Gulasch. Aber meiner Linie zuliebe muss ich mir die Salate in der Karte wenigstens einmal ansehen, finde ich“, erklärt er Nephele.

In diesem Moment rauscht Thekla mit flotten Schritten auf dem Weg zur Küche an ihnen vorbei. Sie trägt einige Speisekarten auf dem Arm, die sie gerade an einem der Tische, für die sie heute zuständig ist, eingesammelt hatte. Im Vorübergehen hört sie, was Justus zu Nephele sagt. Sie vollführt eine schwungvolle halbe Drehung nach links und drückt Nephele mit einem „Tada!“ eine der Karten aus ihrem Arm in die Hand. Bei dieser Gelegenheit schenkt sie Justus ein freundliches Lächeln und verschwindet so schnell, wie sie gekommen ist.

„Heidewitzka, wer ist das denn?“, will er wissen. „Ist die neu?“

„Nö, mit Perwoll gewaschen“, bemüht Nephele einen alten Witz, über den beide aber herzlich lachen. Während Justus Platz nimmt, verrenkt er sich fast den Hals, um noch einmal einen Blick auf Thekla zu erhaschen, die an der Durchreiche zur Küche steht und zwei große Teller mit Speisen auf ihrem rechten Arm platziert. Den dritten Teller ergreift sie mit der linken Hand.

Nephele bemerkt sein Interesse. „Nanu? Thekla hat es dir aber angetan“, meint sie überrascht. Bislang ist Nephele nie der Gedanke gekommen, dass sich Justus für Frauen interessieren könnte.

Justus starrt Thekla unterdessen weiter ungeniert hinterher, während sie sich hüfteschwingend durch die eng stehenden Sitzgruppen schlängelt und die Teller schließlich elegant vor den drei an einem der Fenstertische sitzenden Gästen platziert. „Du sagst es, meine Liebe“, murmelt er fasziniert. Als ihm bewusst wird, dass Nephele immer noch an seinem

Tisch steht und vermutlich darauf wartet, seine Getränkebestellung entgegenzunehmen, reißt er sich von Theklas Anblick los. „Verzeih, Liebes, das war sehr unhöflich von mir. Ich hätte gerne ein Wasser, medium.“ Wieder wandert sein Blick ans andere Ende des Lokals, wo Thekla nun am nächsten Tisch steht und eine Bestellung aufnimmt.

„Kommt sofort“, entgegnet Nephele, immer noch verdutzt. Sie hängt den Mantel ihres Gastes an der Garderobe auf und verschwindet hinter dem Tresen, um das Wasser einzuschenken. Eine Minute später steht sie wieder an seinem Tisch. „Bitte sehr.“

„Danke, Liebchen“, murmelt Justus, dessen Augen immer noch auf Thekla verweilen. Unwillkürlich folgt Nephele seinem Blick. Endlich realisiert ihr Gast, dass sein Verhalten sie irritiert. Er reißt sich von Thekla los und schenkt Nephele ein entschuldigendes Lächeln. „Verzeih bitte, mein Herz. Ich benehme ich unmöglich! Aber ich versichere dir, dass ich keine unlauteren Absichten bezüglich deiner Angestellten hege. Es ist nur …“

Nephele unterbricht ihn. „Du brauchst dich nicht zu entschuldigen. Es geht mich auch überhaupt nichts an. Ich war nur überrascht. So kenne ich dich gar nicht!“

Justus lacht: „Ich schwöre dir, meine Liebe, es ist nicht das, wonach es aussieht!“ Über diese Bemerkung müssen beide lachen. „Nein wirklich, meine Teuerste, mein Interesse an der Dame ist rein beruflich“, erklärt Justus. „Du weißt doch, dass ich eine Werbeagentur habe. Und gerade jetzt bin ich auf der Suche nach einer Besetzung für den Werbespot eines Kunden. Lokale Kinowerbung, nichts Großartiges. Jedenfalls ist sie genau der Typ Frau, den ich mir dafür vorstelle: Gute Figur, hübsches Gesicht, aber nicht gewöhnlich. Deine Angestellte ist eine auffällige Erscheinung mit markanten Gesichtszügen, sie wirkt selbstbewusst und außerdem wie eine, die sich nicht die Butter von der Stulle nehmen lässt. Sie könnte die perfekte Besetzung abgeben!"

Nephele nickt. „Du hast Glück", sagt sie. „Ich denke, für den Job ist Thekla tatsächlich genau die Richtige." Sie sieht sich im Lokal um. Als sie ihre Freundin entdeckt, winkt sie sie zu sich heran. „Ich stelle sie dir mal vor. Du wirst Augen machen, wenn du erfährst, wen du da vor dir hast!" Nephele trägt mit Absicht ein bisschen dick auf. Es kann nicht schaden, ihn neugierig zu machen, denkt sie bei sich.

Als Thekla mit fragendem Gesichtsausdruck zu ihnen an den Tisch geeilt ist, dreht sich Nephele strahlend zu Justus um. „Darf ich dir Thekla von Heisenberg vorstellen?" Sie wendet sich wieder Thekla zu. „Und dir Justus Daum? Er ist Inhaber einer Werbeagentur." Sie stemmt die Arme in die Seiten und lässt ihren Blick erwartungsvoll von einer zum anderen wandern, als hätten die beiden gerade den Hauptgewinn in einer Tombola gezogen und müssten im nächsten Moment frenetische Jubelschreibe ausstoßen. Nur, dass weder Justus und noch Thekla wissen, warum sie das tun sollten. Dementsprechend verwirrt schaut Thekla aus der Wäsche. Da jedoch Justus weiß, was er von ihr will, ergreift er das Wort.

„Ich möchte nicht aufdringlich sein, Gnädigste, aber Sie scheinen mir genau die richtige Besetzung für einen Werbespot zu sein, den ich in Kürze für einen namhaften Kunden drehen lasse. Könnten Sie sich vorstellen, für Probeaufnahmen zur Verfügung zu stehen? Ich werde Sie selbstverständlich dafür bezahlen."

Erstaunt reißt Thekla die Augen auf. Das Angebot kommt nicht nur überraschend – es kommt auch ungelegen. Mist, denkt sie. Normalerweise würde ich für so einen Job, und sei er noch so unbedeutend, alles geben! Ausgerechnet jetzt kriege ich ein Angebot und muss es ablehnen? Mit ehrlichem Bedauern schüttelt sie den Kopf. „Es tut mir wirklich leid, aber ich glaube, das ist nichts für mich."

Justus versteht ihre Zurückhaltung falsch. „Papperlapapp! Ich würde Ihnen das Angebot nicht machen, wenn ich nicht davon überzeugt wäre, dass Sie das hinbekommen. Sein Sie einfach Sie selbst! Sie müssen keine große Schauspielerin sein, um den Spot zu drehen."

Bevor Thekla etwas darauf erwidern kann, mischt sich Nephele ein. Voller Stolz auf ihre Freundin erklärt sie Justus: „Ich sagte dir doch, du ahnst nicht, wen du vor dir hast! Thekla ist nicht nur Schauspielerin, sie kommt sogar geradewegs aus … Au!" Empört starrt Nephele ihre Freundin an, die ihr mit aller Kraft auf den Fuß getreten ist.

Thekla lächelt ihr entschuldigend zu und wendet sich an Justus. „Wie gesagt, es tut mir leid, aber ich brauche dringend eine künstlerische Pause. Sie werden bestimmt eine andere Darstellerin finden." Bevor sie jemand daran hindern kann, hat sie sich auch schon umgedreht, ist davongestürmt und geradewegs in der Küche verschwunden.

Justus zieht einen Schmollmund. „Okay, okay, ich habe verstanden. Es ist ja nur ein Werbespot und nicht die große Kunst. Aber es wird immerhin gut bezahlt!", sagt er beleidigt.

Nephele, die um die gute Laune ihres Gastes fürchtet, schaut Thekla verständnislos hinterher. War es nötig, ihn so vor den Kopf zu stoßen? Und warum eigentlich? Einen Werbespot zu drehen und damit Geld zu verdienen, kann doch auch nicht schlimmer sein, als aushilfsweise zu kellnern, wenn man eigentlich eine ganz andere Profession hat? „Sie meint es nicht so", versucht sie, das Verhalten ihrer Freundin zu entschuldigen. „Sie hat einfach nur gerade eine schwere Zeit hinter sich", schwindelt sie. Dann lächelt sie entschuldigend und säuselt: „Künstler sind doch so sensibel!"

Justus zieht immer noch einen Flunsch. „Wem sagst du das, Liebes!", erwidert er seufzend und streicht sich mit einer affektierten Geste eine Haarsträhne aus der Stirn.

Nephele lächelt begütigend. „Siehst du, ich wusste, dass du es verstehst – so von Künstler zu Künstler", schleimt sie, um Theklas Scharte auszuwetzen.

Nachdem sie ihren Gast auf diese Weise besänftigt und außerdem seine Bestellung für den heutigen Mittagstisch – Gulasch mit Butternudeln – entgegen genommen hat, folgt sie Thekla in die Küche. „Sag mal, was war *das* denn?“, pflaumt sie ihre Freundin an. „Du tust ja gerade so, als wäre es Majestätsbeleidigung, wenn dir jemand einen Job anbietet! Es mag nur Regionalwerbung sein, aber besser als nichts ist es schon, oder? Und warum, um Himmels willen, hast du mir so dermaßen auf den Fuß getreten, dass ich den Rest des Tages humpeln werde?“

Thekla, die gerade eine Ladung schmutziger Teller in die Spülmaschine einsortiert, dreht sich aufgebracht zu ihr herum. „Habe ich dir nicht gesagt, dass ich zurzeit nicht als Schauspielerin arbeiten möchte, als ich dich um diesen Job bat? Was genau ist daran so schwer zu verstehen?“

Verblüfft schaut Nephele sie an und hebt abwehrend die Hände. „Was ist denn los mit dir?“, fragt sie erstaunt. „Ich kann mir vorstellen, dass du frustriert bist, weil es für dich bislang nicht so toll gelaufen ist. Da reagiert man manchmal empfindlich. Aber wenn dir der Job quasi auf dem Silbertablett serviert wird? Solltest du da nicht zugreifen? Vielleicht wirst du so sogar für Größeres entdeckt! Oder ist ein Werbefilm tatsächlich zu popelig für eine Hollyw… Aua!“

Nephele quietscht laut auf. Der Koch Anthony und die beiden Küchenhilfen drehen sich erschrocken zu ihnen herum. Thekla funkelt Nephele böse an und zischt: „Geht’s noch ein bisschen lauter?“ Sie packt ihre Freundin am Ärmel und zieht sie hinter sich her zu einer Tür aus Edelstahl.

„Was willst du denn in der Kühlkam…“, protestiert

Nephele.

„Rein da!“, kommandiert Thekla und schubst Nephele unsanft vor sich her. Sie schaltet das Licht ein und schließt die Tür. Dann atmet sie erst einmal tief durch, während Nephele sie anschaut, als habe ihre Freundin den Verstand verloren. Bevor sie sich über die unsanfte Behandlung beschweren kann, hat sich Thekla wieder gefangen und kommt ihr mit einer Erklärung zuvor. „Ich möchte zur Zeit keine Engagements annehmen. Wirklich nicht. Unter überhaupt gar keinen Umständen“, sagt sie, jedes einzelne Wort betonend, als wolle sie ganz sicher gehen, dass Nephele sie auch versteht. „Und ich möchte auch nicht, dass hinausposaunt wird, dass ich aus Hollywood komme oder in den Staaten war. Ihr vier wisst davon, andere ehemalige Schulkameraden vielleicht auch. Aber sonst muss es niemandem auf die Nase gebunden werden. Okay?“

Nephele versteht die Welt nicht mehr. „Warum?“, fragt sie verdutzt.

„Darum!“, versetzt Thekla und stürmt aus der Kammer.

***

„Jetzt will *ich* damit spielen!“

„Vergiss es!“

„Du bist gemein! *Ich* bin dran! Mamaaa!!!“

Miriam rollt die Augen gen Himmel, jedoch so, dass es niemand sehen kann. Nicht ihre beiden Kinder Philipp Junior und Annalena, die aus ihren Zimmern in den offenen Wohnbereich stürmen, und auch nicht ihr Mann Philipp, der sich – wie fast immer, wenn er zuhause ist – in seinen schwarzen Schwingsessel vor den bodentiefen Fenstern mit Blick in den Garten gefläzt hat. Dieses Mal trägt er jedoch ausnahmsweise einmal keine Kopfhörer auf den Ohren. Stattdessen liest er Zeitung. Ganz altmodisch, auf riesigen unhandlichen Papierbögen, die alle paar Minuten beim Umblättern laut rascheln. Seine Frau steht derweil einige Meter entfernt in der zum Wohnbereich hin offenen, in anthrazit, weiß und schwarz gehaltenen Küche und bereitet das Sonntagsfrühstück vor. Während sie Orangen halbiert, um sie anschließend in die Saftpresse zu geben, wirft sie einen Blick über den Tresen, der den Küchen- vom Wohn-Essbereich trennt. Sie sieht, wie Philipp Junior, dicht gefolgt von seiner Zwillingsschwester Annalena, über das Sofa und um den Sessel ihres zeitungslesenden Vaters herumtoben. Der schaut nur kurz von seiner Zeitung auf. Der missbilligende Blick über seine randlose Lesebrille hinweg trifft jedoch nicht seine Kinder, sondern seine Frau, die er in der Verantwortung für das Tohuwabohu sieht.

Miriam seufzt. Sie setzt ein angestrengtes Lächeln auf und ruft: „Philipp Junior! Annalena! Wollt ihr euch wohl wie zivilisierte Menschen benehm…“ Weiter kommt sie nicht. Mit schreckgeweiteten Augen starrt sie auf den Gegenstand, den ihr Sohn in der Hand hält, während er durchs

Zimmer rast, um ihn vor ihrer Tochter in Sicherheit zu bringen, die ihn ihm abjagen will. Die offenkundige Irritation seiner Frau lässt nun auch Philipp von seiner Zeitung aufschauen. Er setzt seine Lesebrille ab und kneift die Augen zusammen, um besser sehen zu können. Dabei verrenkt er sich fast den Hals, um seinen tobenden Kindern hinterherzuschauen. Ratlosigkeit malt sich auf seinem Gesicht.

Währenddessen hat sich Miriam wieder gefangen. „Philipp Junior! Gib mir sofort dieses“, sie zögert, „Ding!“, vervollständigt sie den Satz.

Doch Philipp Junior denkt gar nicht daran. Ungerührt ob der Bitte seiner Mutter umkreist er den langgezogenen Esstisch mit der mächtigen Marmorplatte, der bereits für das Frühstück hergerichtet ist, seine Schwester dicht auf den Fersen.

„Philipp Junior!“ Wütend rammt Miriam das Messer, mit dem sie eben noch Orangen halbiert hat, in das Schneidebrett, woraufhin auch ihr Mann zusammenzuckt. „Sofort!“, faucht sie.

Ihre heftige Reaktion überzeugt nun auch ihren Sohn, der normalerweise durch keinerlei Erziehungsbemühungen seiner Eltern zu erschüttern ist. Er bremst ruckartig ab und starrt seine Mutter erschrocken an. Seine Schwester, die nicht so schnell bremsen kann wie er, läuft auf ihn auf, prallt dann von ihm ab und stürzt zu Boden. Sie heult jedoch entgegen ihrer üblichen Gewohnheit nicht sofort auf. Stattdessen erstarrt sie wie alle anderen auch mitten in der

Bewegung. Nur das lilafarbene Gerät in Philipps Hand tanzt einfach weiter und schnurrt dabei leise vor sich hin.

Mit schnellen Schritten rennt Miriam um den Tresen herum, stürzt auf ihren Sohn zu und entreißt ihm den vibrierenden Gegenstand. Mit energischem Druck auf einen Knopf am unteren Ende des Dings stoppt sie dessen Bewegungen. „Wo habt ihr das her?“, fährt sie ihren Sohn an. Ihre Augen funkeln wild und zornig.

„D…das lag da, zwischen den K…kissen“, stammelt Philipp Junior und zeigt auf das Sofa.

Miriams Gesicht nimmt eine zart rosa Färbung an. Sie richtet sich auf, wirft ihr langes Haar hinter die Schultern zurück und lässt die Hand mit dem lilafarbenen Gegenstand unauffällig hinter ihrem Rücken verschwinden. „Es ist gut“, sagt sie und ringt sich ein huldvolles Lächeln ab. „Husch, ab mit euch in eure Zimmer. Ich rufe, wenn das Frühstück fertig ist. Bis dahin will ich keinen Mucks mehr hören. Verstanden?“

Entgegen ihrer sonstigen Gewohnheit nicken die beiden artig. Wortlos schlurfen sie von dannen.

Miriam macht auf dem Absatz kehrt und geht zurück in den Küchenbereich, als sei nichts gewesen. Hinter dem Tresen angekommen, reißt sie eine der darin versenkten Schubladen auf, wirft den Rabbit Vibrator hinein und schließt die Lade mit einem kräftigen Hüftstoß. Anschließend zieht sie das Messer aus dem Brett und halbiert die restlichen Orangen.

Philipp, der das Interesse an seiner Zeitung verloren zu haben scheint, sieht ihr dabei zu. „Was ist das für ein Gerät?“, will er wissen.

Seinem Tonfall kann Miriam entnehmen, dass die Frage überflüssig ist, weil er die Antwort darauf sehr wohl kennt. Sie strafft die Schultern und antwortet geziert: „Nun, ich nehme an, es ist ein Vibrator.“

Miriam ist nun fertig mit dem Halbieren der Orangen. Nach und nach gibt sie eine Hälfte nach der anderen in die Presse und betätigt den Startknopf. Der Lärm, den die Maschine bei der Verrichtung ihrer Arbeit veranstaltet, macht eine Unterhaltung zwischen den Eheleuten unmöglich. Als auch die letzte Orangenhälfte ausgepresst ist, füllt Miriam den Saft in eine Glaskaraffe um. Währenddessen lässt Phillip seine Frau nicht aus den Augen. Als sich die Geräuschkulisse soweit entspannt hat, dass sich erneut die Gelegenheit zu einem Gespräch ergibt, fragt er: „Was macht ein Vibrator zwischen den Sofakissen?“

Miriam holt vier hohe, schlanke Gläser aus dem Hängeschrank und stellt sie zusammen mit der Glaskaraffe auf ein silbernes Tablett. „Es sieht so aus, als hätte ihn jemand dort liegengelassen“, erwidert sie gestelzt.

„Jemand?“, fragt Philipp nach.

Miriam, die sich dem Kühlschrank zugewendet hatte, um die Milch für das Müsli herauszuholen, dreht sich auf dem Absatz um und schaut ihrem Mann direkt ins Gesicht. Mit einem süßsauren Lächeln entgegnet sie: „Sei doch froh, dass man dir die Arbeit abnimmt. Dann musst du dich nicht selbst bemühen." Für den Bruchteil einer Sekunde wird das Lächeln, mit dem sie ihren Gatten bedenkt, ein Stückchen breiter. Dann wendet sie sich wieder dem geöffneten Kühlschrank zu. In diesem Moment ertönt das Signal des Eierkochers, der anzeigt, dass die Frühstückseier fertig sind.

Philipp legt seine Zeitung auf dem Schoß zusammen. „Warum sagst du mir nicht, wenn du etwas vermisst?"

Miriam stellt den Eierkocher aus. Dann schreckt sie die Eier ab und setzt sie in die bereitgestellten silbernen Eierbecher. „Hältst du es wirklich für nötig, das Thema zu vertiefen?", fragt sie schnippisch.

Philipp zieht erstaunt die Brauen in die Höhe. „Warum nicht? Ich dachte immer, du seist zu müde, hättest zu viel zu tun … oder Migräne …" Er lässt das Ende des Satzes frei im Raum schweben.

„Schatz, ich denke wirklich nicht, dass jetzt und hier der richtige Zeitpunkt gekommen ist, um darüber zu diskutieren", erwidert Miriam schroff.

Auf Philipps Gesicht malt sich ein anzügliches Grinsen. „Ich will auch gar nicht diskutieren", sagt er schnurrend. „Ich könnte mir auch einen viel praktischeren Umgang mit dem Thema vorstellen." Sein Blick ruht wohlgefällig auf seiner Gattin, während sie die silbernen Salzstreuer neben den Eierbechern auf dem Tablett platziert.

„Sei bitte nicht geschmacklos!", weist Miriam ihn zurecht. Dann nimmt sie das Tablett auf und trägt es hinüber zum

Esstisch.

Kapitel 11

Lügen

Thekla kehrt nach einem anstrengenden Arbeitstag im Ziegenstall zurück ins Hotel. Dort will sie schnurstracks durch die Lobby hinauf in ihr Zimmer eilen, doch die junge Mitarbeiterin an der Rezeption hält sie zurück. „Frau von Heisenberg, es ist Besuch für Sie da", sagt sie und nickt mit dem Kopf in Richtung einer Sitzgruppe am Fenster, die aus drei ausladenden Ledersesseln besteht, die um einen kleinen Glastisch herum drapiert sind. Thekla folgt ihrem Blick. In einem der Sessel entdeckt sie einen schmächtigen Mann in einem dunkelblauen Anzug mit hellrosafarbenem Hemd und einer protzigen goldenen Herren-Armbanduhr. Just in dem Moment, als sie zu ihm hinüberschaut, lässt der Mann das Magazin, in dem er geblättert hat, sinken und grinst sie zufrieden an. Theklas Laune rutscht unverzüglich in den Keller. Auch das noch, denkt sie bei sich.

Sie seufzt hörbar auf, bemüht sich aber dennoch um ein angestrengtes Lächeln und geht zu dem Mann hinüber. „Was machst du hier?", fragt sie statt einer Begrüßung.

Sie weiß nicht, wie Bernd sie gefunden hat. Sie kann nur hoffen, dass es sich um einen dummen Zufall handelt, durch den er Kenntnis von ihrem Aufenthaltsort erhalten hat. Das allerletzte, was sie gebrauchen kann, ist jemand, der hinter ihr her spioniert und ihr auflauert.

„Ich dachte, du freust dich vielleicht über ein bisschen Gesellschaft?“, erwidert Bernd und sein Grinsen wird noch ein Stückchen breiter.

„Und ich dachte, ich hätte klar gemacht, dass ich meine Ruhe haben will!“, entgegnet Thekla abweisend. Sie hat sich mit verschränkten Armen vor dem sitzenden Bernd aufgebaut und blickt ihm nun von oben herab fest in die Augen.

„Ooh“, Bernd zieht einen Schmollmund, um sie gleich darauf wieder frech anzugrinsen. „Im Gegensatz zu dir schien dein Vater ganz entzückt davon zu sein, dass ein alter Schulfreund Kontakt zu seiner Tochter aufnehmen will. Er macht sich wohl Sorgen, dass du dich in deiner alten Heimat einsam fühlen könntest.“

Thekla zieht angewidert die Augenbrauen empor. Innerlich verflucht sie ihren Vater, der scheinbar unbedarft genug war, einem dahergelaufenen Irgendwem ihre Hoteladresse zu geben. Vermutlich ist er nicht einmal auf die Idee gekommen, sich darüber Gedanken zu machen, ob seine Tochter das überhaupt will, denkt sie wütend.

Als sie vor fast vier Monaten nach Gifhorn zurückgekehrt ist, war ihr von Anfang an klar gewesen, dass sie nicht bei ihrem Vater unterkommen kann und das wollte sie auch gar nicht. Ihr Verhältnis zueinander war nie besonders innig gewesen. Durch die Scheidung ihrer Eltern kurz nach ihrem Abitur war es weiter abgekühlt und spätestens seit der

Hochzeit mit seiner jetzigen Frau, die auch das spießige kleine Einfamilienhaus im Westen der Stadt mit in die Ehe gebracht hatte, hatte Thekla im Leben ihres Vaters sowieso keinen Platz mehr. Er in ihrem Leben allerdings auch nicht. Anstandshalber hatte sie ihn kurz nach ihrer Ankunft für ein Stündchen besucht und ihm mitgeteilt, wo sie abgestiegen ist. Dummer Fehler, schimpft sie innerlich.

Thekla verlagert ihr Gewicht aufs andere Bein, stemmt die Arme in die Seiten und sieht Bernd streng an. „Um es noch einmal ganz klar zu sagen: Ich möchte keinen Besuch und auch sonst keinen Kontakt zu dir. Hast du das verstanden?"

Bernd legt den Kopf schief und schaut sie an, als ob er sie nicht ernst nehmen könne. „Thekla, Thekla, was bist du garstig zu einem lieben alten Freund!" Er schüttelt missbilligend den Kopf.

Nun wird es Thekla zu bunt. Am liebsten würde sie dem widerlich grinsenden Kerl hier, an Ort und Stelle, eine reinhauen. Sie ist sehr stolz auf sich, dass sie dem Impuls nicht sofort nachkommt. „Halt dich von mir fern!", sagt sie drohend. Dann macht sie auf dem Absatz kehrt und will die Treppe zu ihrem Zimmer emporstürmen, doch Bernds Stimme hält sie zurück.

„Nicht so schnell! Sonst erfahren möglicherweise auch noch andere, wo du abgeblieben bist", ruft er ihr hinterher.

Thekla hält im Laufen inne und fährt zu ihm herum. In ihren Augen liegt kalte Wut. Um die Lautstärke ihrer Unterhaltung so gering wie möglich zu halten, kehrt sie zu ihm zurück. „Was soll das?“, speit sie ihm entgegen.

„Huch! Habe ich da etwa einen wunden Punkt getroffen?“, entgegnet Bernd zufrieden. Er lacht ihr frech ins Gesicht. „Ich weiß, was du getan hast!“, posaunt er heraus.

Obwohl die Lobby des Hotels zu diesem Zeitpunkt glücklicherweise fast menschenleer ist – bis auf die junge Frau an der Rezeption, die für Theklas Geschmack schon viel zu viel von diesem Disput mitbekommen hat – findet sie, dass sie es nicht riskieren kann, noch mehr Aufmerksamkeit auf sich zu lenken. Sie beugt sich mit einem gefährlichen Lächeln zu Bernd hinunter und packt ihn am Revers seines blauen Anzugs. „Wenn du dich nicht augenblicklich zusammenreißt und aufhörst, hier herumzuplärren, du kleines Würstchen, wirst du mich kennenlernen!“, herrscht sie ihn an. Dann zieht sie ihn an seinem Kragen in die Höhe und schubst ihn in Richtung des Ausgangs. „Abmarsch!“, kommandiert sie. Kurz wendet sie sich zur Rezeptionistin um, die sie mit offenem Mund anstarrt. „Ein alter Schulfreund“, erklärt Thekla mit entschuldigendem Lächeln. Dann zieht sie Bernd am Ärmel auf die Glaselemente am Ausgang zu, die zu beiden Seiten zurückweichen, als die beiden sich ihnen nähern.

Draußen vor der Tür sieht sich Thekla um. Zu ihrer Erleichterung entdeckt sie hier, auf dem Vorplatz des abgelegenen Hotels, keine Menschenseele. Um dennoch kein Risiko einzugehen, packt sie Bernd erneut am Ärmel und zieht ihn in Richtung einiger Kiefern am Rande des Parkplatzes. Dort angekommen, fährt sie zu ihm herum. „Was willst du von mir?“, faucht sie ihn an.

Bernd ordnet erst einmal seine Kleidung, die durch Theklas unsanfte Behandlung ein wenig in Unordnung geraten ist. Dabei lässt er sich betont viel Zeit. Ungeduldig sieht Thekla ihm zu.

„Wenn du noch einmal so unfreundlich zu mir bist, wirst du es bereuen“, sagt Bernd mit drohendem Unterton, während er sein Hemd glatt streicht.

„Warum sollte ich?“, fragt Thekla aggressiv.

„Weil du sicher nicht willst, dass alle Welt erfährt, wo du zu finden bist“, entgegnet Bernd gelassen. Er sieht ihr direkt in die Augen. „Ich weiß, was du getan hast“, wiederholt er seine Bemerkung aus der Lobby, „und ich weiß, dass es Leute gibt, die damit nicht einverstanden sind.“

Er versucht sich an einem Lächeln, das vermutlich diabolisch wirken soll, doch Bernd ist kein guter Schauspieler. In Theklas Augen wirkt sein Versuch eher wie eine hilflose Grimasse eines grenzdebilen Spinners, der sonntags auch gerne mal einen Aluhut trägt, wenn zu viele Kondensstreifen am Himmel sind. Unwillkürlich schüttelt Thekla den Kopf. In ihrem Blick liegt nun eher Mitleid als Wut. „Was interessiert dich mein Leben?“, fragt sie von oben herab. „Hast du kein eigenes?“

Bernd wird erst rot, dann blass. „Du hättest mir eben nichts von deiner *sagenhaften Karriere*“, seine Stimme trieft vor Sarkasmus, „in Hollywood erzählen sollen, meine Beste. Das hat mich neugierig gemacht und ich habe ein bisschen nachgeforscht. Schließlich habe auch ich meine Kontakte nach drüben“, erklärt er großspurig.

Thekla schüttelt nachsichtig den Kopf. „So ein Blödsinn! Von einer ‚sagenhaften Karriere‘ habe ich nie gesprochen. War aber klar, dass du dir wer weiß was darunter vorstellst“, erwidert sie gelassen. Doch ihre Souveränität ist nur gespielt. Innerlich fühlt sie ihre Felle davonschwimmen. Sie hat geglaubt, in einer unspektakulären norddeutschen Kleinstadt, von der auf der großen weiten Welt noch nie jemand etwas gehört hat, sei sie sicher. Wenigstens eine Zeit lang, bis sich die Lage in den Staaten beruhigt hat. Doch nun gibt es ausgerechnet in diesem Kaff jemanden, der bereit zu sein scheint, alles daran zu setzen, einen Kriegsschauplatz vom anderen Ende der Erdkugel hierher zu befördern, um ihr zu schaden.

Auf Bernds Gesicht macht sich ein überhebliches Lächeln breit. „Wie dem auch sei, ich habe dich auf Fotos im Internet erkannt, die dich in schlechter Gesellschaft zeigen. Du hast dich mächtig in die Nesseln gesetzt und dir jede Menge Feinde gemacht. Wenn die wüssten, was ich weiß …“ Er lässt den Rest des Satzes in der Luft hängen wie ein Damoklesschwert über ihrem Kopf. Sein Grinsen wird anzüglich. Er senkt seine Stimme und kommt ganz nah an Thekla heran. „Ich glaube, du solltest dir ein bisschen mehr Mühe geben, um dich gut mit mir zu stellen. Denkst du nicht, Schätzchen?“

Thekla würde ihm so gerne sein schmieriges Grinsen aus dem Gesicht prügeln. Doch wenn sie das tun würde, müsste sie ihn auch gleich töten. Und noch mehr Scherereien sind das Letzte, was sie in ihrer Situation gebrauchen kann.

***

Es ist nicht leicht gewesen für Daniela, sich von zuhause loszueisen. Schließlich sollte Erik nicht merken, dass seine Frau nicht vorhatte, wie gewohnt bei den Kindern zu bleiben, während er noch einmal in die Stadt fuhr. Dienstlich selbstverständlich! Deshalb hatte sie, kaum dass er in Anzug und Krawatte und mit seiner Aktentasche unter dem Arm das Haus verlassen hatte, ihrer Schwiegermutter gegenüber vorgetäuscht, dass ihr eine dringend benötigte Zutat fürs Abendessen fehlte, die sie schnell noch einkaufen wollte. Sie fragte Inge, ob sie kurz auf Sarah und Vicky achtgeben könne, die schon vor dem Fernseher saßen, um ihre Lieblingssendung auf KiKA anzusehen. Ihre Schwiegermutter hatte wohl gemerkt, dass etwas im Busche war, und misstrauisch eine Braue in die Höhe gezogen. Das hatte Daniela jedoch lieber ignoriert. Stattdessen hatte sie ihre Autoschlüssel geschnappt und war so schnell sie es ohne Aufsehen zu erregen vermochte aus dem Haus gelaufen, just in dem Moment, als der Wagen ihres Mannes vom Hof rollte. Sie war in den altersschwachen Mercedes gesprungen und hatte ein Stoßgebet zum Himmel geschickt mit der Bitte, dass das Gefährt doch bitte entgegen seiner Gewohnheit zeitnah anspringen möge. Anschließend hatte sie sich dafür bedankt, dass sich der Himmel gnädig gezeigt hatte und war mit quietschenden Reifen auf den asphaltierten Feldweg eingebogen, um sich noch vor den Trecker von Hinnerk Schmidt zu setzen, der ausgerechnet in diesem Augenblick an ihrem Grundstück vorbeifuhr. Ihn vor der Nase zu haben, hätte ihr Unterfangen von Anfang an zum Scheitern verurteilt und sie gleich wieder umkehren lassen, denn Überholmanöver waren auf den schmalen Straßen im Langenklint meistens unmöglich. Erleichtert darüber, dass sie dieses Schicksal um Haaresbreite abwenden konnte, winkte sie dem verdutzten Hinnerk Schmidt entschuldigend zu und brauste von dannen.

Glücklicherweise bestand zunächst einmal nicht die Gefahr, dass sie das Auto ihres Gatten aus den Augen verlor, denn in der abgelegenen Siedlung herrschte normalerweise wenig Verkehr. Doch jetzt, als ihr Mann auf die Bundesstraße 214 in südliche Richtung abbiegt, wird es bedeutend schwieriger. Weil Daniela Abstand zu ihm wahren muss um zu verhindern, dass er sie im Rückspiegel entdeckt, lässt sie es zu, dass sich mehrere Wagen zwischen sie und den Golf ihres Mannes schieben. Sie könnte sich in den Hintern beißen, dass sie nicht daran gedacht hat, sich eine Verkleidung zurechtzulegen! Wenn der Zufall es will, kann es passieren, dass Erik und sie an einer Ampel hintereinander zum Stehen kommen, weil die Autos zwischen ihnen allesamt in andere Richtungen fahren als ihr Mann. Schließlich ist es schon riskant genug, dass sie die Verfolgung im familieneigenen Pkw aufgenommen hat, doch einen anderen Wagen hat sie nun einmal nicht zur Verfügung.

Daniela wirft einen Blick über ihre Schulter und entdeckt, dass Inge ihren Schal auf der Rückbank liegen gelassen hat, als sie sie das letzte Mal zum Arzt fuhr. Durch eine waghalsige Verrenkung gelingt es ihr, den Schal zu fassen zu bekommen und auf ihren Schoß zu ziehen. Sie wickelt ihn mit einer Hand um ihren Kopf – so, wie vornehme Frauen in amerikanischen Filmen das tun, wenn sie in einem schicken Cabrio durch die Landschaft brausen. Nur, dass Daniela nicht in einem Cabrio sitzt und der Schal aus dicker roter Wolle gestrickt ist statt aus hellblauem oder mattweißem Chiffon gewebt. Anschließend langt sie über den Beifahrersitz zum Handschuhfach hinüber und zieht ein grünes Brillenetui heraus, in dem sich ihre Sonnenbrille befindet. Zwar ist der Himmel bedeckt und die Dämmerung hat bereits eingesetzt, doch sie will auf Nummer sicher gehen und setzt die Brille trotzdem auf.

Tatsächlich scheint ihr Mann nach Braunschweig fahren zu wollen – so, wie er es ihr gesagt hatte. Er lässt die A2 links liegen und fährt über Watenbüttel auf der Celler Straße direkt in die Stadt. Nur mit Mühe und unter Gefährdung ihres Führerscheins gelingt es Daniela, den Anschluss nicht zu verlieren. Zweimal muss sie dazu eine hellrote Ampel ignorieren, was einmal fast zu einem Zusammenstoß mit einem Linksabbieger von der Gegenfahrbahn geführt hätte. „Bitte, bitte, bitte, lieber Gott, lass alles gut gehen“, murmelt sie vor sich hin. „Dann werde ich auch ein Jahr lang vorschriftsmäßig fahren, nicht im Halteverbot parken und das Auto sogar beim TÜV anmelden. Versprochen!“

Endlich scheinen sie am Ziel von Eriks Fahrt angekommen zu sein. Sein Golf biegt von der Straße ab und hält vor der Schranke zur Tiefgarage eines Hotels. Daniela flucht. Hier hinein kann sie ihrem Mann nicht folgen, denn es wäre erstens zu auffällig und zweitens hat sie, wie ihr in diesem Moment siedend heiß bewusst wird, vergessen, ihre Tasche mit dem Portemonnaie mitzunehmen. Sie hätte also kein Geld und nicht einmal eine EC-Karte, wenn sie aus der Tiefgarage wieder hinausfahren wollte. Also bleibt ihr nichts anderes übrig, als Gas zu geben und weiter die Straße hinunterzufahren auf der Suche nach einem anderen Parkplatz. Das ist mitten in der Stadt allerdings nicht so einfach – schon gar nicht mit einem großen Schiff wie ihrem Mercedes. Zwei Straßen weiter wird sie dann doch noch fündig. Im absoluten Halteverbot. Schuldbewusst blickt Daniela zum Himmel. „Sorry, ich mach‘s wieder gut“, verspricht sie.

Kurz darauf hastet sie zurück zum Hotel und betritt mit klopfendem Herzen die Lobby. Daniela ist sich dessen bewusst, dass sie sich in dem vornehmen Ambiente des Etablissements ausnimmt wie ein Alien. Dafür sorgen ihre angeschmuddelten Jeans, ihr kariertes Flanellhemd unter dem fleckigen Parker, die grünen Crocs, die sie normalerweise nur auf dem Hof trägt, für die sie sich in der Eile jedoch entschieden hatte, weil für Schnürschuhe die Zeit nicht reichte, sowie den um den Kopf geschlungenen roten Schal und die Sonnenbrille. Nachdem sie sich vergewissert hat, dass ihr Mann nirgends zu sehen ist, entledigt sie sich des Schals und setzt die Sonnenbrille ab. Schließlich wäre es zu dumm, wenn irgendwer in der nachlässig gekleideten vermummten Gestalt eine Gefahr für die Gäste vermuten würde und vorsorglich die Polizei verständigte.

Während sich Daniela im Entree des Hotels umsieht, fragt sie sich, wen ihr Mann in diesem Luxus-Schuppen wohl treffen will. Fast ist sie geneigt anzunehmen, dass es sich tatsächlich um einen Termin mit einem Kunden handeln muss. Es ginge über ihren Horizont, wenn ihr Mann so viel Geld – und ein Zimmer in dieser Edel-Herberge kostet mit Sicherheit viel Geld, überlegt sie – nur für ein bisschen Fremdficken ausgeben würde. Außerdem hat ihr Erik schon manches Mal von den absonderlichsten Orten erzählt, wo er geschäftliche Gespräche geführt hat, weil die Kunden es so wünschten. Demnach war er schon auf dem Golfplatz bei Wilsche gewesen, auf dem Friedhof, in einem Fußballstadion oder sogar auf einem Segelboot auf dem Tankumsee. Möglicherweise gehört die Geschäftsleitung des Hotels zu seinen Kunden?

Unschlüssig, wie sie weiter vorgehen soll, bleibt Daniela mitten in der Lobby stehen. Der ältere Herr, der an der Rezeption seinen Dienst versieht, beäugt sie misstrauisch. Bevor er auf den Gedanken kommen kann, sie hinauszuwerfen, beschließt Daniela, selbst aktiv zu werden. So selbstbewusst wie sie es trotz ihres Aufzuges hinbekommt, marschiert sie hoch erhobenen Hauptes und mit wiegenden Schritten auf den Rezeptionisten zu, als würde sich hinter ihrem legeren Äußeren eine Prominente verbergen, die es gewohnt ist, jederzeit und an jedem Ort der Welt sowie in jedem nur denkbaren Outfit den ihr zustehenden Respekt zu erhalten. Sie lächelt den älteren Herrn huldvoll an. „Guten Tag, ich bin hier mit einem Herrn Niebuhr verabredet. Erik Niebuhr."

„Sehr wohl, gnä' Frau", erwidert der Mann beflissen und wendet sich dem Bildschirm zu, der vor ihm auf dem Tresen steht. Falls er Bedenken wegen ihres Aufzugs haben sollte, lässt er sich das nicht anmerken.

Danielas Herz schlägt bis zum Hals. Um ihre Nervosität zu überspielen, lässt sie ihren Blick scheinbar ziellos umherwandern bis in das angrenzende Restaurant, das nur durch eine gläserne Wand von der Lobby getrennt ist. Dabei hofft sie inständig, dass sie Erik – falls er sich dort aufhält – eher entdeckt als er sie. Was soll sie ihm sagen, wenn er sie hier sieht? Kann sie überhaupt etwas anderes tun, als ihm zu beichten, dass sie ihm hinterherspioniert? Welche andere Erklärung könnte sie glaubhaft vermitteln? Keine. Wenn es sich hier tatsächlich um einen Kundentermin handelt, wovon sie mehr und mehr ausgeht, macht sie sich dann nicht gerade unendlich lächerlich?

„Es tut mir leid, gnä' Frau."

Es dauert einen Moment, bis die Stimme des Rezeptionisten in Danielas Bewusstsein dringt. Als sie endlich realisiert, dass er mit ihr spricht, wendet sie sich erschrocken um. Schnell versucht sie, ihre Gesichtszüge zu sortieren und entspannt und aufgeräumt dreinzuschauen.

„Bei uns ist kein Erik Niebuhr abgestiegen", fährt der

Mann fort.

„So?“ Daniela zieht die Augenbrauen in die Höhe. Sie bemüht sich, ihre Unsicherheit hinter einer Fassade aus Überheblichkeit zu verbergen. Ihr erster Gedanke ist, sich zu verabschieden und so schnell als möglich aus der Lobby zu verschwinden, bevor ihr Mann sie entdeckt. Doch dann, so wird ihr bewusst, hätte sie gar nichts erreicht und wäre so schlau wie vorher. Oder schlimmer noch: Falls Erik aus irgendeinem Grund davon erfahren würde, dass sie ihm nachgefahren ist, würde es zukünftig noch schwieriger werden dahinter zu kommen, was er vor ihr verbirgt. Wenn sie die Zweifel an der Treue ihres Mannes ein für alle Mal loswerden will, dann muss sie jetzt alles daran setzen herauszufinden, was er in diesem Hotel treibt. Daniela überlegt fieberhaft. Sie ist sich immer noch sicher, dass ihr Mann in diesem Gebäude sein muss. Warum sonst hätte er in der Tiefgarage parken sollen?

„Seltsam“, murmelt sie, als würde sie mit sich selbst sprechen. „Ich bin mir sicher gesehen zu haben, wie er vor ein paar Minuten mit seinem Wagen in die Tiefgarage fuhr.“ Sie wendet sich wieder dem Herrn hinter dem Tresen zu. „Er muss hier vorbeigekommen sein: Ein großer blonder Mann, ungefähr mein Alter, in einem grauen Anzug mit Aktenkoffer.“

Die Miene ihres Gegenübers wirkt plötzlich reserviert. „Es tut mir leid, gnä Frau, aber ich bin nicht befugt, Ihnen Auskünfte über unsere Gäste zu erteilen“, sagt er mit einer Spur Schärfe in der Stimme.

Daniela fühlt sich ertappt. Zu ihrem Ärger fühlt sie, wie ihr das Blut in die Wangen schießt. Wütend funkelt sie den Mann an und hebt ihr Kinn gleich noch einen Zentimeter weiter in die Höhe. „Das will ich auch hoffen!", gibt sie schroff zurück, wirft ihr lockiges blondes Haar über die Schultern, macht auf dem Absatz kehrt und stolziert auf den Ausgang zu. „Scheiße", zischt sie leise, während sie mit gesenktem Kopf und viel Schwung durch die Drehtür auf die Straße tritt. Dabei rempelt sie eine Frau an, die das Hotel gerade betreten will.

„Passen Sie doch auf!", faucht diese sie an.

Die Stimme ist keine unbekannte. Überrascht hebt Daniela den Kopf und sieht sich plötzlich Miriam gegenüber. In diesem Moment erkennt die andere sie ebenfalls und schaut ebenso überrascht zurück.

„Was machst *du* denn hier?", fragt Miriam entgeistert. Sie mustert Daniela abschätzig von oben bis unten, vermutlich, weil sie einmal mehr nicht einverstanden ist mit dem Aufzug ihrer Freundin.

Daniela ist perplex. „Ähm ..." Sie bläst die Backen auf und ringt um eine Antwort. „Nichts", stößt sie schließlich hervor und lächelt verlegen. „Und du?", fragt sie, weil ihr gerade nichts Besseres einfällt, um ihre Verlegenheit zu überspielen. Eigentlich interessiert sie sich nämlich überhaupt nicht für das, was Miriam hier treibt. Sie möchte einfach nur möglichst fix von hier verschwinden, bevor Erik sie doch noch entdeckt.

„Ich?“ Miriam sieht Daniela empört an, als könne sie nicht verstehen, woher die andere die Dreistigkeit nimmt, ihr eine so impertinente Frage zu stellen. Doch dann besinnt sie sich und meint: „Nun, ich gehe ins Spa. Ich brauche dringend eine entspannende Massage.“ Sie lächelt geziert.

„Klar“, sagt Daniela unbestimmt und lächelt verlegen. „Dann viel Spaß noch!“ Mit diesen Worten dreht sie sich um und stürzt davon. Erst, als sie schon im Auto sitzt, fragt sie sich, ob man für einen Besuch im Spa nicht eigentlich eine größere Handtasche benötigt. Beispielsweise um einen Bademantel, ein Handtuch oder Badelatschen darin zu verstauen. Dann zuckt sie die Schultern. „Vermutlich stellt das Hotel den Gästen solche Dinge zur Verfügung“, überlegt sie. Sie kennt sich da nicht so aus.

***

Nervös blickt Nephele an der schmutzig-gelben Fassade des schmucklosen, fünfstöckigen Mietshauses empor. Eindeutig eine Verschlechterung im Vergleich zu früheren Zeiten, denkt sie bei sich. Bilder einer 120 Quadratmeter großen lichtdurchfluteten Wohnung mit einem beeindruckenden gläsernen Erker im Schlafzimmer, der nachts vom Wasserbett aus einen Blick in den Sternenhimmel ermöglichte, tauchen vor ihrem inneren Auge auf. Dann folgen Bilder vom Wohnzimmer derselben Wohnung und vom Sofa mit dem Bezug aus strahlend weißem Leder, das von dunkelroten Blutstropfen übersät war. Unwillkürlich schaudert Nephele.

Sie wirft einen Blick auf die Klingelplatte. Der Name „K. Kaufmann“ ist einfach nur auf das durchsichtige Plastikschild geklebt, anstatt dass sich jemand die Mühe gemacht hätte, es hinter das Gehäuse zu schieben. Vermutlich, weil das ehemals durchsichtige Material längst blind geworden und Ersatz im Budget der Hausverwaltung nicht vorgesehen ist, überlegt Nephele boshaft. Auch sonst scheint man sich nicht sonderlich viel Mühe bei der Pflege des Objektes zu geben. Die Tür könnte gut einen frischen Anstrich gebrauchen. Die Fassade sowieso, alleine schon um das schwarze Graffiti, das eine obszöne Geste künstlerisch wenig überzeugend in Szene setzt, zu überdecken. Die unvermeidlichen immergrünen Sträucher unter den Fenstern im Erdgeschoss des Hauses machen die Sache fast noch trostloser. Nephele überlegt, ob sich Karl nach seinem Gefängnisaufenthalt wirklich nichts Besseres leisten kann, weil er von seinen Einkünften aus früheren Aktivitäten nichts zur Seite schaffen konnte, oder ob er auf diese Weise nur dem Argwohn der Behörden entgehen will, die sich fragen könnten, woher sein Wohlstand kommt. Schließlich ist er nur auf Bewährung draußen. Dass Karl einer seriösen Arbeit nachgeht, die auch noch gut bezahlt wird, kann sich Nephele bei einem Mann, der außer Zuhälterei und brutaler Gewalt nichts gelernt hat, schwerlich vorstellen. Es geschähe ihm recht, wenn er alles verloren hätte, denkt sie bitter. Gleichzeitig ist sie sicher, dass dieser Zustand nicht ewig anhalten wird. Dreckschweine wie er fallen immer auf die Füße, fügt sie ihren Überlegungen im Stillen hinzu.

Sie seufzt, nimmt einen tiefen Atemzug und dann all ihren Mut zusammen und drückt den Knopf neben dem aufgeklebten Klingelschild. Ein flaues Gefühl in ihrem Magen verursacht Übelkeit. Nephele spürt, dass sie Angst hat. Wenn es nicht um ihren Sohn ginge, dann würde sie Karl weiträumig aus dem Weg gehen. Doch so, wie die Dinge liegen, hat sie keine andere Wahl, wenn sie Ilias vor dem Schlimmsten bewahren will.

„Ja?“ Eine raue Stimme rasselt durch die Sprechanlage zu ihr herunter.

Nephele räuspert sich und erinnert sich an das, was sie sich vorgenommen hat. Jetzt bloß keine Schwäche zeigen! Karl wird es schon nicht wagen, sie zusammenzuschlagen. Jedenfalls nicht sofort und nicht, solange er befürchten muss, dafür auf direktem Wege wieder in den Bau einzufahren. „Ich bin‘s, Nephele“, sagt sie mit fester Stimme.

Keine Antwort. Einige Sekunden später ertönt das Summen des Türöffners. Nephele drückt die Tür auf und betritt den Hausflur. Es riecht nach abgestandener Luft, einem scharfen Reinigungsmittel – was Nephele verwundert, denn nach Reinigung sieht es in dem engen, schmuddeligen Eingangsbereich eigentlich nicht aus – und ein bisschen nach Urin. Sie steigt eine Treppe aus dem in früheren Zeiten so gern gebrauchten weiß-schwarzen Betonwerkstein mit schwarz abgesetzten Kanten hinauf. Im zweiten Stock steht eine der beiden Wohnungstüren, die vom Treppenabsatz abgehen, offen. Nephele muss sich dazu zwingen, ihren Blick zu heben und den in der Tür stehenden Karl direkt anzusehen. Sein Anblick ist ihr zutiefst zuwider, doch es muss sein. Alles andere würde er ihr als Schwäche auslegen.

Einen Moment lang stehen sie sich wortlos gegenüber. „Können wir reden?“, fragt Nephele statt einer Begrüßung.

Das Lächeln in Karls Gesicht vertieft sich. Jemand, der ihn nicht kennt, würde ihn vermutlich nicht unsympathisch finden, denkt Nephele bei sich. Sogar heute noch findet sie, dass er Charme besitzt und es versteht, ihn einzusetzen. So, wie er auch sie selbst vor siebzehn Jahren viel zu lange über seine wahren Gefühle und Absichten zu täuschen vermochte.

Wortlos tritt Karl von der Türschwelle zurück und gibt den Eingang frei. Allerdings nur soweit, dass sich Nephele fast auf Tuchfühlung mit ihm begeben muss, als sie sich an ihm vorbeischiebt. Sie weiß, dass auch das eine von Karls Machtdemonstrationen ist, und es fällt ihr schwer, ihr Unbehagen nicht zu zeigen. Dieses Gefühl verstärkt sich noch, als sie sich umdreht und sieht, wie Karl die Wohnungstür hinter ihr schließt. Dabei lässt er sie nicht aus den Augen, als wolle er jede ihrer Regungen genauestens studieren. Nephele ist sich sicher, dass Karl ihr Nervenkostüm testen will. Sie zwingt sich dazu, seinem Blick nicht auszuweichen, sondern ihn entschlossen zu erwidern.

Karl nickt mit dem Kopf in Richtung einer angelehnten

Tür. Nephele betritt den dahinter liegenden Raum und sieht sich um. Das mit billigem Laminat ausgelegte Zimmer ist äußerst sparsam möbliert. Ein lederbezogenes Sofa – glücklicherweise kein weißes, sondern ein schwarzes, bemerkt Nephele dankbar – zeigt bereits deutliche Gebrauchsspuren. Davor steht ein niedriger Tisch mit einer Platte aus dunkelgrauem Rauchglas, die ebenfalls schon bessere Zeiten gesehen hat, wie diverse Kratzer und die an einigen Stellen abgeschlagenen Kanten zeigen. An der gegenüberliegenden Wand fällt ihr Blick auf ein Regal mit einem alten Radiorekorder und einigen CDs. Vor dem Fenster ragt ein schwarz lackierter Esstisch in den Raum hinein, auf dem ein Laptop steht. Rechts sowie links vom Tisch stehen zwei einfache Stühle. Die Einrichtung macht einen wenig glamourösen Eindruck, ist jedoch sauber. Im Gegensatz zum übrigen Interieur, das Karl vermutlich gebraucht erstanden hat, scheint nur der Laptop neu zu sein.

Karl geht hinüber zum Sofa und lässt sich entspannt in die Polster sinken. Nephele bietet er keinen Platz an. Mit vor der Brust verschränkten Armen schaut er sie erwartungsvoll an, als diene ihr Besuch einzig und allein seiner Unterhaltung und als sei es ihre Pflicht, sich dabei Mühe zu geben, um ihn nicht zu langweilen. Nephele sinkt das Herz in die Kniekehlen. Das klärende Gespräch, das sie mit dem Erzeuger ihres Sohnes führen will, wird mit Sicherheit keine einfache Aufgabe werden! Um Zeit zu gewinnen, dreht sie sich um, geht ein paar Schritte hinüber zum Fenster und lehnt sich an den Rahmen. Sag ihm, was du zu sagen hast und verschwinde so schnell wie möglich, sagt sie sich. Entweder er geht auf deine Forderung ein oder er lässt es. Überreden oder gar zu versuchen, ihm zu drohen, ist vollkommen zwecklos.

Nephele beschließt, mit der Tür ins Haus zu fallen. „Du lässt Ilias Pakete von Leuten abholen, mit denen du Geschäfte machst, von denen dein Bewährungshelfer nichts wissen darf?“

Ihr Gegenüber verzieht das Gesicht, als hätte er Zahnschmerzen. Er lässt sich Zeit mit seiner Antwort. „Ich hätte nicht erwartet, dass *mein* Sohn gleich zu seiner Mami rennt, nur, weil ich ihn um eine kleine Gefälligkeit bitte“, meint er kopfschüttelnd. „Du hast ihn zu einem Muttersöhnchen erzogen“, fügt er verächtlich hinzu.

Nephele schießt das Blut in den Kopf, weil Karl es wagt, so von ihrem Sohn zu sprechen. Gleichzeitig weiß sie, dass er es genau darauf anlegt, nämlich sie zu provozieren. Den Gefallen will sie ihm jedoch nicht tun. „Das hat er nicht“, gibt sie kühl zurück, wendet den Kopf und schaut betont gleichgültig aus dem Fenster. Sie seufzt. „Ich kenne dich. Deshalb bin ich vorsichtig und weiß, wo ich suchen muss.“ Sie dreht sich wieder zu ihm um. „Er ist noch zu jung und zu unerfahren, um mir auf Dauer etwas vormachen zu können“, behauptet sie und hofft, dass sie damit nicht falsch liegt. Wäre es anders, denkt sie, würde es ihr vielleicht nicht gelingen, ihn vor Karl und vor allem vor seiner eigenen Naivität zu beschützen.

Karl fixiert sie mit einem unergründlichen Gesichtsausdruck. Erneut lässt er sich Zeit mit seiner Antwort. Dann, ganz plötzlich, beugt er sich vor, stützt seine Ellbogen auf den Knien auf und legt sein Kinn auf seine gefalteten Hände. Nachdenklich schaut er Nephele an. „Wie dem auch sei, was willst du dagegen tun?"

Auch Nephele lässt einen Moment verstreichen, bevor sie antwortet. Schließlich zuckt sie die Schultern. „Ich hatte gehofft, du kommst von selbst drauf, dass es nicht gut für Ilias sein kann, wenn du ihn in deine Geschäfte mit hineinziehst. Dafür ist er noch zu jung." Wobei Letzteres für Nephele kein Argument ist. Selbstverständlich will sie, dass Karl ihren Sohn auf Dauer in Ruhe lässt – egal, wie alt er ist. Sie hofft aber, mit dem Hinweis auf die Jugend ihres Kindes vielleicht doch so etwas wie einen Beschützerinstinkt bei Karl anzusprechen, der möglicherweise tief in seinem Inneren verborgen ist. Sie hofft vergebens.

Karl lässt sich erneut entspannt gegen die Sofalehne fallen. „Ich denke, der Junge muss langsam erwachsen werden." Er lächelt süffisant. „Du hast ihn verweichlicht. Es wird Zeit, dass ein Mann aus ihm wird." Nun grinst er sie ganz unverhohlen herausfordernd an.

Nephele wird speiübel vor Wut. Es ist ihr absolut unverständlich, wie sie jemals so verblendet sein konnte, auf diesen Kerl hereinzufallen. Er ist widerlich, denkt sie bei sich. Absolut widerlich.

Vermutlich spricht ihr Gesicht Bände, denn Karls Miene

ändert sich. Mit einem Mal ist das vorgetäuschte Amüsement komplett aus seinem Antlitz verschwunden und sein Blick ist kalt geworden. Jetzt ist der Punkt gekommen, an dem er es nicht mehr für nötig hält, seine Fassade aufrechtzuhalten, denkt Nephele bei sich.

„Ilias wird tun, was ich sage. Ich glaube nicht, dass du irgendetwas dagegen tun kannst", stellt Karl fest.

Eigentlich hat Nephele nichts anderes erwartet. Genau darauf musste es hinauslaufen. Sie hat gewusst, dass sie nichts erreichen kann, wenn sie nicht mehr vorbringen kann, als an Karls nicht vorhandene väterliche Gefühle zu appellieren. Plötzlich übernimmt etwas in ihr die Regie, was sie nicht auf dem Schirm hatte. Es kommt einfach so über sie. Mit gespieltem Erstaunen zieht sie die Augenbrauen in die Höhe. „Wird er das?", fragt sie kühl. Zweifelnd schaut sie ihrem Gegenüber ins Gesicht.

Karls Miene versteinert. Es scheint ihm überhaupt nicht zu gefallen, dass sie sich so selbstbewusst zeigt. Ein gefährlicher Glanz tritt in seine Augen. „Komm mir nicht in die Quere!", zischt er.

Nephele weiß, dass Karl nicht blufft, aber das hält sie nicht auf. „Er ist mein Sohn", sagt sie und muss all ihre Kraft zusammennehmen, um zu verhindern, dass ihre Stimme zittert.

Karl wirft ihr einen gespielt überraschten Blick zu. „Richtig!", ruft er aus, als sei ihm diese Tatsache eben erst aufgegangen. Er lächelt süffisant. Dann schüttelt er bedauernd den Kopf. „Hast du mal darüber nachgedacht, was aus dem armen Jungen werden soll, wenn seiner Mutter etwas zustößt?“

***

Da unser Telefonat soeben leider unterbrochen wurde, möchte ich Ihnen – nur, damit keine Missverständnisse zurückbleiben, die zu unabsehbaren Folgen (für Sie!) führen könnten – meinen Standpunkt noch einmal verdeutlichen. Mein Entschluss, mich im nächsten Jahr in den Rat der Stadt Gifhorn wählen zu lassen, steht unverrückbar fest. Wie Sie vermutlich selbst am besten wissen, braucht unsere schöne Stadt heutzutage integre Persönlichkeiten mehr denn je, und ich bin bereit, mich dieser Verantwortung zu stellen. Zum Wohle der Bürgerinnen und Bürger, selbstverständlich! Deshalb vertraue ich darauf, dass Sie Ihren gesamten parteipolitischen Einfluss in die Waagschale werfen, um mich bei diesem Unterfangen zu unterstützen. Ich bin sicher, dass ich mich an dieser Stelle voll auf Sie verlassen kann – angesichts der Konsequenzen, die es hätte, wenn ich an Ihrer Loyalität zweifeln müsste. Ich wäre gezwungen, Schritte einzuleiten, die das Bild, das die Bürgerinnen und Bürger leider zu Unrecht von Ihnen haben, unwiederbringlich erschüttern. Niemand kann ein Interesse daran haben, Ihre schmutzige Wäsche in der Öffentlichkeit zu waschen. Ihre Wählerinnen und Wähler fänden das vermutlich gar zu unappetitlich. Das müssten Sie doch einsehen können, oder? Ganz zu schweigen von meiner Wenigkeit, die sich ungern die Hände schmutzig macht. Um dieser Stadt zu dienen, bin ich jedoch entschlossen, meine eigenen Befindlichkeiten zurückzustellen, damit das Gute, Ehrliche und Aufrichtige in Gifhorn wieder eine Chance hat.

Demgemäß hoffe ich in unser aller Interesse, dass Sie sich eines Besseren besinnen und zu einer konstruktiven Zusammenarbeit mit mir zurückfinden. Die nächste Sitzung unseres Ortsverbandes wird dabei ein wichtiger Gradmesser sein.

Mit den besten Grüßen in das bislang skandalfreie Gifhorner Rathaus in der Hoffnung, dass es noch lange so bleiben möge,

Lars Koslowski

Regen prasselt gegen die Scheiben des Bürgermeisterinnenbüros im Rathaus. Obwohl die Abenddämmerung längst eingesetzt hat, schaltet Julia die Lampe auf ihrem Schreibtisch nicht ein. Zurückgelehnt in ihren voluminösen Schreibtischsessel betrachtet sie finster den hellerleuchteten Bildschirm auf ihrem Schreibtisch, beziehungsweise die E-Mail, die Sie vom „überflüssigsten Menschen der Weltgeschichte", wie sie hasserfüllt vor sich hinmurmelt, erhalten hat. Obwohl sie bereits seit Minuten in dieser Position verharrt, vermag sie es nicht, einen klaren Gedanken zu fassen. Es ist ihr zutiefst zuwider, sich von dieser „Kakerlake in Menschengestalt“ – ihre Lieblingsbezeichnung für den Reporter – in die Enge treiben zu lassen. Doch genau das ist ihm gelungen, wie sie sich eingestehen muss. Und das kann sie unmöglich so stehen lassen! Gleichzeitig hat sie nicht die geringste Ahnung, wie sie aus dieser Nummer wieder herauskommen soll. Die Antwort auf diese Frage liegt in den dichten dunklen Nebelschwaden verborgen, die durch ihren Denkapparat wabern.

Endlich richtet sie sich ächzend auf und greift nach ihrem Smartphone auf dem Schreibtisch. Sie tippt auf den Eintrag „Ela“.

„Ja?“, ertönt es aus dem Gerät.

„Ich bin’s“, antwortet Julia.

„Ich weiß. Hab‘s auf dem Display gesehen“, antwortet die Angerufene mit leisem Spott in der Stimme.

Julia seufzt erneut.

„So schlimm?“

Julia nickt, obwohl ihre Gesprächspartnerin das nicht sehen kann. „Kotzlowski hat schon wieder angerufen. Er hat mir eine Frist gesetzt bis zur nächsten Sitzung unseres Ortsverbandes. Wenn ich mich dort nicht für seine Reputation als politisches Talent einsetze, bin ich geliefert. Wie der sich das vorstellt!“ Sie schnalzt verächtlich mit der Zunge und schüttelt verständnislos den Kopf. Als sie sich wieder beruhigt hat, fügt sie hinzu: „Jeder in der Partei hält ihn für eine intrigante Bazille. Und jeder, der bei Verstand ist, würde einen Teufel tun und sein Kreuzchen hinter seinem Namen machen, wenn er sich zur Wahl stellte. Keine Ahnung, wie er darauf kommt anzunehmen, dass ich daran etwas ändern könnte! Wenn ich mich für diesen Blindgänger einsetze, glauben doch die Leute nicht auf einmal, dass er doch zu etwas taugt, sondern vermuten eher, dass ich unter Drogen stehe. So kommt der nie in den Stadtrat! Das ist völlig ausgeschlossen!"

Julia fährt sich mit der Hand über das Gesicht. Sie fühlt sich schon wieder so unendlich müde. Wie meistens, wenn sie mit Koslowski zu tun hat.

„Und?“, fragt Ela.

„Ich habe aufgelegt“, antwortet Julia.

Ein leises Lachen ertönt am anderen Ende der Leitung.

Julia muss schmunzeln, obwohl ihr eigentlich überhaupt nicht nach Scherzen zumute ist. „Daraufhin hat er mir eine E-Mail geschrieben und seine Forderung beziehungsweise seine Drohung gegen mich bekräftigt. ‚Niemand könne ein Interesse daran haben, meine schmutzige Wäsche in der Öffentlichkeit zu waschen, weil es gar zu unappetitlich sei‘ und ‚ich solle mich eines Besseren besinnen und zu einer konstruktiven Zusammenarbeit mit ihm zurückfinden‘. Dabei schwafelt er etwas von Ehrlichkeit und Aufrichtigkeit, dass es kaum auszuhalten ist.“ Sie schnauft verächtlich und schüttelt angewidert den Kopf. „Wieso musste das Schicksal mir nur einen so dummen Streich spielen und dafür sorgen, dass ausgerechnet Kotzlowskis Schwester in jenes Haus zieht, wo der Mensch wohnt, den ich über alles liebe, es aber nicht tun darf? So etwas gibt es doch gar nicht! So etwas passiert einfach nicht!“ In einem plötzlichen Wutanfall greift Julia nach dem Brieföffner und rammt ihn mit voller Wucht in ihre Schreibtischauflage.

„Was war das?“, fragt Ela alarmiert.

Julia seufzt. „Nichts. Ich ruiniere nur gerade die altehrwürdige Einrichtung des Gifhorner Bürgermeisterinnenbüros.“

„Und das bringt dich weiter?“, fragt ihre Gesprächspartnerin ironisch.

„Sei nicht immer so vernünftig!“, schimpft Julia.

„Das sagt die Richtige!“, empört sich die andere. „Du bist doch diejenige, die immer Vernunftgründe vorschiebt!“

„Wie meinst du das?“

„Das weißt du ganz genau! Steh endlich zu deinen Gefühlen! Hör auf mit dem Versteckspiel! Es dauert schon viel zu lange.“

„Du hörst dich an wie meine Mutter“, knurrt Julia.

„Das mag daran liegen, dass dir vermutlich jeder halbwegs klar denkende Mensch dazu raten würde“, gibt die andere trocken zurück. Ihre Stimme wird weicher. „Hast du diesen Schwindel wirklich nötig? Kannst du nicht einfach dazu stehen? Was ist so schwer daran?“

Gereizt fährt sich Julia mit der flachen Hand durchs Haar. „Du hast gut reden – du bist weit weg in Berlin, wo es mittlerweile mehr oder weniger zum guten Ton gehört zu lügen und zu betrügen, weil man sonst als Politiker ja gar nicht mehr ernst genommen wird“, echauffiert sie sich. „*Ich* aber bin Bürgermeisterin eines Provinznests! Und ich habe gelogen, um von meiner Partei als Kandidatin für dieses Amt aufgestellt zu werden. Mich mit Björn zu verloben, dem angesehenen Geschäftsmann und Sprössling einer nicht minder angesehenen Familie, war der perfekte Schachzug, um auch die ganz konservativen Kräfte davon zu überzeugen, endlich mal eine Frau zur Bürgermeisterkandidatin zu küren.“

„Björn ist ein netter Kerl. Auch ihm zuliebe wäre es nur fair, den Schwindel aufzuklären. Meinst du nicht?“, entgegnet die andere.

Julia stöhnt auf. „Björn wird mir nie verzeihen!“, sagt sie in weinerlichem Ton.

„Jetzt übertreibst du aber! Der ist doch nicht blöd! Meinst du nicht, dass er längst Bescheid weiß?“

„Darum geht es nicht. Es ist für uns beide eine gewinnbringende Verbindung. Wenn ich den Deal plötzlich aufkündige …“

Ihre Gesprächspartnerin fällt ihr ins Wort. „Den Deal? Hab‘ ich das richtig verstanden? Geht es nicht ein bisschen auch um Gefühle?“, fragt sie empört. „Außerdem – wie lange wollt ihr denn eure Verlobungszeit *noch* in die Länge ziehen? Werden die Leute nicht langsam misstrauisch?“

„Pah! Das geht doch nun wirklich nur mich etwas an!“, platzt Julia heraus.

In der Leitung herrscht mit einem Mal Stille. Nach einer Weile ertönt Elas Stimme erneut: „Bist du dir da so sicher?“

Kapitel 12

Eifersucht

„Wir haben immer noch keine Entscheidung wegen der Musik getroffen“, sagt Julia. Sie hebt ihren Blick von der Mappe mit den Unterlagen für das Abi-Jubiläum, die mittlerweile recht umfangreich geworden ist, und schaut streng in die Runde. Ihre vier Mitstreiterinnen, mit denen sie sich wie immer an den Tisch in der hintersten Ecke des Ziegenstalls zurückgezogen hat, blicken ratlos zurück. Thekla greift zum pinkfarbenen Prosecco im Kühler und füllt die letzten Tropfen in ihr Glas.

„Wir müssen uns dringend darüber klar werden, ob wir dem DJ nun zusagen wollen oder nicht“, erklärt Julia. „Sonst bleibt uns am Ende nichts anderes übrig, als eine Party-CD aus den 90ern in Nepheles Anlage einzuwerfen.“

„Eine Party-CD?“ Thekla hält mitten in der Bewegung inne und sieht Julia an, als sei sie ein frisch auf der Erde gelandeter Außerirdischer. „Mann, wo hast du die letzten Jahrzehnte gelebt? Wir stellen uns eine Hitliste zusammen mit Songs, die um die Jahrtausendwende herum angesagt waren, und lassen sie in einer Schleife vom Rechner laufen.“

„Außerdem müssen wir daran denken, die Veranstaltung rechtzeitig bei der Gema anzumelden“, meldet sich

Nephele zu Wort.

Julia wendet sich ihr begeistert zu. „Prima“, sagt sie zufrieden. „Da haben wir doch schon eine Expertin gefunden, die sich darum kümmern wird.“

Nephele richtet sich empört auf ihrem Stuhl auf. „Wieso ich? Ich stelle doch schon den Raum und kümmere mich ums Buffet und die Getränke!“

„Stimmt“, gibt Julia zu. Ihr Blick wandert einen Platz weiter zu Nepheles Nebenfrau. „Thekla! Du scheinst dich mit dem Thema Party-Musik ebenfalls auszukennen. Dann ist das jetzt dein Job!“

Thekla protestiert. „Ich bastele doch schon an den peinlichen Partyspielen, die wir brauchen, falls keine richtige Stimmung aufkommt!“

Genervt lehnt sich Julia auf ihrem Platz zurück und verschränkt die Arme vor der Brust. „Sagt einmal, Mädels, wozu brauche ich eigentlich ein Veranstaltungskomitee, wenn das nur aus arbeitsscheuem Gesindel besteht?“

Im lautstarken Protest, der sich daraufhin am Tisch erhebt, geht die Stimme des jungen Mannes, der sich ihnen unbemerkt genähert hat, fast unter. „Wer bekommt die Nudeln mit Marktgemüse und frischen Kräutern? Wer den Flammkuchen?“

Thekla und Nephele melden sich. Kurz darauf erhalten auch die anderen ihre Gerichte, die von einer weiteren Bedienung an den Tisch gebracht werden. Als alle versorgt sind, stürzen sie sich mit großem Appetit auf die verführerisch angerichteten Speisen. Während des Essens diskutieren sie weiter über die Frage, ob sie versuchen wollen, in der Kürze der Zeit – die Feier soll bereits in sechs Wochen stattfinden – noch eine Band zu organisieren oder ob sie doch lieber auf einen DJ oder gar auf Theklas Anregung mit dem Streaming-Dienst aus dem Internet zurückgreifen wollen. Julia und Miriam können sich für eine Band erwärmen, Nephele und Thekla fänden einen DJ besser.

Nephele dreht sich zu Daniela um, die als einzige noch kein Votum abgegeben hat. „Und welche Lösung favorisierst du?“ Ihr Blick fällt auf Danielas Teller. Die große Schale mit dem Nizza-Salat ist kaum angerührt.

„Was ist los? Schmeckt‘s dir nicht?“ Nephele ist besorgt. Zum einen, weil es gegen ihre Ehre geht, einen Gast nicht zufriedenzustellen, und zum zweiten, weil sich Daniela bislang immer durch einen ausgezeichneten Appetit hervorgetan hat.

Erstaunt schaut die Angesprochene auf. Sie wirkt, als hätte sie die Welt um sie herum komplett vergessen. „Wie? Nein, nein. Alles bestens.“ Sie stochert ein wenig im Salat herum, dann legt sie die Gabel beiseite. „Ich glaube, ich habe einfach keinen Hunger.“

Vier Augenpaare schauen sie verwundert an. Thekla beäugt ihre Freundin misstrauisch. „Du bist jetzt aber nicht auf Diät oder sowas?“, fragt sie missbilligend.

„Ach, Quatsch!“, antwortet Daniela ungnädig und tupft

sich ihre Lippen mit der Serviette ab. „Heute ist mir einfach nicht nach Essen.“

Die vier anderen werfen sich skeptische Blicke zu. Julia beugt sich zu ihr hinüber: „Raus mit der Sprache!“, fordert sie. „Was ist los?“

Alle Augen sind nun auf Daniela gerichtet, doch die schüttelt abwehrend den Kopf. „Es ist nichts. Vermutlich rede ich mir nur etwas ein …“ Ihr fällt auf, dass sie schon zu viel gesagt hat. „Tut mir leid, ich will die Stimmung nicht verderben“, fügt sie hinzu und senkt den Blick auf die Salatschüssel, die vor ihr auf dem Tisch steht. „Lasst uns von etwas anderem reden, okay? Also, wie war das mit der Gema?“

„Das Thema Gema ist schon durch“, entgegnet Nephele kopfschüttelnd. „Seit ungefähr einer Viertelstunde.“ Sie schiebt ihren Teller zur Seite, stützt sich mit den Unterarmen auf dem Tisch auf und sagt in einem Ton, der keinerlei Widerspruch duldet: „Los! Rede gefälligst mit uns!“

Doch Daniela schüttelt erneut den Kopf und schaut unglücklich auf ihren Salat. „Lasst mal, ich krieg das schon irgendwie hin.“

„Wir könnten dir helfen, indem wir dir ein paar ungebetene und völlig unpassende Ratschläge erteilen“, versucht Thekla mit einem Scherz, ihre Freundin aufzumuntern.

Daniela verzieht gequält das Gesicht und schweigt. Nun versucht Julia ihr Glück. „Thekla hat recht! Es gibt nichts

Schöneres, als sich in das Leben anderer Leute einzumischen. Und wenn du das partout nicht willst, was ich überhaupt nicht verstehen könnte, dann halten wir auch die Klappe und hören einfach nur zu. Versprochen! Aber jetzt, rede!“

Vier Augenpaare ruhen abwartend auf Daniela. Als die aufschaut und sieht, wie die anderen sie mit gespanntem Blick anstarren, muss sie schmunzeln. Sie seufzt tief auf und lehnt sich auf ihrem Sitzplatz zurück. „Also gut, ich erzähl’s euch.“ Kraftlos richtet sie sich wieder auf, schiebt den Salatteller in die Mitte des Tisches und stützt ihre Ellbogen auf der Tischplatte auf. Sie schluckt. „Ich glaube, mein Mann geht fremd.“

Einen Moment lang herrscht Stille am Tisch.

„Nee, ne?“ ruft Nephele empört. Sie legt den Arm um Daniela und drückt sie sanft an sich.

Julia versucht, die Angelegenheit zu versachlichen. Ernst fragt sie: „Bist du sicher? Wie kommst du darauf?“

Daniela gibt sich einen Ruck und erzählt den anderen von den Vorkommnissen der letzten Wochen, die sie haben misstrauisch werden lassen: Das Gefühl, dass sie immer weniger darüber weiß, was ihr Mann tut und was ihn bewegt, seine unangekündigten Abwesenheiten, die er sogar dadurch vor ihr zu verbergen versuchte, indem er ihren Sohn als Babysitter einspannte und ihn fürstlich für sein Schweigen bezahlte. Und schließlich berichtet sie auch von dem auffälligen Fleck auf seinem Slip, den sie sich überhaupt nicht erklären kann. „Ich bitte euch! Ein orangeroter Fleck auf der Unterhose eines Mannes! Wie soll der denn dahin gekommen sein?“, fragt sie empört.

„Bist du sicher, dass es Lippenstift war?“, will Thekla wissen.

Daniela sackt in sich zusammen und schüttelt hilflos den Kopf. „Hundertprozentig genau weiß ich es nicht. Es kann natürlich auch etwas anderes gewesen sein. Aber was?“

Miriam zieht skeptisch die Augenbrauen in die Höhe. „Also, ich finde die *Beweislage*“, sie betont das Wort, als würde sie Danielas Ausführungen nicht für voll nehmen, „ein bisschen dürftig. Und wieso muss dein Mann jeden seiner Schritte rechtfertigen? Vielleicht braucht er einfach nur mal ein bisschen Zeit für sich und hat keine Lust, das mit dir zu diskutieren.“

Nephele wirft ihr einen tadelnden Blick zu. „Deine Sensibilität lässt mal wieder zu wünschen übrig, Miriam. Findest du nicht auch, meine Liebe?“

Ungerührt zuckt Miriam die Schultern. „Ich meine ja nur. Man kann sich auch etwas einreden.“

Daniela schaut hilflos von einer zu anderen, während sich Nephele, Julia und Thekla wegen Miriams Bemerkung genervte Blicke zuwerfen.

Julia bemüht sich, die Situation zu entspannen. „Nun, das wäre natürlich die beste Lösung, wenn es sich um falschen

Alarm handelte und niemand wäre glücklicher darüber als Daniela selbst", erklärt sie diplomatisch. Sie wirft Miriam einen warnenden Blick zu. Dann beugt sie sich erneut zu Daniela hinüber. „Hast du schon mit Erik über deinen Verdacht gesprochen?"

Daniela schüttelt schuldbewusst wegen dieses Versäumnisses den Kopf. „Ich liebe Erik, wirklich! Leider muss ich aber sagen, dass er bemerkenswert geschickt ist, wenn es darum geht, Konflikten aus dem Weg zu gehen. Dann wird er zu einem Aal. Mir ist es noch nicht ein einziges Mal gelungen, ihn dazu zu bringen, ehrlich und offen über Dinge zu sprechen, die unangenehm für ihn sein könnten. Diskussionen weicht er kompromisslos aus. Stattdessen …" Sie gerät ins Stocken und blickt verlegen auf ihre Hände.

„Ja?", ermuntert Thekla sie zum Weitersprechen.

Daniela gibt sich einen Ruck, holt tief Luft und platzt heraus: „Stattdessen habe ich etwas anderes getan, um der Sache auf den Grund zu gehen. Allerdings ist es nur deshalb dazu gekommen, weil er es nie zugeben würde, wenn er etwas zu verbergen hätte", begehrt sie auf, wird rot und schaut erneut auf ihre Hände.

Thekla, Julia und Nephele lehnen sich ein Stückchen weiter über den Tisch und blicken Daniela auffordernd an, damit sie weiterreden möge. Nur Miriam scheint sich für ihre Enthüllungen wenig zu interessieren. Sie verschränkt die Armen vor der Brust und mustert Daniela abschätzig. „Du willst uns jetzt aber nicht sagen, dass du deinem Mann hinterherspionierst, oder?“, fragt sie mit unverhohlener Verachtung in der Stimme.

Wie auf ein Kommando fahren die Köpfe von Thekla, Nephele und Julia zu ihr herum. „Sag mal, hat dir jemand ins Gehirn gekackt?“, fragt Thekla erbost.

„Ruhe!“, bestimmt Julia. „Jetzt ist *ausschließlich* Daniela dran mit dem Erzählen. Alle anderen halten den Mund!“ Dabei schaut sie allerdings nur Miriam bitterböse an. Die verzieht beleidigt das Gesicht und tut so, als würde sie sich für das Gesprächsthema nicht mehr interessieren. Die anderen drei beschließen sie zu ignorieren. Julia greift über den Tisch nach Danielas Hand und drückt sie fest. Der Landwirtin ist anzusehen, dass ihr immer elender zumute wird. „Nun sag schon!“, drängt Julia sanft. „In der Liebe und im Krieg ist alles erlaubt.“

Die unglückliche Daniela lächelt kläglich. Sie knetet ihre Hände und lässt sie nicht aus den Augen, während sie ihr Geständnis ablegt. „Einmal bin ich Erik gefolgt. Er ist nach Braunschweig gefahren. In ein Hotel.“

Nephele, Thekla und Julia ziehen deutlich hörbar Luft durch ihre Nasen ein. „Infam!“, ruft Nephele empört. „Und dann?“

Drei Frauen hängen an Danielas Lippen, während sie leise und beschämt weiterspricht. „Er ist in die Tiefgarage eingebogen. Dorthin konnte ich ihm nicht folgen, weil ich in der Eile meine Handtasche mit dem Portemonnaie zuhause gelassen hatte. Also habe ich nach einem Parkplatz gesucht und bin zurück ins Hotel gegangen. Doch Erik war weder in der Lobby noch im Restaurant.“

Julia macht ein nachdenkliches Gesicht. „Möglicherweise hatte er einen geschäftlichen Termin? Du sagtest doch, er sei Versicherungsvertreter?“

Daniela nickt. „Das mit dem Termin hatte ich auch gehofft. Aber wissen konnte ich es nicht. Also habe ich versucht, mehr herauszufinden.“ Sie schluckt. „Ich bin zur Rezeption gegangen und habe nach Erik Niebuhr gefragt. Aber der Rezeptionist meinte, es wäre niemand dieses Namens abgestiegen.“

„Ha, da hast du es!“ ruft Miriam triumphierend. „Wenn der Rezeptionist ihn nicht kannte, kann er dort auch kein Zimmer gebucht haben. Und wo sollte dein Mann sonst deiner Meinung nach sein Stelldichein gehabt haben? In der Besenkammer?“ Sie schüttelt abschätzig den Kopf über diese ihrer Meinung nach völlig unsinnige Vorstellung.

Thekla, Nephele und Julia werfen sich erneut vielsagende Blicke zu. Daniela zuckt unbehaglich die Schultern. „Ich weiß, das ergibt alles keinen Sinn. Aber irgendetwas muss er doch im Hotel getan haben, oder? Wenn er sich wegen eines geschäftlichen Termins mit irgendwem – einem Gast oder dem Geschäftsführer des Hauses – verabredet hätte, dann hätte dem Mann der Name Niebuhr doch ebenfalls präsent sein müssen. Schließlich muss Erik kurz vor mir bei ihm vorgesprochen und nach seinem Gesprächspartner gefragt haben, wenn seine Verabredung nicht in einem der öffentlich zugänglichen Räume stattfand."

Auf diese logische Schlussfolgerung weiß zunächst keine der vier etwas zu erwidern. Thekla macht ein nachdenkliches Gesicht. „Wenn das so ist, wirst du vielleicht andere Register ziehen müssen, um die Wahrheit ans Licht zu bringen. Wobei ich immer den direkten Weg bevorzugen würde. Sprich ihn auf deinen Verdacht an!"

„Bist du verrückt?", ruft Daniela empört. „Dann ist er gewarnt und ich erfahre überhaupt nichts mehr. Ich will es aber wissen, wenn mein Mann mich betrügt! Ich will nicht mit dieser Ungewissheit leben müssen. Ich finde das schrecklich! Schließlich habe ich ihn mal aus Liebe geheiratet", ruft sie mit Tränen in den Augen.

Thekla und Julia nicken betroffen. Nephele legt erneut den Arm um die Schultern ihrer Freundin und drückt sie fest. „Du hast recht. Das würde mir genauso gehen. Außerdem würde ich wissen wollen, wer die Schlampe ist!", fügt sie mit plötzlich aufkeimender Leidenschaft hinzu. Julia, Thekla und sogar Daniela müssen über diese Gefühlsaufwallung grinsen. Nur Miriam schüttelt verständnislos den Kopf.

„Was ist jetzt schon wieder?", fragt Thekla aggressiv. So langsam geht ihr die mangelnde Sensibilität der Arztgattin mächtig auf die Nerven.

Miriam hebt abwehrend die Hände. „Ich weiß, dass ihr das

anders seht, Mädels, aber ich finde solche Betroffenheitsgelage überflüssig. Danielas Mann geht vielleicht fremd. Na und? Wird sich etwas daran ändern, nur weil Daniela ihm hinterherspioniert?“ Sie schaut von einer zur anderen, doch sie erntet nur ratlose Blicke. Das verschafft Miriam Oberwasser, was sie sogleich dazu nutzt, die arme Daniela ins Visier zu nehmen. „Hast du dich mal gefragt, *warum* dein Mann fremdgeht?“, fragt sie angriffslustig.

Julia greift ein. „Miriam, das geht zu weit!“, ermahnt sie die andere.

„Nein, lass nur“, wehrt Daniela ab. Mutig hebt sie ihren Blick und sieht Miriam herausfordernd an. „Also? Was hast du mir zu sagen?“ Tapfer schaut sie der Kritik entgegen, obwohl jeder nur zu deutlich erkennen kann, wie verletzt sie ist und wie sehr sie mit ihrer Fassung kämpft.

Miriam jedoch zeigt keinerlei Mitgefühl. Von sich überzeugt wirft sie ihre langen roten Haare hinter ihre Schultern und misst Daniela mit kritischem Blick vom Scheitel bis zum Bauchnabel in Höhe der Tischplatte. „Schau dich doch mal an!“, fordert sie ihr Gegenüber auf. „Du wirst auch nicht jünger, machst aber nichts aus dir. Deine Klamotten sind uralt und entweder bist du aus ihnen herausgewachsen und siehst darin aus wie die berühmte Wurst in der Pelle, oder sie schlabbern ausgebeult um deinen Körper herum. Wenn ausnahmsweise einmal keine Schokoladenflecken auf deiner Bluse kleben, fühlst du dich schon gut angezogen. Darüber hinaus könnten deine Haare auch mal einen Friseur vertragen. Alles in allem gibst du dir wirklich nicht viel Mühe, um deinem Mann zu gefallen!“

Bevor Daniela selbst zu diesen Vorwürfen Stellung nehmen kann, antwortet Nephele auf Miriams Rede. „Das sieht dir ähnlich!“, ruft sie entrüstet. „Als wäre es die vornehmste Aufgabe einer Frau, ständig wie aus dem Ei gepellt herumzulaufen, nur um den Männern zu gefallen! Hast du Daniela überhaupt ein einziges Mal in den letzten Monaten zugehört, wenn sie uns aus ihrem Leben erzählt hat? Sie schmeißt die Landwirtschaft, sie kümmert sich um Haushalt, Kinder und Schwiegereltern und ist ganz nebenbei noch bei der freiwilligen Feuerwehr aktiv. Und du? Was tust du so den ganzen Tag?“

Miriam wirft ihr ein angriffslustiges Lächeln zu. Mit betont sanfter Stimme entgegnet sie: „Nun, mein Mann geht jedenfalls nicht fremd.“

„Weißt du’s?“, fragt Thekla schlagfertig und grinst dabei von einem Ohr zum anderen.

Empört richtet sich Miriam auf ihrem Platz auf. „Er hat es wohl kaum nötig“, erwidert sie geziert.

Julia wiegt den Kopf hin und her, als würde sie die Aussage der Arztgattin in Zweifel ziehen. Miriams Grobheiten und ihr überbordendes Selbstbewusstsein gehen auch ihr gegen den Strich, weshalb sie findet, dass sie einen Dämpfer durchaus vertragen kann.

Miriam realisiert, dass sie bei den anderen so nicht punkten kann. „Ich habe es ja gleich gesagt, dass ich zu diesem

Thema wohl eine andere Sichtweise vertrete als ihr. Dennoch – und das ist mein letztes Wort: Wenn Daniela es vorzieht, ihre Prioritäten bei allem anderen zu setzen als dabei, ihren Ehemann zufriedenzustellen, dann soll sie doch froh sein, wenn eine andere ihr die Arbeit abnimmt und ihm gepflegt einen bläst! So!“

Mit einem Mal herrscht Stille am Tisch. Vier Augenpaare schauen Miriam entgeistert an. Die scheint plötzlich doch unsicher zu werden, ob Angriff in diesem Fall die beste Verteidigung war. Um den Blicken der anderen auszuweichen, greift sie nach ihrer Louis-Vuitton-Handtasche und fischt einen kleinen Kosmetikspiegel und einen Lippenstift heraus. Sorgfältig zieht sie ihre Lippen nach und lässt die Utensilien dann wieder in ihrer Handtasche verschwinden. Sie setzt ein betont selbstzufriedenes Lächeln auf und blickt in die Runde. Julia zieht missbilligend die Augenbrauen in die Höhe, Thekla macht dicke Backen und schüttelt verständnislos den Kopf, Nephele fällt die Kinnlade herab. Daniela dagegen starrt Miriam einfach nur an. Fasziniert saugt sich ihr Blick an ihrem Mund fest, bis es Miriam zu bunt wird.

„Ist was?“, herrscht sie Daniela an.

Zunächst reagiert Daniela nicht. Dann sagt sie auf einmal tonlos: „Der Lippenstift.“ Ihr Blick wandert von Miriams Mund aufwärts, um der anderen direkt in die Augen zu sehen. „Eine auffällige Farbe, dieses Orangerot“, fügt Daniela hinzu.

Die vier anderen schauen sie irritiert an. Warum interessiert sich Daniela plötzlich dafür, welche Farbe Miriams Lippenstift hat?

Die Landwirtin legt ihren Kopf schief. „Wirkt fast ein bisschen nuttig an dir“, sagt sie in beiläufigem Ton.

Miriams Blick wird starr. Die anderen drei sehen Daniela erstaunt an. So haben sie sie noch nie reden hören. Im Gegenteil: Bislang fiel die Landwirtin durch ihre durch nichts zu erschütternde Gutmütigkeit auf, die sie oft naiv erscheinen ließ. Doch nun stützt sie ihre Unterarme auf und beugt sich herausfordernd zu Miriam hinüber, während ihr Blick immer wieder von deren Lippen zu deren Augen wandern und zurück. Nachdenklich schüttelt Daniela den Kopf. „Seltsam, dass ich ausgerechnet *dir* vor dem Hotel, in dem mein Mann verschwand, über den Weg gelaufen bin. Ich habe das tatsächlich für einen Zufall gehalten.“

Nun dämmert auch den drei anderen, welchen Verdacht Daniela hegt. In ihren Gesichtern zeigt sich erst Verblüffung, dann Begreifen und schließlich unverhohlene Empörung.

„Das ist nicht wahr!“, flüstert Thekla entsetzt.

Sämtliche Blicke sind ausnahmslos auf Miriam gerichtet. Deren Stirn ist anzusehen, wie es dahinter arbeitet. Zunächst scheint sie alles abstreiten zu wollen. „So ein Blödsinn!“ Sie lacht affektiert auf.

Doch Daniela lässt sich nicht täuschen. Sie durchbohrt die andere weiterhin mit ihren Blicken. Schließlich gibt sich Miriam geschlagen. „Also gut, meinetwegen. Ja, ich habe mit Erik geschlafen. Es ist nun einmal passiert. Wie hätte ich denn wissen sollen, dass es dein Mann ist?“

Einen Moment lang halten alle die Luft an.

„Warum wundert mich das jetzt nicht?“, murmelt Nephele entgeistert.

Daniela fixiert Miriam weiterhin mit undurchdringlicher Miene. Von deren zur Schau gestellter Überheblichkeit ist schon bald nicht mehr viel übrig. Auf einmal sprudelt alles aus ihr heraus. „Wir haben uns im Internet kennengelernt. Auf einer Dating-Plattform. Ich schwöre euch: Dort meldet sich niemand mit seinem vollständigen Namen an oder postet gar Familienfotos! Sogar Eriks Vornamen habe ich erst vor einigen Monaten erfahren.“

„Vor einigen Monaten?“, fragt Daniela entgeistert. „Wie lange geht das denn schon?“

Miriam beißt sich auf die Lippen. Sie senkt den Blick und starrt unbehaglich auf ihre Hände.

Daniela wiederholt ihre Frage, nun allerdings mit drohendem Unterton: „Wie lange?“

Miriam druckst herum. Schließlich platzt sie heraus: „Seit fast einem Jahr.“

Daniela fällt die Kinnlade herab. Geschockt lässt sie sich gegen die Lehne der Sitzbank zurückfallen. Nephele, Julia und Thekla wagen kaum zu atmen. Teils fasziniert, teils entsetzt wandern ihre Blicke wie bei einem Tennisspiel von Miriam zu Daniela und zurück. Ihre Betroffenheit scheint beinahe mit den Händen greifbar zu sein. Irgendwann hält Miriam es nicht mehr aus. Ärgerlich schüttelt sie den Kopf und ist wieder ganz die Alte. Von Schuldbewusstsein keine Spur.

„Okay, okay, ich gebe zu, es ist dumm gelaufen“, stellt sie großspurig fest. „Und es tut mir wirklich leid, dass du es auf diese Weise erfahren musstest. Aber es ist nicht zu ändern und ich finde, man muss jetzt kein Drama daraus machen.“

Ungeduldig schaut sie in die Runde. Plötzlich, wie aus dem Nichts, schießt eine Hand quer über den Tisch und greift nach Miriams Schopf. Nephele reagiert sofort. Sie springt auf und schiebt sich aus der Bank, um der neben ihr sitzenden Daniela den Weg freizugeben. Die zieht die lautstark protestierende Miriam an ihren Haaren von deren Platz in die Höhe.

„Lass mich gefälligst los!“, kreischt die Arztgattin.

Nephele schüttelt vielsagend den Kopf. „Immer das gleiche Theater mit ihr“, murmelt sie. Sie legt Daniela eine Hand auf die Schulter. „Liebes, tust du mir einen Gefallen und erledigst das draußen vor der Tür?“

Daniela nickt artig. Mit geübtem Griff dreht sie Miriam den Arm auf den Rücken und bugsiert sie vor sich her zum Ausgang.

Kapitel 13

Explosionen

Mit quietschenden Reifen biegt Daniela auf ihren Hof im Langenklint ein. Die Scheinwerfer ihres Autos erfassen den dunkelblauen Wagen ihres Gatten. Es ist sein ganzer Stolz, denkt sie bei sich. Nur mit an Selbstverleugnung grenzender Selbstbeherrschung kann sie sich davon abhalten, ihren altersschwachen Mercedes im Kofferraum dieses Golfs zu parken. Das gelingt ihr jedoch nur, weil sie weiß, wie begrenzt die finanziellen Mittel der Familie sind. Den Wagen zu reparieren oder gar durch einen neuen ersetzen zu müssen, könnte ihr Budget sprengen.

Die eigentlich viel zu teure Fortbewegungslösung hat sich ihr Mann aus beruflichen Gründen zugelegt, weil er meinte, dass er unmöglich mit einem kleinen Gebrauchtwagen zum Kunden fahren könne. „Wenn die sehen, dass ich aus einer altersschwachen Reisschüssel steige, wird doch keiner mehr Kapitel- und Anlage-Produkte bei mir abschließen“, hatte er ihr erklärt. Allerdings ist das Auto auch der einzige Luxus, den sich die Familie leistet – oder besser gesagt, den ihr Mann sich gönnt. Daniela selbst muss jeden Euro zweimal umdrehen, um den Haushalt zu bestreiten und den Kindern ab und zu einen kleinen Extrawunsch zu erfüllen. Für sie selbst sind schon die Ausgaben für Speisen und Getränke im Ziegenstall anlässlich der Vorbereitungs-Treffen eine Ausnahme, und das schlechte Gewissen deswegen schwingt jedes Mal mit.

Wie konnte sich Erik eigentlich das Hotelzimmer leisten? Diese Frage schießt Daniela auf einmal durch den Kopf. Dann fällt ihr ein, dass das Zimmer womöglich gar nicht von ihm gebucht worden war, weil der Mann an der Rezeption den Namen ihres Mannes augenscheinlich nicht kannte. Ein verächtliches Lächeln formt sich auf ihrem Gesicht. Dann wird wohl Miriam das Zimmer bezahlt haben, denkt sie bei sich und schüttelt ungläubig den Kopf. Was für Abgründe sich da vor ihr auftun! Letztendlich ist es damit wohl Philipp Witt, der angesehene Schönheitschirurg und Spross einer einflussreichen Gifhorner Familie, der die teuren Hotelzimmer bezahlt, wenn es seine Frau danach gelüstet, sich mit anderen Männern zu vergnügen. Fassungslos schüttelt Daniela den Kopf. Wie verzweifelt muss Miriam sein, wenn sie es nötig hat, so viel Geld dafür zu bezahlen, dass irgendein Mann, den sie im Internet aufgegabelt hat, sie bespringt?

Nachdem Daniela den Mercedes mit Mühe und Not *neben* Eriks Wagen zum Stehen gebracht hat, stellt sie den Motor ab und lässt ihren Kopf auf ihre das Lenkrad umschließenden Arme sinken. Was soll sie jetzt tun? Natürlich wird sie mit Erik reden müssen. Sie will ihre Ehe retten, auch wenn sie in diesem Moment noch nicht weiß, wie sie sich das vorstellen soll. Doch etwas anderes bleibt ihr kaum übrig.

Schließlich teilen Erik und sie die Sorge um vier Kinder, einen Hof und nicht zuletzt ihre Schwiegereltern. Wie soll das funktionieren, wenn sie sich scheiden lassen?

Ob ich ihm je wieder vertrauen kann? Ein tiefer Schmerz durchzuckt Danielas Körper. Sie spürt, dass sie ihren Mann immer noch liebt. Verzweifelt fragt sie sich, ob Miriam vielleicht nicht ganz Unrecht hat, wenn sie meint, sie hätte ihren Mann vernachlässigt.

Daniela schaltet die Innenraumbeleuchtung ihres Gefährts ein, dreht den Rückspiegel zu sich herum und betrachtet ihr Gesicht. An ihrer Unterlippe klebt ein wenig Blut. Als sie beim Verlassen des Ziegenstalls einen Moment lang nicht aufgepasst hatte, weil ihnen just in diesem Moment ein Pärchen entgegenkam, das das Lokal betreten wollte, sich dann aber kurzfristig umentschied, hatte Miriam einen Arm losgerissen, sich blitzschnell zu ihr herumgedreht und ihr eine reingehauen. Das war aber auch der einzige Treffer, den sie gelandet hatte. Anschließend hatte Daniela ihr eine Abreibung verpasst, die die andere vermutlich so schnell nicht vergessen würde. Der Gedanke daran entlockt Daniela ein Lächeln. Zufrieden zieht sie eine Bilanz der Auseinandersetzung: Während sie selbst einen kleinen Kratzer im Gesicht davontrug, hatte Miriam einen langen Riss in ihrem sündhaft teuren dunkelblauen Pulli zu beklagen und büßte den Hacken eines ihrer nicht minder sündhaft teuren Pumps ein. Außerdem hatte die ehemals strahlend weiße Hose der Arztgattin empfindlich unter der Kopfüber-Landung in der immergrünen Parkplatzbegrenzung gelitten, was dazu führte, dass der Stoff von braunen und grünen Streifen übersät worden war. Ganz zu schweigen von dem riesigen Fleck auf ihrem Hintern, der von einem unsanften Aufprall in der Pfütze nach einem fabelhaft gelungenen Schulterwurf von Daniela herrührte. Außerdem war einer von Miriams teuren Brillant-Ohrringen in der Aller gelandet, als Daniela sie davon abhalten musste, über die Absperrung, die den Parkplatz hinter dem Lokal vom Fluss trennte, zu fliehen. Warum Miriam das wohl gemacht hat, überlegt Daniela. Wäre sie von so weit oben in die kaum knöcheltiefe Aller gestürzt, hätte das sicher mehr wehgetan als der Schwinger, den sie Miriam stattdessen verabreicht hatte.

Im Seitenfach der Fahrertür findet Daniela eine zerknautschte angebrochene Packung Taschentücher. Sie zieht eines heraus, spuckt darauf und wischt sich damit das Blut von ihrer Unterlippe. Zurück bleiben nur eine kleine offene Stelle und eine leichte Schwellung. Anschließend dreht Daniela den Rückspiegel nicht wieder zurück, sondern betrachtet sich nachdenklich darin, als hoffe sie auf diese Weise eine Antwort auf die Frage zu finden, die sie seit Miriams Verteidigungsrede im Lokal nicht mehr losgelassen hat. Bin ich schuld am Seitensprung meines Mannes? Habe ich ihm zu wenig gezeigt, dass ich ihn liebe? Bin ich durch die ständige Sorge um die Kinder, um seine Eltern, um den Hof und den uns permanent begleitenden Geldmangel zu einem Neutrum geworden, anstatt Erik auch eine Ehefrau zu sein? Statt unbändiger Wut fühlt Daniela auf einmal nur noch Trauer und die Angst, dass sie es vermasselt hat, weil sie die Liebe ihres Lebens als Selbstverständlichkeit hingenommen hatte. Der Gedanke ist ihr unerträglich. Ich muss mit Erik reden, denkt sie bei sich. Ich werde versuchen, unsere Ehe zu retten. Ich lasse es nicht zu, dass das, was wir haben, durch eine belanglose Dummheit zerstört wird!

Entschlossen, sich allen Widrigkeiten zu stellen und die längst überfällige Aussprache mit ihrem Gatten herbeizuführen, dreht Daniela den Rückspiegel in seine vorherige Position zurück, schaltet die Innenbeleuchtung aus, löst den Gurt und steigt aus dem Wagen. Mit weichen Knien geht sie zum Haus hinüber und schließt die Tür auf. Sie vernimmt das wohlbekannte Intro einer Nachrichtensendung und vermutet ihren Mann im Wohnzimmer, wo er wohl fernsieht. Auf einmal ist Daniela, als hätte sie ihr Zuhause und die Geborgenheit ihrer Familie, die ihr alles bedeutet, schon seit Ewigkeiten nicht mehr bewusst wahrgenommen. Hier gehört sie hin, hier wird sie gebraucht und geliebt. Vielleicht sogar noch von Erik … so hofft sie es zumindest.

Daniela zieht ihre Jacke und die Schuhe aus und wirft einen prüfenden Blick in den Garderobenspiegel. Das Bild, das der Spiegel zurückwirft, ist mitnichten schmeichelhaft. Der einfache Zopf, zu dem sie ihr Haar zurückgebunden hat, weil ihre Haarspitzen brüchig geworden sind und sie tatsächlich dringend zum Friseur gehen sollte, steht ihr überhaupt nicht. Auch die Hose und das Sweatshirt, das sie in letzter Zeit so oft trägt, kleiden sie nicht wirklich vorteilhaft. Daniela schüttelt über sich selbst den Kopf. Sie dreht sich um und läuft auf Strümpfen hinüber ins Wohnzimmer. Erik sitzt mit dem Rücken zu ihr auf dem Sofa, die nackten Füße hat er auf dem Couchtisch abgelegt.

„Wir war's?", fragt er, ohne den Kopf zu wenden, und langt in die Dose mit den Erdnüssen.

Versonnen betrachtet Daniela den Hinterkopf ihres Gatten. So langsam lichtet sich sein Scheitel, denkt sie bei sich. Während sie ihn anschaut, fällt ihr auf, dass ihr Mann, der nie sonderlich schlank gewesen ist, sich mit den Jahren einen stattlichen Bauch zugelegt hat. Sie fragt sich, was Miriam wohl an ihm gefunden hat. Seine inneren Werte können es doch wohl kaum gewesen sein, oder?

„Die Kinder sind im Bett?", fragt Daniela überflüssigerweise, denn die Zu-Bett-geh-Zeit für die drei Mädchen ist längst verstrichen. Zumindest dann, wenn ihr Mann es nicht wieder vergessen hat, schießt es ihr durch den Kopf. Im nächsten Moment tadelt sich Daniela wegen dieses lästerlichen Gedankens. Es gibt schließlich Wichtigeres als die Frage, ob die Kinder pünktlich schlafen gehen, um morgens einigermaßen fit für die Schule aus dem Bett zu kommen, ermahnt sie sich im Stillen.

Erik nickt dem Bildschirm zu. „Malte ist unterwegs", fügt er, ohne sich umzudrehen, hinzu.

„Hmm." Daniela hat das Gefühl, als sei ihr Kopf wie leergefegt. Sie versucht sich zu konzentrieren. Eben wollte sie doch noch mit ihrem Mann reden, wollte herausfinden, was in ihrer Beziehung schief gelaufen ist und warum. Wieso findet sie nur plötzlich keine Worte?

Nachdem sie gefühlt eine Ewigkeit in der Wohnzimmertür gestanden hat, wird sie sich dessen gewahr, dass sich Erik immer noch nicht zu ihr umgedreht hat. Ob er vergessen hat, dass ich da bin?, fragt sie sich. Müsste es ihn nicht irritieren, dass ich mich nicht einfach neben ihn setze und an ihn kuschele? Vermutlich denkt er, ich sei schon wieder aus dem Zimmer gegangen, überlegt Daniela. Doch da beugt sich Erik plötzlich vor und greift nach der Bierflasche, die vor ihm auf dem Couchtisch steht. Dazu muss er die Füße von demselben herunternehmen, weil ihm sonst sein Bauch im Wege ist. Als er es mit einem leisen Ächzen geschafft hat, die Flasche zu erreichen, hebt er sie hoch über seinen Kopf, während er weiter auf den Bildschirm starrt. „Bringste mir noch eins?“

Ihr erster Impuls ist, hinüberzugehen, ihm die Flasche abzunehmen und ihm eine neue aus der Küche zu holen. So, wie sie es oft tut, wenn sie abends ins Wohnzimmer kommt, wo Erik schon beim Fernsehen sitzt, während sie noch im Stall nach dem Rechten gesehen, die Küche aufgeräumt oder die beiden kleinen Töchter ins Bett gebracht hat. Doch irgendetwas hält Daniela davon ab, ihrer Gewohnheit zu folgen. Stattdessen bleibt sie wie angewurzelt im Türrahmen stehen und schaut auf den Hinterkopf ihres Gatten. Sie fixiert die Stelle, an der die helle Kopfhaut durch das schüttere Haar hindurchscheint. Sie denkt darüber nach, wie es sich wohl anfühlen muss, die leere Bierflasche auf diese Stelle niedersausen zu lassen.

Erik wird langsam ungeduldig. Auffordernd wackelt sein Arm mit der Flasche in der Hand hoch über seinem Kopf, während er Claus Klebers Ausführungen zum Nahostkonflikt lauscht. Wie hypnotisiert nähert sich Daniela ihrem Mann auf dem Sofa. Als sie direkt hinter ihm steht, zögert sie einen Moment. Doch dann ergreift sie mutig die leere Flasche und reißt ihren Arm nach oben. Sie schließt die Augen und presst die Lippen aufeinander, als müsse sie all ihre Konzentration darauf verwenden, sich über den nächsten Schritt, den sie in ihrem Leben tun will, klar zu werden.

„Ist noch was?", fragt Erik. Jetzt endlich dreht er sich zu ihr um – und das keine Sekunde zu früh. Ratlos schaut er von seiner Frau zur Flasche am Ende ihres ausgestreckten Arms. Plötzlich erbleicht er. „W…was s…soll das?"

Daniela öffnet die Augen. Sie sieht auf ihren Mann herab. In ihrem Blick funkelt es verdächtig. „Rate doch mal!", sagt sie ruhig und lächelt sanft. Das Funkeln in ihren Augen wird stärker und Eriks Gesicht noch eine Spur bleicher. Mit einem Satz springt er vom Sofa und dreht sich zu ihr herum. Dabei kommt er ins Straucheln, weil ihm der Couchtisch im Wege ist. Er fällt auf die Tischplatte, rappelt sich hektisch wieder hoch und stolpert in Richtung des Fernsehers, um möglichst viel Abstand zwischen sich und seine Frau zu bringen. Dort dreht er sich erneut um und schaut Daniela mit schreckgeweiteten Augen an.

Sekunden später stürzt ein barfüßiger Mann aus der Eingangstür eines Wohnhauses im Langenklint und rennt über den spärlich erleuchteten Hof. Am Ende des Lichtkegels der durch die Tür und die daneben befindlichen bunten Glasbausteine fällt, dreht er sich um. Mit offenkundiger Erleichterung nimmt er zur Kenntnis, dass ihm niemand gefolgt ist. Dann fliegt die Haustür krachend ins Schloss. Auf einmal ändert sich der Gesichtsausdruck des Mannes. Statt Panik liegt nun Hilflosigkeit in seiner Miene.

„Daniela! Bitte! Lass uns darüber reden!“ Er starrt auf die Tür in der Hoffnung, dass sie sich auftun möge. „Daniela! Mein Engel!“, ruft er noch einmal, doch die Tür bleibt geschlossen. Stattdessen öffnet sich ein Fenster im Obergeschoss.

„Daniela!“, ruft er erleichtert und läuft auf das Haus zu. „Lass uns darüber reden wie erwachsene Menschen…“ Der Rest seiner Worte erstickt unter einer Bettdecke, die auf seinem Gesicht landet.

„Das ist nicht dein Ernst!“, japst er, nachdem er sich von dem Federbett befreit hat.

„Wage es nicht, auch nur *einen* Fuß in dieses Haus zu setzen!“, ruft Daniela drohend.

„Aber Schatz, ich muss doch irgendwo schlafen! Es ist April und viel zu kalt draußen. Sei vernünftig! Das bringt doch alles nichts!“

„Fremdficken bringt auch nichts!“, versetzt Daniela wütend.

„Aber was soll ich denn jetzt machen?“, ruft Erik in weinerlichem Ton.

„Mir egal!“, faucht Daniela. Mit einem lauten Knall schließt sie das Fenster.

Plötzlich ist es totenstill. Erik schaut auf das Federbett in seinen Armen, dann auf seine nackten Füße. Unschlüssig, ob er weiter darauf hoffen soll, dass seine Frau sich besinnt und ihn doch wieder ins Haus hineinlässt oder ob er sich tatsächlich einen anderen Platz zum Schlafen suchen muss, sieht er sich um. Von Ferne hört er ein Geräusch. Er versucht sich in der Dunkelheit zu orientieren und entdeckt einen diffusen Lichtschein hinten auf dem Hof, neben dem Haus seiner Eltern. Er schaut genauer hin und sieht seine Mutter in der Tür zum Gewächshaus stehen.

„Hast du das mitbekommen, Mutter? Daniela ist vollkommen ausgetickt!“, ruft Erik beleidigt.

„Und ich hatte geglaubt, sie kommt nie dahinter“, gibt Inge lapidar zurück.

Einen Moment lang ist Erik sprachlos. „Wie meinst du das?“, fragt er unsicher. Doch Inge hat nicht vor, sich auf eine Diskussion mit ihrem Sohn einzulassen. „Ganz der Vater“, versetzt sie kopfschüttelnd. „Ich rate dir, das mit Daniela wieder hinzubiegen. Sonst hast du echt ein Problem!“

Erik fasst die Bettdecke fester, damit sie nicht im Dreck herumschleift, und geht auf seine Mutter zu.

„Wenn du meinst, dass du bei uns schlafen kannst – vergiss

es!“, ruft ihm seine Mutter entgegen. „Such dir einen Platz im Stall bei den Kühen! Ein Eckchen im Stroh wirst du dort schon finden.“

Hilflos bleibt Erik stehen. „Aber Mutter, ich kann doch nichts dafür, dass Daniela durchdreht. Ich weiß auch nicht, was in sie gefahren ist!“

„Aber ich weiß es!“, erwidert Inge kühl. „Und ich werde einen Teufel tun, ihr bei ihren Erziehungsbemühungen in den Rücken zu fallen.“

„Da habe ich ja wohl auch noch ein Wörtchen mitzureden!“, ertönt es plötzlich aus Richtung des Wohnhauses von Eriks Eltern. Die Umrisse seines Vaters sind in der hellerleuchteten Öffnung der Haustür zu erkennen. „Selbstverständlich kann mein Sohn in meinem Haus schlafen“, teilt er seiner Frau in strengem Ton mit, der keinen Widerspruch duldet.

Wütend fährt Inge zu ihm herum. „Vergiss es!“, faucht sie.

Alfons holt Luft, um zu einer Erwiderung anzusetzen, doch seine Frau denkt gar nicht daran, ihn zu Wort kommen zu lassen. „Und wenn du dich jetzt nicht augenblicklich wieder ins Haus schleichst, dann bring ich dich morgen ins Heim!“

***

Julia trommelt ungeduldig mit den Fingerspitzen auf das Lenkrad ihres weißen Peugeots. Wenn sie sich ein Stückchen vorbeugt, kann sie durch die Windschutzscheibe hindurch die riesige hellerleuchtete Jugendstilvilla sehen, den Stammsitz der Familie Hemker. Hier lebt ihr Verlobter seit einigen Jahren alleine, weil seine Eltern beschlossen haben, ihren Lebensabend in einer luxuriösen Finca auf Mallorca zu verbringen.

Er ist wirklich ein netter Kerl, denkt Julia bei sich, und darüber hinaus wirklich attraktiv. Kein Wunder, dass er als der begehrteste Junggeselle der Stadt gilt! Eigentlich verrückt, dass er nicht längst verheiratet ist, überlegt sie. Im nächsten Moment stutzt sie. Verrückt? Er ist verlobt, und zwar mit dir, erinnert sie sich und seufzt.

Für Julia kam es nie infrage, Björn Hemker zu heiraten, obwohl sie sich auf Anhieb gut verstanden hatten, als sie sich beim Surfen auf dem Tankumsee zum ersten Mal trafen. Schnell hatte sich eine Freundschaft zwischen ihnen entwickelt und nicht lange danach beschlossen sie, sich zu verloben. Das hatte durchaus praktische Gründe. Andere ernstzunehmende Aspiranten für eine Beziehung waren bei beiden weit und breit nicht in Sicht und es erschien ihnen in ihrer damaligen Lebenssituation die beste Lösung zu sein. Björn war die ständigen Kuppelversuche seiner Eltern leid und sie selbst war damals schon auf dem Sprung ins Bürgermeisteramt gewesen. Eine Verlobung mit dem Sprössling einer angesehenen Gifhorner Kaufhaus-Familie konnte da ihrer Meinung nach nur förderlich sein, um sich gegen die parteiinterne Konkurrenz und auch im folgenden Wahlkampf durchzusetzen.

Sechs Jahre dauert dieser Zustand nun schon zur beiderseitigen Zufriedenheit an. Wenn ihre Terminkalender es zulassen, unternehmen sie etwas miteinander, gehen gemeinsam aufs Wasser oder Essen oder ins Theater. Bei geschäftlichen oder gesellschaftlichen Terminen sind beide froh darüber, eine Begleitung zu haben, die man vorzeigen kann, ohne sich am nächsten Tag bei den Gastgebern entschuldigen oder bissige Kommentare im Lokalteil der örtlichen Zeitungen lesen zu müssen. Und mittlerweile hat sich ihr Umfeld auch an ihre Dauer-Verlobung gewöhnt. Nur noch selten tauchen Fragen danach auf, wann sie denn nun endlich den Schritt in die Ehe wagen wollen.

Eigentlich ist es perfekt, so, wie es ist, überlegt Julia. Sie beide ziehen ihre Vorteile aus dem Arrangement und gehen gleichzeitig verschiedenen Problemen aus dem Weg. Zumindest für sie selbst stimmt das. Elas Frage aus ihrem letzten Telefonat hallt erneut durch ihren Kopf. „Bist du dir da so sicher?“, hatte sie wissen wollen, als Julia meinte, das ganze Konstrukt ginge nur sie selbst etwas an. Danach war sie ziemlich einsilbig geworden und hatte das Gespräch schnell beendet. Das hatte Julia irritiert.

Damals hatte sie zum ersten Mal darüber nachgedacht, ob es bei der ganzen Angelegenheit vielleicht doch einen Haken gab und irgendjemand der Verlierer ist. Die Möglichkeit, dass es diesbezüglich Befindlichkeiten geben könnte, hatte sie immer großzügig ausgeblendet. Natürlich war ihr bewusst gewesen, dass sie nicht ehrlich ist und ihre Karriere auf einer Lüge gründet. Vor sich selbst hatte sie sich damit gerechtfertigt, dass ihr Privatleben niemanden etwas angeht und keinerlei Einfluss auf ihre Qualitäten als Bürgermeisterin hat. Doch soweit es Björn betrifft muss sie zugeben, dass sie schon manches Mal das Gefühl beschlichen hat, er könne mehr von ihr wollen, als sie ihm zu geben bereit ist. Wenn er sie so seltsam intensiv angeschaut oder verstohlen ihre Hand berührt hatte, wusste sie oft nicht, ob das nun Theater war oder eine Spur Ernst dahinter steckte. Sie hatte sich eingeredet, dass das zur Vorstellung, die sie beide vor der Öffentlichkeit ablegen, dazugehört. Aber kann sie sicher sein, dass dem auch wirklich so ist?

Julia schaut betrübt auf ihre Hände, die nun still auf dem Lenkrad ruhen. Wie wird Björn es aufnehmen, wenn sie ihm mitteilt, dass sie ihr Arrangement beenden wird? Was ist, wenn sie plötzlich feststellen muss, dass er sich über die Zeit doch ernsthafte Hoffnungen gemacht hat? Darauf, dass auch sie ihre Verlobung irgendwann ernst nimmt und sie heiraten? Ich habe es mir zu leicht gemacht, bekennt Julia vor sich selbst. Ich habe jeden Zweifel an unserem Arrangement ausgeblendet.

Plötzlich steigen vor ihrem inneren Auge Bilder desjenigen Menschen empor, den sie wirklich liebt. Ein warmes Gefühl breitet sich in ihrem Inneren aus und ihr Herz beginnt heftiger zu schlagen. Ja, es wäre wirklich schön, sich nicht mehr verstecken zu müssen, denkt sie bei sich. Aber der Preis dafür wird verdammt hoch sein, und ob ihre Liebe unter dieser Belastung überhaupt eine Chance hat?

Erneut beginnt Julia, mit ihren Fingern auf das Lenkrad einzuhämmern. Sie muss eine Entscheidung treffen, ehe das Ultimatum Kotzlowskis abläuft. Sie lässt sich gegen die Rückenlehne des Fahrersitzes fallen, schließt die Augen und atmet tief durch. So verharrt sie minutenlang. Irgendwann öffnet sie die Augen wieder. Wie in Trance schnallt sie sich ab, öffnet die Fahrertür und steigt aus. Mit bedächtigen Schritten, als wäre jeder einzelne davon ein Bekenntnis, nähert sie sich der Villa auf der anderen Straßenseite. Als sie den Weg zum Eingang hinaufläuft, sorgt der Bewegungsmelder dafür, dass das Licht der Laterne neben der Tür angeht. Julia nimmt all ihren Mut zusammen und klingelt. Nach einer Weile hört sie, wie sich im Inneren des Hauses etwas regt. Durch die milchige Scheibe in der Tür sieht sie einen Schatten auf sich zukommen. Dann wird ihr geöffnet.

„Nanu, was machst du denn hier?“, fragt eine angenehm tiefe Stimme erfreut. Julia blickt auf und begegnet zwei faszinierend schönen hellblauen Augen, die aufleuchten, als sich ihre Blicke treffen. „Komm doch rein!“, sagt der Mann und macht einen Schritt zur Seite.

Doch Julia rührt sich nicht vom Fleck. Sie bemüht sich um ein Lächeln, das jedoch reichlich gequält ausfällt. „Wir müssen reden“, presst sie hervor.

***

Der untersetzte Mann mit dem dichtgelockten dunkelbraunen Haar und dem grau durchwirkten Vollbart stöhnt auf. Mit hoch aufgerichtetem Oberkörper verharrt er noch einen Moment in dieser Position, dann lässt er sich mit einem Ächzen schwerfällig auf die durchgelegene Matratze neben Miriam fallen.

„Mann, war das gut", japst er. Nach einer Weile wendet er den Kopf und schnurrt ihr ins Ohr: „Du bist echt eine Granate!" Er wälzt sich auf die Seite und beugt sich zu ihr hinüber, um sie zärtlich auf den Mund zu küssen. Miriam wehrt ihn mit beiden Händen ab.

„Sei nicht albern!", weist sie ihn zurecht. „Das hier ist Sex und hat nichts mit Gefühlen zu tun." Sie setzt sich auf und lehnt sich mit dem Rücken gegen die dünne Bretterwand. Dabei zieht sie die alte Wolldecke aus Militärbeständen hoch über die Brust, um ihre Blöße zu bedecken. Der Mann schaut mit enttäuschtem Hundeblick zu ihr hinauf. Er legt seine Hand auf die Decke über ihrer Hüfte und streicht an den Konturen ihres Körpers entlang bis hinauf zu ihrer Brust. Dort bleibt die Hand erst in zärtlicher Berührung liegen, dann umschließt sie die Brust plötzlich fordernd mit festem Griff. Mit ebenso festem Griff packt Miriam die Hand und stößt sie von sich. „Du tust mir weh!", beschwert sie sich.

„Ich dachte, das magst du vielleicht?", fragt der Mann mit unschuldigem Augenaufschlag. „Wie soll ich mir die blauen Flecke und Kratzer sonst erklären, mit denen dein Alabaster-Körper übersät ist?" Er stützt seinen Kopf auf seinen angewinkelten Arm und lächelt süffisant. „Du bist nicht die Frau, die sich von ihrem Mann verprügeln lässt. Eher müsste *er* sich vor *dir* in Acht nehmen! Also muss ich wohl davon ausgehen, dass du manchmal ein kleines bisschen Haue ganz gerne hast.“ Erneut legt er seine Hand auf die Decke und lässt sie über ihren Oberschenkel wandern. Mit einem Ruck schiebt er die Decke beiseite und fasst Miriam in den Schoß. Blitzschnell holt Miriam aus und versetzt ihm eine schallende Ohrfeige.

„Und *immer* haben Typen wie du was auf die Fresse verdient!“, gibt sie empört zurück. „Das war eine Meinungsverschiedenheit unter Freundinnen, nichts weiter“, erklärt sie dann.

„War ja nur Spaß“, entgegnet der Mann schmollend und reibt sich die schmerzende Wange.

Ungerührt ob seiner Befindlichkeiten beugt sich Miriam zur Seite und fischt nach ihrer Gucci-Tasche, die unter die schmale Pritsche gerutscht ist. Sie zieht ihr Smartphone hervor, entsperrt es und lässt dann ihren Blick nachdenklich über die spartanische Einrichtung der Jagdhütte wandern, in die Matthias – so heißt der Mann – sie mitgenommen hat. Ihr Blick fällt auf das fast blinde Sprossenfenster mit den Spinnenweben davor, auf den Tisch, auf dem Matthias‘ olivfarbener Rucksack und ein Schrotgewehr neben einer Thermoskanne liegen, auf das Geweih an der Wand darüber, das vermutlich von einem Hirsch stammt – sie kennt sich da nicht so aus. Auf einmal beginnt Miriam damit, eifrig etwas in ihr Smartphone zu tippen.

Der Mann, der eben noch schmollte, verschlingt sie schon wieder mit seinen Blicken. „Wirklich, Miriam, du bist eine tolle Frau! Ich mag Weibsbilder mit Temperament“, schmeichelt er ihr mit weicher Stimme.

Miriam schaut von ihrem Smartphone auf und taxiert ihn mit ihren grau-grünen Augen, als sei er ein seltenes Insekt. „Sag mal, Matthias, flirtest du etwa mit mir?“, fragt sie argwöhnisch.

Erstaunt zieht Matthias die Augenbrauen empor. „Kannst du es mir verübeln? Du bist eine wunderschöne Frau“, er richtet sich auf, um ihr in die Augen zu schauen. „Und ich bin ein Mann, der dir Vieles bieten kann: ein großes Haus, Angestellte, Reisen, ein schickes Auto, meinetwegen auch mehrere, wenn du willst.“ Er lächelt sie an in dem vermeintlichen Wissen, dass kaum eine Frau diesem Angebot würde widerstehen können.

„Bist du sicher, dass davon viel übrig bleibt, wenn deine Frau nach einem Scheidungsprozess mit dir fertig ist?“, will Miriam mit spöttischem Unterton wissen. Sie stutzt, denkt einen Moment nach und tippt erneut etwas in ihr Smartphone.

„Auch dann noch“, gibt der Mann ernst zurück.

Miriam schmunzelt, während sie weitertippt. Dann hebt sie das Gerät in die Höhe und bewegt es langsam von links nach rechts.

Verwundert schaut der Mann sie an. „Was machst du da?“, fragt er.

Miriams Lächeln intensiviert sich. „Zugegeben, dein Angebot ist verlockend“, antwortet sie mit einem Seufzer. „Aber ich glaube, ich habe eine bessere Idee.“

***

„Tut mir leid, wir schließen.“

Durch die geöffnete Durchreiche hindurch hört Nephele, wie ihre Angestellte Kira im Lokal mit jemandem redet, vermutlich einem verspäteten Gast. Nephele selbst ist in der Küche und bespricht mit ihrem Koch Anthony die Einkäufe, die sie am Tag darauf im Braunschweiger Großmarkt erledigen will.

„Hey! Was soll das?“, ist das nächste, was Nephele hört.

„Ich bin ein Freund der Familie, Schätzchen“, entgegnet eine dunkle, heisere Stimme.

Unverzüglich stellen sich Nepheles Nackenhaare auf. Mit einem Satz fährt sie herum und stürmt aus der Küche in den Gastraum. Dort sieht sie, wie die junge blonde Frau hilflos einem großen dunkelhaarigen Mann hinterherstarrt, der sich unbeirrt seinen Weg durchs Lokal bahnt und auf sie zusteuert. Kira ist empört und auch ein wenig verängstigt. Der Mann ist natürlich Karl.

„Tut mir leid, Chefin, ich konnte ihn nicht aufhalten. Er hat mich einfach zur Seite gedrängt“, ruft Kira ihr zu.

Nephele beißt die Zähne zusammen, sodass ihre Wangenmuskulatur weiß hervortritt. Auf Karls Gesicht malt sich ein feines, selbstzufriedenes Lächeln. „Die Kleine weiß noch nicht, wie man mit VIPs umgeht“, teilt er Nephele mit.

Der schlägt das Herz bis zum Hals. Sie bemüht sich, ihre Stimme unter Kontrolle zu halten, als sie ihm ruhig antwortet: „Das liegt vermutlich daran, dass wir hier keine VIPs haben.“ Sie nickt Kira beruhigend zu. „Danke. Geh ruhig nach Hause, ich mach‘ das hier schon.“

Kira schaut sie zweifelnd an, doch Nephele hat sich bereits wieder Karl zugewendet. Sie lässt ihn nicht aus den Augen, als erwarte sie, dass er sich jeden Moment auf sie stürzt. Ihr ist bewusst, dass diese Furcht nicht unberechtigt ist. Ihre Angestellte bleibt noch einen Moment lang unschlüssig am Eingang stehen, doch als von ihrer Chefin keine weitere Reaktion kommt, nimmt sie ihre Tasche und ihre Jacke, die sie bereits neben der Tür deponiert hatte, und verlässt das Lokal.

In diesem Moment tritt Anthony hinter Nephele aus der Küche. Sein Blick wandert von ihr zu Karl. „Ist alles okay?“

Bevor Nephele den Mund aufmachen kann, hat Karl schon das Wort ergriffen. „Hau ab!“, sagt er ruhig.

Der ebenfalls große, jedoch sehr viel schlankere Anthony macht einen Schritt auf ihn zu. Nephele, die befürchtet, dass die Situation eskaliert, mischt sich ein. „Verzeih bitte,

Tony, mein Gast weiß nicht, wie man sich benimmt“, sagt sie und lächelt dem Koch gezwungen zu. Dann fährt ihr Kopf mit einem Ruck erneut zu Karl herum. Sie funkelt ihn warnend an, während sie weiter mit Tony spricht. Obwohl ihr das Herz bis zum Hals schlägt, versucht sie, ihrer Stimme einen festen, sicheren Klang zu geben. „Du kannst nach Hause gehen. Sandra wird sicher schon auf dich warten. Wir sind mit der Einkaufsliste ja so gut wie fertig. Den Rest mache ich später alleine.“ Sie dreht sich noch einmal um und lächelt ihn an, obwohl ihr alles andere als fröhlich zumute ist. Geh endlich, Tony, geh, denkt sie bei sich. Und tatsächlich: Nachdem Tony ihr einige Sekunden lang prüfend in die Augen gesehen hat, tritt er den Rückzug an.

„Ich gehe hinten raus. Gute Nacht.“ Er nickt ihr zu, wendet sich um und verschwindet durch die Tür in die Küche.

Nephele wartet einen Moment, bis er außer Hörweite ist. „Wenn es dein Ziel war, dafür zu sorgen, dass in zwei Minuten die Polizei auf der Matte steht, dann hast du es richtig angefangen!“, zischt sie wütend.

Karl setzt sich seelenruhig auf einen der Barhocker. „Dann würdest du den Bullen sicher mitteilen, dass alles in bester Ordnung ist“, gibt er gelassen zurück. „Und jetzt hätte ich gerne ein Bier.“

Nephele wirft ihm einen wütenden Blick zu. Betont gelassen geht sie hinüber zum Kühlschrank, der am Ende des Thekenbereichs steht. Dort lagern hinter der gläsernen Tür verschiedene Sorten Flaschenbier. Während sie den Kühlschrank öffnet, kann sie nicht verhindern, dass ihr Blick unwillkürlich nach oben wandert und einen Punkt über der Theke fixiert, wo die Spirituosen stehen. Im nächsten Moment könnte sie sich für diese Unvorsichtigkeit ohrfeigen. Reiß dich zusammen, ermahnt sie sich innerlich, Karl ist nicht blöd.

„Was willst du eigentlich schon hier?“, fragt Nephele, während sie eine Flasche aus einem der Fächer zieht. „Waren wir nicht erst für morgen verabredet?“ Sie hält Karl die Flasche mit einem fragenden Gesichtsausdruck entgegen. Der nickt zustimmend. Wortlos öffnet Nephele das Bier und stellt es vor ihn auf den Tresen.

„Mir ist für morgen etwas dazwischen gekommen“, antwortet Karl knapp. „Das stört dich doch hoffentlich nicht?“

Nephele verschränkt die Arme, tritt einen Schritt zurück und lehnt sich gegen die Arbeitsfläche im rückwärtigen Teil des Thekenbereichs. Sie beobachtet Karl, während er das Bier an seine Lippen setzt und trinkt. Er beobachtet sie ebenfalls über die Flasche hinweg, und Nephele könnte schwören, dass es in seinen Augen triumphierend aufblitzt.

Ich hätte damit rechnen müssen, denkt Nephele bei sich. Zum Kuckuck, ich hätte damit rechnen müssen! Ich kenne doch seine Spielchen. Es gehört bei ihm dazu, für sein Gegenüber stets unberechenbar zu bleiben. So kann er sicher sein, dass er jederzeit derjenige ist, der die Spielregeln bestimmt. Er und sonst niemand! Wie gut, dass ich wenigstens nicht ganz unvorbereitet bin.

Nephele bemüht sich, Karls Blick standzuhalten und dabei gelassen zu wirken. Hinter ihrer Stirn jedoch rasen die Gedanken. Wenn mir jetzt nicht bald etwas einfällt, dann geht die Sache schief, überlegt sie.

„Ich schau mal, ob Tony schon gegangen ist“, sagt sie beiläufig. Ohne eine Antwort abzuwarten, aber auch ohne eine übertriebene Eile an den Tag zu legen, wendet sie Karl den Rücken zu und verschwindet durch die Schwingtür in der Küche. Wie erwartet, ist von Tony nichts mehr zu sehen. Die Hintertür zum Hof ist geschlossen und ein Blick durchs daneben liegende Küchenfenster zeigt ihr, dass er wohl schon auf sein Motorrad gestiegen und nach Hause gefahren ist.

Einerseits ist Nephele erleichtert, denn Tonys Anwesenheit würde die Sache nur verkomplizieren. Andererseits kann sie sich eines mulmigen Gefühls nicht erwehren, als ihr bewusst wird, dass sie nun wirklich mutterseelenallein mit einem Mann ist, der seine eigene Mutter erschlagen hat, weil sie sein Abendessen anbrennen ließ. So besagen es jedenfalls die Gerüchte, die nach dem Geschehen die Runde machten, als „Killer-Kalle“, wie man ihn spätestens seit diesem Ereignis in seinen Kreisen nannte, in den Knast einfuhr. Er selbst hatte stets behauptet, dass er unter Drogen stand, seine Mutter im Rausch nicht erkannte und Stimmen in seinem Kopf ihn anwiesen, die fremde Frau zu töten. Von den Leuten aus seinem Umfeld glaubte ihm niemand dieses

Märchen, und der Richter hatte es vermutlich auch nicht getan. Leider konnte man ihm nicht nachweisen, dass er sich die bewusstseinserweiternden Pillen erst nach dem Mord reingezogen hatte und nicht vorher.

Nervös blickt sich Nephele um und entdeckt ihre Tasche auf der spiegelblank geputzten Edelstahl-Arbeitsplatte neben dem Herd. Sie läuft hinüber und kramt ihr Smartphone heraus, auf dem sie mit flinken Fingern herumtippt. Dann schiebt sie es in die Tasche zurück und läuft zur Tür zurück, die in den Gastraum führt. Karl sitzt immer noch mit dem Bier in der Hand am Tresen. Er schaut sie nicht an, als sie hinter die Theke tritt, sondern sieht sich stattdessen im Lokal um. Erst nach einer ganzen Weile wendet er sich ihr wieder zu.

„Hast du auch in den Schränken nachgesehen?“, fragt er.

Nephele runzelt die Stirn und sieht ihn verständnislos an.

Karl lächelt, doch sein Blick scheint sie durchbohren zu wollen. „Du warst lange in der Küche“, stellt er fest.

Nephele wird heiß und kalt. Ob er etwas gemerkt hat? „Ich habe Ilias eine SMS geschrieben, dass es später wird.“ Es ist die erste Erklärung, die ihr einfällt. Im nächsten Moment überlegt sie, ob es klug war, das zu sagen.

Karl schaut sie nur an. Nephele muss sich zwingen, seinem Blick standzuhalten. Jetzt bloß nicht ausweichen, ermahnt sie sich. Nerven behalten!

Irgendwann wendet Karl seinen Blick von ihr ab und lässt

ihn wieder durch das Lokal wandern. „Schöner Laden", meint er. „Du hast es zu etwas gebracht."

„Komm zur Sache!", erwidert Nephele. „Was willst du von mir?"

Überrascht dreht sich Karl zu ihr um. „*Ich* von dir? Ich bin gekommen, weil *du* etwas von *mir* willst", korrigiert er sie.

Nephele schnauft verächtlich. „Ich will nur eins von dir: Dass du uns zufrieden lässt!"

Karl seufzt und zieht ein betroffenes Gesicht. „So behandelst du den Vater deines Sohnes?"

Sie wissen beide, dass Nephele ihm für diese Bemerkung am liebsten die Augen auskratzen würde. Lass dich nicht provozieren, Nephele, schärft sie sich ein. „Also, was willst du?", wiederholt sie ihre Frage. Abwartend verschränkt sie die Arme vor der Brust.

Karl lächelt milde. „Ich bringe ein großes Opfer, wenn ich darauf verzichte, meinen Sohn zu sehen, den du mir so viele Jahre vorenthalten hast." Er lehnt sich auf dem Barhocker zurück und lächelt süffisant. „Da wäre es nur fair, wenn du mir ein bisschen entgegenkommst."

Nepheles Nackenhaare stellen sich auf. Sie weiß genau, was das bedeutet, obwohl ihr Gegenüber es noch mit keiner Silbe erwähnt hat: Karl will sie in seine schmutzigen Geschäfte hineinziehen. Er wird etwas von ihr verlangen, was ihr zutiefst zuwider sein wird. Nur unter dieser Voraussetzung wird er sich bereit erklären, Illias in Ruhe zu lassen.

„Es handelt sich nur um eine winzige Gefälligkeit“, fährt Karl fort. Seelenruhig trinkt er noch einen Schluck Bier. Anschließend wischt er sich den Mund genüsslich mit dem Handrücken ab. „Ich erwarte in einigen Tagen eine Lieferung. Da sich die Behörden zurzeit ein bisschen zu viel für das interessieren, was ich tue, ist es besser, wenn das Zeug nicht an meine eigene Adresse, sondern hierher geht. Du musst nichts anderes tun, als das Paket anzunehmen und sicher aufzubewahren, bis ich oder einer meiner Freunde es in meinem Auftrag abholt. Das ist alles.“

Nephele sieht ihn einfach nur an. Als es so aussieht, als würde Karl seinen Ausführungen nichts mehr hinzufügen wollen, hebt sie ihr Kinn und sieht ihm entschlossen in die Augen. „Das ist alles?“, fragt sie.

Karl nickt. „Das ist alles“, antwortet er mit einem unverbindlichen Lächeln.

Nephele lächelt ebenso unverbindlich zurück. Das ist natürlich *nicht* alles, denkt sie bei sich. Er wird Ilias und mich auch dann nicht in Ruhe lassen. Im Gegenteil! Habe ich mich erst einmal strafbar gemacht und laufe Gefahr, in den Bau zu müssen, wenn die Sache auffliegt, hat er mich erst richtig am Haken. Dann wird er noch ganz andere Dinge von mir verlangen. Und wenn ich nicht bereit bin mitzuspielen, hat er sich meiner ganz fix entledigt und außerdem freie Bahn, um mein verwaistes Kind auf die schiefe Bahn zu bringen. Das ist so offensichtlich wie nur irgendwas! Ich frage mich nur, ob *er* wirklich glaubt, dass *ich* nicht weiß, was er vorhat. Das ist die Frage, die darüber entscheidet, ob Karl mir ver- oder misstraut, überlegt Nephele. Misstraut er mir, bin ich jetzt schon so gut wie tot. Leider habe ich keine andere Chance, als es trotzdem zu versuchen.

„Was ist in dem Paket?“ Nephele spürt einen Frosch im Hals und räuspert ihn fort.

Karls Lächeln wird intensiver. „Willst du das wirklich wissen?“

Nephele weiß natürlich, dass es besser wäre, es nicht zu wissen. Trotzdem muss sie Karl dazu bringen, es ihr zu sagen. Sie räuspert sich noch einmal. „Vielleicht *sollte* ich es wissen, um das Paket angemessen zu lagern. Denkst du nicht?“

Karl schaut sie nachdenklich an. Dann schüttelt er nachsichtig den Kopf. „Ich bin sicher, dass du weißt, was es für dich bedeutet, wenn du einen Fehler machst. Sicher würdest du selbst dich am meisten darüber ärgern.“

Es ist etwas in seiner Stimme, das Nephele das kalte Grauen einflößt. Sie hofft, dass sie ihre Gefühle vor Karl verbergen kann, obwohl sie davon überzeugt ist, dass er eine ausgezeichnete Antenne für die Schwächen anderer Menschen hat.

„Ich habe dich immer für ein intelligentes Mädchen gehalten“, fügt Karl nach einer Weile hinzu. Er rutscht vom Barhocker herunter und lässt seinen Blick noch einmal durch das Lokal wandern bis hin zum Thekenbereich, den er besonders interessiert begutachtet. Einen Augenblick lang befürchtet Nephele, dass ihr Herz aufhören könnte zu schlagen. Ihre Miene erstarrt. In diesem Moment fährt Karl zu ihr herum und richtet seinen bohrenden Blick auf sie. Nephele weiß, dass sie den Ausdruck in seinen Augen nie vergessen wird. Mit einem Mal befindet sie sich in einem seltsam schwebenden Zustand, in dem alles möglich ist. Das Leben und der Tod. So ist das also, denkt sie unwillkürlich, wenn man weiß, dass die letzte Stunde gekommen ist. Und irgendwie macht es das leichter, sich mit dem Unausweichlichen abzufinden.

Nephele wagt nicht, Karls Blick auszuweichen. Aus den Augenwinkeln bemerkt sie, wie er hinter sich greift. Ich hätte Ilias sagen sollen, an wen er sich wenden soll, wenn ich irgendwann nicht mehr nach Hause komme, denkt sie bei sich. Er weiß doch gar nicht, was er tun soll. Ein metallisches Klicken ertönt. Nephele zuckt zusammen. Karl lächelt. Er wendet seinen Blick ab und schaut auf den Gegenstand in seiner rechten Hand. Es ist ein Autoschlüssel.

Nephele muss sich arg zusammenreißen, um die Luft, die sie unwillkürlich angehalten hatte, nicht in einem Schwall herauszuprusten. Sie hüstelt um Zeit zu gewinnen und sich wieder in den Griff zu bekommen. Als sie aufschaut, sieht Karl sie unverwandt an, als sei nichts geschehen.

„Ich melde mich“, sagt er. Nach einer winzigen Pause setzt er ein „Ciao Nephele“ hinterher. Dann dreht er sich um und geht zur Tür.

„Ciao“, ruft Nephele ihm hinterher und wundert sich darüber, wie normal ihre Stimme klingt. Eben so, als sei nichts gewesen.

Als die Tür hinter Karl zufällt, wagt Nephele endlich wieder zu atmen. Sie streicht sich mit beiden Händen über das Gesicht, fährt sich mit ihren Fingern durch die Haare und empfindet es fast als unwirklich, ihren Körper zu spüren. Sie ist immer noch da! Lebendig! Doch schon im nächsten Moment ist es wieder vorbei mit ihrer Erleichterung. Ich habe nichts erreicht, denkt sie verzweifelt. Das, worüber wir gesprochen haben, wird kaum ausreichen, um Karl erneut hinter Gitter zu bringen. Sicher, Polizei und Staatsanwaltschaft würden vermutlich keinen Zweifel daran haben, dass Karl mein Lokal zu einem Drogenumschlagplatz machen will. Ebenso wenig, wie ihnen seine Drohungen mir gegenüber verborgen bleiben würden. Doch vor Gericht wird das kaum ausreichen, um ihn erneut wegzusperren, vermutet Nephele. Dennoch brennt sie darauf, die Aufnahme anzuschauen und abzuhören. Sie hatte sie vorhin mit dem Smartphone gestartet, als sie in der Küche war, angeblich um nachzusehen, ob Tony bereits gegangen und die Luft für das konspirative Gespräch mit Karl rein genug war.

Nephele wirft einen prüfenden Blick zum obersten Regalfach mit den Spirituosen. Dort, in der dunkelsten Ecke hinter einigen Flaschen, verbirgt sich eine Minikamera mit Mikrofon. Selbst für sie, die weiß, wo die Kamera angebracht ist, ist sie kaum zu sehen. Gestern hat sie das Gerät mit Tonys Hilfe installiert. Dem Koch hatte sie erklärt, dass es sich um eine reine Vorsichtsmaßnahme handele, denn man könne ja nie wissen, ob es nicht einmal ernsthaften Ärger mit renitenten Gästen gäbe – aggressives Verhalten käme ja immer mehr in Mode. Der Rest der Belegschaft weiß nichts davon und sie hatte Tony eindringlich gebeten, es auch dabei zu belassen. Nephele weiß, dass sie ihm vertrauen kann, und trotzdem: Je weniger Menschen auch nur ahnen, in was für einer prekären Situation sie steckt, desto geringer ist ihr Risiko aufzufliegen – und das der anderen, in eine gefährliche Situation mit hineingezogen zu werden.

Sie eilt in die Küche, fischt ihr Smartphone aus der Tasche, öffnet die dazugehörige App, stoppt die Aufnahme und tippt dann auf die Pfeil-Taste, um sie abzuspielen. Wie gebannt schaut sie auf das Display. Tatsächlich hat die Kamera erfasst, wie Karl am Tresen sitzt und sich im Lokal umsieht. Einmal schaut er dabei auch in Richtung der Linse. Erneut bleibt Nephele fast das Herz stehen, als er sie für den Bruchteil einer Sekunde direkt anzusehen scheint. Doch dann wandert sein Blick weiter durch den Gastraum als sei nichts geschehen, bis sie selbst kurz darauf die Szenerie betritt. Karl sagt etwas, doch was er sagt, ist kaum zu verstehen. Nephele muss feststellen, dass die Tonqualität miserabel ist. Die Aufnahme ist insgesamt sehr leise und das gesprochene Wort geht nahezu unter in einem gleichmäßigen Rauschen, das fast alles andere übertönt. Nephele erhöht die Wiedergabe-Lautstärke bis zum Anschlag. Nun hört sie ihre eigene Stimme: „Ich habe Ilias eine SMS geschrieben, dass es später wird.“ Sie sieht auf dem Display, wie Karl sie in jenem Moment anstarrte. Sofort steigt die Angst in ihr wieder hoch, die sie in diesem Augenblick gefühlt hat. Sie sieht, wie Karl sich umdreht und in den Gastraum schaut. Sie hört ein dumpfes Murmeln, doch weil er jetzt in die entgegengesetzte Richtung, weg vom Aufnahmegerät spricht, kann sie so gut wie nichts verstehen. Nephele hält das Smartphone ganz dicht ans Ohr. Lässt sich mit ein bisschen Nachbearbeitung vielleicht noch etwas aus der Aufnahme herausholen? „*Ich* von dir? Ich bin gekommen, weil *du* etwas von *mir* willst“, meint sie herauszuhören. Stimmt, sowas in der Art hatte er gesagt, erinnert sie sich.

Erst im allerletzten Moment, als ein Schatten auf sie fällt, realisiert Nephele, das sie nicht mehr allein in der Küche ist. Mit dem Smartphone in der Hand fährt sie herum, doch da hat Karl schon seine Finger um ihren Hals gelegt. Unbarmherzig drückt er zu, während er Nephele brutal rücklings auf die Arbeitsplatte hinunterdrückt. Ihr kommt es vor, als würde er ihr dabei das Rückgrat brechen und ihre Füße verlieren den Bodenkontakt. Wild strampelt sie in der Luft herum und lässt das Smartphone zu Boden fallen. Verzweifelt versucht sie, Karls Finger von ihrem Hals zu lösen, doch sie weiß, dass es aussichtslos ist.

„Du miese Dreckschlampe! Ich hätte dich damals totschlagen sollen!“, speit Karl ihr mit wutverzerrtem Gesicht entgegen. Dabei hat er sein Kinn vorgeschoben, als wolle er ihr die Kehle durchbeißen.

Nephele stößt einen gurgelnden Laut aus. Karl packt nun

auch mit der anderen Hand zu und presst ihren Kehlkopf zusammen. Nephele weiß, dass es jetzt nur noch eine Frage von Sekunden sein wird, bis sie völlig wehrlos ist. Verzweifelt versucht sie, Karl mit ihren langen Fingernägeln die Augen auszukratzen, doch er kann ihr leicht ausweichen. Nephele greift um sich, aber ihre Hand ertastet nur den Gasherd, neben dem sie liegt. Plötzlich fühlt sie einen der gusseisernen Aufsätze, die über die Flammen gestülpt werden, um darauf einen Kochtopf oder eine Pfanne zu platzieren, unter ihren Fingern. Mit letzter Kraft greift sie nach dem schweren Kreuz, schwingt es empor und lässt es mit voller Wucht auf Karls Kopf niedersausen. Er brüllt auf, löst seine Hände von ihrem Hals und taumelt zur Seite.

Damit hat er nicht gerechnet. Nephele, weiß, dass sie ihn mit dieser Aktion völlig überrascht hat – sonst hätte sie keine Chance gehabt. Gierig nach Luft schnappend rutscht sie von der Arbeitsplatte herunter, froh darüber, als sie endlich wieder festen Boden unter ihren Füßen spürt. Sofort rappelt sie sich auf und versucht, sich zu orientieren. Karl steht in gebeugter Haltung nur ungefähr zwei Meter von ihr entfernt und hält sich den blutenden Kopf. Sie hat ihn mit ihrem Schlag tatsächlich übel erwischt. Als Nephele das realisiert, steigt in ihr ein überwältigendes Gefühl von Macht empor, das nach all der Ohnmacht, die sie Karl gegenüber gefühlt hat, beinahe berauschend wirkt. Am liebsten würde sie weiter zuschlagen, um ihre ganze hilflose Wut und Verzweiflung an dem Tyrannen ihres Lebens auszulassen. Doch schon einen Augenblick später sieht Nephele wieder klar: Karl ist zwar getroffen, aber er steht noch. Und sie sitzt in der Falle, denn um wegzulaufen, müsste sie irgendwie an ihm vorbeikommen. Das kann sie vergessen.

Bevor Nephele überhaupt die Gelegenheit hat nachzudenken, hat etwas anderes in ihr die Regie übernommen. Sie reißt eine Schublade auf. Ein kurzer Blick bestätigt ihr, dass es wirklich die Lade mit den Küchenmessern ist, die darin sorgsam nebeneinander aufgereiht sind. Sie zieht ein langes, spitzes Filetier-Messer heraus und umklammert es mit festem Griff. Sie weiß, dass sie nur einen einzigen Versuch hat, der schnell und treffsicher sein muss. Entschlossen geht Nephele auf Karl zu. Der scheint seine Umgebung nun langsam wieder wahrnehmen zu können. Er schaut auf, er sieht sie an. Sein kalter Blick trifft sie und sie weiß, dass er zu allem entschlossen ist. Das Messer in Nepheles Hand sieht er nicht. Im nächsten Augenblick steckt es tief in seinem linken Auge. Karl sackt zu Boden, fällt auf die Seite und rührt sich nicht mehr.

Kapitel 14

Vertuschung

„Hallöle“, flötet eine unangenehm hohe, affektiert klingende Stimme in Julias Ohr. Die Angesprochene wendet sich um und schaut in das stark geschminkte Gesicht einer kleinen untersetzten Frau, die sie erwartungsvoll anstrahlt. Irritiert lässt Julia ihren Blick an der Dame hinabwandern. Sie entdeckt einen voluminösen weißen Kragen, der auf schmalen Schultern ruht und zu einer großblumig gemusterten Bluse gehört. Ihr ausladendes Becken hat die Frau in einen engen schwarzen Rock gepresst und ihre Füße in weiße Stöckelschuhe. In Tateinheit mit den straßenköterfarbenen kurzen Locken, die ihr rundes Gesicht noch breiter erscheinen lassen, als es ohnehin schon ist, wirkt die Dame wie ein gelungenes Beispiel für schlechten Geschmack, was sie jedoch nicht zu wissen scheint. Julia ist irritiert. Muss sie diese Person kennen? Oder ist ihr Gegenüber einfach eines von jenen distanzlosen Wesen, die meinen, sie seien mit der Bürgermeisterin quasi per du, nur, weil sie sie auf den Plakaten des letzten Wahlkampfes gesehen haben?

„Hahaha, entzückend! Sie erkennt mich nicht!“, erklärt die Frau dem ebenfalls untersetzten Herrn neben ihr. Der Mann, der sich sein schütteres dunkelblondes Haar von der hohen Stirn aus über den Hinterkopf gekämmt hat, trägt einen weißen Anzug mit geblümter Weste zu teuren mittelbraunen Budapestern. Das Handgelenk ziert eine noch viel teurer wirkende goldene Herrenarmbanduhr. Zusammen erscheinen die beiden wie zwei vor kurzem noch mittellose Lottogewinner, die ihre sehr persönliche Vorstellung von der großen weiten Welt der Schönen und Reichen nun mit aller Konsequenz zu verwirklichen versuchen.

Jetzt dehnt die Frau ihre Aufmerksamkeit auch auf die restliche an ihrem gewohnten Platz im Ziegenstall sitzende Gruppe aus. Sie bedenkt Miriam, Thekla und Nephele, die heute ausnahmsweise einmal ihr sonst gerne offenherzig präsentiertes Dekolletee mit einem voluminösen hellgrünen Schal bedeckt hat, mit einem leutseligen Lächeln, erntet jedoch nur reservierte Blicke. „Ich hätte nicht gedacht, dass ich mich *sooo* sehr verändert habe." Erneut lacht die Frau affektiert auf und wirft ihrem Begleiter einen beifallheischenden Blick zu. „Tja, das liegt wohl daran, dass ich so viel in der Welt herumkomme", fügt sie zufrieden hinzu. „Dafür habt *ihr* euch *gar* nicht verändert! Ich habe euch *sofort* wiedererkannt!" Mit dem breitesten Lächeln, das ihre schmalen Lippen hergeben, lässt sie ihren Blick von einer zur anderen wandern.

Thekla verschränkt die Arme vor der Brust und misst die Frau mit abschätzigem Blick. „Katja?", fragt sie zweifelnd. „Katja Göbel?"

„Richtig!", jubiliert die Frau. „Das heißt – nicht mehr

lange“, fügt sie mit einem verschämten Lächeln in Richtung ihres Begleiters hinzu. „Bald dürft ihr ‚Katja Gräfin von Schluck‘ zu mir sagen. Oder meinetwegen auch nur ‚Gräfin‘. Ich bin da nicht so förmlich.“ Wieder lässt sie ihr affektiertes Lachen erklingen.

Nephele, Thekla, Miriam und Julia tauschen vielsagende Blicke aus. Anschließend gratuliert Julia, die sich als Bürgermeisterin eine unverwüstliche Haltung in allen Lebenslagen antrainiert hat, artig zur Verlobung und äußert den Wunsch, dass die Ehe lange und zur beiderseitigen Zufriedenheit verlaufen möge. Daraufhin lassen nicht mehr nur Katja, sondern auch ihr Begleiter ein gekünsteltes Lachen hören.

„Genug von mir.“ Die zukünftige Adelige gibt sich leutselig und wechselt das Thema. „Wie ist es euch ergangen? Wie ich sehe, seid ihr unserem guten alten Gifhorn treu geblieben. Sowas von bodenständig! Ich finde das *ent-zückend*!“ Sie betont inbrünstig jede Silbe des Wortes, während sie sich erneut beifallheischend zu ihrem Begleiter umwendet.

Wieder werfen sich die vier am Tisch Sitzenden vielsagende Blicke zu. Dieses Mal wirken sie eher belustigt als irritiert.

„Och, das würde ich so nicht sagen. Zum Shoppen fahr ich schon ab und zu nach Braunschweig“, sagt Miriam gedehnt.

Thekla lacht und platzt heraus: „Zum Shoppen oder zum

Pop…“ Sie bemerkt ihren Fauxpas und hält sich schuldbewusst eine Hand vor den Mund. Die drei anderen werfen ihr missbilligende Blicke zu. „Tschuldigung“, nuschelt Thekla.

Katja schaut irritiert von einer zur anderen. „Thekla macht nur Spaß“, versucht Julia die Situation zu retten. „Vielleicht hat sie auch mal wieder ein bisschen zu viel Prosecco getankt“, fügt sie streng in Richtung ihrer Freundin hinzu. Die schaut schuldbewusst in ihr Glas.

„Verstehe.“ Katja verzieht mitfühlend das Gesicht. „Manchmal hilft es nur, Vergessen im Alkohol zu suchen, wenn das Leben es nicht gut mit einem meinte, nicht wahr?“, fragt sie Thekla und schüttelt bedauernd den Kopf.

Verwirrt blickt Thekla auf. Mit dieser Bemerkung kann sie nichts anfangen.

Katja nickt ihr verständnisvoll zu. „Wirklich, meine Liebe, wenn du mal Hilfe brauchst – du darfst dich *immer* an mich wenden! Auch, wenn ich nun in anderen Kreisen verkehre, so vergesse ich doch nicht, woher ich komme“, haucht sie, ergriffen von ihren eigenen Worten.

Einen Moment lang schaut Thekla sie verständnislos an, dann scheint sie zu begreifen und ihr Gesichtsausdruck ändert sich schlagartig. Beeindruckt verfolgen Nephele, Miriam und Julia, wie sie sich innerhalb von Sekunden von der lebensbejahenden, selbstbewussten Frau in eine vom Leben enttäuschte, verbitterte Trinkerin mit zitternden Händen und Mundwinkeln verwandelt. „Gott sei mit dir, mein Kind“, krächzt sie scheinbar gerührt.

Einen Augenblick lang sind die drei anderen verblüfft. Doch schon im nächsten Moment müssen sie verbissen gegen den dringenden Impuls ankämpfen, in schallendes Gelächter auszubrechen. Katja bekommt von alledem nichts mit oder sie ignoriert es einfach. Betroffen schüttelt sie den Kopf. Flüsternd, aber immer noch so laut, dass alle am Tisch es hören müssen, erklärt sie dem Grafen: „Es ist wirklich traurig! Nach dem Abi wollte Thekla Schauspielerin werden. Alle haben geglaubt, sie hätte Talent.“ Sie schüttelt bedauernd den Kopf. „Tja, so kann man sich täuschen! Wenn man zu hoch hinaus will …“, fügt sie seufzend hinzu. Augenblicklich beginnt Nephele damit, Thekla begütigend die rechte Hand zu tätscheln während deren linke nach einem Taschentuch greift, das Miriam ihr reicht.

Unschlüssig tritt Katja von einem Bein aufs andere. Julia beschließt, der Scharade ein Ende zu bereiten, bevor die Situation noch peinlicher wird oder die vier nicht mehr an sich halten können und in brüllendes Gelächter ausbrechen. „Wir kümmern uns schon um sie“, verspricht sie Katja und ihrem Begleiter, die beide mittlerweile etwas überfordert von der Situation zu sein scheinen. Damit gibt sie dem Paar das willkommene Stichwort, sich verabschieden zu dürfen.

Katja verkündet: „Entschuldigt bitte, dass wir nicht bleiben können, aber wir kommen von einer Vernissage im Schloss und sind jetzt hundemüde. Wir waren gerade auf dem Weg ins Hotel, als ich euch hier habe sitzen sehen und dachte, dass ich doch nicht an meinen alten Schulfreundinnen vorbeigehen kann, ohne wenigstens mal ‚Hallo' gesagt zu haben. Wie ich bereits sagte, im Herzen bin und bleibe ich eine von euch!"

Julia, Nephele und Miriam nicken ihr dankbar zu, während sie der gramgebeugten Thekla weiterhin die Hand halten und ihr tröstend über den Rücken streichen. Katja schüttelt noch einmal betroffen den Kopf, dann wendet sie sich ihrem Begleiter zu. „Komm, Liebster, du wirst müde sein", sagt sie fürsorglich. Nachdem sie der Runde am Tisch noch einmal aufmunternd zugenickt hat, zieht sie ihren Grafen mit sich aus dem Lokal.

Kaum hat sie ihnen den Rücken zugedreht, da sehen sich die vier Frauen einen Augenblick lang fassungslos an, dann beginnen sie wie auf Kommando loszuprusten.

„Was war *das* denn?", fragt Miriam entgeistert, als sie wieder Luft bekommt.

„Das kann sie unmöglich ernst gemeint haben, oder?" Thekla schüttelt den Kopf und fängt erneut an zu gackern. Die anderen steigen sofort wieder mit ein.

„Schade, dass Daniela das nicht mitbekommen hat", bedauert Julia.

Miriam schüttelt kichernd den Kopf. „Um Himmels willen! Sie hätte viel zu lange gebraucht, um zu verstehen, was gespielt wird. Vermutlich wäre sie bei Theklas Anblick entsetzt aufgesprungen und hätte Erste Hilfe geleistet."

„Oder sie hätte Katja eine reingehauen“, vermutet Thekla trocken und wirft Miriam einen anzüglichen Blick zu.

„Mädels, jetzt reißt euch aber mal zusammen!“ Julia muss selbst ein Grinsen unterdrücken. „Und was Daniela betrifft: Sie wird mit Samthandschuhen angefasst, wenn sie überhaupt noch hier auftaucht. Wir können froh sein, wenn sie uns nicht im Stich lässt!“ Julia wirft Miriam einen anklagenden Blick zu.

Die hebt abwehrend die Hände. „Bitte glaubt mir, ich wusste anfangs nicht, dass Erik Danielas Mann ist. Wirklich nicht! Erst kurz vor unserem Wiedersehen erzählte er plötzlich, dass seine Frau sich mit ihren Schulfreundinnen verabredet hatte, um ein Ehemaligen-Treffen zu organisieren, und wir die Gelegenheit doch nutzen könnten, um mal so richtig …“

Nephele unterbricht sie. „Keine Details, bitte! Die Bilder kriege ich sonst nicht mehr aus meinem Kopf und es würde mich irritieren, wenn ich Daniela damit gegenübertreten müsste“, krächzt sie heiser.

„Mannmannmann“, murmelt Thekla. „Wir haben herrlichstes Frühlingswetter und du schaffst es, dir so eine fiese Erkältung zuzulegen.“ Sie schüttelt den Kopf.

„Nochmal zu Daniela“, Julia ergreift erneut das Wort und wirft einen strengen Blick in die Runde. „Sobald sie hier auftaucht erwarte ich, dass ihr euch zusammenreißt. Keine unüberlegten Anspielungen“, sie fixiert Thekla, „und auch sonst keine unfairen Bemerkungen“, dabei nimmt sie

Miriam ins Visier. „Wir werden so tun, als wäre das alles nie passiert. Verstanden?“

Die drei anderen nicken verständig.

Julia blickt misstrauisch von einer zur anderen. In diesem Moment tritt Tony an ihren Tisch heran. „Ich bitte die Damen um Entschuldigung.“ Er bedenkt Julia, Thekla und Miriam mit einem charmanten Lächeln und wendet sich dann an Nephele. „Tut mir leid, Chefin, dass ich stören muss. Bevor ich nach Hause gehe, muss ich dir leider noch eine Hiobs-Botschaft überbringen: Wir haben ein Problem mit dem Grill.“

Während der Koch Nephele auseinandersetzt, dass er bereits mit dem Servicedienst telefoniert hat, der üblicherweise die Reparatur der lokaleigenen Küchengeräte übernimmt, der jedoch meinte, dass er sich die Angelegenheit vermutlich erst am Dienstag ansehen könne, verschlingt Miriam den attraktiven Mann mit den Augen. Julia bemerkt es und schüttelt missbilligend den Kopf.

„Ich schaue ja nur“, verteidigt sich Miriam wispernd, um im nächsten Moment laut darüber nachzudenken: „Ob Nephele den Kerl absichtlich in der Küche versteckt, damit ihn ihr niemand wegschnappen kann?“

Obwohl die Wirtin in das Gespräch mit Anthony vertieft ist, hat sie Miriams Bemerkung durchaus mitbekommen. Mit süffisantem Grinsen teilt sie ihr mit, dass Miriam sich keine Hoffnungen machen solle, da Anthony eine schwangere Freundin habe und zur Treue neige. Anthony wird rot.

Miriam nicht. Sie schmollt nur ein wenig, während sich Nephele wieder dem Gespräch mit dem Koch widmet.

Unterdessen entdeckt Thekla Daniela am Eingang des Lokals. Sie sieht, dass ihre Freundin eine mit einem Tuch abgedeckte Plastikwanne vor sich herträgt und schaltet sofort.

„Ich vermute, dass Daniela uns gerade frisch geschlachtete Hühner fürs Buffet unserer Jubiläumsfeier bringt. Es wäre wohl nicht so gut, wenn die anderen Gäste sähen, dass sie tote Tiere quer durchs Lokal schleppt. Da regt sich nur wieder jemand auf“, erklärt sie Julia flüsternd, während sie sich erhebt. Mit großen Schritten eilt sie auf Daniela zu. Mittlerweile kennt sie sich gut genug im Restaurant aus, um zu wissen, was zu tun ist. Deshalb muss sie Nephele nicht aus ihrem Gespräch mit dem Koch reißen.

„Bist du wahnsinnig geworden?“, fährt sie Daniela mit gedämpfter Stimme an, als sie nah genug herangekommen ist. „Du kannst die toten Flattermänner doch nicht einfach durch den Gastraum tragen!“

Daniela schaut sich um. „Ist doch kaum noch einer da“, erwidert sie. „Außerdem war der Hintereingang schon zu.“

Mit einem energischen Nicken deutet Thekla auf die Tür, die in die Küche führt. „Mir nach!“

Im Gänsemarsch laufen die beiden um den Tresen herum. Thekla hält Daniela die Tür auf und schaltet das Licht in der Küche an. „Komm mit!“, sagt sie und führt Daniela quer durch den Raum in Richtung einer Tür aus Edelstahl, die zur Kühlkammer führt. „Die Viecher sind hoffentlich schon gerupft?“, fragt sie.

Daniela nickt. „Na klar! War ja abgesprochen, dass ich küchenfertig liefere. Wir können sie also gleich in die Tiefkühltruhe packen. Je eher, desto besser.“

„Hm.“ Thekla überlegt. „Ich denke, wir legen die Hühnerleichen am besten in Nepheles Spezialtruhe. Schließlich sind sie für die Feier und nicht für den normalen Restaurantbetrieb gedacht. Wäre dumm, wenn Tony sie versehentlich fürs Frikassee einplant.“ Sie öffnet die Tür, schaltet das Licht ein und weist Daniela mit einem Kopfnicken den Weg zu einer von zwei riesigen Kühltruhen, die mit einem dicken Vorhängeschloss gesichert ist.

„Du liebe Güte, was ist *das* denn?“ Erstaunt betrachtet Daniela die aufwändige Sicherheitsvorkehrung, die aus zwei nachträglich angeschraubten Ösen besteht durch die ein dicker Metallbügel gezogen wurde.

Thekla grinst. „Nephele hat in der Vergangenheit wohl manches Mal feststellen müssen, dass hochwertige Leckereien wie Rinderfilet, Roastbeef und Jakobsmuscheln auf unerklärliche Weise verschwinden. Meistens dann, wenn sie nicht selbst im Geschäft ist. Seit sie Tony als Küchenchef hat, kommt das zwar kaum noch vor, doch sie kann sich wohl nicht umgewöhnen. Deshalb werden teure Lebensmittel immer noch in der Truhe mit dem Schloss gelagert.“ Theklas Grinsen wird noch ein Stückchen breiter. „Mittlerweile kennt hier jeder das Versteck für den Schlüssel. Nur Nephele weiß nicht, dass wir es wissen.“

Thekla stellt sich auf ihre Zehenspitzen und zieht eine Dose mit Grünkohl aus dem obersten Fach des Vorratsregals. Unter der Metall-Lasche zum Öffnen der Dose klemmt ein kleiner silberner Schlüssel. Sie zieht ihn heraus, stellt die Dose ab und geht zur Truhe, um sich am Vorhängeschloss zu schaffen zu machen.

Daniela schüttelt verständnislos den Kopf. „Das ist aber ganz schön nachlässig von ihr, den Schlüssel dort aufzubewahren! Was ist, wenn Tony oder eine der Küchenhilfen Grünkohl benötigen und nach der Dose greifen?“

Thekla lacht. „Nephele hat gar keinen Grünkohl auf der Karte – nicht einmal im Winter. Keine Ahnung, warum sie meint, dass das niemandem auffällt.“ Sie dreht den Schlüssel im Schloss herum, zieht den Metallbügel ab und öffnet die Truhe. „Hinein mit dem Federvieh!“, sagt sie, während sie den Deckel hochhält und mit der anderen Hand eine einladende Handbewegung vollführt.

Daniela wirft einen Blick ins Innere der Truhe. Ihre Augen werden groß.

„Ist was?“, fragt Thekla. Sie schaut Daniela verständnislos an, die zusehends blasser um die Nase herum wird.

„Ich glaube, der Platz ist schon belegt“, krächzt Daniela mit belegter Stimme.

„Quatsch, die Viecher kriegen wir da schon rein. Wir müssen nur ein bisschen umräumen.“ Thekla greift beherzt in die Truhe und packt einen eingeschweißten Rinderbraten zur Seite. Plötzlich quiekt sie angeekelt auf, als unter dem

Braten ein seltsames mehrgliedriges Etwas zum Vorschein kommt, das bei oberflächlicher Begutachtung Ähnlichkeiten mit einer menschlichen Hand hat.

„Iiiihh, was ist das?“, ruft sie erschrocken. Sie hält inne und lässt ihren Blick bis ans Ende der Truhe wandern. Dort entdeckt sie etwas, das vorher auch schon Daniela aufgefallen war: Ein bläulich-grau angelaufenes Etwas mit kurzen dunklen Haaren, um die sich eine dünne Reifschicht gelegt hat. Darunter erkennt sie tief liegende Augenhöhlen, von denen eine schwarz angelaufen und augenscheinlich mit gefrorenem Blut gefüllt ist. Weiterhin sieht sie eingefallene Wangen, zwischen denen ein fleischiger Mund mit fast weißen Lippen zum Vorschein kommt. In diesem Moment wird Thekla klar, dass es sich bei dem Ding unter dem Rinderbraten tatsächlich um eine Hand handeln könnte. Mit einem Satz springt sie von der Truhe fort und lässt dabei den Deckel krachend herabsausen. Erschrocken schauen sich die beiden Frauen an.

„Das ist nicht das, wonach es aussieht, oder?“, fragt Daniela zaghaft.

Statt eine Antwort zu geben, beginnt Thekla hysterisch zu kichern. Nach einigen Sekunden hört sie abrupt wieder damit auf und blickt Daniela fragend an. Die schaut ebenso fragend zurück. Thekla fasst sich ein Herz und hebt den Deckel der Truhe erneut, allerdings langsam und vorsichtig, als könne das, was darin liegt, plötzlich herausspringen und ihnen den Garaus machen. Mit einigem Sicherheitsabstand zur Truhe recken die beiden ihre Hälse, um einen

Blick ins Innere zu werfen und dabei hoffentlich festzustellen, dass ihre Sehnerven ihnen einen Streich gespielt haben. Doch dem ist nicht so. Schaudernd lässt Thekla den Deckel der Tiefkühltruhe erneut herabfallen.

„Hast du eine Erklärung dafür?“, will Daniela wissen.

Thekla schüttelt den Kopf. „Von den Kollegen fehlt niemand“, antwortet sie nachdenklich.

Nun bekommt Daniela einen nervösen Kicheranfall. Erschrocken hält sie sich eine Hand vor den Mund. „Sorry, ich hatte einen harten Tag“, entschuldigt sie sich.

Thekla schüttelt den Kopf, als könne sie sich auf diese Weise dazu bringen, das, was sie gesehen hat, zu begreifen.

„Also, wenn *du* nicht weißt, was das da“, Daniela nickt in Richtung der Truhe, „zu bedeuten hat, wer könnte es dann wissen?“

In diesem Moment geht beiden ein Licht auf. „Nephele?“ rufen sie wie aus einem Mund entsetzt. Wortlos starren sie sich an.

„Wir müssen mit ihr reden“, murmelt Thekla.

Daniela nickt. „Und was machen wir jetzt mit den Hühnern?“

*

Als Nephele die Gesichter ihrer beiden Freundinnen sieht, als die in den Gastraum zurückkehren, zählt sie eins und eins zusammen. Sie ahnt, dass Daniela die versprochenen Hühner gebracht haben muss und was Thekla damit machen wollte. Auch sie wird aschfahl im Gesicht. Mit Blicken und einem kaum merklichen Kopfschütteln beschwört sie Thekla und Daniela, nichts zu sagen, bis sie die wenigen noch im Lokal verbliebenen Gäste abkassiert hat.

Obwohl Thekla und Daniela schweigen wie ein Grab, wird auch Julia und Miriam schnell klar, dass etwas vorgefallen sein muss. Sie gedulden sich jedoch, bis Nephele nach der Verabschiedung des letzten Gastes eine gefühlte Ewigkeit später an den Tisch zurückkehrt. Dann bricht sie zusammen. Zitternd und schluchzend erzählt Nephele ihren Freundinnen, was sich zugetragen hat. Dass sie sich mit ihrem Ex, der nicht nur gewalttätig, sondern auch ein Muttermörder gewesen war sowie bedauerlicherweise Illias Erzeuger – das Wort „Vater" sei so unpassend wie nur irgendwas, versichert sie – vor zwei Tagen in diesem Lokal getroffen hatte. Dass sie vorgegeben hatte, auf seinen Deal einzugehen, ihr Lokal als Drogenumschlagplatz zur Verfügung zu stellen, wenn er dafür versprach, Ilias, den er bereits mindestens einmal, wenn auch unwissentlich, als Drogenkurier missbraucht hatte, in Ruhe zu lassen. Sie erklärt, dass ihr bewusst gewesen ist, dass sie sich ihm dadurch nur noch mehr ausliefern würde und dass sie deshalb eine Kamera installiert hatte. Ihr Plan sei gewesen, ihn zum Reden zu bringen, um mit dem Videobeweis bei der Polizei vorsprechen zu können. Leider sei der Plan schief gelaufen und Karl ihr auf die Schliche gekommen. In Notwehr habe sie ihn getötet.

Thekla geht ein Licht auf. „Deshalb trägst du das Tuch und bist so heiser.“ Entsetzt greift sie sich an den Hals, als ihr bewusst wird, was ihre Freundin durchgemacht haben muss. Nephele nickt und löst den Schal, unter dem die hässlichen roten Würgemale zum Vorschein kommen, die Karl ihr zugefügt hat.

„Um Gottes Willen“, flüstert Julia. Mitfühlend ergreift sie Nepheles Hand und drückt sie.

„Warum hast du nicht die Polizei gerufen?“, will Miriam wissen. „Das begreift doch ein Bekloppter, dass es Notwehr war!“

Nephele schaut sie verzweifelt an. „Glaubst du wirklich, die könnten mich vor Karls Komplizen beschützen? Wenn einer von denen auch nur ahnt, was gestern Abend hier passiert ist, bin ich so oder so geliefert. Und was wird dann aus Ilias?“

Die Frauen sehen sich betroffen an. Schließlich meint Daniela: „Sieht so aus, als bliebe uns nur eines übrig.“ Vier Augenpaare sehen sie fragend an. „Na, wir müssen ihn natürlich verschwinden lassen! In Nepheles Truhe kann er wohl nicht bleiben.“

„Bei dir piept‘s wohl!“, ruft Miriam empört. „Als Mitglied des Kirchenvorstands meiner Gemeinde habe ich einen Ruf zu verlieren! Ich bin ein Vorbild! Da kann ich mich doch unmöglich zur Komplizin bei so einer …“

Danielas eiskalter Blick bringt sie zum Schweigen. „Das mit dem Vorbild müssen wir jetzt nicht überbewerten, oder?“, fragt sie kühl.

Bevor Miriam etwas darauf erwidern kann, mischt sich Julia ein. „Ich denke, uns allen ist klar, dass wir jetzt *alle* in der Sache mit drinhängen, oder?“ Sie sieht sich in der Runde um.

Miriam verschränkt die Arme vor der Brust. „Ich hänge grundsätzlich nirgendwo mit drin“, stellt sie klar. An Nephele gerichtet ergänzt sie: „Ist nicht böse gemeint, meine Liebe, aber bei Mo…, also ich wollte sagen bei einer Leiche – wie auch immer sie zu dem geworden ist, was sie ist – endet die alte Verbundenheit aus Schulzeiten.“

Nephele schüttelt den Kopf und reibt sich mit beiden Händen über das Gesicht. „Das weiß ich doch. Ich wollte euch da auch gar nicht mit reinziehen. Das war nie meine Absicht!“, beteuert sie.

„Papperlapapp!“, entgegnet Thekla. „Du hast uns nirgendwo mit `reingezogen. Wir haben die Leiche ganz ohne dein Zutun entdeckt und nun hängen wir mit drin. Da hat Julia vollkommen recht.“

„Was willst du damit sagen?“, fragt Miriam angriffslustig.

Thekla wendet sich betont langsam zu ihr um. Ihre Gesichtszüge sind eisig. „Ganz einfach, Schätzchen: Von jetzt an hat nicht nur Nephele ein überlebensgroßes Interesse daran, dass Killer-Kalles Kumpane nichts davon erfahren, dass er sein erbärmliches Leben in der Küche eines beliebten Gifhorner Lokals ausgehaucht hat, sondern auch wir. Oder glaubst du im Ernst, dass es die Damen und Herren Gewaltverbrecher interessiert, ob eine von Nepheles Komplizinnen – und das bist du von nun an, ob es dir passt oder nicht – Kirchenvorstand, Papst oder Prostituierte ist?“

Miriam schnappt nach Luft. „Das ist unerhört! Ich habe nichts damit zu tun!“ Sie erhebt sich und will sich an Thekla vorbei aus der Bank schieben, doch die ignoriert dieses Ansinnen und bleibt einfach sitzen. „Wir haben *alle* damit zu tun“, entgegnet sie und lächelt dabei nonchalant zu der anderen empor. „Und ich würde auch niemandem etwas anderes erzählen, wenn ich danach gefragt würde.“

Miriam öffnet den Mund, um etwas zu entgegnen, doch Theklas entschlossene Miene lässt sie verstummen. Langsam sinkt sie auf ihren Platz zurück. Eine Zeit lang sagt keine der fünf etwas. Alle blicken stumm vor sich auf den Tisch.

Schließlich seufzt Julia, schüttelt sich, schluckt einmal trocken und meint: „Wir sind uns also darüber einig, dass Nepheles Schicksal, das ihres Sohnes sowie das von uns anderen allein in unseren Händen liegt, oder?“ Eindringlich mustert sie eine nach der anderen. Nacheinander nicken alle. Zum Schluss nickt auch sie gottergeben, seufzt noch einmal und erhebt sich von ihrem Platz. „Okay Mädels, wir haben keine Zeit zu verlieren. Auf geht‘s!“

*

Eine Dreiviertelstunde später rollt ein Lieferwagen mit der Aufschrift „Ziegenstall“ in der Dunkelheit einen huckeligen Feldweg entlang bis zu einer kleinen Brücke, die über einen Bach führt.

„Halt! Hier ist es“, ruft Julia.

Nephele stoppt das Gefährt und schaltet die Scheinwerfer aus. Im Licht der trüben Innenraumbeleuchtung holt sie eine Taschenlampe aus dem Handschuhfach und reicht sie Julia.

„Bist du sicher, dass wir hier am Tankumsee sind?“, ertönt die flüsternde Stimme Danielas von der Ladefläche des Lieferwagens aus. Den Platz dort hinten teilt sie sich mit Miriam, Thekla, dem tiefgefrorenen Karl, zu dem die drei einen möglichst großen Abstand halten, und einer Schubkarre. „Für mich sieht das eher nach einem Bach als nach einem See aus.“

„Es *ist* ein Bach“, knurrt Miriam ungnädig. Sie hat sich immer noch nicht mit ihrer Rolle, Komplizin bei der Beseitigung einer Leiche zu sein, abgefunden.

„Richtig, es ist ein Bach“, bestätigt Julia geduldig. „Doch näher ran an den See kommen wir nicht. Jedenfalls nicht, wenn wir die offiziellen Wege vermeiden wollen, weil wir das, was wir vorhaben, möglichst ohne Zuschauer erledigen wollen. Das sieht doch jeder ein, oder?“

„Das, was *ihr* vorhabt!“, korrigiert Miriam. „Ich bin nur unter Protest dabei!“

„Mir egal“, kontert Thekla. „Hauptsache, du vergisst nicht, dass dein Kopf mit in der Schlinge hängt, egal wie sehr du dagegen protestierst.“

„Was genau haben wir jetzt eigentlich vor?“, fragt Daniela.

Julia dreht sich auf dem Beifahrersitz um, sodass sie die anderen gut im Blick hat. „Also“, beginnt sie bedächtig, „ich habe mir auf der Fahrt hierher genau überlegt, wie wir vorgehen werden. Thekla und ich schleichen zum Steg des Wassersportvereins, in dem ich Mitglied bin, und leihen uns ein Schulungsboot aus, mit dem wir bis hierher ans Ufer des Tankumsees paddeln, der übrigens kurz hinter dem Bach beginnt. Ihr drei“, sie nickt Daniela, Miriam und Nephele zu, „werdet unterdessen Ihmchen“, sie nickt in Richtung der Leiche, „ausziehen und in die Schubkarre legen. Er müsste jetzt weit genug aufgetaut sein, dass ihr ihm die Klamotten vom Leib ziehen könnt.“

„Wir sollen ihn *ausziehen*?“, fragt Daniela verwundert. „Ist das wirklich nötig?“

Miriam dreht sich zu ihr um. „Wo ist dein Problem? Hast du Angst, er könnte sich erkälten?“, fragt sie sarkastisch.

Thekla rollt die Augen. „Julia meint sicher, dass wir so das Risiko minimieren können, dass die Leiche identifiziert wird, falls sie doch wieder auftaucht“, erklärt sie Daniela.

Julia nickt. „Allzu viel verspreche ich mir zwar nicht davon, weil es sicher andere Wege gibt, um herauszufinden, wer er ist. Aber so weit, ihm die Zähne auszuschlagen, damit man ihn nicht anhand des Gebisses identifizieren kann, mag ich nicht gehen. Ihr etwa?"

Die vier anderen schütteln entsetzt ihre Köpfe.

„Schade eigentlich. Grundsätzlich gehe ich bei riskanten Projekten, die für eine Menge Ärger sorgen können, lieber auf Nummer sicher. Das ist der Nachteil, wenn man mit Amateuren zusammenarbeitet." Julia seufzt. „Also gut, kommen wir zurück zu meinem Plan: Nachdem ihr ihn entkleidet habt, legt ihr Killer-Kalle in die Schubkarre und stopft seine Sachen in den Müllbeutel, den wir aus Npheles Restaurant mitgenommen haben. Ich werde zusehen, dass ich das Zeug später in einer Altkleidersammlung loswerde. Die Leiche sowie die Füße der Baken, die wir an der Baustelle geklaut haben, karrt ihr über die Brücke hier", sie leuchtet mit der Taschenlampe durchs Fenster, wo auf einmal eine schmale Holzbrücke im Lichtkegel auftaucht, „bis zum See. Vergesst die Kabelbinder nicht! Die werden wir auf jeden Fall brauchen. Anschließend wartet ihr am Ufer, bis Thekla und ich mit dem Boot kommen."

„Meinst du nicht, dass es uns in der Dunkelheit schwer fallen wird, genau diese Stelle am Ufer wiederzufinden?", will Thekla von Julia wissen.

Die bläst die Backen auf. „Da hast du natürlich Recht." Sie wendet sich wieder den anderen zu. „Hat eine von euch ein

Feuerzeug dabei?“

„Ich“, sagt Nephele.

„Gut. Dann wirst du es regelmäßig am Ufer aufleuchten lassen, damit wir euch finden. Aber nutze es nicht zu oft! Der Teil des Geländes links von uns ist ein richtiges Dorf. Selbst jetzt, außerhalb der Saison, müssen wir damit rechnen, dass sich Angler, Hundebesitzer oder Liebespärchen hier herumtreiben. Deshalb seid um Himmels willen leise! Das Wasser trägt Geräusche meilenweit. Ihr müsst höllisch aufpassen!“ Sie schaut Daniela, Miriam und Nephele eindringlich an. „Sobald ihr jemanden kommen hört, schlagt ihr euch in die Büsche! Wenn uns jemand sieht, haben wir verloren. Es wird uns kaum gelingen, eine zufriedenstellende Erklärung dafür zu finden, warum wir hier mit einer Leiche unterwegs sind.“

Die drei Frauen nicken folgsam.

„Oder wir bringen den Zeugen auch noch um. Schließlich haben wir ja sicherheitshalber zwei von diesen Baken-Füßen mitgehen lassen“, wirft Daniela ein.

Vier Augenpaare starren sie entsetzt an.

„War nur Spaß“, gibt Daniela zu.

Miriam stöhnt auf und dreht die Augen gen Himmel.

Thekla grinst. „Mit solchen Aussagen machst du unsere Kirchenvorständin ganz nervös, Daniela“, lästert sie.

Miriam dreht sich wütend zu ihr um und will zu einer gepfefferten Replik ansetzen, doch das lässt Julia nicht zu. „Aus! Alle beide!“, kommandiert sie streng. „Wir müssen jetzt einwandfrei funktionieren. Für uns alle steht eine Menge auf dem Spiel. Irgendwelche Animositäten können wir uns nicht leisten. Habt ihr das verstanden?“

Thekla und Miriam stöhnen unisono genervt auf. „Geht klar“, gibt Thekla schließlich nach.

Julia schaut sie zweifelnd an, doch sie weiß, dass sie keine Wahl haben und die Sache durchziehen müssen. Jetzt oder nie! Sie seufzt. „Also dann, Mädels, lasst uns das Kapitel Killer-Kalle endgültig abschließen und dafür sorgen, dass er nie wieder auftaucht. Schön wäre, wenn wir das hinbekämen, ohne im Knast zu landen. Alles klar?“

Kurz darauf verlassen Julia und Thekla Nepheles Transporter und verschwinden in der Dunkelheit. Auf der Ladefläche machen sich die drei anderen unterdessen am Leichnam zu schaffen und entkleiden ihn. Da weder Nephele noch Daniela oder Miriam Lust verspüren, ihm seine Unterhose auszuziehen, beschließen sie, ihm den hoffentlich wenig verräterischen Fetzen Stoff zu lassen. Nachdem sich die Wirtin vergewissert hat, dass die Luft rein ist, öffnet sie die Tür am Heck des Transporters. Daniela reicht ihr die Schubkarre aus dem Wagen an und Nephele platziert sie so vor dem Transporter, dass sie den Leichnam von der Ladefläche direkt auf das Gefährt ziehen können. Das gestaltet sich schwieriger als gedacht, da die Schubkarre bei ungleichmäßiger Belastung immer wieder umzukippen droht. Doch irgendwann haben sie es geschafft und den tiefgekühlten Karl so drapiert, dass es mit Mühe und Not gelingt, das Gleichgewicht der Karre zu wahren. Nephele zückt eine weitere Taschenlampe, die sie aus ihrem Lokal mitgenommen hat, und leuchtet Daniela und Miriam das erste Stückchen des Weges aus, den diese mit der Schubkarre zurücklegen müssen. Dabei schirmt sie den Lichtkegel mit der Hand sorgfältig ab, sodass nur der Boden beleuchtet wird und möglichst wenig von der Umgebung.

„Los!“, flüstert sie.

Daniela packt die Griffe der Karre und hebt sie an, während Miriam am Kopfende zieht und das Gefährt stabilisiert. Meter für Meter kämpfen sie sich so erst bis zum Bach, dann über die Brücke und schließlich in das Gebüsch, welches den Weg, der hinter dem Wasserlauf entlangführt, vom Ufer des Tankumsees trennt. Plötzlich fällt das Gelände zum Wasser hin ab und die Schubkarre schießt mit Schwung nach vorne.

„Pass doch auf!“, zischt Miriam erbost, als sie fast von der Karre überrollt wird.

„Tut mir leid! Ich konnte sie nicht mehr halten“, wispert Daniela.

„Pscht!“, ermahnt Nephele die beiden streng.

Miriam explodiert. Wütend wendet sie sich zu Nephele um.

„Ist dir eigentlich klar, wem wir diesen ganzen Schlammassel hier zu verdanken haben?“, faucht sie. „Glaubst du, es macht mir Spaß, mitten in der Nacht herumzuschleichen, um deinen Ex zu versenken?“

„Nicht so laut!“, flüstert Daniela. „Du bringst uns alle in Gefahr!“

Jetzt knöpft sich Miriam Daniela vor. „*Ich* bringe *euch* in Gefahr? Dass ich nicht lache! Ihr seid gerade dabei, mein Leben zu zerstören!“ Ihre Stimme wird immer lauter.

Daraufhin verliert nun Daniela die Geduld. Mit einem kurzen heftigen Stoß schiebt sie die Karre ein Stückchen vor und bringt die dahinter stehende Miriam damit fast zu Fall. „Au!“, schreit die auf und reibt sich beide Oberschenkel.

„Wo wir gerade dabei sind, *wer* hier *wem* das Leben zerstört, meine Liebe – dazu habe ich wohl auch noch ein Wörtchen zu sagen!“, entgegnet Daniela zornig und erhebt dabei ebenfalls ihre Stimme.

„Ruhe, verdammt nochmal!“, schimpft Nephele.

Miriam fährt zu ihr herum. „Von *dir* lass ich mir überhaupt nichts …“ Sie stockt. Erschrocken starrt sie durch die Bäume, die am Ufer des Sees stehen, hindurch auf das flackernde Licht, das sich ihnen auf dem Weg, der um den See herumführt, nähert. Nun bemerken auch die beiden anderen den Lichtschein, der augenscheinlich von einer Taschenlampe herrührt. Gebannt verfolgen sie, wie der Lichtkegel mal auf den Weg fällt und dann wieder das Gebüsch zu den Seiten ausleuchtet. Zwischendurch erfasst der Strahl der

Taschenlampe für den Bruchteil einer Sekunde zwei kräftig ausschreitende Beine, an deren Seite ein hellbrauner, ungefähr kniehoher Hund läuft. Einen Moment lang sind die drei Frauen wie erstarrt. Als sie realisieren, dass sich Hund und Herrchen mitsamt ihrer Taschenlampe unbarmherzig nähern, kommt wieder Leben in sie. Nephele stürzt sich auf die Schubkarre und wirft sie zur Seite, sodass die Leiche Killer-Kalles dahinter einigermaßen vor neugierigen Blicken verborgen ist. Daniela braucht nur eine Sekunde länger, um zu reagieren. Sie schnappt sich die überraschte Miriam und zieht sie von der Schubkarre weg. Dann stößt sie sie unsanft zu Boden und wirft sich auf sie. Einen Moment lang ist Miriam so perplex, dass sie sich diese Behandlung klaglos gefallen lässt. Dann wehrt sie sich mit Händen und Füßen und versucht, Daniela von sich wegzustoßen. „Sag mal, bist du jetzt völlig …"

Weiter kommt sie nicht. Plötzlich fühlt sie eine Hand auf ihrem Gesicht, die gleichzeitig ihren Mund verschließt und ihren Kopf unsanft zu Boden drückt. Eine Stimme flüstert nah an ihrem Ohr: „Ich brech' dir das Genick, wenn du jetzt nicht funktionierst! Das schwöre ich dir!"

Miriam kann kaum glauben, dass es die immer freundliche Daniela sein soll, die das zu ihr sagt. Doch dann erinnert sie sich an die Tracht Prügel, die sie unlängst von ihr erhalten hat.

„Hallo? Ist da jemand?" Eine hohe, nervös klingende Männerstimme tönt durch die Nacht.

Einen Augenblick lang sind beide Frauen wie erstarrt. Dann zischt Daniela: „Du wirst jetzt so tun, als seien wir ein Liebespaar. Und dabei wirst du so verdammt überzeugend sein, dass der Hundefreund Reißaus nimmt, und zwar umgehend. Ist das klar?“

„Hallo? Brauchen Sie Hilfe?“ Mittlerweile ist der Mann mit seinem Hund fast bis an die beiden herangekommen. Der Strahl seiner Taschenlampe gleitet bereits unbarmherzig über das Gebüsch neben ihnen und wird sie mit Sicherheit in Kürze erfassen.

Daniela stöhnt auf. „Oh Liebling, oh ja!“ Sie muss zugeben, dass sich ihre Performance sogar in ihren eigenen Ohren schwer nach Theater-AG anhört. Um ihrem Spiel mehr Überzeugungskraft zu verleihen, reißt sie sich ihr Hemd vom Leib und sitzt nun in Jeans und BH rittlings auf Miriam. Die ist ebenfalls wenig überzeugt von dem, was Daniela veranstaltet und verdreht die Augen.

„Was soll das denn bitteschön werden?“, wispert Miriam missbilligend. „Lass mich mal!“ Sie packt die überraschte Daniela und rollt sich mit ihr zur Seite, sodass schließlich sie selbst auf der anderen sitzt. Sie beugt sich über Daniela, reckt dabei ihren Hintern in die Höhe und streift sich ihr Kleid über den Kopf. Genau in diesem Moment wird sie vom Lichtschein der Taschenlampe erfasst.

„Hallo? Sie da …“ Die Stimme des Mannes versagt.

Daniela, deren Gesicht genau wie das von Miriam von deren Kleid verdeckt ist, blinzelt durch die Lücke hindurch, die zwischen ihrem liegenden und Miriams vorgebeugten Körper entstanden ist, um zu sehen, was den Mann so aus der Fassung bringt. Es dauert einen Moment, ehe sie begreift. Die Taschenlampe des Mannes ist direkt auf Miriams Hintern gerichtet, den diese ihm entgegenstreckt. Miriam beginnt zu keifen. „Du verdammter Spanner! Verpiss dich!“

Der Hund, alarmiert von Miriams Geschrei, bellt aufgeregt. Endlich lässt der Mann seine Taschenlampe sinken. „Ent…Entschuldigung“, murmelt er entgeistert. „Ich wollte wirklich nicht …“

„Verpiss dich!“, ruft Miriam noch einmal wütend.

Kurz darauf hören sie sich eilig entfernende Schritte. Als endlich auch das hin und her irrende Licht der Taschenlampe hinter einer Biegung verschwunden ist, trauen sich die Frauen wieder zu atmen. Miriam klettert von Daniela hinunter, richtet sich auf und schiebt ihr Kleid zurecht. Etwas benommen von den Ereignissen setzt sich auch die andere auf.

„Er ist weg“, flüstert Miriam in Richtung der auf der Seite liegenden Schubkarre.

„Gottseidank!“, stöhnt Nephele leise auf.

Während sie auf allen Vieren aus ihrem Versteck hervorkriecht, hören sie und Miriam ein teils gurgelndes, teils schnaufendes Geräusch. „Hrrmpffhihihi“, tönt es aus dem Gebüsch.

Nephele schaltet ihre Taschenlampe an. In deren Licht sieht sie die halbnackte Daniela am Boden sitzen und sich ihr Hemd vors Gesicht pressen.

„Ist alles okay?“, fragt Nephele besorgt.

„Hmmpfrrrhihihi“, ist es halb erstickt durch den Stoff des Hemdes zu hören.

„Daniela!“ Alarmiert hockt sich Nephele neben sie und streichelt ihr beruhigend über den Arm. Doch Daniela schüttelt nur ihren im Hemd vergrabenen Kopf und gibt weiter seltsame Laute von sich. Es dauert eine Weile, bis sie sich einigermaßen beruhigt hat. Mit verkniffenem Gesicht und aufeinandergepressten Lippen schaut sie in den Strahl von Nepheles Taschenlampe. Dann berichtet sie ihr von dem, was die Wirtin hinter der Schubkarre nicht sehen konnte, dass nämlich Miriam und sie ein Liebespärchen mimten und Miriam dabei ihr Kleid so weit hochgeschoben hat, dass ihre Gesichter verdeckt waren. „Sie saß auf mir und alles, was der arme Kerl zu sehen bekam, war ihr Hinterteil, das sie ihm entgegenstreckte.“ Erneut prustet Daniela los und presst ihr Gesicht in das zusammengeknüllte Hemd. Nephele schaut sie verständnislos an. Mühsam reißt sich Daniela zusammen. „Ich weiß nicht, ob du es wusstest, aber unsere Miriam trägt keine Unterwäsche. Nicht einmal unter einem kurzen Kleid! Der arme Mann hat ihr mit seiner Taschenlampe direkt ins Allerheiligste geleuchtet. Wie soll er das je vergessen können?“

Jetzt begreift auch Nephele. Die beiden schütteln sich vor

lautlosem Lachen. Nur hin und wieder ist ein Japsen oder Gurgeln zu hören.

„Ich weiß wirklich nicht, was daran so außergewöhnlich sein soll“, lässt sich Miriam vernehmen. Auf diese Bemerkung hin geraten die beiden anderen völlig aus dem Häuschen. Es dauert eine gefühlte Ewigkeit, bis sie sich wieder beruhigt haben und das Zucken ihrer Schultern, das Prusten und das keuchend nach Luft schnappen nachlässt.

„Ihr seid mir die Richtigen! Amüsiert euch auf meine Kosten. Dabei habe ich uns gerade den Arsch gerettet!“, empört sich Miriam mit gedämpfter Stimme.

„Den Arsch gerettet!“, wiederholt Daniela und quietscht leise auf. Erneut wälzen Nephele und sie sich vor Lachen, das sie nach Kräften zu unterdrücken versuchen, auf dem Boden. Damit stecken sie auch Miriam an. Nun ist auch von ihr ein unterdrücktes Kichern zu hören. Doch schon wenige Sekunden später erstirbt es.

„Horcht mal!“, wispert sie.

Augenblicklich verstummen alle drei und lauschen in die Nacht hinaus. Von weit her hören sie ein leises Plätschern auf dem See.

„Mist! Ich muss ihnen ein Zeichen geben!“ Nephele springt auf und kämpft sich mit dem Feuerzeug in der Hand durch das Gebüsch bis ans Ufer des Sees. Dort lässt sie es einmal kurz aufflammen. Während sie Julia und Thekla auf diese Weise den Weg weist, streift sich Daniela ihr Hemd über. Gemeinsam mit Miriam tastet sie sich in der Dunkelheit bis zur Schubkarre und dem dahinter verborgenen Karl vor. Sie versuchen, seinen Leichnam in die Karre zu legen, doch das ist in der Dunkelheit auf dem weichen Boden und zwischen den umliegenden Sträuchern, die ihnen dabei im Weg sind, äußerst schwierig.

„Nephele, wir schaffen es nicht allein!“, flüstert Daniela.

Nephele lässt ihr Feuerzeug noch einmal aufleuchten, dann dreht sie sich um und eilt den beiden zu Hilfe. Mit vereinten Kräften gelingt es ihnen schließlich, Karl in die Schubkarre zu legen und durch das hohe Gras und die Sträucher, so weit es der sumpfige Boden zulässt, ans Wasser zu schieben. Das Plätschern ist mittlerweile ganz nah herangekommen. Ein letztes Mal lässt Nephele ihr Feuerzeug aufleuchten. Kurze Zeit später erkennt sie schemenhaft zwei Gestalten, die sich kaum vom etwas helleren Nachthimmel, der sich hinter ihnen ausdehnt, abheben. Auch Daniela und Miriam sind jetzt ans Wasser getreten. Gemeinsam ziehen sie das Boot an Land und Thekla springt heraus. Zu viert tauchen sie in das Gebüsch ein, wo Karl in der Schubkarre ruht. Gemeinsam zerren sie das Corpus delicti zum Boot. Doch Nepheles Ex da hineinzubekommen ist nicht einfach. Der weiche Boden, die hohe Reling des Schiffs, die Unhandlichkeit des gefrorenen Leichnams und nicht zuletzt sein Gewicht führen dazu, dass die fünf alle ihnen zur Verfügung stehenden Kräfte aufwenden müssen, um die Aufgabe zu bewältigen. Schließlich haben sie es geschafft.

„Und jetzt die Füße!“, kommandiert Julia.

„Aber die sind doch schon mit drin!“, wispert Daniela verwirrt.

Nephele begreift. „Sie meint die Bakenfüße“, erklärt sie. „Mist, die haben wir vergessen!“

Im Schein von Nepheles Taschenlampe laufen sie zu viert zum Transporter. Dort verladen sie die Bakenfüße auf die Schubkarre und machen sich auf den Weg zurück zum See. Sie hieven die Gewichte ins Boot, und obwohl jeder der beiden Bakenfüße fast 30 Kilo wiegt, erweist sich ihre Verladung im Vergleich zu der des fast hundert Kilo schweren Karls als Kinderspiel. Anschließend steigen Nephele, Miriam und Daniela zu Julia ins Schiff. Thekla versucht, das Boot vom Ufer abzustoßen und stößt einen Fluch aus, weil es ihr zunächst nicht gelingt. Das bringt ihr ein aufgeregtes Zischen der vier anderen ein. Doch endlich löst sich das Schiff vom schlammigen Uferbereich und auch Thekla kann sich hineinschwingen. Julia und sie ergreifen die beiden Paddel. So geräuschlos wie möglich tauchen sie sie ins Wasser und entfernen sich vom Ufer. Da das Boot nicht besonders groß und mit fünf lebenden und einer toten Person sowie den Bakenfüßen ordentlich beladen ist, schaukelt es unruhig hin und her.

„Ist es noch weit?“, fragt Daniela flüsternd.

„Wir sind gerade erst losgefahren! Glaubst du, wir betreiben diesen ganzen Aufwand, damit der erstbeste Badegast, wenn er ins Wasser geht, über Karl stolpert?“, schimpft Julia und schüttelt verständnislos den Kopf. „Wir paddeln zur

Mitte des Sees. Dort ist er ungefähr 18 Meter tief. Das wird hoffentlich ausreichen, um den Kerl nachhaltig zu entsorgen."

Energisch paddeln Julia und Thekla weiter. Kurze Zeit später meldet sich Daniela erneut. „Meint ihr nicht, dass wir schon in der Seemitte angekommen sind?"

„Oh Mann, Daniela, du machst mich wahnsinnig", pflaumt Miriam sie an. „Wenn ich diesen Scheiß hier schon mitmache, dann will ich wenigstens sichergehen, dass Nepheles Ex nie wieder auftaucht und seine Gangsterkollegen keinen Grund haben, bei uns nach ihm zu suchen. Wozu machen wir das hier überhaupt?"

„Ist ja schon gut", beschwichtigt Daniela.

Ungefähr zehn Minuten später stellt Julia das Paddeln ein. Sie gibt den anderen zu verstehen, still zu sein und horcht hinaus in die Dunkelheit. Dann flüstert sie: „Bringen wir es hinter uns, aber leise!"

Im Schein der Taschenlampe befestigen die Frauen mit Hilfe der Kabelbinder einen der Bakenfüße an einem Arm und den anderen an den Füßen der Leiche. Dabei gerät das Boot einige Male in heftiges Schlingern.

„Um Himmels willen, so seid doch vorsichtig!", mahnt Daniela. „Am Ende kentern wir noch!"

„Dann schwimmen wir eben an Land", knurrt Thekla, deren Nerven langsam dünn werden.

„Die Füße sind fertig", verkündet Nephele. Einen Moment

später ergänzt Miriam: „Der Arm auch."

Julia prüft sicherheitshalber noch einmal nach, ob die Kabelbinder auch fest genug sitzen. Dann erklärt sie den anderen, wie sie ihre Fracht am besten in den Tiefen des Sees versenken. „Achtet genau auf mein Kommando! Passt auf, dass ihr euch nicht so weit hinauslehnt, wenn ihr die Leiche ins Wasser schubst, sonst besteht tatsächlich die Gefahr, dass wir kentern! Ich lehne mich derweil so weit es geht über die Backbord-Seite, um ein Gegengewicht zu schaffen. Okay?"

Sie hört vielstimmiges Gemurmel. „Okay, dann ran an die Leiche! Achtung, fertig, los!"

Beherzt packen die vier Frauen zu und heben die unliebsame Fracht bis an die Reling. Auf Julias Kommando lassen sie sie schließlich über die Bordwand gleiten. Das laute Klatschen, das Karl und die an ihm befestigten Gewichte beim Aufprall aufs Wasser verursachen, wird begleitet vom wilden Hin- und Herschaukeln des Bootes. Noch einmal ist ein lautes Klatschen zu hören. Kurz darauf ist das Gleichgewicht des Bootes wieder hergestellt. Sanft schaukelt es auf den Wellen, als sei nichts geschehen.

„Mein Gott, was bin ich froh!", stöhnt Nephele auf.

Dem können die anderen nur zustimmen. Erleichtert sinken sie sich in die Arme, bis ein gurgelndes Geräusch jenseits der Bordwand sie aufhorchen lässt.

„Was war das?", wispert Thekla erschrocken.

„Herr im Himmel, er taucht doch hoffentlich nicht wieder auf?“, fragt Miriam entsetzt.

Obwohl sich das keine von ihnen ernsthaft vorstellen kann, sind doch alle wie erstarrt und lauschen ängstlich in die Dunkelheit hinaus. Wieder ist ein Plätschern zu hören, gefolgt von einem gurgelnden Geräusch.

„Meine Güte, ist das unheimlich“, haucht Nephele schaudernd.

Sie horchen weiter, doch nun ist endlich alles still. Erleichtert atmen die Frauen aus.

Julia gibt das Signal zum Aufbruch. „Lasst uns umkehren!“, flüstert sie.

„Das ist Musik in Danielas Ohren, gell?“, wispert Thekla spöttisch. Auf ihre Bemerkung erhält sie keine Antwort. „Daniela?“, fragt sie in die Dunkelheit. Ein kalter Schauer kriecht ihr über den Rücken.

„Daniela!“, ruft nun auch Julia angsterfüllt.

„Oh, mein Gott! Weiß jemand, ob sie schwimmen kann?“, fragt Nephele.

Bevor eine Antwort auf diese Frage gefunden werden kann, schaukelt das Boot erneut heftig von einer Seite auf die andere. Jenseits der Bordwand ist das Klatschen vom Aufprall eines schweren Gegenstands auf die Wasseroberfläche zu hören.

„Was war das?“, ruft Nephele angsterfüllt.

„Miriam ist über Bord gesprungen“, sagt Julia. „Los, Nephele, mach‘ die Taschenlampe an und leuchte ins Wasser! Wir müssen ihr helfen, Daniela zu finden!“

Kaum haben Julia und Nephele ihre Taschenlampen auf die Wasseroberfläche gerichtet, da taucht Miriam schon wieder auf. „Ich hab‘ sie“, ruft sie prustend. „Helft mir!“

Thekla, die sich bereits die Schuhe ausgezogen hat, springt ebenfalls über Bord. Im Schein der beiden Taschenlampen schwimmt sie zu Miriam hinüber und greift nach dem leblosen Körper in deren Arm. Gemeinsam schaffen sie es, Danielas Kopf über Wasser zu halten und in Richtung des Bootes zu ziehen. Während sich Julia und Nephele über die Reling hängen und nach Daniela greifen, drücken Miriam und Thekla deren Körper so gut es geht aus dem Wasser.

Als Daniela kurze Zeit später auf dem Boden des Bootes liegt, beginnt Julia sofort mit der Herzdruckmassage und Beatmung. Nephele hilft währenddessen Miriam und Thekla zurück ins Boot. Betroffen starren die drei im Schein der Taschenlampen auf die Szene vor ihnen. Julia sitzt rittlings auf Daniela und bearbeitet deren Brustkorb mit kurzen, regelmäßigen Stößen ihrer ausgestreckten Arme.

„Ich habe nicht gewusst, dass sie nicht schwimmen kann“, wimmert Nephele. „Es tut mir so leid!“

„Wir haben es wohl alle nicht gewusst“, murmelt Thekla tonlos. „Scheiße!“

Plötzlich beginnt Daniela zu husten und Wasser zu spucken. Nephele jault auf. Auch die anderen stoßen tiefe Seufzer der Erleichterung aus. Alle knien um die langsam wieder zu sich kommende Daniela herum, streichen ihr die Haare aus dem Gesicht und helfen ihr, sich aufzurichten, damit sie besser Luft bekommt. Als sie die Augen aufschlägt, schlingen alle gleichzeitig ihre Arme um sie. So liegen sie am Boden, lachen und weinen und halten sich ganz fest, als wollten sie einander nie wieder loslassen.

Kapitel 15

Prüfungen

Es ist ein herrlicher Frühlingsmorgen. Thekla tritt auf die Terrasse des Hotelrestaurants hinaus und sucht sich einen freien Tisch. Dort stellt sie ihr Frühstück ab, das aus Rührei und Schinken, Joghurt, frischem Obst und einer Scheibe Vollkorntoast besteht und das sie sich soeben vom Buffet geholt hat. Kaum, dass sie sich hingesetzt hat, eilt schon eine fröhlich lächelnde Servicekraft mit einer Thermoskanne herbei, gießt ihr eine Tasse Kaffee ein und stellt die Kanne auf den Tisch. Thekla bedankt sich und betrachtet zufrieden ihr Frühstück. Schinken und Rührei duften verführerisch, genauso wie die Tasse Kaffee. Um den Moment der Vorfreude noch ein wenig auszukosten, streckt Thekla ihr Gesicht genießerisch der Sonne entgegen, bevor sie sich gleich auf die Köstlichkeiten stürzen wird. Morgens um Viertel vor zehn ist die Welt doch immer noch in Ordnung, denkt sie bei sich.

Beherzt greift sie nach dem Toast und belegt ihn sorgfältig mit etwas gebratenem Schinken und Ei. Sie schneidet eine Ecke davon ab und will gerade die Gabel zum Mund führen, als sich plötzlich die Sonne verdunkelt. Thekla schaut irritiert auf und blickt direkt in einen riesigen Blumenstrauß, der über ihrem Tisch schwebt. Hinter den rosa-weißen Anthurien, gelben Lilien und orangefarbenen Gerbera taucht ein rundes Gesicht auf mit zwei grau-braunen Augen darin, die Thekla zerknirscht ansehen. Schlagartig ist es vorbei mit ihrer guten Laune. Böse starrt sie zurück.

„Es tut mir leid“, beginnt Bernd hastig, bevor Thekla ihre Sprache wiederfinden kann. „Bitte verzeih mir!“

Thekla starrt ihn immer noch an, während ihr Bernd den Strauß entgegenstreckt und nervös von einem Bein aufs andere tritt. Sie begreift, dass es sich bei dem sicher ziemlich teuren, wenn auch wenig geschmackvollen Strauß um ein Friedensangebot handeln muss, doch das ändert nichts an dem Kloß, den sie im Magen spürt. Thekla kann es nicht ändern – der Kerl ist ihr unangenehm und sie mag ihn nicht. Leider weiß sie, dass es nicht klug wäre, ihn unnötig vor den Kopf zu stoßen. Also beschränkt sie sich darauf, ihn innerlich zu verfluchen, weil er es wagt, sie bei ihrem Frühstück zu stören. Widerwillig greift sie nach dem Strauß, den Bernd ihr immer noch vor die Nase hält, und lässt ihn achtlos auf den freien Stuhl neben sich fallen.

„Danke“, sagt sie knapp. Und nun kannst du wieder verschwinden, denkt sie bei sich. Doch auf die Idee kommt Bernd nicht. Er steht immer noch an Ort und Stelle und scheint auf irgendetwas zu warten. Langsam hebt Thekla erst eine Augenbraue, dann die andere und sieht ihren ungebetenen Besuch durchdringend an.

„Ist noch was?“, fragt sie mit unverbindlicher Miene.

„Kann ich mich setzen?“, fragt Bernd mit einem scheuen Lächeln, das ihn in Theklas Augen jedoch nicht sympathischer macht. Sie verharrt einen Moment, dann nickt sie wortlos in Richtung der gegenüberliegenden Tischseite. Dankbar stürzt sich Bernd auf den dort stehenden Stuhl, zieht ihn zurück und lässt sich hastig darauf plumpsen, als befürchte er, dass sie sich die Einladung, Platz zu nehmen, noch einmal anders überlegen könnte. „Iss ruhig, es wird ja kalt“, sagt er großmütig mit Blick auf ihr Frühstück.

Doch selbst wenn Thekla wollte – ihr ist der Appetit vergangen. Sie lehnt sich auf ihrem Stuhl zurück und blickt Bernd abwartend an. Erst versucht er, ihrem Blick standzuhalten, doch das gelingt ihm nicht lange. Er sieht auf seine Hände, die er vor sich auf dem Tisch ineinander verschränkt hat. „Es tut mir leid, wie es gelaufen ist. Das war alles ein blödes Missverständnis.“

Davon ist Thekla nicht überzeugt. Allerdings ist ihr bewusst, dass es wenig bringen würde, seine Einschätzung zu diskutieren, also schluckt sie ihren Widerspruch herunter.

„Ich will dir keine Schwierigkeiten machen. Was du getan hast … es ist ausschließlich deine Sache.“

Wider Willen wird Thekla rot, allerdings vor Wut. Was fällt diesem Kerl ein, ihr zu unterstellen, dass sie sich für irgendetwas zu schämen hätte, denkt sie bei sich. Der einzige von ihnen beiden, der sich einmal Rechenschaft über sein Verhalten ablegen sollte, ist ihrer Meinung nach Bernd selbst. Leider wäre es immer noch unklug, ihm das aufs Brot zu schmieren und seinen Unwillen zu riskieren. Nach wie vor hat er es in der Hand ihr zu schaden – an dieser Tatsache ist nicht zu rütteln. Mit reserviertem Lächeln lehnt sie sich vor, stützt ihre Ellbogen auf dem Tisch ab und legt ihr Kinn auf ihre Hände. „Mein lieber Bernd, ich bin nicht aus Hollywood in meine Heimatstadt zurückgekommen, um mich irgendwelchen wilden Verdächtigungen auszusetzen und stressen zu lassen. Ich bin hierhergekommen, weil ich meine Ruhe haben möchte. Zumindest dachte ich, dass ich die hier finden würde“, setzt sie mit einer Spur Schärfe in der Stimme hinzu.

Nun ist die Reihe an Bernd, rot zu werden. „Natürlich, natürlich. Geht klar, du willst deine Ruhe – das verstehe ich“, beeilt er sich, sie zu beschwichtigen.

Na, hoffentlich, denkt Thekla bei sich. Allerdings muss sie schon im nächsten Moment bezweifeln, dass ihr Gegenüber wirklich versteht, was sie ihm sagen wollte, denn anstatt jetzt einfach aufzustehen, sich zu verabschieden und zu gehen, bleibt er sitzen und sieht auf seine Hände. Was ist denn nun noch, fragt sich Thekla ungeduldig.

Bernd hebt seinen Blick und schaut sie an. „Können wir nicht nochmal von vorne anfangen?“

Oh, mein Gott, denkt Thekla bei sich und hätte fast laut aufgestöhnt. Nur mit Mühe kann sie sich davon abhalten. Stattdessen runzelt sie die Stirn und sieht Bernd durchdringend an. „Ich wüsste nicht, was es da anzufangen gibt“, erwidert sie so neutral, wie es ihr gerade noch möglich ist.

„Na ja“, Bernds rote Gesichtsfarbe intensiviert sich. „Wir könnten doch mal zusammen zu Abend essen. Von alten Zeiten plaudern. Oder von unseren Erlebnissen in den Staaten.“ Er lacht affektiert auf, als hätte er einen Scherz gemacht, muss dann aber feststellen, dass Theklas Miene zu Eis gefroren ist.

„Nein, nein, nein, so war das nicht gemeint“, sagt Bernd schnell. „Ich meine, so ganz allgemein … über die Karriere … und so. Ganz unverbindlich …“ Er gerät ins Stocken.

Innerlich seufzt Thekla. Zu gerne würde sie ihrem Gegenüber mitteilen, dass sie keinerlei Interesse an einem wie auch immer gearteten Kontakt zu ihm hat. Nicht einmal unverbindlich. Sie könnte gut damit leben, ihn niemals wiederzusehen. Doch bei der Hartnäckigkeit oder Begriffsstutzigkeit oder beidem, was Bernd an den Tag legt, hieße das, dass sie ihn sehr entschieden zurückweisen müsste, damit er das begreift. Das kann sie sich in ihrer Situation einfach nicht leisten. Thekla zieht geräuschvoll Luft durch die Nase ein und schließt die Augen. Als sie sie wieder öffnet und Bernd immer noch da ist und sie darüber hinaus auch immer noch erwartungsvoll ansieht, ringt sie sich zu einer Antwort durch, die ihr nicht gefällt.

„*Ein* Abendessen“, sagt sie, mit der Betonung auf „ein“. „Meinetwegen.“

Bernds Augen leuchten auf. Er scheint nicht mit einer Zusage gerechnet zu haben, schießt es Thekla durch den Kopf. Sogleich fragt sie sich, ob sie gerade einen Fehler gemacht hat. Doch es ist nicht zu ändern. Sie beschließt, gute Miene zum bösen Spiel zu machen, ringt sich ein Lächeln ab und fragt: „Okay, was schlägst du vor? Griechisch, italienisch, deutsche Küche …"

Bernds Lächeln wird breiter. Wenn er eben noch schüchtern, beinahe unterwürfig wirkte, so hat sich das im Nu geändert. Ein unangenehm zufriedener Zug spielt um seinen Mund. „Ich habe eine viel bessere Idee", beginnt er und zwinkert ihr verschmitzt zu. „Ich werde für dich kochen. Ich kann gut kochen", beeilt er sich hinzuzufügen.

In Theklas Hals bildet sich ein Kloß. Sie spürt das dringende Bedürfnis, aus der Defensive herauszukommen und die Situation wieder unter Kontrolle zu bringen. Fast zu spät erinnert sie sich daran, dass sie Schauspielerin ist. Und gar nicht mal eine schlechte, denn sonst hätte sie die letzte Rolle, die sie zu spielen hatte, vielleicht nicht überlebt. Sie wirft Bernd ein unergründliches Lächeln zu, das alles und nichts bedeuten kann. Es ist das Lächeln, das die scheinbar selbstbewussten Heldinnen US-amerikanischer Filme gerne zeigen, um alle Welt wissen zu lassen, wie schwer sie zu beeindrucken sind, um nur wenige Filmminuten später trotzdem dem Charme des männlichen Helden – und nur seinem! – zu erliegen.

„Natürlich", sagt sie mit gespielt amüsiertem Spott in der Stimme. Dann seufzt sie. „Allerdings habe ich in ein paar Tagen ein wichtiges Vorsprechen, auf das ich mich intensiv vorbereiten muss. Anschließend werde ich mich bei der Produktionsfirma vorstellen müssen und dementsprechend nicht in Gifhorn sein.“ Sie zuckt bedauernd die Schultern. „Aber wenn ich zurück bin, melde ich mich bei dir. Versprochen.“

Sie lächelt so, dass es verheißungsvoll erscheinen mag – zumindest für einen Mann, der so sehr von sich überzeugt ist, dass er es tatsächlich für möglich hält, das Interesse einer Frau durch Erpressung gewinnen zu können. Bernd ist so ein Mann. Er verzieht die Lippen zu einem anzüglichen Grinsen, lässt seine Augen gemächlich über Theklas bis zur Tischplatte sichtbaren Körper wandern und zwinkert ihr keck zu. Dann greift er in seine Brusttasche und zieht ein kleines weißes Kärtchen hervor. „Ich freue mich auf unser baldiges Treffen“, sagt er, während er ihr die Karte hinhält und dabei versucht, ihr tief in die Augen zu sehen. Thekla nimmt die Karte entgegen und senkt dabei züchtig den Blick, als wäre sie verunsichert. Endlich erhebt sich Bernd, klopft auf den Tisch, was Thekla überhaupt nicht abkann, sagt betont selbstsicher „man sieht sich“ und geht mit wiegenden Schritten auf den Ausgang zu.

Thekla spielt ihre Rolle der im Sturm Eroberten weiter, bis er außer Sichtweite ist. Dann schüttelt sie sich wie ein nasser Hund. Ihr Blick fällt auf ihr Frühstück, das sie jetzt endlich in Ruhe genießen könnte, doch sie kann beim besten Willen keinen Appetit mehr aufbringen.

***

Miriam sitzt am Esstisch mit dem aufgeklappten superflachen, matt silbrig glänzenden Laptop vor sich. Nachdenklich blickt sie durch die bodentiefen Fenster hinaus auf die perfekt gepflegte Rasenfläche ihres Gartens. Mit ihrem engen knielangen lilafarbenen Kleid, ihrem tadellosen Makeup und den langen, roten Haaren, die ordentlich über ihren Schultern liegen, schaut sie aus wie aus dem Ei gepellt. Sie verharrt nun schon einige Zeit in dieser Position, sodass ein flüchtiger Beobachter meinen könnte, er sähe ein Werbefoto in einem Hochglanzmagazin. Bei näherem Hinsehen jedoch könnte man zumindest erahnen, dass die Szenerie zwar wie ein Stillleben aussieht, es tatsächlich jedoch mächtig hinter Miriams Stirn arbeitet. Sie muss eine Entscheidung treffen. Eine wichtige Entscheidung. Eine Entscheidung darüber, ob sie ihr Schicksal in die Hände anderer legen will, indem sie ihre Geheimnisse mit ihnen teilt. Vielleicht ist die Gefahr gering, dass jemand erfährt, dass sie dahinter steckt, die untadelige Arztgattin aus dem idyllischen Gifhorner Stadtteil Winkel. Dennoch ist es immer ein Risiko, Mitwisser zu haben.

Wie wohl ihr Mann reagieren würde, wenn er davon erführe? Er, der aus einer sogenannten „guten Familie“ stammt, die bereits seit unzähligen Generationen eine gewichtige Rolle in der Geschichte der Kleinstadt am südlichen Rand der Heide spielt? In dessen Kreisen der gute Ruf unverzichtbar ist, auch wenn nicht immer viel dahinter steckt. Wo es fast zum guten Ton gehört, bei seiner Doktorarbeit genauso wie bei seiner Einkommenserklärung zu schummeln, wo man jedoch gleichzeitig zu nahezu allem fähig ist, um zu verhindern, dass solche Dinge ans Tageslicht kommen. Ein Skandal ist hier genauso unerhört wie die Tatsache, dass Bayern München einmal nicht Deutscher Meister wird. Philipp wäre wohl am Boden zerstört, überlegt Miriam. Sein Leben würde mit einem Schlag sinnlos werden, weil das Wichtigste für ihn, nämlich das, was ihm und seiner Familie Bedeutung verleiht, das Abbild der unerschütterlichen Wohlanständigkeit ist, und damit wäre es dann vorbei.

Bedauernd schürzt Miriam ihre hellrot geschminkten Lippen und schüttelt kaum merklich den Kopf. Dann zuckt sie die Schultern. Selbst schuld, denkt sie bei sich und seufzt leise. Das wäre alles nicht nötig, wenn ihr Mann nicht so entsetzlich geizig wäre! Sie presst ihre Lippen aufeinander und richtet ihren Blick entschlossen auf den Bildschirm vor ihr. „Bekenntnisse einer Ehebrecherin" steht dort in fetten Buchstaben geschrieben. Gefolgt von dem sehr viel kleineren, in kursiver Schrift gestalteten Wort „Manuskript". Sie schließt das Dokument und fügt es an eine bereits vorgefertigte Mail mit dem Absender „MariaMagdalena@komtel-gf.de" an. Dann klickt sie auf „senden".

***

Julia ist nervös. Das kennt sie nicht von sich. Sie ist so sehr daran gewöhnt, stets jeder Situation gewachsen zu sein, dass sie ihre momentane Hilflosigkeit als besonders irritierend erlebt. Sie fühlt sich daran erinnert, wie es ist, wenn man beim Surfen stürzt und in den Schleudergang einer Welle gerät. In solchen Momenten verliert man die Orientierung und weiß nicht mehr, wo oben und unten ist. Man strampelt hilflos im Wasser herum und kann nur hoffen, dass man es schafft, sich dem Sog der ins Meer zurückfließenden Strömung zu entziehen und den Kopf wieder über die Wasseroberfläche zu kriegen. Ob das gelingt, ist stets ungewiss. Dennoch: Sie hat eine Entscheidung getroffen und sie wird sie durchziehen. Komme, was da wolle. Irgendwie wird sie den vor ihr liegenden Termin schon hinter sich bringen. Und dann, ja dann … Sie hat keine Ahnung, was *dann* sein wird.

Ela will extra aus Berlin anreisen, um ihr beizustehen. Sie ist der einzige Mensch auf der Welt, der weiß oder zumindest ahnt, was sie durchmacht. „Du musst nicht kommen", hatte Julia ihr gestern Abend noch am Telefon gesagt. „Es geht nur mich etwas an. Ich habe mir die Suppe eingebrockt und ich werde sie auch auslöffeln." Davon wollte Ela nichts hören. „So ein Quatsch!", hatte sie geschimpft. „Du immer mit deinen Alleingängen! Du musst endlich mal lernen, anderen zu vertrauen. Hast du das immer noch nicht begriffen?"

Nein, das habe ich vermutlich nicht, muss sich Julia in Erinnerung an das Telefonat eingestehen. Gedankenverloren blickt sie auf ihre Hände. Jemand geht an ihr vorbei und rempelt sie versehentlich an. Eine Entschuldigung seinerseits, ein gezwungenes Lächeln ihrerseits, dann taucht sie erneut in ihre eigene Welt ab. Reiß dich zusammen, ermahnt sich Julia selbst. Du bist die Bürgermeisterin von Gifhorn und wirst gleich die Eröffnungsrede zu dieser Veranstaltung halten. Du hast einen Job – jedenfalls in diesem Moment noch – und kannst hier nicht herumstehen wie das personifizierte Leiden Christi!

Sie zwingt sich dazu, ihre Umwelt wieder wahrzunehmen und blickt sich suchend in dem Raum, einem ehemaligen Ladenlokal, um. Ungefähr siebzig geladene Gäste haben sich versammelt, um dem Verein „Fairer Handel e.V.“, dessen Räumlichkeiten hier eingeweiht werden, gute Wünsche mit auf den Weg zu geben und ihn allseitiger Unterstützung zu versichern. Ela, die direkt hierher in den Steinweg kommen wollte, scheint noch nicht da zu sein. Julia blickt auf die Uhr: Es ist 10 Uhr 24. Um halb elf wird der Vereinsvorsitzende Max Fischer den offiziellen Teil der Veranstaltung mit einer kurzen Begrüßung beginnen. Danach ist sie an der Reihe. Jedenfalls, wenn alles nach Plan läuft. Und genau das hofft Julia inständig, damit sie es endlich hinter sich bringen kann. In wenigen Minuten wird das jahrelange Versteckspiel Geschichte sein, sagt sie sich, und meine Karriere vermutlich gleich mit. Ob sie darüber erleichtert oder verzweifelt sein soll, das weiß sie noch nicht.

10 Uhr 25 zeigt Julias Armbanduhr an, die sie soeben erneut konsultiert hat. Noch einmal lässt sie ihren Blick durch den Raum bis zum Eingang schweifen und noch immer ist

Ela nicht zu sehen. Vielleicht ist es besser so, denkt Julia bei sich. Sie muss das alles nun wirklich nicht miterleben. Es würde sie nur belasten, obwohl sie sich alle Mühe geben würde, das nicht zu zeigen.

Erneut öffnet sich die gläserne Eingangstür. Reflexartig wendet Julia den Kopf und schaut, ob es dieses Mal ihre Freundin ist, doch sie ist es nicht. Stattdessen blickt ihr das wohlbekannte Augenpaar jenes Pressevertreters entgegen, der ihr den ganzen Schlammassel eingebrockt hat. Mist, denkt Julia, hätte ich mal nicht hingeguckt! Doch sie beherrscht sich und wendet ihren Blick nicht ab. Diesen Triumph gönnt sie Koslowski nicht. Mit gespielter Gelassenheit sieht sie ihm entgegen, als er sich schnurstracks seinen Weg durch die Menge bahnt und auf sie zusteuert.

„Frau Bürgermeisterin, ich bin entzückt, Sie zu sehen!“, grüßt er mit geheuchelter Ehrerbietung und verzieht seine Lippen genüsslich zu einem schmierigen Grinsen. „Da hätte ich ja fast eine Wette gegen mich selbst verloren“, fügt er süffisant hinzu.

Fragend hebt Julia die Augenbrauen.

Koslowskis Grinsen wird noch breiter. „Ich habe Sie gestern auf der Sitzung des Ortsverbandes unserer Partei vermisst. Hatten wir nicht vereinbart, dass Sie mich dort als geeigneten Bewerber für die nächste Stadtratswahl in die Diskussion einführen, damit mein Name im nächsten Jahr auch bestimmt auf einem der vorderen Listenplätze steht?

Das haben Sie doch wohl nicht vergessen, Frau Bürgermeisterin?“

Wenn du Schmierfink es noch einmal wagst, mich ‚Frau Bürgermeisterin‘ zu nennen, ramme ich dir mein Knie so fest in die Eier, dass die Ärzte in der Notaufnahme sie erst kurz vor deinem Zwerchfell wiederfinden, flucht sie im Stillen. „Ich vergesse selten etwas, Herr Kotzlowski“, antwortet sie kühl. Das Lächeln auf dem Gesicht ihres Gegenübers erstarrt. Huch, denkt Julia, da ist mir doch jetzt tatsächlich mein ganz persönlicher Spitzname für den Herrn herausgerutscht. Sie tut so, als hätte sie ihren Fauxpas nicht bemerkt, doch das scheint die Sache für ihren Gesprächspartner nicht besser zu machen.

„Ich will, dass Sie meine Kandidatur unterstützen, und zwar in aller Öffentlichkeit. Jetzt!“, zischt er. Die Augen des Mannes haben sich hinter seinen runden Brillengläsern zu schmalen Schlitzen verengt.

Julia realisiert die winzigen weißen Speicheltröpfchen, die seine Drohung auf dem Ärmel ihres hellroten Blazers hinterlassen hat. Einen Moment lang kann sie ihren Blick nicht davon abwenden. Als hätte mich jemand angespuckt, schießt es ihr durch den Kopf. So, wie mich alle anspucken werden, wenn ich es ihnen erst gesagt habe. Dreh jetzt nicht durch, schärft sie sich im nächsten Moment ein. Niemand wird dich anspucken! Sie werden sich das Maul über dich zerreißen, sie werden dumme Witze über dich machen, viele werden es auch als willkommene Bestätigung ihrer heimlich gepflegten Ressentiments verstehen und sich auf dich einschießen, weil du bist wie du bist, weil du gelogen und diese Schmierenkomödie angezettelt hast. Aber anspucken ist nun wirklich übertrieben!

Mühsam löst sich Julia aus ihrer Erstarrung. Mit demonstrativer Gelassenheit fischt sie ein blütenweißes Papiertaschentuch aus ihrer Handtasche und tupft die Hinterlassenschaften des Reporters sorgfältig ab. Wie erwartet, bringt sie ihn damit vollends zur Weißglut. Sie bemerkt, dass sein Gesicht rot anläuft und nun eine ganz ähnliche Farbe zeigt wie sein Haar.

„Sie glauben mir wohl nicht, was?“, sagt der Reporter drohend. „So knapp“, er hält ihr seine rechte Hand mit einer Geste unter die Nase, bei der sich Zeigefinger und Daumen fast berühren, „stehen Sie davor, mitsamt Ihren betrügerischen Machenschaften aufzufliegen!“

Indigniert sieht Julia auf die Hand mit den angeknabberten Fingernägeln. In diesem Moment bemerkt sie aus den Augenwinkeln, wie Max Fischer vorübergeht, um auf das kleine Podest zu steigen, das anlässlich der Feier aufgebaut wurde, damit die Redner besser zu sehen und zu verstehen sind. Mit einem kurzen Nicken kündigt der Vereinsvorsitzende Julia gegenüber an, dass er jetzt mit der offiziellen Begrüßung der Gäste beginnen wird, um danach das Wort an sie, die Bürgermeisterin und Schirmherrin des Vereins, zu übergeben. Julia fängt den Blick mit einem knappen Lächeln auf. Es ist soweit, sagt sie sich, und es gibt kein Zurück. In diesem Moment fühlt sie sich sogar ein kleines bisschen erleichtert. Niemals wieder will sie sich einem so grässlichen Menschen wie diesem Reporter ausliefern. Das ist mir meine politische Karriere nicht wert, schießt es ihr durch den Kopf. Lieber verliere ich meinen Status, meinen guten Namen, meine wirtschaftliche Existenz und alles, was ich mir aufgebaut und wofür ich gearbeitet habe. Aber nie wieder will ich mich von so einem widerlichen Zeitgenossen in die Ecke drängen lassen!

Mit unverbindlichem Lächeln wendet sie sich an Lars Koslowski, der immer noch mit seinem Zeigefinger und seinem Daumen vor ihrer Nase herumwedelt. „Wenn Sie mich jetzt bitte entschuldigen würden“, sagt Julia kühl. Dann dreht sie den Kopf und schaut zum Rednerpult hinüber, wo Max Fischer versucht, die Aufmerksamkeit der Anwesenden auf sich zu ziehen.

Von außen betrachtet könnte man meinen, das Interesse der Bürgermeisterin gelte nun voll und ganz dem Redner am Pult, doch das stimmt nicht. Genau genommen erfasst Julia nichts von dem, was Max Fischer in seiner kurzen Begrüßung von sich gibt. Sie hört nicht den freundlichen Applaus, der seinen Worten folgt, und sie sieht nicht, wie er den Kopf wendet und ihr zunickt, um ihr anzuzeigen, dass nun sie an der Reihe ist. Erst, als ihr Vorredner Julia direkt anspricht, es um sie herum still wird und sich die Augen aller Anwesenden erwartungsvoll auf sie richten, taucht Julia aus ihrem tranceähnlichen Zustand auf. Gemessenen Schrittes nähert sie sich dem Pult. Auf dem Weg dorthin tastet sie in den Taschen ihres Blazers nach dem Spickzettel, den sie für ihre Rede vorbereitet hat. Normalerweise braucht sie so etwas schon lange nicht mehr. Seit Jahren redet sie bei solchen Anlässen immer frei, ohne Aussetzer, ohne sich zu wiederholen oder zu verzetteln, ohne „ähms" und „ähs". Heute traut sie sich das nicht zu. Obwohl sie nur eine vergleichsweise kurze Ansprache halten will, in der sie die Bedeutung der Arbeit des Vereins würdigen wird. Doch anschließend hat sie vor, noch mehr zu sagen als das, was alle von ihr erwarten. Sie wird etwas sagen, was niemand von ihr erwartet.

Julia ist am Rednerpult angekommen. Ihre Finger, die sich plötzlich feucht und klebrig anfühlen, ziehen den Zettel aus ihrer Jackentasche heraus. Dabei verhakt er sich in einer Naht, entgleitet ihren Fingern und fällt zu Boden. Hastig bückt sich Julia danach. Hastig bewegt sie sich sonst nie – das kennt man nicht von der stets souveränen Bürgermeisterin und sie selbst kennt sich so ebenfalls nicht. Ruhig, beschwört sie sich. Um Himmels willen, beruhige dich!

Als sie sich wieder aufgerichtet hat, lässt sie ihren Blick über die versammelte Menge schweifen. Sie stutzt. Ganz hinten, am anderen Ende des Raumes, hat sie ihren Verlobten Björn entdeckt. Was zum Teufel macht der hier, fragt sie sich. Ich habe ihm doch gesagt, was heute passieren wird, und dass er in der nächsten Zeit am besten, so weit es möglich ist, auf Tauchstation geht! Auch *er* hat einen Ruf zu verlieren, weil er bei dieser Komödie mitgespielt hat. Auch an *ihn* werden die Leute Fragen haben. Niemand wird annehmen, dass er von nichts gewusst hat.

Sie sieht ihn verständnislos an, doch er erwidert ihren Blick gelassen und lächelt sein feines, zurückhaltendes und gleichzeitig so warmes Lächeln, mit dem er sie so oft anschaut. Dieses Lächeln, dass ihr jedes Mal das Herz ein wenig schwer werden lässt, weil sie fühlt, dass sie es nicht verdient hat. Weil sie Angst davor hat, ihn zu verletzen, wenn er vielleicht doch mehr für sie empfindet als sie für ihn. Und nun, zu allem Überfluss, ist er auch noch hier und läuft Gefahr, sich mit ihr zusammen dem allgemeinen Unmut auszusetzen. Das ist das Letzte, was sie will. Das hat er nicht verdient!

Doch Björn scheint ihre Bedenken nicht zu teilen. Sein Blick ist ruhig und fest. Julia will sich schon abwenden, da bemerkt sie einen goldblonden Haarschopf, der sich neben Björns Schulter schiebt. Es ist Ela. Ihr Gesicht ist leicht gerötet, als hätte sie sich hetzen müssen, um rechtzeitig hier zu sein. Sie begrüßt Björn, den sie von flüchtigen Zusammentreffen her kennt, dann wendet sie sich um und schaut zum Rednerpult. Als sie Julias Augen auf sich gerichtet sieht, lächelt sie ihr aufmunternd zu.

Wider Willen schießen Julia Tränen in die Augen, als sie die beiden Menschen sieht, die ihr näher stehen als irgendjemand sonst auf der Welt. Diesen beiden hat sie so viel zu verdanken und sie haben ihr so Vieles nachzusehen. Das war ihr nie so klar wie heute. Schnell wendet sie sich ab, um nicht vollends in Tränen auszubrechen. Bereits jetzt kann niemandem mehr verborgen bleiben, dass sie, Julia Ahrens, die immer souveräne Bürgermeisterin der Stadt, in diesem Moment alles andere ist als souverän. Sie ist komplett neben der Spur. Mit tränenverhangenem Blick fummelt sie den Zettel in ihrer Hand auseinander. Nicht ein Wort kann sie lesen von dem, was sie geschrieben hat, weil alles vor ihren Augen verschwimmt. Hilflos hebt sie den Blick und starrt in mehrere Dutzend Augenpaare, die sie erstaunt, erschrocken oder mitleidig ansehen.

Ich muss endlich meine Sprache wiederfinden und meine Rede halten, schießt es ihr durch den Kopf. Sie will die Gäste begrüßen und auf die Bedeutung des Vereins und die Relevanz seines Anliegens eingehen, bevor sie zu ihrem eigenen Anliegen kommt. Damit will sie dem Schmierfinken vom Ise-Boten zuvorkommen, der ihr angedroht hat, selbiges in der morgigen Ausgabe der Zeitung breitzutreten, wenn sie sich nicht „kooperativ“ zeigt, wie er es nennt. Doch als Julia die vielen Leute vor sich sieht, die sie – zumindest zu einem großen Teil – zur Bürgermeisterin gewählt haben, kann sie nicht einfach zur geplanten Tagesordnung übergehen.

„Ich habe gelogen“, platzt Julia heraus.

Im Raum ist es mit einem Mal mucksmäuschenstill. So, jetzt gibt es kein Zurück mehr, denkt sie bei sich. Ihr Blick wandert über die versammelte Menschenmenge. In den Gesichtern sieht sie Verwirrung, in manchen auch Bestürzung. Plötzlich tritt auch Lars Koslowski in ihr Blickfeld. Einen Moment lang wirkt er verblüfft, doch dann verschränkt er die Arme vor der Brust und ein hämischer Ausdruck tritt in sein Gesicht. Er genießt das Schauspiel, denkt Julia bei sich, doch zu ihrem eigenen Erstaunen interessiert sie das nicht. In diesem Moment zählt nur noch ihre eigene Geschichte und nicht, was dieser Schmierfink oder irgendein anderer daraus machen könnte. Das alles ist auf einmal nicht mehr wichtig.

„Ich habe geglaubt, es würde einen Unterschied machen für die Menschen in dieser Stadt, wie ich mein Privatleben gestalte“, fährt sie mit fester Stimme fort. „Ich habe geglaubt, ich hätte bessere Chancen, als Bürgermeisterin gewählt zu werden, wenn ich mich mit einem Mann verlobe, der noch dazu einen ausgezeichneten Ruf genießt. Vor allem aber jemanden, der ein wunderbarer Mensch ist und der beste Freund, den ich mir vorstellen kann.“ Ihre Stimme wird brüchig und sie muss sich einen Moment sammeln. „Ich habe geglaubt, dass ich keine Chance habe, meine Ziele zu erreichen, wenn Sie wüssten, dass es für mich überhaupt nicht in Frage kommt, diesen Mann zu lieben, weil ich nämlich eine Frau liebe.“

Ein Raunen geht durch den Saal. Koslowski sieht sich mit teils verächtlicher, teils zufriedener Miene um, als wolle er sagen: Da seht ihr mal, was unsere Bürgermeisterin für eine ist! Ich habe es immer gewusst und *mir* habt ihr es zu verdanken, dass sie ihren Betrug an einem angesehenen Mitglied der Gifhorner Gesellschaft und darüber hinaus an ihren Wählern nun zugeben muss!

Julia senkt beschämt den Blick. Tränen laufen über ihre Wangen. „Doch die Wahrheit ist, dass ich gar nicht weiß, ob Sie mir das Amt vielleicht nicht zugetraut hätten, wenn

Sie gewusst hätten, wie es wirklich um mein Privatleben bestellt ist. Ich habe keine Ahnung, ob meine Partei mich aufgestellt und ob Sie mich gewählt hätten. Dafür weiß ich heute, dass ich einfach nur zu feige war, zu mir zu stehen und es auszuhalten, was auch immer Sie über mich denken könnten." Sie wischt sich verstohlen über das Gesicht und räuspert sich. „Ich habe Ihnen allen etwas vorgemacht und ich schäme mich unendlich dafür. Ich hatte nicht den Mut wie unzählige andere in meiner Situation, die Anfeindungen, dumme Sprüche oder einfach nur befremdliche Blicke in Kauf nehmen, wenn sie zeigen, wie sie wirklich sind. Stattdessen habe ich mir eingeredet, dass es nur mich etwas angeht, wen ich liebe und mit wem ich zusammen bin. Das mag auch so sein. Doch dabei habe ich übersehen, dass es sehr wohl verletzend ist, wenn ich Menschen anlüge, die meinen, mich zu kennen. Denen ich keine Chance gebe, mir zu zeigen, dass es Ihnen egal ist, ob ich mit einem Mann oder einer Frau zusammen bin.“ Ein weiterer Schwall Tränen löst sich und ihre Stimme beginnt erneut zu zittern. „Genauso habe ich übersehen, dass ich jene verletze, die ich liebe – den einen als Freund, die andere als Partnerin.“

Sie zwingt sich dazu, den Kopf zu heben und den Menschen vor ihr ins Gesicht zu sehen. Auch wenn ihr das nicht wirklich gelingt, weil vor ihren Augen alles verschwimmt. „Es tut mir leid. Ich bitte alle, die ich getäuscht und deren Vertrauen in mich ich erschüttert habe, um Verzeihung.“ Neben den Tränen beginnt nun auch ihre Nase zu laufen. Schnell zieht sie ein Taschentuch hervor und schnäuzt sich ausgiebig. Als sie damit fertig ist, ist es immer noch mucksmäuschenstill.

„Es tut mir außerdem leid“, hier wendet sie sich an den Vereinsvorstand Max Fischer, „dass ich mit meiner Rede gerade komplett das Thema verfehlt habe und alle Aufmerksamkeit von dem wichtigen Anliegen, das der Verein für fairen Handel verfolgt, abgezogen habe. Das ist unprofessionell und das haben Sie nicht verdient. Ich konnte nur einfach nicht mehr“, ihre Stimme gerät erneut ins Stocken, „lügen.“

In die nun folgende betroffene Stille hinein hört sie Lars Koslowski verächtlich vor sich hin murmeln, aber so, dass die Umstehenden es gut hören können: „Wer so ein Farce nötig hat, ist doch wirklich ungeeignet, die Stadt zu repräsentieren. Wie peinlich!“ Ein Raunen erhebt sich im Raum. Jetzt geht es los, denkt Julia bei sich. Jetzt fallen sie über mich her.

„So halten Sie doch den Mund!“, ertönt es von einer anderen Seite. Spontane Beifallsbekundungen folgen. Julia weiß nichts damit anzufangen und blickt hilfesuchend zu Max Fischer hinüber. In ihren Augen steht die unausgesprochene Bitte, er möge den Platz am Podium wieder übernehmen und an Ihrer Stelle weiterreden. Doch er schüttelt nur den Kopf. Julia schaut ihn eindringlich an. Er kann doch unmöglich wollen, dass sie als Bürgermeisterin eine Rede hält, wenn sie gerade vor der versammelten Öffentlichkeit offenbaren musste, wie sehr sie sie hinters Licht geführt hat?

„Buuh!“, ertönt es in diesem Moment aus der Menge. Es kommt aus der Richtung, in der der Zeitungsreporter steht. Das Gemurmel des Publikums wird lauter. „Unverschämtheit!“, hört Julia heraus. „Was soll das denn?“, ruft ein anderer. So langsam bekommt sie es mit der Angst zu tun, dass die Veranstaltung komplett aus dem Ruder läuft, und das alles wegen ihr. Der Blick, den sie Max Fischer zuwirft, ist beschwörend. Er muss doch etwas tun und eingreifen – es ist doch schließlich *sein* Projekt beziehungsweise das seines Vereins, um das es hier geht!

Endlich rührt er sich. Er hebt die Hände und klatscht. Kopfschüttelnd starrt Julia ihn an. So war das doch gar nicht gemeint! Doch Max Fischer bleibt nicht lange der Einzige, der das tut. Plötzlich klatscht noch jemand in die Hände, dann noch jemand und schließlich brandet im ganzen Raum Applaus auf. Unsicher sieht sich Julia um. Sie ist überrascht. Nicht nur weil die Menschen klatschen, sondern weil in ihren Gesichtern keine Ablehnung, Ärger oder gar Hass zu sehen ist, sondern Mitgefühl und Wärme. Sie kann es nicht fassen. Ist das wirklich möglich?

Hilflos wandert ihr Blick von einem zum anderen und bleibt schließlich am Reporter des Ise-Boten hängen. Der wirkt mindestens so verunsichert wie sie. Erstaunt blickt er um sich und scheint die Reaktionen des Gifhorner Publikums ebenso wenig begreifen zu können wie sie selbst. Als sich ihre Blicke treffen, verengen sich seine Augen zu wütend funkelnden Schlitzen. Mit einem Fluch auf den Lippen, deren Inhalt Julia nur erahnen kann, dreht er sich um und bahnt sich, die Leute, die ihm im Weg stehen unsanft zur Seite drängend, einen Weg zum Ausgang.

In diesem Moment dringt es zu Julia durch, dass das, was sie so sehr gefürchtet hat, nicht eingetreten ist. Niemand verachtet sie – jedenfalls nicht hier und nicht in aller Offenheit. Statt sie mit Häme zu überschütten, erhält sie Verständnis, und das ausgerechnet von jenen, denen sie meinte, nicht vertrauen zu können. Erneut löst sich ein Schwall Tränen, doch nun sind es solche der Erleichterung. Und plötzlich wird ihr klar, dass es bei ihrer Angst, die sie all die Jahre mit sich herumtrug, weniger um die Reaktionen der anderen ging als um das, was sie selbst von sich dachte. Und dass sie jetzt wohl endlich auf dem besten Weg ist, sich annehmen zu können, wie sie ist.

Kapitel 16

Entscheidungen

Daniela hält sich verstohlen eine Hand vor den Mund, hinter der sie herzhaft gähnt. Nephele bemerkt es trotzdem. „Ich glaube, unsere Kleine muss in die Heia“, witzelt sie und grinst spöttisch.

„Ich bin seit fünf Uhr auf den Beinen“, verteidigt sich Daniela. „Da darf ich jetzt um …“, sie sieht auf ihre Armbanduhr. „Was? Schon so spät?“

Thekla, Julia und Miriam konsultieren ebenfalls ihre Uhren, während sich Nephele umdreht und auf das große Zifferblatt der altertümlichen Standuhr neben der Theke schaut. „Es ist doch erst kurz vor zehn“, widerspricht sie Daniela.

„Na, eben!“, erwidert die. „Um diese Zeit schlafe ich normalerweise schon friedlich vor dem Fernseher.“

Thekla wirft ihr einen mitfühlenden Blick zu. „Dann fahr nach Hause und leg dich hin! Den Rest schaffen wir sicher auch allein.“

Julia schaut in die Mappe mit den Unterlagen für das Abi-Jubiläum, die im Laufe der letzten vier Monate immer dicker geworden ist. „Das müssen wir gar nicht“, informiert sie die Runde. „Wenn ich es richtig sehe, dann haben wir alles besprochen, was es vor dem großen Ereignis am Samstag noch zu klären gab. Räumlichkeiten, Buffet, Unterbringung der von außerhalb anreisenden Gäste, die nicht bei ihren Eltern übernachten können, die Band, das Programm, die Kosten – alles diskutiert und arrangiert. Falls jemandem noch etwas einfällt, telefonieren oder mailen wir. Nach meinem Dafürhalten können wir die Versammlung jetzt guten Gewissens schließen."

Daniela seufzt und zieht einen Flunsch. „Das ist ja das Problem! Deshalb harre ich hier aus, obwohl ich gleich Streichhölzer benötige, um meine Augen offen zu halten. Wenn das alles vorbei ist, dann sind auch unsere Treffen vorbei. Ehrlich gesagt finde ich das schade." Traurig blickt sie in die Runde. Zu ihrer Überraschung muss sie feststellen, dass sie nicht die Einzige ist, die so fühlt. Den Mienen der anderen nach zu urteilen scheint niemand wirklich froh darüber zu sein, dass die Vorbereitungen abgeschlossen sind und die Zeit ihrer Treffen vorbei ist. Sogar Miriam wirkt bedrückt.

In die betroffene Stille hinein räuspert sich Thekla. „Mädels, ich glaube, ich muss euch etwas sagen."

Vier Köpfe fahren zu ihr herum. Thekla schluckt. Bis eben hat sie geglaubt, es wäre keine große Sache. Sie hatte sich noch nicht einmal entschieden, ob sie überhaupt etwas sagen oder einfach nur in den nächsten Tagen eine E-Mail an ihre Mitstreiterinnen verschicken sollte. Als Reaktion darauf hatte sie maximal mit einigen lauwarmen Worten des

Bedauerns gerechnet. Nun ist sie sich da nicht mehr so sicher.

„Ich werde Samstagabend nicht dabei sein können“, platzt sie heraus.

Nephele sieht sie an, als wäre sie nicht ganz dicht. „Bist du wahnsinnig?“, schimpft sie empört. Julia, Daniela und Miriam schauen sie verständnislos an. Thekla senkt ihren Blick und sieht betreten auf ihre Hände, die sie in ihrem Schoß verknotet hat. Sie ringt mit sich. Eigentlich hatte sie ein Engagement irgendwo an einer kleinen Bühne in Süddeutschland oder Österreich vorschützen wollen, doch jetzt bringt sie es nicht fertig, ihre Freundinnen anzulügen.

„Hast du ein Angebot aus Hollywood erhalten?“, fragt Daniela traurig. „Vielleicht sogar eine Rolle an der Seite von Jerry Wise?“, setzt sie begeistert hinterher, weil sie sich wirklich für Thekla freuen würde.

Wider Willen müssen Julia, Miriam und Nephele über Danielas Bemerkung schmunzeln. Das, was die Landwirtin vermutet, halten sie selbst für unwahrscheinlich. Schließlich hat Thekla sie bereits darüber aufgeklärt, dass sich ihre Engagements mehr im Servicebereich abspielten als auf Bühnen oder am Filmset. Scheinbar ist nur noch Daniela bereit, an das Märchen zu glauben, dass es Schauspieler gibt, die quasi über Nacht berühmt werden, weil ein überraschender Anruf ihres Agenten die plötzliche Wende in ihrer bis dahin eintönig verlaufenden Karriere bringt.

Miriam lächelt spöttisch. „Natürlich. Wenn Jerry Wise wartet, ist das selbstverständlich ein gutes Argument, um eine popelige Abifeier in einer unbedeutenden Klein..."

„Sprich es nicht aus!", unterbricht Julia sie rigoros.

Miriam rollt genervt die Augen, während alle anderen lachen, auch Thekla. Doch anschließend fordert Julia eine Erklärung ein. „Was ist passiert? Warum kannst du auf einmal nicht mehr mit uns zusammen feiern?"

„Warum lässt du uns im Stich?", ergänzt Nephele gespielt beleidigt, vermischt mit wirklicher Enttäuschung über die Ankündigung ihrer Freundin.

Erneut weicht Thekla den Blicken der anderen aus und sieht auf ihre Hände. Nein, sie kann ihre Freundinnen nicht belügen und das will sie auch nicht. Aber sie kann ihnen auch nicht die Wahrheit sagen. Damit brächte sie vielleicht alle in Gefahr. Und wohin das führen kann, haben sie erst vor wenigen Wochen erlebt. Thekla trifft eine Entscheidung. Entschlossen hebt sie den Kopf. „Ich kann es euch nicht sagen. Es tut mir leid", erklärt sie mit fester Stimme, die jede weitere Diskussion im Keim ersticken soll. Sie lächelt knapp, dann greift sie nach ihrer Tasche und wühlt nach ihrem Portemonnaie. „Ich würde gerne zahlen", sagt sie zu Nephele. „Ich hasse Abschiede", schiebt sie zu ihrer Entschuldigung hinterher, „also lasst es uns kurz und schmerzlos hinter uns bringen!"

Die vier anderen sehen einander verblüfft an. „Du glaubst doch nicht im Ernst, dass wir dich jetzt einfach so gehen lassen?“, fragt Julia.

„Ich sagte doch, es muss sein“, erwidert Thekla abweisend.

Miriam wirft Daniela, die neben Thekla auf der Bank sitzt, einen verschwörerischen Blick zu. „Du hältst sie fest, egal wie sehr sie sich wehrt, okay?“, knurrt sie und schaut Thekla warnend an.

Daniela tut es ihr gleich. „Das werde ich tatsächlich tun, wenn du Schwierigkeiten machen solltest. Sorry“, sagt sie mit einem entschuldigenden Lächeln.

Miriam, Julia und Nephele grinsen hämisch. Thekla schaut von einer zur anderen. Dann lässt sie traurig die Schultern hängen. „Mädels, macht keinen Stress! Ich kann es nicht ändern! Es tut mir leid.“

„Rede!“, fordert Julia und verschränkt abwartend die Arme vor der Brust. Die anderen drei folgen ihrem Beispiel. Vier Augenpaare fixieren Thekla, die hilflos den Kopf schüttelt. „Ihr bringt mich in Teufels Küche, und euch gleich mit dazu! Glaubt mir, ihr wollt das alles gar nicht wissen“, wispert sie mit Blick auf die übrigen Gäste, die noch im Ziegenstall sind.

Die vier sehen sich an. „Das kommt mir bekannt vor“, wispert Daniela zurück.

„Oh mein Gott, in was für eine üble Gesellschaft bin ich hier nur hineingeraten?“, stöhnt Miriam auf. „Bin ich eigentlich die einzig Normale hier?“

Wie auf Kommando brechen die vier anderen in spöttisches

Gelächter aus. Miriam schüttelt missbilligend den Kopf wegen dieser Reaktion, doch dann muss sie selbst lachen.

Daniela stupst Thekla vertraulich in die Seite. „Wir alle haben unsere Leichen im Keller“, sie dämpft die Stimme, „beziehungsweise im See“, fügt sie hinzu. „Und du kommst hier nicht weg, bevor du uns nicht alles gesagt hast. Welchen Grund kann es also geben, dass du noch zögerst? Sag uns, was los ist, und wir lassen dich vielleicht in Ruhe.“

Thekla schaut prüfend von einer zur anderen. Als sie sieht, dass keine ihrem Blick ausweicht, gibt sie sich geschlagen. Seufzend sieht sie sich im Lokal um, wo noch eine ganze Reihe von Tischen besetzt sind, auch in ihrer Nähe. „Also gut“, gibt sie schließlich nach. „Ich erzähle es euch. Aber nicht hier!“, raunt sie den anderen zu.

Die Blicke wandern nun von ihr zu Nephele in der Hoffnung, dass sie einen Platz weiß, wo sie ungestört miteinander reden können. Die Wirtin runzelt nachdenklich die Stirn. Plötzlich hellt sich ihre Miene auf. „Mitkommen!“, bestimmt sie energisch.

Einige Minuten später stehen fünf Frauen draußen auf dem Parkplatz vor Nepheles Transporter. Die Wirtin öffnet die Tür am Heck und macht eine einladende Handbewegung. „Hereinspaziert!“

Keine der vier Angesprochenen rührt sich. Nephele blickt verständnislos von einer zur nächsten, dann begreift sie.

Missbilligend schüttelt sie den Kopf. „Was glaubt ihr denn bloß? Ich führe ein anständiges Lokal! Der Laderaum wurde selbstverständlich komplett gereinigt und sogar desinfiziert. Ich will mir doch keinen Ärger mit dem Gesundheitsamt einhandeln!“

Daniela legt Nephele mitfühlend eine Hand auf die Schulter. „Das war sicher nicht leicht für dich“, vermutet sie. „Sorry, ich hätte dir meine Hilfe anbieten müssen.“

Nephele winkt ab. „Kein Problem. Das habe ich meinem Sohn aufs Auge gedrückt. Sozusagen als Strafe dafür, dass er sich in Kalles Machenschaften hat mit hineinziehen lassen. Wohlwissend, dass seine Mutter das nicht gutheißen würde! Das wird ihn lehren, meine Ansagen zukünftig nicht zu missachten.“

„Dein Sohn weiß Bescheid?“, flüstert Daniela entsetzt. Ihr Blick wandert von der Ladefläche des Transporters zu Nepheles Gesicht und wieder zurück.

Die Wirtin grinst spitzbübisch. „Keine Sorge. Ich habe ihm gesagt, dass ich beim letzten Transport eine Kakerlake auf der Ladefläche entdeckt hätte, was ja auch irgendwie stimmt, auch wenn wir sie selbst hineingelegt haben.“ Sie räuspert sich. „Jedenfalls habe ich ihm erklärt, dass so etwas natürlich gar nicht geht in meinem Geschäft und das hat Ilias dann auch gleich eingesehen.“ Sie runzelt die Stirn. „Nachdem ich ihn vor die Wahl gestellt habe: Entweder putzen oder drei Monate Hausarrest absitzen.“

Ihre Freundinnen müssen sich das Lachen verbeißen. Dass

es Ilias bei seiner temperamentvollen Mutter auch nicht immer ganz leicht hat, haben sie schon das eine oder andere Mal vermutet.

Daniela seufzt. „Dazu würde ich meinen Sohn niemals kriegen. Putzen! Das geht gar nicht!“

Beherzt erklimmt sie als Erste die Ladefläche. Die anderen folgen und wenige Augenblicke später sitzen alle im Schneidersitz oder mit angewinkelten Beinen beieinander und schauen Thekla erwartungsvoll an. Nachdem Nephele die Türen von innen geschlossen hat, holt die Schauspielerin tief Luft und beginnt zu erzählen. Sie berichtet davon, dass einige ihrer erfolgreicheren Kollegen ihre Prominenz nutzen, um sich in Zusammenarbeit mit verschiedenen Organisationen für den Natur- und Umweltschutz einzusetzen. Sie erzählt von deren politischem Engagement, von Lobbyarbeit bei Kongressabgeordneten, von Kundgebungen, Spendenaktionen und davon, wie sie vor allem ihre mediale Präsenz immer wieder dafür nutzen, um auf Umweltverschmutzungen und Missstände in der Gesetzgebung hinzuweisen. Doch bei allem Einsatz, den ihre Kollegen leisteten, sei es immer wieder frustrierend gewesen zu beobachten, wie es großen Unternehmen gelänge, sich über Proteste aus der Bevölkerung hinwegzusetzen und sogar Gesetze zu brechen, ohne dafür belangt zu werden. Besonders *ein* Unternehmen wäre ihren Freunden ein Dorn im Auge gewesen, dessen Inhaber sich wie ein Aal um jegliche Auflagen herumgewunden hätte und seinen Kopf immer wieder aus der Schlinge habe ziehen können, wenn es doch einmal gelang, seine umweltzerstörerischen Praktiken aufzudecken und die Staatsanwaltschaft dafür zu interessieren. Entscheidend für sein Geschick diesbezüglich sollen seine intimen Beziehungen in die höchsten politischen Kreise gewesen sein.

„Die Aktivisten von ‘Save Our Nature Now‘ sind fast daran verzweifelt“, erzählt Thekla. „Immer wieder deckten sie mühsam irgendwelche Umweltsauereien auf, nur damit die Sache anschließend im Sande verlief. Zeugen wurden bedroht oder bestochen, Beweise verschwanden oder es wurde politischer Druck auf die ermittelnden Behörden ausgeübt, die Angelegenheit fallen zu lassen. Wirklich jedes Mal gelang es Jeff Simmons Jr., sich aus der Affäre zu ziehen, um anschließend weiterzumachen, als sei nichts gewesen. Und das nicht nur bei Umweltverbrechen! Es ging auch um Betrug, Steuerhinterziehung und sogar um Menschenhandel. Um seine Machenschaften abzusichern, hatte sich der Typ ein bombensicheres Netzwerk aufgebaut aus gegenseitigen ‚Verpflichtungen‘, wie er es gerne nannte. Ich weiß allerdings aus sicherer Quelle, dass es sich dabei oft genug um schnöde Erpressung handelte.“

„Aus was für einer Quelle weißt du das?“, will Daniela wissen.

„Von ihm selbst. Er hat mir gegenüber damit angegeben.“

„Was? Du bist mit diesem Kerl befreundet?“ Nephele ist entsetzt.

Thekla verzieht das Gesicht zu einem zufriedenen Grinsen,

das beinahe von einem Ohr zum anderen reicht. „Jedenfalls hat er das geglaubt“, gibt sie zu. „Obwohl ich es nicht ‚Freundschaft‘ nennen würde. Ich glaube nicht, dass solche Typen Freunde haben. Jeff glaubte wohl einfach, ich ticke genauso wie er. Oder eher noch, er könne vor mir mit seinen Beziehungen angeben und damit, dass er mit jedem seiner Verbrechen ungeschoren davonkommt, weil er diesen oder jenen Politiker, Polizeichef oder Staatsanwalt in der Hand hat. Er fühlte sich so dermaßen sicher, dass er keine Angst davor zu haben schien, ich könne irgendwann irgendwo auspacken, weil ihm ja doch niemand etwas anhaben könne. Und selbst wenn es jemand versucht hätte – er hatte keine Skrupel, Menschen auch auf andere Weise zum Schweigen zu bringen. Er wusste, dass er mit allem davonkommen würde. Ich glaube, er hielt sich für größer als Gott.“

Miriam verzieht das Gesicht, als hätte sie Zahnschmerzen. „Das kommt davon, wenn die Leute nicht regelmäßig in die Kirche gehen und ein wenig Demut lernen. Sie fangen an, sich in einem unerträglichen Maße zu überschätzen“, sagt sie angewidert.

„So, wie es momentan aussieht, hat er das wohl tatsächlich“, stimmt Thekla ihr zu.

Julia wirft ihr einen prüfenden Blick zu. „Mich würde interessieren, wie der Mann überhaupt auf den Gedanken kommen konnte, in dir eine Verbündete gefunden zu haben. Oder zumindest eine, die er mit seinen Machenschaften beeindrucken kann. Was hast du mit so einem Kerl zu schaffen?“

Thekla seufzt und stützt ihr Kinn auf ihre Hände. „Das ist genau der Punkt, Julia. Ich habe ihm etwas vorgespielt. Beziehungsweise wurde ich dafür engagiert, es zu tun. Ich sollte Beweise sammeln, die so hieb- und stichfest sind, dass er aus der Nummer nicht mehr herauskommt, weil auch seine ‚Freunde‘ ihm nicht mehr helfen können und er endlich verknackt wird.“

„Du?“, fragt Daniela ungläubig.

„Von wem wurdest du engagiert?“, will Miriam wissen.

„Von Leuten, die mit der erwähnten Umweltschutzorganisation zusammenarbeiten und die ein bisschen Kohle auf der hohen Kante haben. Sie hatten schlicht die Schnauze voll davon, dass es nie gelang, ihm das Handwerk zu legen und er jedes Mal ungeschoren davonkam, egal ob er Chemikalien in Flüsse eingeleitet oder die Luft damit verpestet hat“, erwidert Thekla.

Nephele schüttelt fast unmerklich den Kopf. „Findest du nicht, dass dein Engagement ziemlich gefährlich war? Wenn der Kerl so mächtig ist und so viele wichtige Leute in der Hand hat, was sollte ihn davon abhalten, dich aus dem Weg zu räumen?“

Thekla zuckt die Schultern. „Das Risiko besteht, das ist richtig. Doch es ging nicht anders. Wir mussten etwas tun. Der Typ war anders einfach nicht zu stoppen! Wir hatten längst alle legalen Möglichkeiten ausgeschöpft, aber für die wirklich Reichen und Mächtigen gelten eben andere Regeln als für das einfache Volk. Und dieser Kerl war – oder ist es vermutlich sogar noch, jedenfalls bis die ersten Schadensersatzprozesse erfolgreich abgeschlossen sind – unermesslich reich. Und mächtig sowieso!“

„Und jetzt ist er dir auf den Fersen“, vermutet Julia, die eins und eins zusammenzählt.

„Nö“, erwidert Thekla, und grinst erneut von einem Ohr zum anderen. „Er sitzt im Knast.“

Ihre Freundinnen klatschen spontan Beifall, doch gleich darauf muss Thekla ihre Aussage nivellieren. „Leider hat er immer noch jede Menge bezahlter Helfer. Und, was vermutlich noch gefährlicher ist: Er hat Komplizen, die mit ihm gemeinsame Sache gemacht und selbst gut an den Sauereien verdient haben. Dem einen oder anderen dieser Früchtchen geht der Hintern jetzt vermutlich mächtig gewaltig auf Grundeis.“

Miriam stößt einen Pfiff durch die Zähne aus. „Diese Leute werden kaum zimperlich sein, um sich zu schützen. Was zählt da schon ein Menschenleben“, murmelt sie nachdenklich.

„Miriam!“, weist Nephele sie zurecht. „Findest du wirklich, dass es nötig ist, Thekla noch mehr zu beunruhigen?“

„Sie hat ja recht“, wirft Thekla kleinlaut ein. „Genau das ist das Problem! Deshalb bin ich nach Deutschland zurückgekommen, um mich aus der Schusslinie zu begeben, bis die ganze Sache juristisch aufgearbeitet und Gras über die Sache gewachsen ist.“ Sie schluckt und fügt hinzu: „Nur leider musste ich feststellen, dass sogar Gifhorn nicht weit genug entfernt ist von Hollywood. Deshalb muss ich fort, und zwar bald.“

Nach dieser Offenbarung herrscht betretenes Schweigen in Nepheles Transporter. Thekla schaut von einer zur anderen. „Ich hab‘ euch doch gesagt, dass ihr das alles vermutlich lieber nicht wissen wollt! Immer noch kann ich euch nichts Besseres raten als so zu tun, als hättet ihr niemals von dieser Geschichte gehört und mich einfach gehen zu lassen. Es ist niemandem geholfen, wenn nicht nur ich, sondern ihr alle in Gefahr seid. Wollt ihr euch etwa auch verstecken müssen?“

Julia schüttelt den Kopf. „Das habe ich bestimmt nicht vor. Ich verstehe aber jede, die an dieser Stelle aussteigen will. Ihr drei“, sie nickt Miriam, Daniela und Nephele zu, „habt Familie. Also überlegt es euch gut, ob ihr euch nicht doch lieber aus der Sache `raushalten wollt.“ Sie blickt prüfend in die Runde.

„Pfff! Bei dir piept‘s wohl!“, knurrt Miriam. „Wir lassen doch niemanden im Stich, nur weil wieder irgendein Kerl verrücktspielt!“

Vier Augenpaare richten sich überrascht auf sie. Miriam bemerkt es nicht oder tut jedenfalls so, als würde sie es nicht bemerken. Nephele kann sich nicht verkneifen, ein gemurmeltes „Hört, hört!“ von sich zu geben, aber Miriam zieht es vor, auch darauf nicht einzugehen.

Julia wartet noch einen Moment ab, doch als dann immer noch keine von ihnen den Transporter verlassen will, nickt sie mit grimmiger Zufriedenheit. „Gut, dann soll es so sein. Wir werden dir helfen, Thekla. Aber dazu müssen wir noch mehr wissen. Zum Beispiel, wer genau hinter dir her ist. Und woher die wissen, dass du hier bist. Du wirst die Bekanntschaft zu diesem Jeff Simmons Jr. doch sicher nicht unter deinem richtigen Namen gesucht oder gar deine Geburtsurkunde bei ihm liegen gelassen haben, oder?“

„Natürlich nicht“, antwortet Thekla mit schiefem Lächeln. „Für ihn war ich Lisa Stoltenberg. Ich habe mir die Haare blond gefärbt und geglättet, bin ins Sonnenstudio gerannt, hab meine Oberweite ausgepolstert und sogar vor einem Gesäß-Push-Up nicht zurückgeschreckt. Den Rest der Maskerade habe ich einstudiert: eine andere Haltung, eine andere Mimik und Gestik – halt alles, was man als Schauspielerin können sollte, um in die Rolle von jemand anderem zu schlüpfen. Ich habe gehofft, dass mich niemand erkennt.“

Miriam hebt fragend die Augenbrauen. „Was ist schief gegangen?“

Thekla zuckt die Schultern und hebt hilflos die Hände. „Keine Ahnung. Ich weiß nur, dass sich unter anderem ein unangenehmer Typ, der wie ein Mafioso in einem drittklassigen Streifen auftritt und behauptet, Anwalt zu sein, nach mir erkundigt hat. Das macht mich ein wenig nervös.“

„Und woher weißt du davon?“, will Daniela wissen.

Thekla schmunzelt. „Von meinem Kollegen und Freund Jerry. Er ist einer derjenigen, die das ganze Projekt finanzieren. Dazu gehören meine Spesen, die bei meinem Einsatz als Lisa Stoltenberg angefallen sind, meine Heimreise nach Deutschland und mein Versteck hier. Es war von Anfang an klar, dass ich nach der Geschichte erst mal abtauchen muss und ganz bestimmt nicht mehr als Schauspielerin arbeiten kann.“

„Jerry? Du meinst Jerry Wise?“, fragt Daniela begeistert.

Miriam rollt ihre Augen gen Himmel. „Meine Güte, Liebes, hast du es immer noch nicht begriffen? Das war ein Scherz, den Thekla gemacht hat, als du dieses Foto von dem Jerry-Wise-Double auf ihrem Smartphone gesehen hast! Wäre Thekla in Hollywood zu einer großen Nummer geworden, dann hätte ihr auch ein bisschen Haarfarbe und Schauspielerei nicht geholfen, sich unkenntlich zu machen. Die Rolle, die sie spielte, konnte sie nur spielen, weil sie eine völlig unbedeutende Schauspielerin ist, die niemand kennt und die selbst auch niemanden kennt und schon gar nicht einen Promi wie Jerry Wise, herrgottnocheins!“

Thekla muss sich ein Schmunzeln verkneifen. Julia und Nephele tauschen vielsagende Blicke aus und schütteln missbilligend den Kopf. Daniela zuckt die Schultern. „Man wird ja wohl mal fragen dürfen! Ich habe jedenfalls irgendwo gelesen, dass sich Jerry Wise sehr für den Umweltschutz engagiert. Ich hätte es ihm zugetraut, dass er so eine

Aktion unterstützt."

„Vielleicht sollten wir diese Diskussion vorerst beenden, denn wir haben jetzt Wichtigeres zu tun", greift Julia in die Auseinandersetzung ein. Sie wendet sich erneut an Thekla. „Also, wenn ich das mal zusammenfassen darf: Du bist nach Deutschland gekommen, um dich zu verstecken. Es stellte sich heraus, dass das die richtige Entscheidung war, weil man in den Staaten bereits nach dir sucht. Das verstehe ich. Aber warum willst du nun schon wieder deine Sachen packen? Und das auch noch so plötzlich?"

„Sind hier in Gifhorn etwa auch schon zwielichtige Typen aufgetaucht, die nach dir fragen?", mischt sich Nephele ein.

Theklas Miene verdunkelt sich. Ein ärgerlicher Zug zeigt sich auf ihrem Gesicht. „So kann man es auch sagen", antwortet sie. Sie zieht scharf Luft durch ihre zusammengebissenen Zähne ein und erntet dafür verwunderte Blicke. Dann schüttelt sie sich und fragt: „Erinnert ihr euch an Bernd? Bernd Weber? Die kleine Petze aus der Penne?"

Die anderen schauen sie verständnislos an. Nephele stellt die Frage, die allen auf der Zunge liegt: „Bernd? Was hat der denn damit zu tun?"

Thekla schnauft wie ein Walross und bläst die Backen auf. Ihre unterdrückte Wut auf den ehemaligen Klassenkameraden bricht sich mit einem Mal Bahn. Nachdem sie einige nicht druckreife Verwünschungen ausgestoßen hat, beginnt sie zu erzählen, wie sie Bernd zufällig in der Allerwelle traf, wie er ihr später im Hotel auflauerte und offen damit gedroht hat, sie auffliegen zu lassen, weil er sie auf einem Foto in der Gesellschaft von Jeff Simmons Jr. erkannt hatte. Mit wachsender Empörung hören die vier anderen zu.

„Ich fasse es nicht! Dieses jämmerliche Würstchen!“, stößt Miriam angeekelt hervor.

Daniela nickt grimmig. „Den würde ich gerne mal in den Stall zu Meiers Jungbullen sperren. Die brauchen fünf Sekunden und er ist Geschichte“, vermutet sie.

Nephele legt nachdenklich den Kopf schief. „Ich könnte auch Kalles Kumpels erzählen, dass Bernd plant, ganz groß ins Zuhältergeschäft einzusteigen. Die prügeln ihn windelweich. Oder Schlimmeres“, überlegt sie genüsslich.

Die anderen grinsen zustimmend, doch Julia ist nicht zufrieden. „Meine Damen, die Ideen sind zwar alle sehr amüsant, helfen uns hier aber nicht weiter. Lasst uns die Zeit lieber nutzen, vernünftig zu überlegen, wie wir Thekla helfen können.“

Nephele verzieht das Gesicht. „Wieso? Da war doch schon viel Schönes dabei! Zu ihm hinzugehen und ihn zu bitten, unsere liebe Thekla in Ruhe zu lassen, wird kaum funktionieren.“

„Im Gegenteil“, sagt Thekla seufzend. „Das wird ihn nur noch mehr anmachen. Vermutlich müsst ihr dann auch noch alle mit ihm zu Abend essen, damit er seine Klappe hält. Und Schlimmeres“, unkt sie düster.

Alle fünf schütteln sich heftig. „Undenkbar“, schnauft

Miriam.

Nephele schaut sie belustigt an. „Na, wenn sogar du das sagst …“

Alle bis auf Miriam finden die Bemerkung lustig und prusten lauthals los. Doch anschließend holt Julia sie schnell wieder in die weniger amüsante Realität zurück. „Ihr habt recht. Wir werden vermutlich schwere Geschütze auffahren müssen, um die kleine Ratte zum Schweigen zu bringen. Ich befürchte, dass es nicht ausreichen wird, Bernd einen Ausflug zu einem der Bullis an der B188 zu spendieren, wenn Miriam sich partout nicht opfern will.“

„Erlaube mal!“, protestiert diese, während sich die anderen erneut auf ihre Kosten amüsieren.

Dann jedoch wird es mit einem Mal still und die fünf verfallen in dumpfes Brüten. Jede kramt in ihrem Hirn fieberhaft nach einem Ausweg aus dieser verfahrenen Situation. Schließlich meint Thekla: „Mädels, das ist wirklich alles sehr nett von euch. Aber ihr seht selbst, dass wir an dieser Stelle nicht weiterkommen. Ich war fast zwanzig Jahre lang nicht mehr in Gifhorn, bis ich vor einigen Monaten zurückkam. Es ist also kein großes Drama, wenn ich erneut meine Sachen packe und woanders hingehe.“

„Spinnst du? Das kommt überhaupt nicht in Frage!“, schimpft Daniela. „Wir haben Nepheles Problem gelöst und wir werden auch deines lösen.“ Sie richtet sich auf ihrem Platz auf und fasst zusammen: „Wenn ich das richtig sehe, dann geht es hier um Leben und Tod.“ Sie wirft

Thekla einen bedauernden Blick zu. „Tut mir leid, wenn ich das so hart formuliere. Aber dieser seltsame Mafia-Anwalt wird sicher nicht mit dir Mau-Mau spielen und dich zur Strafe ohne Abendessen ins Bett schicken wollen, wenn du verlierst.“ Sie wendet sich der gesamten Runde zu. „Ich glaube wirklich, dass uns kaum etwas anderes übrig bleiben wird, als Bernd nachhaltig mundtot zu machen. Wie seht ihr das?“ Als Antwort erhält sie betretenes Schweigen von den einen und zaghaftes Kopfnicken von den anderen. Daniela nickt mit grimmiger Entschlossenheit. „Also werden wir entsprechend handeln müssen. Deshalb plädiere ich für den Tankumsee. Schließlich haben wir dort schon Erfahrungen gesammelt.“

„Kannst du etwa mittlerweile schwimmen?“, fragt Miriam spöttisch. „Was nützen dir Erfahrungen, wenn wir beim nächsten Mal kentern?“

„Außerdem ist das Versenken ja nur der zweite Teil der Angelegenheit“, gibt Nephele zu bedenken. „Vorher müssten wir Bernd umbringen, sonst wird er sich wehren.“

„Außer, er kann auch nicht schwimmen!“, wirft Daniela schlagfertig ein.

Thekla schüttelt den Kopf. „Du vergisst, dass ich ihn im Hallenbad getroffen habe. Diesbezüglich kann ich uns also wenig Hoffnungen machen.“

Julia verzieht missbilligend das Gesicht. „Mädels, ihr wollt nicht allen Ernstes den Tankumsee zu einem Massengrab machen, oder? Das ist Gifhorns wichtigstes Naherholungsgebiet, also vergesst es! Nicht mit mir!“

„Hast du etwa eine bessere Idee?“, kontert Nephele missmutig.

Julia seufzt. Erneut senkt sich Stille über die Ladefläche des Transporters, während jede ihren eigenen Gedanken zur Lösung des Problems nachhängt. Schließlich schaut Daniela auf, wirft einen zweifelnden Blick in die Runde und meint kleinlaut: „Sieht so aus, als kämen wir doch nicht daran vorbei, die Lösung unserer Probleme auf dem Grund des Tankumsees zu suchen.“ Mit Blick auf Julia fügt sie rasch hinzu: „Er kann ja ansonsten ein Naherholungsgebiet bleiben. Nur das Tauchen müsste man vielleicht zukünftig etwas einschränken.“

Julia stöhnt auf. „Hör bloß auf! Daran mag ich gar nicht denken, dass irgendein Hobbytaucher in dem schlammigen Seegrund plötzlich auf die Überreste von Nepheles Ex stößt! Das könnte nochmal richtig unangenehm werden.“ Ihr Blick wirkt sorgenvoll. Doch schon einen Moment später hellt sich ihre Miene plötzlich auf. „Aber ja doch, das ist es!“ Frohgemut blickt sie in die hoffnungsvollen Gesichter der vier anderen. „Mädels, ich habe einen Plan!“

Kapitel 17

Showdown

„Nachschub!“, verkündet Nephele aufgekratzt. Sie tritt durch die Tür ihres Lokals nach draußen und schiebt sich an Daniela und Miriam vorbei, um den mit einem weißen Leinentuch verhüllten Stehtisch zu erreichen. In den Händen trägt sie zwei Flaschen Prosecco, an deren kühlem Glas kleine Wassertröpfchen kondensieren.

„Gottseidank! Das war auch dringend nötig“, knurrt Miriam. Sie reißt ihr eine der Flaschen aus der Hand und öffnet sie mit geschickten Fingern. „Ich konnte Daniela kaum davon abhalten, das letzte Glas auch noch hinunterzustürzen. Schließlich ist das Zeug nicht zum Betrinken da, sondern als Begrüßungsschluck für die Gäste“, mahnt sie mit missbilligendem Blick auf die zerknirschte Daniela. „Mindestens drei Gläser hat sie schon weggekippt“, fügt sie im verschwörerischen Ton an Nephele gewandt hinzu.

Die schaut Daniela erschrocken an. „Reiß dich zusammen!“, schimpft sie. „Bis wir die Sache hinter uns gebracht haben, solltest du besser nichts mehr trinken.“

Daniela rollt mit den Augen. „Ich komme vom Dorf und bin bei der freiwilligen Feuerwehr! Wenn ich die paar Prosecco nicht abkönnte, wäre ich dort absolut fehl am Platz.“

Die Tür öffnet sich erneut und Thekla tritt heraus, dicht gefolgt von Julia. „Na, Mädels, wie läuft's? Ist er schon aufgetaucht?", fragt die Schauspielerin grinsend.

„Wer?", will Daniela wissen.

Julia schüttelt den Kopf und schaut missbilligend in die Runde. „Sagt mal, habt ihr kein anderes Thema?" An Daniela gewandt fügt sie hinzu: „Worüber haben die anwesenden Damen seit unserer Ankunft in diesem Lokal vor ungefähr einer Stunde fast ausschließlich gesprochen?"

Danielas Miene klart sich auf. „Ach so! Du meinst André Tetzlaff, den schönsten Mann zwischen Harz und Heide!" Sie kichert. „Nee, der hat sich hier noch nicht blicken lassen. Alle anderen müssten aber mittlerweile fast vollzählig eingetroffen sein."

„Sogar unser zukünftiges Mitglied des Adelsgeschlechts derer von Schluck", meint Miriam bissig. „Natürlich mit dem dazugehörigen Grafen im Schlepptau." Sie schüttelt vielsagend den Kopf. „Ein Tamtam hat die veranstaltet, als sie hier ankam …Tse! Damit auch wirklich jeder mitbekommt, wer ihr Verlobter ist und sie zu ihrem gesellschaftlichen Aufstieg beglückwünschen kann." Sie schnalzt abschätzig mit der Zunge.

Daniela legt ihr mitfühlend eine Hand auf die Schulter. „Du hast es doch auch zu etwas gebracht", versucht sie Miriam zu trösten.

Die fährt wie von der Tarantel gestochen zu ihr herum. „Was soll *das* denn heißen?", schnaubt sie. „Du glaubst doch nicht im Ernst, dass ich neidisch bin auf diese nichtssagende Person mit dem gebärfreudigen Becken, das sie bislang noch nicht einmal als solches benutzt hat? Was hat sie denn zu bieten, außer, dass sie sich diesen bedauernswerten Spross eines unbedeutenden Adelsgeschlechts mit vermutlich inzestuösem Stammbaum geangelt hat, nur, weil der gerade mal nicht aufgepasst hat?“

Die drei anderen werfen sich vielsagende Blicke zu. Thekla feixt: „Ich muss Daniela recht geben. Dir als renommierter Arztgattin kann Katja nun wirklich nicht das Wasser reichen.“

Vier Frauen brechen in schallendes Gelächter aus, und schließlich muss sogar Miriam mitlachen. „Im Ernst“, sagt die Verspottete, als sie sich wieder beruhigt hat. „Fandet ihr den Auftritt unserer ehemaligen Mitschülerin im Ziegenstall vor ein paar Wochen nicht auch reichlich unverschämt? Ich gebe zu, dass ich ihr am liebsten den Hals umgedreht hätte!“

Nephele zuckt die Achseln und dreht den mächtigen Smaragd, der an einer langen silbernen Kette um ihren Hals hängt, nervös zwischen ihren Fingern hin und her. Ihre Freundinnen haben den auffälligen Stein bereits ausführlich durchgehechelt, den sie heute statt ihres üblichen Kettchens mit dem goldenen Kreuz trägt. Denn wenn Nephele nicht gerade an dem edlen Schmuckstück herumspielt, lenkt er die Blicke geschickt auf ihr heute besonders freizügig in Szene gesetztes Dekolletee. „Wer interessiert sich schon für Katja, wenn alle Welt nur auf den schönsten

Mann zwischen Harz und Heide wartet?“, fragt sie teils im Ernst, teils scherzhaft.

Ihrer Bemerkung folgt ein vielstimmiges Seufzen.

„Nephele hat recht“, findet Thekla. „Ich bin mächtig gespannt darauf zu sehen, wie er heute aussieht. Früher war er optisch wirklich ein lecker Schnittchen.“

Miriam leckt sich genießerisch die Lippen. „Und warum sollte er das heute nicht mehr sein? Wir sind doch auch immer noch ganz gut in Schuss.“ Sie streicht mit einer vielsagenden Geste ihr kurzes, knallrotes Kleid glatt, was ihr einen misstrauischen Blick Nepheles einbringt. Die fünf brechen erneut in fröhliches Gelächter aus.

„N’Abend Ladies“, ertönt es plötzlich hinter ihnen. Erstaunt blicken sich Julia, Daniela, Thekla, Miriam und Nephele um. Wie aus dem Nichts steht plötzlich ein älterer Herr mit Sonnenbrille und Halbglatze vor ihnen, dessen ansehnlicher Bierbauch zwischen der offenen Bikerjacke sichtbar wird. Nephele setzt ein bedauerndes Lächeln auf. „Tut mir leid, aber das Lokal ist heute ausnahmsweise nicht geöffnet. Geschlossene Gesellschaft“, erklärt sie entschuldigend.

Der Mann grinst, zieht mit einer lässigen Geste seine Sonnenbrille von der Nase und lässt seinen Blick mit unverblümtem Wohlwollen über Nepheles Dekolletee abwärts wandern. Nepheles Miene wird zu Eis.

„Weiß ich doch“, sagt der Mann schließlich, als er mit der Begutachtung fertig ist und ihr wieder ins Gesicht sieht. Als ihn immer noch fünf Augenpaare unverwandt anstarren, runzelt er ungläubig die Stirn. „Was ist los, Mädels? Habe ich mich etwa so verändert?“ Er schaut fassungslos in die Runde. Dann breitet er seine Arme aus wie ein Quizmaster aus alten Zeiten, der in seiner Samstagabend-Sendung die Showtreppe herabspaziert. „Ich bin es! Erkennt ihr mich nicht?“

„Vielleicht einer der Lehrer?“, raunt Daniela Julia zu. „Hattest du die etwa auch eingeladen?“

Julia schüttelt nachdenklich den Kopf. „Ich tippe eher auf Party Crasher“, flüstert sie zurück. „Schließlich sind mittlerweile fast alle geladenen Gäste da.“

„Na, dem werde ich helfen!“, knurrt Miriam, die Julias Bemerkung mit angehört hat. Sie stellt sich neben Nephele, fixiert den Mann mit unverbindlichem Lächeln und sagt in strengem Ton: „Nein, wir erkennen Sie nicht. Aber wenn Sie uns Ihren Namen sagen, können Sie uns damit sicher auf die Sprünge helfen!“

„Der hat vermutlich geglaubt, mit der ‚Ich-bins-doch‘-Nummer könnte er ein paar Bier abgreifen“, murmelt Thekla hinter Miriams Rücken.

Der Mann lacht. „Kommt schon, Mädels! Ihr könnt mir doch nicht weismachen, dass ihr mich komplett vergessen habt!“ Er fährt sich mit der Hand durch die wenigen Haare, die ihm auf seinem Kopf geblieben sind. Miriam wird ungeduldig. „Wenn Sie uns jetzt bitte entschuldigen würd…“

Nephele fällt ihr ins Wort. „André?“, ruft sie entsetzt.

„André Tetzlaff?“

Der Mann reißt die Augen auf und strahlt sie an, als wolle er sagen: Warum nicht gleich so? Entgeisterte Blicke aus fünf Augenpaaren könnten ihm darauf eine Antwort geben. Miriam fängt sich als Erste wieder. Ihr Lächeln wirkt gezwungen, als sie sagt: „Wenn das so ist …“ Sie greift nach einem der frisch eingefüllten Prosecco-Gläser. „Herzlich willkommen!“

Der Mann steckt in aller Seelenruhe seine Sonnenbrille in die Brusttasche, nimmt das Glas entgegen und prostet den Frauen zu. „Man sieht sich“, sagt er mit verheißungsvollem Lächeln, nimmt einen Schluck und schiebt sich an ihnen vorbei ins Lokal. Als sich die Tür hinter ihm geschlossen hat, prusten die fünf los.

„Ich kann es nicht glauben! Wegen *dem* habe ich mir die Augen ausgeheult?“, jammert Nephele.

„Na, na, na“, meint Julia kopfschüttelnd. „Optik ist schließlich nicht alles. Außerdem werden wir alle nicht jünger.“

„Aber der sah doch aus wie mindestens sechzig“, flüstert Daniela entsetzt.

„Von seinen inneren Werten habe ich übrigens nie viel gehalten, und besonders intelligent war er auch nicht“, pflichtet Thekla ihr bei.

„André ist hier aufgetaucht, als wäre er Tom Cruise persönlich!“, empört sich Miriam.

„Stimmt! Ich hatte auch den Eindruck, dass er irgendwie

geschrumpft ist. Oder bilde ich mir das nur ein?“, fragt Nephele bissig. Erneut gackern alle im Chor. „Darauf brauche ich einen Schluck“, meint Nephele und schielt nach der Prosecco-Flasche.

„Verschieb das auf später“, rät Julia. „Wir haben heute noch etwas zu erledigen, und dabei sollten wir uns keine Fehler erlauben.“

Mit einem Mal ist die fröhliche Unbeschwertheit wie weggeblasen. Anspannung macht sich in der Runde breit.

„Ist *er* denn schon da?“, fragt Nephele.

Thekla nickt. Sie kramt in ihrer Jeanshose und zieht einen Autoschlüssel heraus. „Ich habe ihn vorhin besonders herzlich begrüßt und so getan, als würde ich auf sein ‚Friedensangebot‘, also das Abendessen bei ihm zuhause, eingehen“, berichtet sie und schüttelt sich angewidert. Die vier anderen sehen sie mitfühlend an. Thekla seufzt und hebt die Schultern. „Wenigstens hat es funktioniert – ich habe den Schlüssel.“

Sie reicht ihn weiter an Julia, die ihn unverzüglich in die Jackentasche ihres beigefarbenen Sommeranzugs gleiten lässt. Anschließend schaut sie auf ihre Armbanduhr. „Es ist gleich 19 Uhr. Bis Viertel nach sind hoffentlich auch die letzten Gäste eingetrudelt.“ Julia wendet sich an Daniela und Miriam. „Habt ihr gesehen, woher Bernd kam?“

Daniela nickt eifrig. „Na klar! Er muss in der Tiefgarage geparkt haben. Jedenfalls kam er von dort.“ Sie deutet mit dem Kopf in Richtung einer mit einem Geländer gesicherten Treppe, die vom Platz vor dem Lokal hinab führt.

Julia atmet tief durch. „Wenigstens etwas! Ich stehe mit meinem Auto auch da unten. Dann muss ich das Zeug nicht am helllichten Tag durch die Fußgängerzone tragen.“ Sie schaut prüfend in die Runde. „Ihr wisst alle, was ihr zu tun habt?“ Vier Köpfe nicken ihr zu. Julia nickt ebenfalls. „Okay. Dann lasst es uns hinter uns bringen.“

„... deshalb freuen wir uns umso mehr, dass so viele von euch erschienen sind, damit wir unser zwanzigjähriges Jubiläum angemessen feiern können. Und jetzt amüsiert euch gefälligst, damit sich der Aufwand auch gelohnt hat!“, ruft Julia zwanzig Minuten später und beschließt damit ihre kurze Begrüßungsrede unter kräftigem Applaus der über sechzigköpfigen Gesellschaft. „Bevor wir mit dem gemütlichen Teil des Abends beginnen, möchte unsere reizende Gastgeberin Nephele Papas noch ein paar Worte zum Ablauf loswerden.“ Sie nickt der Wirtin zu, die daraufhin ihren Platz einnimmt, um über einige organisatorische Details zu informieren, bevor sich die Gäste auf das Essen stürzen.

Julia nutzt die Gelegenheit, um sich unauffällig zu verdrücken. Sie schiebt sich durch die Menge, nimmt Komplimente für ihren launigen Vortrag entgegen und verlässt das Lokal in einem wie sie hofft unbeobachteten Moment. Einzig und allein Daniela bemerkt ihren Abgang und macht sich bereit, um ihren Teil des Planes, den die fünf wenige Tage zuvor auf der Ladefläche von Nepheles Transporter ausgeheckt haben, auszuführen. Erleichtert stellt sie fest, dass ihr die Sache nicht schwer gemacht wird. Während sich die ersten Gäste am Buffet tummeln oder zu kleinen Grüppchen zusammenfinden, um gemeinsam einen Tisch zu belegen, steht Bernd immer noch allein an der Theke. Fast erregt er Danielas Mitleid, die sich daran erinnert, dass er schon zu Schulzeiten immer etwas abseits gestanden hatte. Dann jedoch fällt ihr wieder ein, dass das zumindest teilweise an seinem ewigen Hang zum Auftrumpfen, alles besser wissen, seine Mitschüler übervorteilen oder sie zu denunzieren lag. Dass er deshalb von den meisten geschnitten oder wenigstens nicht beachtet wurde, konnte man niemandem verübeln – außer ihm selbst. Sie seufzt. „Manche Menschen haben es einfach nicht besser verdient“, murmelt sie und zuckt die Schultern. Dann setzt sie ihr gewinnendstes Lächeln auf und steuert mit zwei Gläsern Prosecco, die noch von der Begrüßung übrig geblieben sind, auf ihr Zielobjekt zu.

„Meine Güte, Bernd, ich hätte dich fast nicht wiedererkannt!“, flötet sie und drückt ihm eines der beiden Gläser in die Hand. Mit dem anderen prostet sie dem überraschten Mann zu. „Du hast Julia doch gehört, als sie meinte, wir sollen uns gefälligst amüsieren“, erklärt sie, kichert albern und tut so, als nehme sie einen Schluck. Tatsächlich jedoch reißt sie sich jetzt zusammen und benetzt nur ihre Lippen mit dem Getränk. Jahrelang erprobte Trinkfestigkeit hin oder her: Ihre Freundinnen haben ganz recht. Jetzt heißt es, einen klaren Kopf zu behalten! Außerdem wird das nicht das einzige Glas sein, das sie um der guten Sache willen mit Bernd leeren muss.

Geschickt verwickelt sie den verdutzten Ex-Mitschüler in ein Gespräch. „Lass mich raten: Du siehst aus, als wärst du in die Wirtschaft gegangen und bist jetzt irgendwo Geschäftsführer. Beziehungsweise *C-E-O*“, sie betont die drei Buchstaben, als wäre sie ganz stolz darauf, diese Abkürzung des Wirtschaftsanglizismus fehlerfrei über die Lippen zu bringen, „eines international erfolgreichen Konzerns.“ Sie kichert erneut. Schleimen, die Naive spielen und Interesse an vermeintlichen Heldentaten heucheln – das zieht nicht nur bei den Kerlen auf dem Dorf, sondern bei allen Männern, wie Daniela weiß.

Und natürlich funktioniert diese Strategie auch bei Bernd. Er wiegt den Kopf hin und her und verzieht seine Lippen zu einem Lächeln, das Bescheidenheit suggerieren soll mit der Option, dass er in Wirklichkeit reicher und erfolgreicher ist als Bill Gates. Während er nun ebenfalls an seinem Glas nippt, wirft Daniela ihm einen bewundernden Blick zu. „Du musst mir unbedingt mehr darüber erzählen“, bittet sie begeistert. „Ich bin seit zwanzig Jahren kaum von meinem Bauernhof heruntergekommen und kann mir gar nicht vorstellen, wie das so ist in der großen weiten Wirtschaftswelt.“ Ehe er sich versieht, hat Daniela ihn an seinem Ärmel zur Theke gezogen und bei der Bedienung zwei Caipirinhas bestellt.

„Um Himmels willen“, wehrt Bernd ab, „ich muss heute

noch fahren!“

Daniela zieht einen Schmollmund. „Das nennst du dich amüsieren? Warum lässt du dich nicht von deinem Fahrer abholen? Oder – wenn der schon Feierabend hat – von einem Taxi nach Hause fahren?“ Sie hofft, dass Bernd der Versuchung nicht widerstehen kann, Eindruck bei ihr schinden zu wollen und so zu tun, als sei er tatsächlich der erfolgreiche Geschäftsmann, für den sie ihn angeblich hält und der selbstverständlich über einen eigenen Chauffeur verfügt. Seinem überheblichen Lächeln nach zu urteilen liegt sie mit ihrer Einschätzung richtig, auch wenn Bernd immer noch unschlüssig zu sein scheint. Daniela beschließt, alles auf eine Karte zu setzen. „Ich habe mir ein Zimmer im Deutschen Haus genommen.“ Sie kichert. „Mein Mann erwartet mich heute nicht mehr zuhause.“ Sie wirft Bernd über den Rand ihres Glases hinweg einen langen Blick zu.

Nephele hat sich mittlerweile hinter der Bar postiert und die Bedienung, die eben noch Danielas Bestellung aufgenommen hat, ans andere Ende der Theke geschickt, um dort die Gäste zu bedienen. Sie verpasst dem Cocktail für Bernd einen Extra-Schuss Zuckerrohrschnaps, während sie Danielas Glas mit Ginger Ale füllt.

„Lasst es euch schmecken, meine Lieben!“, ruft sie mit einem anzüglichen Zwinkern, als sie die Getränke auf kleinen weißen Servietten vor den beiden abstellt. Bernd, der mittlerweile begriffen hat, welche Chancen Daniela ihm augenscheinlich einräumt, greift beherzt zu. „Auf den

Abend …", er beugt sich vertraulich zu ihr hinüber und Daniela muss sich arg zusammennehmen, um nicht reflexartig zurückzuweichen, „und vor allem die Nacht." Er grinst verschwörerisch und Daniela antwortet mit einem verheißungsvollen Lächeln.

Hinter dem Tresen muss sich Nephele abwenden, um nicht laut loszulachen. Sie beneidet Daniela nicht um ihre Rolle und kann nicht umhin, sie für die Show, die sie ziemlich überzeugend abzieht, zu bewundern. Sie hofft für ihre Freundin, dass Bernd weit weniger trinkfest ist als das kampferprobte Landei und sie möglichst bald zum zweiten Teil des Plans übergehen können, damit Daniela erlöst wird.

Eine Viertelstunde später bemerkt Nephele aus den Augenwinkeln, dass sich die Eingangstür öffnet und Julia hereinkommt. Die Blicke der beiden treffen sich. Julia nickt kaum merklich. Ein zufriedenes Lächeln umspielt ihre Lippen. Nephele atmet verstohlen durch: Ein weiterer Teil ihres Planes ist geglückt!

Nun wandert Julias Blick weiter zu Daniela, die mittlerweile alle Hände voll damit zu tun hat, sich den schon etwas illuminierten Bernd vom Leib zu halten. Der scheint es kaum noch erwarten zu können, den Avancen der Landwirtin zu folgen und sich einen Vorgeschmack auf die kommende Nacht zu verschaffen, sodass er mehr und mehr auf Tuchfühlung zu ihr geht. Julia formt die Lippen zu einem lautlosen „Autsch!" und verzieht das Gesicht, als hätte sie Zahnschmerzen. Sie wendet sich ab und lässt ihren Blick über die Köpfe der Anwesenden gleiten, als suche sie jemanden. Kurz darauf ist sie in der Menge verschwunden. Ein paar Minuten später bahnt sie sich einen Weg durch das Gedränge auf die Bar zu. „Einen Rotwein, bitte“, ruft sie Nephele entgegen.

„Kommt sofort“, antwortet diese beflissen. Sie tauschen einen verschwörerischen Blick aus. Nepheles Bewunderung für Danielas Performance ist mittlerweile in tiefstes Mitgefühl umgeschlagen. Julia ergeht es ähnlich. Sie platziert sich an der Bar direkt neben Bernd und würdigt ihn scheinbar keines Blickes. Als Nephele ihr das Glas mit dem Rotwein über den Tresen schiebt, greift sie unkonzentriert danach und rammt ihren Ellbogen scheinbar versehentlich in Bernds Seite. Dabei ergießt sich ein Teils ihres Weins über dessen Sakko.

„Oh mein Gott, wie ungeschickt von mir!“, ruft sie erschrocken.

Aufgebracht fährt Bernd zu ihr herum. „Hey, was soll das!“, beschwert er sich mit einem bereits etwas glasigen Blick. Dann richtet er sein Augenmerk auf sein Sakko. „Verdammte Scheiße!“, flucht er.

Julia mimt die Zerknirschte. „Es tut mir furchtbar leid! Selbstverständlich werde ich die Reinigung bezahlen.“

„Der Anzug hat über tausend Euro gekostet!“, stößt Bernd ärgerlich hervor, während er hilflos auf die dunkelroten Flecken starrt, die sich auf seinem hellgrauen Sakko ausbreiten.

Nephele mischt sich ein und stellt resolut fest: „Das Wichtigste ist, die Flecken möglichst schnell mit Wasser auszuspülen. Sonst kann eine Reinigung da auch nichts mehr machen.“ Sie nickt mit dem Kopf zur Seite. „Da hinten sind die Toiletten.“

Doch Bernd starrt immer noch auf die Flecken auf dem hellgrauen Stoff und rührt sich nicht. Julia und Nephele werfen sich hilflose Blicke zu. Da greift Daniela ein. Unsanft stuppst sie Bernd in die Seite. „Na los, lauf schon! Sonst ist der Fetzen im Eimer!“ Als ihr gewahr wird, dass sie sich wenig zartfühlend ausgedrückt hat, setzt sie mit säuselnder Stimme hinzu: „Keine Angst, ich laufe nicht weg.“ Sie gurrt wie ein Täubchen, zieht die Schultern zurück, sodass ihre weiße Bluse über ihrer ansehnlichen Oberweite spannt und blinzelt Bernd neckisch zu.

Der findet augenblicklich zu seiner guten Laune zurück. Mit einem schiefen Lächeln versichert er Daniela: „Ich werde dich nicht lange warten lassen, Baby!“ Dann wirft er ihr durch die Luft einen schmatzenden Kuss zu, den Daniela – voller Erleichterung über die Tatsache, dass ihr Martyrium so gut wie beendet ist – mit einem ebenfalls durch die Luft geworfenen Küsschen beantwortet. Nun endlich dreht sich Bernd um – nicht ohne Julia noch einmal einen bitterbösen Blick zuzuwerfen, den die mit einem zerknirschten Lächeln beantwortet – und zieht mit nicht mehr ganz sicheren Schritten von dannen.

„Puuhh, das war knapp!“, stöhnt Daniela auf. „Ich weiß wirklich nicht, wie lange ich das noch durchgehalten hätte.“ Sie schaut Julia an. „Hat alles geklappt? Hat er seine Schlüssel wieder?“

Die andere nickt zufrieden. „Alles bestens! Mit dem Rotwein gelangte auch sein Autoschlüssel ins Sakko.“

„Dann wollen wir hoffen, dass Miriam jetzt ebenso erfolgreich ist“, sagt Nephele seufzend. Sie wirft ihren beiden Freundinnen anerkennende Blicke zu. „Großartig habt ihr das gemacht. Das war wirklich klasse!“

„Hauptsache, es funktioniert auch“, murmelt Julia mit sorgenvollem Blick.

Miriam hat sich derweil vor den Toiletten postiert. Scheinbar höchst interessiert stöbert sie in dem Ständer mit den City Postcards. In Wahrheit jedoch behält sie den Zugang zu den sanitären Anlagen genauestens im Blick, denn wenn ihre Zielperson eintrifft, muss sie schnell reagieren! Doch just in dem Moment, als Bernd endlich auftaucht, das Sakko mit angewidertem Blick vor sich hertragend, als hätte jemand draufgepinkelt, öffnet sich die Tür zum Herrenklo und ein anderer ehemaliger Schulkamerad tritt heraus. Er hält Bernd die Tür auf, um diesen eintreten zu lassen, was der nicht einmal bemerkt. Achtlos marschiert er an dem anderen vorbei, ohne ihn eines Blickes zu würdigen. Der frühere Mitschüler zuckt die Schultern und geht zurück ins Lokal. Miriam starrt ihm böse hinterher. Verflucht! Das hätte nicht passieren dürfen!

Sie wechselt ihre Position und stellt sich nun direkt vor die

Tür zu den Herrentoiletten. Zwar steht sie dort auffallend ungünstig im Weg herum, aber das Risiko, deswegen den Unmut der anderen Toilettengänger zu erregen, muss sie auf sich nehmen. Sollte es Bernd nämlich gelingen, die sanitären Anlagen unbehelligt wieder zu verlassen und zurück ins Lokal zu gehen, würde ihr Vorhaben weitaus schwieriger auszuführen sein als hier in dem engen Gang.

Miriam kramt in ihrer Tasche nach ihrem Smartphone und tut so, als wäre ihre Aufmerksamkeit völlig von den empfangenen Nachrichten in Anspruch genommen. Immer dann, wenn sich jemand nähert, tippt sie wie eine Wilde auf dem Gerät herum, um deutlich zu machen, dass sie weder Ohren für ein Gespräch hat, falls man ihr eines aufzwingen wollen würde, noch sich dessen bewusst ist, wie rücksichtslos sie den Durchgang versperrt, weil jeder Klobesucher sich seitwärts an ihr vorbeischieben muss, um zum stillen Örtchen zu gelangen.

Nach einer gefühlten Ewigkeit ist es endlich soweit. Aus den Augenwinkeln bemerkt sie, dass sich die Tür zu den Herrentoiletten ein weiteres Mal öffnet und Bernd heraustritt. Von einigen unvorteilhaften Wassertropfen in der Leistengegend übersät, die er sich vermutlich bei seinen Reinigungsbemühungen am Waschbecken zugezogen hat, trägt er das teilweise durchnässte Sakko vor sich her, scheinbar unschlüssig, was er nun damit anfangen soll. Erleichtert nimmt Miriam zur Kenntnis, dass er von diesen Überlegungen ziemlich in Anspruch genommen zu sein scheint und wenig von dem mitbekommt, was um ihn herum vorgeht. Blitzschnell lässt sie ihr Smartphone in ihre Tasche zurückgleiten und fühlt nach den kleinen Plastiktütchen, die sie dort deponiert hat. Mit gesenktem Kopf, als wäre sie ebenfalls abgelenkt und würde nicht darauf achten, wo sie hinläuft, rempelt sie Bernd unsanft an.

„Oh“, ruft sie gespielt erschrocken.

Ärgerlich hebt Bernd den Kopf, wirft Miriam einen bösen Blick zu und will sich an ihr vorbeizwängen. Doch sie stellt sich ihm gekonnt in den Weg, während sie vorgeblich damit beschäftigt ist, ihrem Gegenüber auszuweichen. So geht es einige Male hin und her, bis Miriam vortäuscht, das Gleichgewicht zu verlieren und sich Bernd in die Arme wirft. Vor Schreck lässt er fast sein Sakko fallen.

„Huch!“, quietscht Miriam. „Ich habe wohl ein Gläschen zu viel Prosecco getrunken.“ Sie lacht affektiert auf, während sie sich umständlich aus der angeblich unfreiwilligen Umarmung löst. Als sie sich wieder aufgerichtet hat, ändert sich ihr Blick. Sie lässt ihre Augen ausführlich an Bernd hinab und wieder heraufwandern, als sehe sie ihn zum ersten Mal. Dann lacht sie, als würde die Situation sie unheimlich amüsieren, und wirft ihm mit unterwürfig gesenktem Kopf einen verführerischen Blick zu. Schließlich zieht sie noch ihre Schultern weit nach hinten, um ihr Dekolletee direkt vor seiner Nase in Szene zu setzen. Erwartungsgemäß kann Bernd dem Anblick nicht widerstehen. Wie hypnotisiert stiert er ihr in den großzügigen Ausschnitt und auf den daran anschließenden knallroten Stoff, unter dem sich ihre Brüste wölben. Miriam tritt einen Schritt näher an ihn heran, schiebt ihr rechtes Knie zärtlich zwischen seine Beine und drückt ihn sanft gegen die Wand. Bernd weiß nicht, wie ihm geschieht. Der für seine Verhältnisse bereits reichlich geflossene Alkohol tut ein Übriges, um ihn dazu zu bringen, seinen Instinkten hemmungslos zu folgen. Mit seiner linken Hand – in der rechten hält er immer noch sein Sakko – greift er unverfroren nach Miriams Brust. Die quiekt wollüstig auf.

Hinter ihnen ruft jemand: „Mensch Leute, geht doch wenigstens in eine Kabine!“, doch sie achten beide nicht darauf. Miriam spürt, wie sich der Mann hinter ihr vorbei zu den Toiletten zwängt und nutzt die Gelegenheit, noch etwas näher an Bernd heranzurücken. Dann greift sie ihm beherzt an die Hose. Bernd reißt die Augen auf – zunächst vor Schreck, doch dann scheint ihm die Behandlung zu gefallen. „Du warst schon immer ein Luder“, raunt er Miriam zu, während sie von einer Wolke seines alkoholgeschwängerten Atems eingehüllt wird.

Doch mittlerweile hat Miriam die kleinen Tütchen aus ihrer Tasche platziert und damit alles erreicht, was sie erreichen wollte. Empört schreit sie: „Ich? Ein Luder? Was erlaubst du dir!“

Sie stößt den überraschten Bernd von sich, wirft ihre langen Haare hinter ihre Schultern zurück und streicht mit einer gezierten Handbewegung ihr enges rotes Kleid glatt. „So eine Unverschämtheit!“, schimpft sie. Dann wendet sie sich auf dem Absatz um und verschwindet hinter der Tür mit der Aufschrift „Damen“.

Bernd stiert ihr wie vom Donner getroffen hinterher. „Blöde Schlampe!“, ruft er, als er sich von seinem Schreck erholt hat.

„Na, na, na!“, sagt ein ehemaliger Schulkamerad streng, der gerade die Örtlichkeiten verlassen will.

Bernd macht eine abfällige Handbewegung und schüttelt den Kopf. Als er sich einigermaßen wieder gefangen hat, trollt er sich zurück ins Lokal. Dort braucht er einen Moment, um sich nach dem Erlebnis mit Miriam und angesichts der dicht an dicht stehenden Menschen zu orientieren. Schließlich bahnt er sich seinen Weg zurück zur Theke. Verwundert sieht er sich um.

„Wo ist Daniela?“, fragt er Nephele, die hinter dem Tresen Gläser spült.

Die zuckt die Schultern. „Ich glaube, sie wollte auf die Toilette“, meint sie leichthin. Aus den Augenwinkeln beobachtet sie, wie Bernd sie mit großen Augen anglotzt. Seiner Stirn ist beinahe anzusehen, wie er augenscheinlich eins und eins zusammenzählt, um dann das Naheliegende zu vermuten, nämlich dass Daniela ihn mit Miriam herumpoussieren sah und das weniger gut fand.

„Verflucht!“, schimpft Bernd. „Weiber“, fügt er frustriert hinzu.

Nephele schaut ihn gespielt amüsiert an, obwohl sie sich viel lieber angewidert wegdrehen würde. „Nanu? Ärger mit den Frauen? Vorhin sah es doch noch nach einem erfolgreichen Abend aus“, meint sie und zwinkert ihm vertraulich zu.

Bernd macht eine wegwerfende Handbewegung. Dann legt er sein nasses Sakko auf einen der Barhocker, stellt sich daneben an die Theke und brütet vor sich hin. Während Nephele die Gläser abtrocknet, versucht sie, gleichzeitig Bernd und die sanitären Anlagen im Auge zu behalten und beides auch noch möglichst unauffällig zu tun. Endlich erscheint Miriam am Eingang zu den Toiletten. Sie nickt ihr zu und hält einen Daumen in die Höhe. Nephele ist erleichtert. Wieder was geschafft! Sie blickt in die entgegengesetzte Richtung, wo sich Julia und Thekla an einem Stehtisch scheinbar angeregt unterhalten. Doch als sie den beiden zunickt, unterbrechen sie ihr Gespräch sofort. Wenige Augenblicke später taucht Thekla neben Bernd an der Theke auf.

„Nanu? Plötzlich so allein? Warst du nicht eben noch in charmanter Gesellschaft?“ Sie kichert und zwinkert ihm vielsagend zu.

Nephele winkt die Bedienung heran, die am anderen Ende der Theke ihren Dienst versieht und raunt ihr zu. „Mix den beiden, was sie haben wollen. Sie sollen sich ordentlich amüsieren! Ich bin gleich wieder da.“

Sie dreht sich um und verschwindet in der Küche. Dort sucht sie ihr winziges Büro auf, das sie sich neben der Kühlkammer eingerichtet hat, und schließt die Tür. Ihr Herz klopft bis zum Hals. Jetzt hängt alles von ihr ab! Wieder und wieder ist sie das Telefonat, das sie gleich führen wird, in den letzten zwei Tagen in ihrem Kopf durchgegangen. Wieder und wieder hat sie für sich formuliert, was sie sagen will und wie sie reagieren wird, wenn das Gespräch anders verlaufen sollte, als sie sich das vorgenommen hat. Sie ist alle denkbaren Möglichkeiten durchgegangen und hat sich genau überlegt, was sie tun kann, um das Telefonat im Zweifelsfall doch noch in die richtige Richtung zu lenken. Denn eines weiß sie: Wenn sie jetzt nicht absolut überzeugend ist, kann die Sache komplett nach hinten losgehen!

Nephele atmet noch einmal tief durch. Dann gibt sie sich einen Ruck und greift nach ihrem Smartphone. Sie tippt die Nummer ein, die sie auswendig gelernt hat, und wartet. „Alexej? Bist du's? Hier ist Nephele. Weißt du, wo Karl ist? Ich kann ihn nicht erreichen." Sie hört einen Moment zu, was der Angerufene ihr zu sagen hat. „Was? Du auch nicht? Seltsam", murmelt sie. Dann lauscht sie erneut. „Hmm, nee, weiß ich auch nicht. Aber du, weswegen ich anrufe: Hier ist ein Typ aufgetaucht, der sich unter meine Gäste mischt und ihnen Crystal Meth andrehen will. Das geht natürlich gar nicht! Mein Restaurant hat einen seriösen Ruf zu verlieren. Das ist nicht irgendeine Spelunke, wo einfach jemand daherkommen und dealen kann. Wenn das bekannt wird, kann ich den Laden schneller dicht machen, als ich ein Bier zapfe! Außerdem ist das gegen die Abmachung. Also pfeift den Typen zurück, aber Dalli!" Mit gespannter Miene lauscht sie der Stimme ihres Gesprächspartners. „Wie? Du weißt nichts davon? Der Typ sagt, das sei mit dem Boss abgesprochen." Wieder lauscht sie angestrengt. Dann entspannen sich ihre Gesichtszüge. „Das will ich aber auch hoffen, dass ihr euch darum kümmert! Und beeilt euch!“ Sie lauscht. „Bis gleich.“ Sie schaut auf das Display, tippt mit dem Finger darauf und beendet damit das Gespräch. Erschöpft lässt sie sich auf den Hocker an ihrem winzigen Schreibtisch sinken und fährt sich mit der Hand über das Gesicht. Erleichtert lacht sie auf. Sie hat es tatsächlich geschafft!

Eine Minute später steht sie wieder hinter der Bar, als sei nichts gewesen. Thekla schaut von ihrem Gespräch mit Bernd auf und Nephele blinzelt ihr zu. Ein kurzes Aufleuchten in Theklas Blick zeigt ihr, dass die andere verstanden hat. Anschließend lacht Thekla besonders laut über einen blöden Scherz, den Bernd gemacht hat, und Nephele kann sie verstehen. Ihrer Freundin ist vermutlich gerade – genauso wie ihr selbst – eine Zentnerlast von den Schultern gefallen. Doch noch ist es nicht vorbei. Im Gegenteil: Jetzt geht es erst richtig los!

Eine halbe Stunde später – Bernd scheint die Enttäuschung über die verpatzten Chancen bei Daniela und Miriam längst vergessen zu haben, denn er redet nun wie ein Wasserfall auf Thekla ein – öffnet sich die Tür zum Lokal. Ein Mann von gedrungener Gestalt tritt ein. Sogar durch die Ärmel seines beigefarbenen Jacketts hindurch sind die kräftigen Muskeln seiner Oberarme zu sehen. Sein bleiches, quadratisches Gesicht unter dem kurzgeschorenen blonden Flaum auf seinem Kopf zeigt keinerlei Spuren von Humor. Der stechende Blick aus seinen blaugrauen Augen, mit denen er seine Umgebung abscannt, ist eiskalt. An seine Seite tritt ein Hüne mit schwarzem, lockigen Haar und einem dichten schwarzen Vollbart. Sein schwarzes T-Shirt mit dem Aufdruck eines Kampfsport-Clubs sieht so aus, als könne es jeden Augenblick über den Muskelpaketen an Brust und Oberarmen platzen.

Nephele sucht den Blick der beiden Männer und deutet dann mit einem Nicken in Richtung des geschwätzigen Bernds. Als sie sicher ist, dass die beiden verstanden haben, um wen es sich handelt, wendet sie sich ab und tippt auf die bereits aufgerufene Nummer ihres unter einem Geschirrtuch liegenden Smartphones. Ein verstohlener Blick über ihre Schulter zeigt ihr, dass Thekla das Läuten ihres eigenen Mobiltelefons gehört hat. Sie wirft einen Blick aufs Display und sagt etwas zu Bernd. Dann lächelt sie ihm entschuldigend zu und rutscht vom Barhocker herunter, bevor er sie aufhalten kann. Zehn Sekunden später sind die beiden neuen Besucher herangekommen. Sie postieren sich so hinter Bernd, dass er von den Feiernden im Lokal komplett abgeschirmt ist. Nephele tut so, als bemerke sie sie nicht. Sie wendet sich ab und läuft ans andere Ende der Theke, wo sie die Bedienung und die dort sitzenden Gäste in ein Gespräch verwickelt. Je weniger Leute mitbekommen, was sich um Bernd herum zusammenbraut, umso besser.

Glücklicherweise scheint sich tatsächlich niemand darum zu scheren. Aus den Augenwinkeln heraus beobachtet Nephele, wie die beiden Herren Bernds Arme mit eisernem Griff umschließen und ihn vom Barhocker ziehen. Seiner verhaltenen Reaktion nach nimmt sie an, dass die Männer ihm klar machen konnten, was ihm blüht, wenn er auch nur einen Mucks von sich gibt. Widerstandslos lässt er sich aus dem Lokal führen. Fast hat Nephele Mitleid mit ihm. Aber nur fast.

Kaum sind die drei verschwunden, nimmt die Wirtin die Verfolgung auf. Sie bahnt sich einen Weg durch die Menge und strebt auf den Ausgang zu. Thekla und Julia folgen ihr. Draußen angekommen, können sie gerade noch die Köpfe der drei Männer im Abgang zur Tiefgarage verschwinden sehen. Nephele legt einen Finger an ihre Lippen und zieht ihre Schuhe aus, deren hohe Absätze auf dem Pflaster zu laut klappern würden. Thekla tut es ihr gleich. Bei Julias flachen Schuhen mit den weichen Gummisohlen ist das nicht erforderlich. Anschließend laufen sie mit sicherem Abstand hinter den Männern her, die Treppe hinab und stehen schließlich vor einer schweren Stahltür, die in die Garage führt.

„Ich denke, wir sollten den Dreien erst einmal Gelegenheit geben, sich in Ruhe zu unterhalten“, flüstert Nephele. Thekla und Julia sind der gleichen Meinung. Wie auf Kommando legen sie gleichzeitig ihre Ohren ans kühle Metall. Dahinter ist zunächst nicht viel mehr zu hören als dumpfes Gemurmel aus der Ferne. Gespannt horchen die drei weiter, können jedoch zu ihrem Bedauern kein Wort von dem verstehen, was irgendwo weit hinter der Tür gesagt wird. Dann hören sie auf einmal einen Aufschrei, der nach einem dumpfen Laut abrupt endet.

„Ich glaube, sie haben mit dem Verhör angefangen“, wispert Nephele.

Kurz darauf ist ein erstickter Schrei zu hören, dann ein „Hilfmmmmpfff“, gefolgt von weiteren dumpf klingenden Geräuschen.

„Bist du sicher, dass sie ihn nicht umbringen werden?“, flüstert Thekla besorgt.

Nephele zuckt die Schultern. „Genau kann man das nie wissen. Kommt drauf an, wie kooperativ er sich zeigt.“

„Aber er kann sich doch gar nicht kooperativ zeigen, wenn er nicht weiß, worum es geht“, gibt Julia zu bedenken.

Nephele nickt. „Das stimmt natürlich“, muss sie zugeben.

Erneut legen die drei ihre Ohren an die Tür. Die dumpfen Laute sind nun in schnellerer Abfolge zu vernehmen. Zwischendurch sind immer wieder undeutliche Männerstimmen auszumachen, die sich etwas zurufen. Bald hat Julia genug gehört. „Mädels, so ungerne ich euch den Spaß verderbe – ich glaube, dass Bernd uns lebendig mehr nutzen kann als tot.“

Thekla zieht zweifelnd eine Augenbraue in die Höhe, doch Julia schüttelt den Kopf um anzuzeigen, dass jetzt nicht der richtige Zeitpunkt für längere Erläuterungen gekommen ist. „Erkläre ich euch später. Jetzt sollten wir erst mal dafür sorgen, dass die beiden Bernd nicht das Licht ausblasen.“

Nephele seufzt, ist aber einverstanden. Sie nickt Thekla zu und fragt: „Bist du soweit?“

Die Angesprochene atmet tief durch und wirft den Kopf in den Nacken. „Ja, alles klar“, sagt sie gefasst.

„Gut.“ Nephele legt ihr eine Hand auf die Schulter. „Wir sind in deiner Nähe und passen auf. Falls sie auf dich losgehen, was ich mir absolut nicht vorstellen kann, läufst du sofort weg.“

Die drei Frauen treten ein Stück zurück. Thekla schlüpft in ihre Schuhe und schreitet mit festen Schritten erneut auf die Stahltür zu. Mit einem Ruck reißt sie sie auf und betritt die Tiefgarage. Julia schiebt ihren Fuß zwischen Blatt und Zarge, sodass die Tür anschließend einen Spalt breit offen bleibt und Nephele und sie das Geschehen dahinter besser verfolgen können. Sie hören, wie Thekla erschrocken aufschreit. „Um Himmels willen, was ist denn hier los?“

Einen Augenblick lang herrscht Stille. Kurz darauf hören Julia und Nephele eine hohe Männerstimme in gebrochenem Deutsch sagen: „Wir sind noch nicht fertig mit dir, Freundchen!“ Dann lauschen sie auf sich eilig entfernende Schritte. Als die beiden Frauen hinter der Tür den Eindruck haben, dass die Luft rein ist, wagen sie einen vorsichtigen Blick um den Türrahmen herum. Sie sehen Thekla neben Bernd knien.

„Ich war doch nur zwei Minuten weg, um zu telefonieren. Was machst du denn für Sachen? Und was wollten diese Leute von dir?“, fragt sie, während sie mit einem Taschentuch vorsichtig das Blut von Bernds Stirn tupft, damit es ihm nicht in die Augen tropft.

„Ich ha-habe k-k-keine Ahnung“, stottert Bernd. „D-die haben irgendwaf von einem K-kalle gefafelt und gefragt, was ich m-mit dem gem-m-macht habe. Völlig irre! Und dann ha-haben fie einfach zugeflagen!“

„Das ist ja schrecklich“, flüstert Thekla und schüttelt betroffen den Kopf. „Wie sind die nur auf so eine abstruse Idee gekommen?“

Bernd zwinkert nervös. „D-daf wa-wa-weif ich auch nicht. Plötflich haben die mir fo kleine Tütchen unter die Nafe gehalten mit irgendfo `nem weifen Feug darin, die fie a-angeblich aus m-m-meiner Hofentaffe gezogen haben. Die haben behauptet, ich w-w-wollte ihnen das Gefäft ftreitig ma-machen.“ Er hebt den Kopf und sieht Thekla mit weit aufgerissenen Augen an. „Ich habe d-diefe Tütchen nie fuvor gefehen! Echt jetft!“

Thekla zieht zweifelnd die Augenbrauen empor.

„Glaubft du m-mir etwa nicht?“, quiekt Bernd aufgeregt.

Schnell schüttelt Thekla den Kopf. „Nein, nein. *Natürlich* glaube ich dir“, sagt sie mit beruhigender Stimme, in der allerdings eine gute Portion Misstrauen mitschwingt.

Nephele und Julia sehen sich an und beißen sich amüsiert auf die Lippen. Thekla ist auf dem besten Wege, Bernd vollends zu verstören!

„Kannst du aufstehen?“, hören sie ihre Freundin fragen. Das nimmt Julia als Stichwort für ihren Auftritt. Auf ihr Zeichen hin zieht sich Nephele hinter die Stahltür zurück und lässt sie ins Schloss fallen. Währenddessen geht Julia mit energischen Schritten auf Thekla und den sich mit ihrer Hilfe mühsam aufrichtenden Bernd zu.

„Ach Gottchen, was ist denn hier passiert? Ist Bernd gestürzt?"

Mit besorgter Miene eilt sie auf die beiden zu. Thekla schüttelt teils missbilligend, teils amüsiert den Kopf und muss sich arg zusammenreißen, um nicht lauthals loszulachen. Als wenn die blutende Wunde an der Stirn, die ausgeschlagenen Zähne, das zerrissene Hemd und die vor Schmerzen gekrümmte Gestalt ihres ehemaligen Schulkameraden ihre Ursache in einem einfachen Sturz haben könnten!

„Bernd ist zusammengeschlagen worden", antwortet sie an seiner Stelle. „Ich kam gerade dazu, als zwei Typen ihm nach Strich und Faden aufs Maul gehauen haben. Angeblich soll er mit Drogen zu tun und irgendetwas mit einem Kalle angestellt haben."

So, wie Thekla die Geschichte erzählt, bliebe keinem Zuhörer etwas anderes übrig, als misstrauisch zu werden. Entsprechend ungläubig ist Julias Gesichtsausdruck, während sie sich die folgenden Unschuldsbeteuerungen Bernds mit gerunzelter Stirn anhört. „Wir müffen die P-Polifei rufen", beendet er seinen Bericht.

Julia nickt. „Auf jeden Fall, und zwar unverzüglich!" Sie kramt in der Tasche nach ihrem Mobiltelefon.

Thekla macht ein nachdenkliches Gesicht. „Ist das klug?",

fragt sie und sieht zweifelnd von einem zur anderen. Als sie nur verständnislose Blicke erntet, erklärt sie: „Na ja, wenn sich die Typen so sicher sind, dass Bernd im Drogengeschäft drinsteckt, sie sogar Stoff bei ihm gefunden haben und er außerdem irgendeinen Kalle beiseite geschafft haben soll – warum soll die Polizei das nicht *auch* denken?"

Einen Moment lang herrscht Stille.

„D-du fpinnft wohl!" Bernds Stimme überschlägt sich. „Ich habe rein ga-gar nichtf mit diefen Typen fu tun!"

„*Natürlich* nicht", stimmt ihm Thekla mit beruhigender Stimme zu. „Aber sie könnten es *glauben*, oder etwa nicht?"

Julia schüttelt energisch den Kopf. „Völlig irrelevant", sagt sie entschlossen. „Wenn in Gifhorn so etwas Unerhörtes passiert, dann muss ich die Polizei rufen. Ob ihr das für klug haltet oder nicht, spielt keine Rolle." Sie schaut auf das Display ihres Mobiltelefons, doch es zeigt in der Tiefgarage kein Netz. „Ich geh hinüber zur Ausfahrt. Vielleicht habe ich dort mehr Glück."

„Fag, daff die auch einen Krankenwagen ficken follen", ruft Bernd ihr stöhnend hinterher. „Die Typen haben mir wenigftenf ein paar Rippen gebrochen. I-ich kann kaum atmen!"

„Das verheilt wieder", entgegnet Thekla ungerührt. Bernd starrt sie entgeistert an, woraufhin sie sich beeilt hinzuzufügen: „Mann, Bernd, denkt doch mal nach!" Sie wendet sich zu Julia um. „Und du auch! Wenn Bernd die Sache zur

Anzeige bringt, dann wissen die Verbrecher, wo sie ihn finden können. Die Kerle haben ihn fast totgeschlagen! Wenn ich nicht dazu gekommen wäre …“ Sie lässt den Rest des Satzes wie ein Damoklesschwert über Bernds Kopf schweben.

Ihre Worte zeigen Wirkung. Bernd schluckt. „Quatf!“, schimpft er trotzdem. „Die w-werden die Kerle verhaften und ihnen beftimmt nicht auch noch freundlicherweife mitteilen, wo ich wohne. Daf wäre doch d-dumm!“ Er sieht Julia um Zustimmung heischend an. Doch die legt nachdenklich den Kopf schief.

„Nun ja“, beginnt sie langsam, „den Tätern wird die Polizei vielleicht keine Adresse weitergeben. Doch deren Anwalt kann Akteneinsicht beantragen, und dort wird er selbstverständlich auch Bernds Kontaktdaten finden.“

Thekla schnauft abschätzig. „Sag ich doch! Es würde mich wundern, wenn ausgerechnet ein Anwalt, der Repräsentanten des organisierten Verbrechens vertritt, solche Informationen nicht an sie weitergeben würde. Diese Leute würden doch sonst gar nicht mit ihm zusammenarbeiten und sich lieber einen kooperativen Rechtsverdreher suchen!“

Julia und sie tauschen mitleidige Blicke aus, dann schauen sie wie auf Kommando zu Bernd hinüber. Der starrt die beiden an wie das Kaninchen die Schlange und wird noch eine Spur blasser. Dennoch kann er sich zu keiner Entscheidung über den weiteren Verlauf der Angelegenheit durchringen.

Thekla gibt auf und streckt die Hände in die Luft. „Mir

soll's gleich sein", sagt sie. „Ist nicht mein Leben."

Bernd schluckt erneut. Julia zuckt die Schultern, seufzt und wendet sich Bernd zu. „Das ist zwar alles ganz richtig, was Thekla sagt, aber wir dürfen uns von Kriminellen nicht erpressen lassen. Natürlich ist es in der heutigen Zeit ein Leichtes für solche Leute herauszubekommen, wer sie angezeigt hat und wo der Mann wohnt, den sie verdächtigen, etwas mit ihrem Kumpel angestellt zu haben. Aber ich halte unsere Polizei für fähig genug, die ganze Bande innerhalb kürzester Zeit auszuheben. Und zwar so umfassend, dass keiner mehr da ist, der sich an dir rächen könnte." Sie nickt Bernd beruhigend zu. Nach einer kurzen Pause ergänzt sie: „Außerdem wirst du sicherlich erklären können, woher die Tütchen mit den Drogen stammen, die die Gangster in deiner Hose gefunden haben, oder?"

Während Julias Ausführungen haben sich auf Bernds Stirn Schweißtropfen gebildet. Mit angstgeweiteten Augen starrt er sie an. „T-Thekla hat recht!", platzt er plötzlich heraus. „Ich glaube, ef ift beffer, die Bullen rauffuhalten. Daf Rifiko ift einfach fu g-grof."

Julia blickt ihn erstaunt an. „Willst du das wirklich?", fragt sie ungläubig.

Bernd nickt. Thekla pflichtet ihm bei: „Er hat recht, Julia. Sobald jemand aus dem Umfeld der Angreifer Bernds Namen herausfindet, ist sein Leben nichts mehr wert. Dann kann er nur noch darauf hoffen, dass es möglichst schnell geht."

Bernds Gesichtsfarbe nimmt eine gräuliche Färbung an – außer dort, wo sich die ersten Hämatome zeigen. Julia blickt prüfend von Bernd zu Thekla und zurück. Dann seufzt sie. „Nun, eigentlich ist das nicht in Ordnung, dass ich jetzt *nicht* die Polizei rufe. Allerdings will ich mein Gewissen nicht damit belasten, für den Tod eines ehemaligen Schulkameraden verantwortlich zu sein." Sie lächelt gezwungen. An Bernd gewandt fügt sie hinzu: „Bleibt zu hoffen, dass diese Leute nicht weiter nach dir suchen werden und dich jetzt in Ruhe lassen. Und natürlich, dass dich keiner verpfeift und denen steckt, wo du zu finden bist!" Sie lächelt aufmunternd, als sie im scherzenden Tonfall hinzufügt: „War ein Spaß! Wer sollte das tun? Hat doch keiner außer uns mitbekommen, was hier geschehen ist. Und auf Thekla und mich kannst du dich doch immer verlassen. Nicht wahr, Thekla?"

Kurze Zeit später haben sich Nephele, Thekla, Julia, Daniela und Miriam am hintersten Ende der Theke zusammengefunden. Nephele gibt einer Angestellten ein Zeichen, die daraufhin in der Küche verschwindet. Kurz darauf erscheint sie mit einem Tablett, auf dem eine dunkelgrüne Flasche in einem silbernen Kühler und fünf Gläser stehen.

„Champagner für die Damen", ruft die junge Frau und stellt den Kühler mitsamt der Gläser vor ihnen auf den Tresen. Applaus brandet auf.

Plötzlich verzieht Julia das Gesicht. „Ach, du meine Güte!

Das hätte ich ja fast vergessen!“, murmelt sie erschrocken. „Kann ich mal dein Festnetz benutzen?“, fragt sie Nephele und zeigt auf das Telefon hinter dem Tresen.

„Nur zu“, antwortet diese und reicht Julia das Gerät über die Theke.

Julia tippt eine Nummer ein und hält sich den Hörer ans Ohr. Die vier anderen beobachten sie neugierig, während sie das Mikrofon mit der Hand gegen den Lärm des Lokals abschirmt. „Meike Schmidt hier, guten Abend“, flötet Julia mit verstellter Stimme. Eine kurze Pause entsteht. „Ja, richtig, ich rufe vom Ziegenstall aus an.“ Wieder entsteht eine Pause. „Wir hatten hier auf einer Feier einen kleinen Vorfall. Eine Schlägerei, draußen vor der Tür. Daraufhin hat sich einer der Beteiligten betrunken ins Auto gesetzt und ist nach Hause gefahren. Wir konnten es leider nicht verhindern. Ehe wir bemerkten, was er vorhat, ist er schon vom Parkplatz gerollt.“ Wieder entsteht eine Pause, während der Nephele, Miriam, Daniela und Thekla überraschte Blicke wechseln. „In Fallersleben. Ich vermute, er fährt auf direktem Weg nach Hause.“ Sie nennt die genaue Adresse und das Kennzeichen von Bernds Fahrzeug. „Eins noch: Möglicherweise hat der Mann Drogen konsumiert. Einer der anderen Gäste meinte, er hätte ihn mit irgendwelchen Tütchen hantieren sehen.“ Die vier Umstehenden reißen die Augen auf schlagen sich die Hände vor die Münder, um nicht lauthals loszuprusten. Währenddessen spricht Julia alias Meike weiter: „Ja, das sehe ich auch so. Hmm, ja, mache ich. Vielen Dank und auf Wiederhööör‘n!“

Julia beendet das Gespräch und reicht das Gerät über den Tresen zurück. Nephele, Thekla, Daniela und Miriam brechen in brüllendes Gelächter aus. „Was war *das* denn?“, fragt Thekla, als sie wieder Luft bekommt.

Julia streicht sich anmutig eine Strähne hinter das Ohr. „Nun, wenn irgendwann einmal Kalles Leiche gefunden wird, wäre es doch gut, wenn die Dunkelblauen eine Richtung hätten, in die sie ermitteln können. Ich gehe davon aus, dass sie in so einem Fall auch bei Kalles Kumpels vorsprechen. Von denen bekämen sie möglicherweise den Tipp, dass die Konkurrenz versucht hat, sich auf dem Markt zu etablieren, verbunden mit einer Beschreibung Bernds. Da der sich bislang jedoch vermutlich noch nie etwas zuschulden hat kommen lassen – jedenfalls nichts, weswegen man ihn belangen könnte – würde niemand auf die Idee kommen, einen harmlosen, durch einen Raubüberfall in einer Tiefgarage zu Tode gekommenen Geschäftsmann eines Mordes an einem bekannten Killer zu verdächtigen. Das wäre einfach zu absurd!“

Die vier anderen nicken langsam, während bei ihnen nach und nach der Groschen fällt.

„*Deshalb* war dir daran gelegen, dass Kalles Freunde nicht kurzen Prozess mit ihm machen“, sagt Thekla, als sie das Gespräch in der Tiefgarage Revue passieren lässt.

Julia wiegt den Kopf hin und her. „Unter anderem.“ Sie grinst. „Ganz abgesehen von geringfügigen moralischen

Bedenken, die zart besaitete Gemüter wie ich nun mal haben, eignet sich ein lebendiger Bernd doch sehr viel besser als Verdächtiger in einem Mordfall als ein toter. Noch dazu, wo er jetzt mit Drogen im Kofferraum erwischt wird …“

„… die du nach deiner Begrüßungsrede dort platziert hast, als du auch die Tütchen für Miriam aus deinem Auto geholt hast“, vervollständigt Daniela den Satz.

Julia nickt.

„Geschickt!“, lobt Miriam.

Nephele lacht erleichtert auf. „Wow! Damit käme ich komplett aus dieser blöden Nummer mit meinem Ex raus!“ Jubelnd fällt sie der überraschten Julia um den Hals und drückt sie an sich. „Wenn das kein Grund zum Feiern ist!“, ruft sie anschließend, fischt den Champagner aus dem Kühler und füllt die fünf Gläser. Eines davon hebt sie in die Höhe und prostet den anderen zu. „Auf die Freundschaft!“

Das lassen sich die anderen nicht zweimal sagen und greifen ebenfalls nach ihren Gläsern. „Auf die Freundschaft!“, rufen sie im Chor.

Epilog

„Hier sind die Tickets“, ruft Thekla, als sie von der Kinokasse zurückkehrt. In ihrer Hand hält sie fünf Eintrittskarten, die sie Nephele, Julia, Daniela und Miriam vor die Nase hält.

„Ich weiß immer noch nicht, warum du mit uns ausgerechnet *diesen* Film anschauen willst“, sagt Daniela, während sie eine der Karten aus dem Fächer zieht.

„Vermutlich deshalb, weil Jerry Wise darin die Hauptrolle spielt und sie weiß, dass du bei der Erwähnung seines Namens völlig aus dem Häuschen gerätst“, stichelt Miriam.

Daniela boxt sie dafür in die Seite. „Was soll ich denn sonst denken, wenn ein Foto von jemandem auf dem Display ihres Smartphones erscheint, der genauso aussieht wie er?“, verteidigt sie sich.

„Wie ein Jerry für Arme“, verbessert Nephele spöttisch. „Der Kerl war doch total abgerissen! Das war mit Sicherheit kein mehrfacher Oscar-Preisträger, sondern bestenfalls sein Double. Nichts gegen deinen Kumpel“, sagt sie, sich zu Thekla umwendend. „Ich sehe auch nicht immer fit aus, schon gar nicht morgens gleich nach dem Aufstehen. Aber ich halte mich auch nicht für einen Filmstar!“

Wieder haben alle etwas zu lachen.

Thekla grinst von einem Ohr zum anderen. „Ich weiß zufällig aus sicherer Quelle, dass es in dem Film eine wirklich mega-heiße Sexszene mit Jerry Wise gibt." Ein Raunen geht durch die Runde. „Nehmt es einfach als kleines Dankeschön meinerseits für eure Hilfe", fügt sie hinzu.

„Ich finde es jedenfalls klasse, dass wir uns alle auf diese Weise schon so bald wiedertreffen", meint Julia. „Ich hatte schon angefangen, unsere Feier-Vorbereitungen zu vermissen."

„Wir könnten doch demnächst mit den Vorbereitungen für das nächste Abi-Jubiläum beginnen! Die 25-Jahr-Feier steht doch praktisch vor der Tür", schlägt Daniela vor.

Miriam beginnt zu kichern. „Nichts für ungut", sagt sie, als sie sich wieder eingekriegt hat, „aber nach dem, wie die letzte Party abgelaufen ist, befürchte ich, dass uns für das nächste Event die Gäste ausgehen werden!" Sie bricht in schallendes Gelächter aus und die anderen stimmen mit ein.

„Miriam hat vermutlich recht!", stimmt Nephele zu, beugt sich konspirativ vor und ergänzt im Flüsterton: „Bernd taucht sicher sobald nicht mehr in meinem Lokal auf."

„Und Katja erst recht nicht! Thekla, wie konntest du nur!", schimpft Miriam gespielt empört, grinst dabei jedoch hämisch.

Thekla schmunzelt. „Mir ist die Zicke mit ihrer Angeberei auch mächtig auf den Zeiger gegangen. Und als sie es auf der Feier immer noch nicht lassen konnte, uns alle von oben herab zu behandeln, nur, weil sie glaubte, demnächst eine Gräfin zu sein, musste ich handeln!“

„Zu deiner Verteidigung kann ich sagen, dass ihr Graf ein äußerst williges Opfer war. Er hat es dir nicht schwer gemacht, ihn abzuschleppen“, erinnert sich Julia.

„Wahrscheinlich deshalb, weil er schon lange davon geträumt hat, dass ihn eine edle Heldin aus den Fängen dieses Drachens befreit“, vermutet Daniela. Daraufhin bricht die Runde erneut in brüllendes Gelächter aus.

„Im Übrigen ist der Graf gar kein so übler Kerl. Im Bett jedenfalls ist er ein vollendeter Gentleman“, schwärmt Thekla mit träumerischem Blick. „An dieser Stelle mag sich die gute Erziehung des Blaublüters vielleicht doch auszahlen!“

Die vier anderen jaulen begeistert auf.

„Ein kleiner Wermutstropfen ist natürlich, dass Katja sich daraufhin mit dem schönen André trösten musste. Nephele, das tut mir wirklich leid für dich.“ Julia wirft Nephele einen gespielt bedauernden Blick zu.

Die wischt sich die Lachtränen aus den Augen und meint: „Ich hätte nie gedacht, dass ich das einmal sage, aber ich glaube, ich bin ihr ein stückweit dankbar!“

Erneut gackern alle fünf so laut, dass die übrigen Kinogänger im Foyer sich nach ihnen umdrehen.

„Mädels, ich muss mich jetzt ein bisschen zusammenreißen. Ich bin schließlich eine Respektsperson“, wispert Julia selbstironisch. Ein gespielt beeindrucktes Raunen geht durch die Runde.

Mit einem Blick auf die Uhr fragt Thekla: „Wie sieht‘s aus: Braucht ihr noch Popcorn und Cola? Dann muss ich mich jetzt beeilen, damit ich noch etwas bekomme, bevor der Film gleich losgeht.“

„Wenn du statt der Cola Prosecco organisieren könntest?“, schlägt Miriam vor.

Eine Stunde später sitzen die fünf im dunklen Kinosaal. Der Prosecco ist längst ausgetrunken und der Behälter mit dem Popcorn fast leer. Auf der Leinwand ist Jerry Wise alias Jimmy the Gun auf dem besten Weg, in eine Falle zu laufen, die ihm sein Gegenspieler, der fiese Sheriff Matt House stellt. Der zwingt nämlich die örtliche Saloon-Schönheit und Sängerin des Etablissements mittels Erpressung dazu, sich für seine miesen Pläne zu prostituieren und Jimmy the Gun zu verführen. Im Moment von dessen größter Unaufmerksamkeit plant der Fiesling, ihn zu verhaften und mit Hilfe eines korrupten Richters an den Galgen zu bringen. Der Plan scheint aufzugehen. Just in diesem Moment schreitet Jimmy in staubigen Klamotten mit ausgetretenen Cowboy-Stiefeln die Holztreppe empor, die vom Saloon aus ins Obergeschoss führt, und klopft an die Tür der Dame. Als sie ihm zuruft, er möge eintreten, öffnet er die Tür und sieht sich einer Frau gegenüber, die an ihrem Schminktisch sitzt und ihm den Rücken zuwendet. Ihr

Oberkörper steckt in einem verführerischen schwarzen Korsett mit weißer Spitze und bildet einen bezaubernden Kontrast zu ihrer hellen, alabastergleichen Haut. Just im Moment seines Eintretens löst sie ihre hochgesteckten roten Haare, die ihr in sanften Wellen über die Schultern fallen. Langsam, ein laszives Lächeln auf den Lippen, wendet sie sich zu ihm um, um ihn in den sicheren Tod zu locken. Jimmy the Gun, den so schnell keine schöne Frau umhauen kann, weil er schon zu viele von ihnen gehabt hat, stockt der Atem, als er ihr Gesicht sieht. Vier Frauen im Zuschauerraum geht es ähnlich.

„Das bist ja du!“, quiekt Daniela begeistert auf.

Die anderen drei starren mit offenen Mündern zur Leinwand. Dann kreischen alle vier im Chor, bis sie ein vielstimmiges „Pscht!“ und „Ruhe, verdammt nochmal!“ aus dem Zuschauerraum zum Schweigen bringt.

Gebannt verfolgt das Publikum vom nun wieder stillen Parkett aus, wie Jimmy der Barschönheit im Taumel des Begehrens das Korsett öffnet und sie sich kurz darauf in einer leidenschaftlichen Umarmung wiederfinden. Während Nephele, Julia und Miriam noch nach Luft schnappen wegen dieses ungeheuerlichen Anblicks, grinst Daniela von einem Ohr zum anderen. „Von wegen ‚Jerry Wise für Arme‘“, flüstert sie in Richtung der drei Ungläubigen und schneidet ihnen eine Grimasse.

Thekla sitzt derweil mit einem zufriedenen Lächeln in ihrem gemütlichen Kinosessel, genießt eine Hand voll Popcorn und schweigt.

ISBN 978-3-7549-2325-2
9 783754 923252 00002
www.epubli.de